狭衣物語 空間/移動

井上眞弓　乾澄子　鈴木泰恵

翰林書房

プラハ本狭衣屏風全図

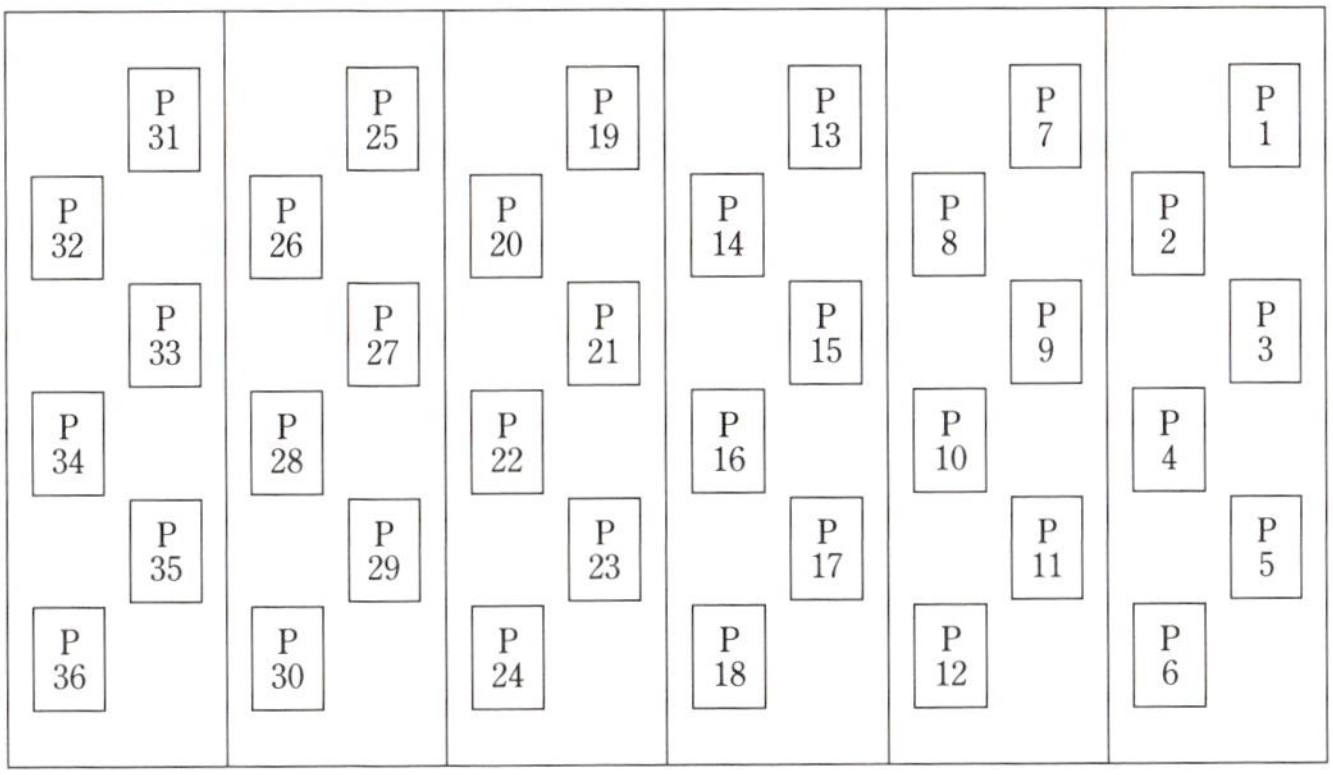
P 1
P 2
P 3
P 4
P 5
P 6
P 7
P 8
P 9
P 10
P 11
P 12
P 13
P 14
P 15
P 16
P 17
P 18
P 19
P 20
P 21
P 22
P 23
P 24
P 25
P 26
P 27
P 28
P 29
P 30
P 31
P 32
P 33
P 34
P 35
P 36

❶

❷

❸

❹

❺

❻

❶［図版P22］
巻一上・1　冒頭で源氏宮を恋慕し憂悶する狭衣を描き、主題を指示する。
J1（一上1オ）　ただし、承応版本と白描本は山吹の枝をもち源氏宮を訪れて庭に立つ場面。P22は室内での対面場面で、スペンサー本や閑院宮本と類似する。
参照：S1　K1　H17

❷［図版P32］
巻一上・9　内裏の帰途、狭衣は節会前の雑踏の中で路傍の家の女と贈答する。
J2（一上10オ）　承応版本と白描本の絵とほぼ同一の構図である。
参照：H11

❸［図版P28］
巻一上・14　狭衣の笛に感応して天上楽がおこり、天稚御子が狭衣を天上に誘う。
J4（一上19ウ）　承応版本の絵とほぼ同一の構図である。

❹［図版P9］
巻一上・22　盛夏に狭衣が源氏宮を訪れ、その美しさに思わず手を捉える。
J5（一上28ウ）　承応版本や白描本・スペンサー本と同じく絵を前にして室内に座る図だが、男のみで源氏宮や女房が描かれていないのは疑問が残る。スペンサー本のみ手を捉えるしぐさを描く。プラハ本の室内の構図や壁代の描き方はスペンサー本とほぼ一致する。
参照：S6　H1

❺［図版P21］
巻一上・33　狭衣のめでたさを見知り、飛鳥井女君は我が身を恥じる。
J8（一上45オ）　門をはさんで従者が女房と向き合うのは同じだが、版本や白描本にある牛車の一行を描かず、質素な家でなく、室内に三人の美装の女が向き合うのも、疑問が残る。
参照：T11

❻［図版P29］
巻一下・38　狭衣が源氏宮と母大宮が碁を打つ所に赴く。
＊スペンサー本では碁盤に寄りかかった母大宮と狭衣が話す場面である。
参照：S10

❼

❽

❾

❿

⓫

⓬

❼［図版P10］
巻一下・46　狭衣が初めて今姫君と顔を合わせ、やや好意をいだく。
＊スペンサー本が見開きで右に描く室内の女性二人を描かないが、他の構図が一致する。
参照：S12

❽［図版P2］
巻一下・49　狭衣が飛鳥井女君に愛を語るが、不安のまま女君は懐妊する。
＊スペンサー本の構図とほぼ一致する。
参照：S13

❾［図版P18］
巻一下・51　式部大夫が筑紫行きを機に飛鳥井女君を望み、乳母もこれに同意する。
＊他本にみられない場面だが、その絵様から推定した。

❿［図版P8］
巻一下・61　式部大夫が舟中で言い寄るが、飛鳥井女君は従わない。
＊承応版本・白描本はこの前の60段の筑紫行きの舟の出航を描き、スペンサー本も乗船の場面である。プラハ本は閑院宮旧蔵本と類似する。
参照：K7

⓫［図版P35］
巻一下・65　狭衣は文を書き送るが、飛鳥井女君はすでに失踪しており茫然自失する。
＊スペンサー本とは反転構図ながら、供人を前に手紙を書く絵様が一致する。プラハ本の庭の菊が秋の場面と一致する。
参照：S17

⓬［図版P13］
巻二上・73　堀川関白はわが子の狭衣を諭すが、女二宮に気のないことに苦慮する。
＊スペンサー本は男の供人たちでなく女房を描くが、構図はほぼ一致する。
参照：S18

⓭

⓮

⓯

⓰

⑰

⑱

⑬［図版P14］
巻二上・77　狭衣は室内でくつろぎ琴を弾く女二宮をかいま見し、心ひかれる。
J13（二上9オ）　他本もすべてほぼ同一のかいま見場面だが、承応版本と構図や人物配置がほぼ同一である。白描本は見開きの右に室外の情景を描く。
参照：S19　K10　H21・25

⑭［図版P17］
巻二上・82　狭衣が女二宮に後朝の文を書く。
J14（二上16オ）　承応版本と白描本は中宮のもとで硯と紙をもらう狭衣を描き、庭に小松。プラハ本は従者を前に手紙を書きP35と似るが、庭の梅によりこの場面とみる。
参照：H36

⑮［図版P20］
巻二上・99　狭衣が女二宮の見舞に参上し、理想的な容姿いよいよ映える。
J16（二上40オ）　承応版本と白描本は簀子に坐した狭衣が女君たちと対座する。プラハ本では狭衣が廂の間で女性と対座し、左の室内にうずくまるのが女二宮か。閑院宮旧蔵本では庭に牛車が到着し、簀子に坐した従者が顔を覗かせた女房と話し、室内に女君や女房たち。
参照：K12　H30

⑯［図版P19］
巻二下・138　狭衣の源氏宮への絶望的な心境に、入道宮と飛鳥井女君への悔いが重なる。
＊狭衣が扇を持って室内に坐し、男性従者や童と対座する構図がスペンサー本と類似する。
参照：S33

⑰［図版P23］
巻二下・140　狭衣が斎院となった源氏宮を捉えて恋情を訴えるが拒まれる。
J21（二下45オ）　狭衣が簀子に坐し廂間の源氏宮の裾を捉え、庭に牛車と従者たちを描く絵様は、承応版本・白描本と一致する。プラハ本のみ源氏宮が扇で顔を隠す。
参照：T10

⑱［図版P24］
巻二下・144　狭衣は我が子の若宮への愛にひかれ、出家遁世の意志を遂げ得ない。
＊若宮を中心にして女房たちが向き合う構図と庭の松はスペンサー本と一致するが、スペンサー本では母屋に坐して向き合う狭衣を描かない。
参照：S34

⑳

⑲

㉒

㉑

㉓

㉔

⑲［図版Ｐ36］
巻三上・154　高野山から帰途の舟旅で、狭衣はひとり身の憂さを思い嘆く。
＊閑院宮旧蔵本は見開きで狭衣の一行が乗船する場面。プラハ本では船中で笛を吹き、上部に山を描く。
参照：Ｋ17

⑳［図版Ｐ11］
巻三上・159　狭衣はわが子と呼べぬ感慨を押え、笛吹きなどして若宮をいつくしむ。
Ｊ23（三上8ウ）　廂の間で立ち姿の若宮を前に坐して笛を吹く狭衣と簀子に控える女房という構図は、承応版本と白描本に一致するが、庭の樹木は異なる。スペンサー本では若宮が坐して笛を吹き、庭に小柴垣と秋草を描く。
参照：Ｓ38　Ｈ24

㉑［図版Ｐ31］
巻三上・169　今姫君と母代が抱腹絶倒の狂態を尽し、狭衣は呆れるほかない。
Ｊ24（三上21オ）　承応版本と白描本は室内に焦点化し、扇や硯箱の位置もほぼ同じ。承応版本でたわんだ簾の傾斜がプラハ本では極端で、その右に坐す狭衣が転倒しているように見える。白描本では簾越しに端座する姿であり、スペンサー本では簾を描かず、狭衣は廂の間に対座する。
参照：Ｓ41　Ｔ2

㉒［図版Ｐ30］
巻三上・183　母代の惑乱に事態は悪化し、洞院の上は今姫君に絶望して反省する。
Ｊ25（三上38ウ）　承応版本では簀子で紙燭を掲げて狭衣に向かう女房たちと、左の室内に乳房もあらわに寝る今姫君を描く。スペンサー本は見開きで、寝る今姫君と几帳越しに坐る男を紙燭をかざした女房たちが発見する場面を描く。
参照：Ｓ43

㉓［図版Ｐ12］
巻三中・198　盛夏に狭衣は若宮とともに納涼し、女二宮への未練から贈歌する。
Ｊ26（三中13ウ）　承応版本や白描本と絵様はほぼ同じだが、承応版本・白描本では右上の遣水が画面下の板垣の部分に描かれている。
参照：Ｈ22

㉔［図版Ｐ15］
巻三中・204　入道（女二）宮は我が身を顧みて一品宮の不幸を思う。
Ｊ27（三中21オ）　承応版本・白描本と画面の構図や人物配置はほぼ一致する。スペンサー本は右下の牛車を半ば描くのみで従者の男たちを描かない。
参照：Ｓ47　Ｈ8

㉕

㉖

㉗

㉘

㉙

㉚

㉕【図版P34】

巻三下・229　狭衣は人目をはばかり、猫の首に片仮名の歌を付け斎院（源氏宮）に心を訴える。

J30（三下3ウ）　室内に焦点化した承応版本・白描本とほぼ同じ絵様である。スペンサー本では首に文を付けた猫が簀子を歩き、見開きの閑院宮本では猫が狭衣の組んだ足の上にいて、冬の庭の池水を右に大きく描く。

参照：S52　K25　H20

㉖【図版P26】

巻三下・262　賀茂社頭の祭の庭火に映える神楽の夜、狭衣は斎院（源氏宮）を思いつつ謡う。

J33（三下39ウ）　承応版本と白描本もほぼ同じ。スペンサー本は舞人を描かず、女性二人が簀子から見物していてより簡略。

参照：S58　T6

㉗【図版P5】

巻四上・272　関白が堀川邸に直行し、出立寸前の狭衣を発見して父の衷情を訴える。

＊閑院宮旧蔵本の牛車の人を除くとプラハ本に近い。白描本では門を入りかけた牛車の一行と馬を下りた狭衣を描く。

参照：K29　H9

㉘【図版P25】

巻四上・279　狭衣が若宮を伴い嵯峨院に参上し、出家の噂は誤聞だと上皇に釈明する。

J34（四上10ウ）　人物の配置や構図は承応版本に近い。白描本は供人が室内に三人、閑院宮本は室内に狭衣・若宮と四人の女房、簀子に供人の男性たち。

参照：K30　H23

㉙【図版P27】

巻四上・301　狭衣が東宮に伺候して式部卿宮の姫君の文を見て愛着を募らせる。

J37（四上38オ）　承応版本と白描本では文机の前の東宮と簀子に坐して向き合う狭衣のみで、あとは門や垣根と水の流れのみ。

参照：H26

㉚【図版P7】

巻四中・322　狭衣が式部卿宮の姫君に心を残して帰る姿を、女房たちが覗き見て賛嘆する。

J39（四中14オ）　承応版本では月の下の庭を童と歩く狭衣を女房三人が簾越しに見る。スペンサー本では狭衣の後を刀を負った供人が歩くのを簀子から女房二人が見送る。プラハ本はそれらと違い、迎えの牛車と簀子に立ち見送る女房たちで狭衣を描かないが、仮にこの場面に比定した。

参照：S71

31

32

33

34

㉟

㊱

㉛［図版P4］
巻四中・326　狭衣は三条に新邸を構えて式部卿宮の姫君との結婚を急ぐ。
＊大工たちの建築の図で、他本にこの場面と思われる絵はないが、ここに比定した。

㉜［図版P33］
巻四中・342　堀川関白夫妻は大弐から事情を聞き、式部卿宮の姫君を心からもてなす。
＊スペンサー本は几帳に囲まれた廂の女性と簀子に侍す女房二人を描く。十二月末のはずなのに庭の紅葉は不審だが、スペンサー本は庭に大輪の牡丹を描いている。プラハ本のこの絵の場面は不明とすべきだが、とりあえずここに比定してみる。
参照：S75

㉝［図版P1］
巻四下・363　狭衣帝が即位し、父堀川関白は上皇、母宮は皇太后宮となる。
＊他本に類例の無い場面で不明だが、南面して繧繝縁の畳に坐す帝の拝謁の儀式とみてこの場面と推定した。

㉞［図版P3］
巻四下・377　狭衣帝が即位後初めて堀川院へ行幸し、沿道は人垣で埋まる。
J45（四下25オ）　承応版本よりもプラハ本の方が人物など少ないが、ほぼ一致する。スペンサー本は見開きで簡略かつ牛車の向かう方向が逆。白描本も二図が連続し、こちらは承応版本の図を横長に盛大にして先駆の貴族たちを加える。
参照：S82　H12・31

㉟［図版P6］
巻四下・381　九月末の賀茂行幸で狭衣帝はひたすら斎院を思い偲ぶ。
＊閑院宮旧蔵本は牛車の一行に野焼きの山の遠景を描く。
参照：K39

㊱［図版P16］
巻四下・394　狭衣帝も弘徽殿を訪れ、亡き飛鳥井女君の絵日記を見いだして感無量。
J47（四下44ウ）　承応版本と白描本では、母屋に坐す狭衣帝が櫃を開けて巻子や紙絵を出した女房二人と向き合う。スペンサー本では簀子に置いた唐櫃から巻物や冊子を取り出す女房を脇息に寄り奥から狭衣帝が覗き見る。閑院宮旧蔵本では、繧繝縁の畳に坐して上半身を御簾で隠した狭衣帝が女房たちが唐櫃から取り出した絵巻や冊子に向かい、その右に男性貴族たちが控える。
参照：S85　K40　T7

狭衣物語　空間／移動◎目次

III　物語の〈空間／移動〉

＊

はしがき

近年、現代文学を巡る評論の世界において、「移動」に関する論考や議論は、平安時代の物語研究に携わるわたくしどもにおいても注目するほどに、盛んになりつつある状態ではないだろうか。若者の雇用をめぐる社会情勢の変容は、社会学者や政治家が注目するよりも早く、小説家・詩人の感興を呼び覚まし、現代生活を下支えしていた家庭という概念の変容・家族の崩壊、労働の意味転換を捉えるものとして、「移動」が早くから作品世界で取り上げられていた。そこでは、どこかへ行くこと、どこかから出ることが人やモノの通行という線状のそれではなく、「居場所」や「空間」を巡る人と人の関係性の問題と交差して描かれることが多かったと思う。今ほど「移動」ということの意味が多面的になっている時代はないのではないかという思いがよぎる。

今から四半世紀ほど前、片倉もと子氏が関西の研究機関を辞して関東へ赴くことになった時、「退職願」を筆で認めて文部大臣に提出するほど、異動＝移動は人生において特別なことであり、めったにおこしてはならないものであったという。[1] その後、世界を股にかけて二四時間働くモーレツ社員を育む企業文化のなかで、「移動」ということばは、海外への眼差しを強め、勤務上の移動や異動は当たり前であり、利潤の追求による販路の拡大とともにこのことばは積極的で前向きな意義を持ち、その上命令による強制の要素を強めていったとおぼしい。しかしながら、今、その異動先がどこにもない＝リストラという現実があり、「移動」は行く場所のなさを表すことばの代名詞ともなっている。かたや、韓流テレビの撮影場所を訪問する等の趣味の旅を満喫する女性を多く見かけるようになった。この旅を「自己都合の旅」というらしい。[2] さらに、職業を持つ女性の場合、たとえ転職で海外へ移動＝移住する場合でも、男性とは異なって職場からの命令というよりはむしろ、「自己都合」で移動しているという。(3)一方、学生を含む若者たちの状況を見てみると、外国に留学する学生は減少しているうえ、季節労働者（期間工）や派遣社員の勤務先の「異動＝移動」という使用例に端的なように、「移動」ということばには、さらにもうひとつ、不安定でリスクフルなイメージも付加されたといえようか。

ここで、二〇一一年三月十一日に勃発した東北関東大震災について、触れておかねばならない。未曾有の大災害は、わたくしどもに天変地異のすさまじさと苦しみを体験させたと同時に、被災者の方々や関係機関の方々の復興に向けた行動や遠方からの援助行為という、生きることに直結した「移動」をわたくしたち自身が行為者として経験することとなった。モノが滞って被災地に届かないことに心を痛め、「移送」や「輸送」という概念が、円滑にモノが移動することとのみ捉えていた現代の消費文化社会の有り様を突きつけられたわけである。「移動」ということばの不安定でリスクフルなイメージは、共に生き抜くためのさまざまな「移動」の前で色褪せざるを得ないだろう。

そうした時代のもつ感性に対して、特に二〇一〇年は、小説家がいかに「移動」について鋭敏な感性で捉え、それが現代の状況の先取りとしてあったかを明らかにする評論の刊行が相次いだ年となったように思われる。多和田葉子、リービ英雄、堀江敏幸など、作家の「移動」と作品内の「移動」を繋いだ青木保氏の『作家は移動する』(4)は、「移動文学」という名称を掲げた評論集であった。また、多和田葉子、大庭みな子という日本の作家ばかりでなく日系カナダ・ブラジルの女性文学者や在日女性作家の作品における「移動」をジェンダーとエスニシティという側面から捉え直した山出裕子氏の『移動する女性たちの文学―多文化時代のジェンダーとエスニシティ』(5)も刊行されている。

本書は、こうした社会学的見地や現代文学の研究とはいささか異なる平安時代の文学を研究する集団である狭衣物語研究会が、平安後期物語である『狭衣物語』を基点として平安時代から中世王朝物語までを題材に、「移動と空間の交錯」を研究した成果をまとめたものである。これまでにも作品の読みや時代背景への慧眼を示唆した「移動」に関する平安時代文学の研究は数多く出ているが、女性は家に居着くものであるといった観点から、男性による旅の事蹟を取り上げた旅の文学研究と、女性の願掛けのために訪れる物詣や「さすらひ」「貴種流離譚」という話型からの研究がそれぞれ別個に行われていたきらいがあった。女性でも紫式部のように、国司となった父とともに峠を越えて京から任国越前の武生（現・福井県）まで移動をしたことが歌集から判明しているように、さまざまな要因での移動はひとつの価値観で括れないほど多様性に満ちたものとしてあったとおぼしい。物語の世界ではさらに多くの人物たちが自らの意思によって、あるいは意に染まない移動をしているのであるから、平安時代の文学も「移動文学」として新しい視点での研究ができるのではないだろうか。『狭衣物語』に目を移してみるとこの作品は、皇女が齋宮に、源氏の宮が齋院にそれぞれ異動＝移動するばかりか、源氏二世のただ人狭衣が帝に異動＝移動する物語でもある。『狭衣物語』や平安後期ならではの「異動＝移動」がここにあるのではないか。平安時代の文学においても、現代の文学が突きつける「移動」ということばの多面的な意味を問い直し、平安時代から中世へという時代変革のなかにある文学に光をあてたいと思う。

狭衣物語研究会は、二〇〇八年に『狭衣物語が拓く言語文化の世界』という論文集を第一集として翰林書房から刊行した。平安後期物語における言語文化の世界について、とくにその言語空間が『狭衣物語』を転換点としていることについて明らかにした論集であった。第一集の刊行後に、研究会員間で共通テーマによって研究したいという想いが共有されるようになり、その結果、今回の論集では、テーマ性を全面に出して各自の論文を対峙させる形式の論文集を手がけることとなった。その研究テーマとして、「空間／移動」が研究会での討議のうえ、全会一致で決定された。その後、幾度か研究発表会を重ねながら、本集へと辿り着いたのである。研究会としては、今回の論集は第一集の発展形であると捉えている。

また、今回の論集では、特別に高橋亨氏に新出のプラハ国立美術館蔵「狭衣物語絵貼交屏風」の紹介と研究をお寄せいただいた。『狭衣物語』本文《テクスト》とその絵画化という観点は、また新しい『狭衣物語』の研究の沃野を開拓するものであろう。特に今回のテーマから見えてくるのは、テクストと絵画空間の移動と定着であり、また、貼交屏風それ自体の移動も視野にいれるならば、「移動」の意味はさらに付加されるだろう。ご多用のところを本論集のためにご執筆いただいたことに感謝申し上げる。この屏風の紹介は、研究会員に多くの教唆をいただいたばかりか、今後の平安物語研究のその先を見通す、複合的研究として、後を継いでいくべき研究領域なのではないかと思う。

ここにも「空間」の新しい捉え方が見いだせるが、本論集において稿者たちは、多様な「空間」を発見している。たとえば、写本を物語言語の空間と捉えたとき、筆写行為は、言説空間の移動であり、その結果、新たな物語言語を作り出すところに「異同」という新しい「移動」の問題を捉えることに成功するのである。平安後期物語言語の空間のなかで、和歌や歌ことばがどのように物語言語の空間構成を逸脱させていくか、また、名のある場所がモノや人の「移動」により、異質な言語空間に変容する瞬間を捉えて、スリリングな論考も入集している。

平安時代から中世にかけて、「空間」はどのように捉えられていたのであろうか。また、その「空間」と「移動」はどのように物語のことばとして構築されているのであろうか。今回収録の論文は、多様な意味を「空間」に、また「移動」に見出し、現代の「移動」ということばの多面性とも向き合っていると確信している。

平成二三年四月八日

井上　眞弓

注

（1）片倉もと子『「移動文化」考』岩波書店　一九九八年
（2）島村麻里「女の旅―『癒し』から『追っかけ』まで」（山下晋司編『観光文化考』新曜社　二〇〇七年）
（3）注（2）に同
（4）新書館　二〇一〇年九月
（5）御茶の水書房　二〇一〇年一〇月

特別寄稿

プラハ本「狭衣物語絵」の物語場面

高橋　亨

はじめに

これまではさほど注目されてこなかった『狭衣物語』を素材とした江戸時代前期の絵が少なからず存在する。『狭衣物語』の絵画資料に関する全体像を視野に、新出を含めた現存作品のリストや調査結果について、筆者はすでにいくつかの報告をしてきた。[1] ここでは、それらの成果をふまえつつ、プラハ国立美術館蔵本の画像の使用許可を得ることができたので、その画像を紹介し、物語内における場面の認定を試みる。

その場面認定については、すでに発表した「『狭衣物語』現存絵画資料場面一覧」に示したが、もとより完全なものではない。個別の画像に即して、承応三年（一六五四）刊の絵入版本（十冊、四六図）など他作品との比較に基づいた注記を付していくが、いくつかの修正をしつつも、なお不確かなものもある。同一場面であっても絵様の異なるものがあり、プラハ本に独自なものも含めて、あえて仮に認定したが、今後の検討材料を提供するにとどまるともいえよう。

場面認定の基本として承応三年絵入版本を用いたのは、本文を伴っているために絵の場面が認定できるためである。また、プラハ本を含めて、『狭衣物語』現存絵画資料場面一覧」に用いた他本の成立年代が、これを確実に遡るものが無いためでもある。ニューヨーク公立図書館スペンサー・コレクション蔵本が八六図という最大の絵の数をもつものの、その画像使用はできない現状にある。

一 「『狭衣物語』現存絵画資料場面一覧」との関連

プラハ国立美術館蔵「狭衣物語絵」は三六枚（紙本・彩色）の絵をもつ六曲一隻の貼交屏風である。この「狭衣物語絵」との個人的な出逢いは忘れがたい。チェコのプラハ旧市街にあるカレル大学における講義を終えて、二〇〇五年一月に帰国する直前に、当時は郊外の城にあった国立美術館東洋部門の特別展示に「源氏物語絵屏風」が出品されているという情報を得て観に行った。展示場所が不明で閉館まぎわにやっと出会ってみると、「源氏物語絵」ではなく「狭衣物語絵」であった。それに気づいたのは架蔵の「狭衣物語白描絵貼交屏風」の絵と類似の構図がいくつかあったからである。とはいえ、調査や写真撮影の余裕もないまま帰国せざるをえなかった。

「源氏物語絵屏風」としてプラハに伝えられたこの「狭衣物語絵屏風」は、バロン薩摩と通称されパリ日本館を設立した薩摩治郎八が、一九三五年にプラハで日本美術展を催し、自ら二十点の作品を寄贈したという内の一点である。現在は六曲一隻の屏風の一扇に六枚ずつ、計三六枚の紙本彩色の絵を貼交ぜた作品だが、寄贈時には六曲一双で、対の一隻は一九六九年の火事で焼失したという。(2)

つまり、もとは七二図があったことになり、承応絵入版本の四六図と類似する絵様もあるが、かなり異なっていたり、承応版本の絵には無い部分が残されている。十七世紀の土佐派に近い絵師による作品といえよう。こうした紹介ができるのは、プラハからの帰国後に、立教大学のグループがプラハ国立美術館の日本関係の収蔵品を調査し、馬場淳子氏が撮影した写真を使用させていただけたからである。馬場淳子氏からは、ニューヨーク公立図書館スペンサーコレクションの奈良絵本『狭衣草子』の写真も見せていただき、「狭衣物語絵入写本」（一三冊）の存在も教えられて、これについては後日に調査し撮影した。

こうした調査に基づく中間報告として「『狭衣物語』現存絵画資料場面一覧」で対象としたのは、①承応三年刊絵入版本「狭衣物語」（承応版本・略号J）、②ニューヨーク公立図書館スペンサー・コレクション蔵「狭衣物語絵入写本」（スペンサー本・略号S）、③宮内庁書陵部蔵閑院宮旧蔵本「狭衣物語白描絵入写本」（閑院宮旧蔵本・略号K）、④プラハ国立美術館蔵「狭衣物語絵貼交屏風」（プラハ本・略号P）、⑤高橋亨蔵「狭衣物語白描絵貼交屏風」（白描高橋・略号T）と個人蔵「狭衣物語白描絵貼交屏風」（白描個人・略号H）という五種類の六本である。

この他に、フランクフルト実用工芸博物館蔵「物語百番歌合貼交屏風」（詞五・彩色絵一三）とされた作品があり、これが「源氏狭衣歌合絵巻」であることについてもすでに紹介したが、ここでの対象とはしない。

ここでは、プラハ本の各絵を検討していくため、「『狭衣物語』現存絵画資料場面一覧」をふまえつつも、現存のプラハ本に無い部分は除外することとなる。とはいえ、すでに記したように、本来はこの倍の場面に相当する七二図があったとみられる。焼失が惜しまれるのだが、現存本に無い場面であっても、あと三六の場面の絵があったことを念頭におきたい。

もっとも絵の多いスペンサー本の八六図のうち、承応版本四八図と場面が重なるのは二七図のみである。しかも承応版本にある絵が無い場面も二二にのぼる。全本文を記すスペンサー本の本文系統は承応版本にきわめて近く、同様に目録と年序・下紐も併せ持つだけに、見開き二面にわたる絵を一三図もつことも含めて、絵の趣向がきわだった独自性を示している。

高橋蔵と個人蔵の白描本は本来は同一作品が別れたものとみられる。この白描本は承応版本と極めて類似した絵様が多く、絵の数も四八と一致するのだが、『『狭衣物語』現存絵画資料場面一覧」では承応版本の九場面の絵が無いことになっている。そして、個人蔵三六図のうち四図が未記入であるのは、写真が不鮮明で判断しがたいためでもある。現在の所蔵者も不明であるが、追加の確認調査が必要である。そして、白描本の二場面が承応版本に無いことになっているが、これらも再検討を要する。白描本には二図を合わせて見開きの図と認定できるものもあり、より多くの絵があった可能性がある。

また、閑院宮旧蔵本の四〇図は、すべて見開き二面にわたる絵であり、承応版本と共通する場面の絵は一五図にすぎない。これもまた、承応絵入版本の絵とは異なった独自性を強く示している。

以上、大まかな傾向をみたが、白描本の絵は承応版本に近く、スペンサー本や閑院宮旧蔵本の絵は承応版本から遠い。そして、プラハ本はその中間といえるので、焼失した三六図のいくつかは承応版本の絵と共通すると推測できるのである。

「『狭衣物語』現存絵画資料場面一覧」では、場面認定の基準を承応版本に近い流布本を底本とする『新潮日本古典集成　狭衣物語上・下』に拠り、その小見出しに場面の通し番号を付して用いた。ここでもその通し番号を用いると、全五種類の本にすべて共通してあるのは、巻一上1の冒頭場面、巻二上77の狭衣が女二宮をかいま見する場面、巻三下229の狭衣が斎院に思いを訴える場面、巻四下394の狭衣が飛鳥井女君の絵日記を見る場面の四つである。

プラハ本の焼失部分にあった可能性を含めると、巻一上30の僧に誘拐される女車の飛鳥井女君を狭衣が助ける場面、巻二上91の女二宮の妊娠を知った母宮が驚く場面、巻二下111の狭衣が女二宮を思い故母宮邸を訪ねる場面の三つを加えることとなる。

二　プラハ本「狭衣物語絵屏風」の場面認定

プラハ本「狭衣物語絵屏風」の全体画像は、プラハ国立博物館のアジア図録（二〇〇八年）の掲載写真として示されているが、[3] ここでは、以下の個別写真もすべて、馬場淳子氏撮影のものを用いる［図版・全体図］。

これに、向かって右から、第一扇の右上をP1、左上をP2、右中をP3、左中をP4、右下をP5、左下をP6という順で番号付けする。第二扇以下も同じで、第六扇の左下がP36となる。

屏風としての大きさは、縦一三五センチ、横二七五センチである。各絵の大きさは測定していないが、写真の大きさから推定して、縦が二三・五センチ、横一六・五センチほどであり、スペンサー本や宮内庁書陵部閑院宮旧蔵本のような冊子本の大きさに近く、横を一センチほど切り詰めたかと思われる。

この貼交屏風の順番は、『狭衣物語』の進行の順とは無関係であり、それぞれを『狭衣物語』の物語進行の場面順に比定していくことが必要となる。以下では、プラハ本の物語の場面を推定し、『『狭衣物語』現存絵画資料場面一覧』と同じく、新潮日本古典集成本『狭衣物語』の場面番号、承応三年刊絵入版本と対応すると思われる箇所にはその巻と丁数、また他本に同一場面があると推定されるものには、その略号による番号を参照として記した。

「J1」は承応版本の第1図、「S1」はスペンサー本の第1図、「K1」は閑院宮旧蔵本の第1図、「P22」はプラハ本の第22図、「H17」は白描（個人蔵）の第17図にあたることを示す。承応版本・スペンサー本・閑院宮旧蔵本は冊子本であるから、以下もそれぞれの絵のある場面順となる。それに対して、プラハ本と白描本は屏風の貼交であるから、そこに貼交ぜられた順の番号であり、順不同である。

三　プラハ本の場面選択の位相

プラハ本「狭衣物語絵」の現存する三六図のうち、承応絵入版本の物語場面と一致するとみられるのは二一図であった。そのうち、ほぼ同じ絵様といえるのは、P32・P28・P14・P23・P11・P31・P12・P15・P34・P26・P25・P3の一二図である。P9・P20・P30・P27・P16の五図も、絵に差異はあるが、その画中のモチーフなどから類似しているといえよう。P22・P21・P17・P7という他の四図は、その絵様に大きな差異があって、場面認定そのものにも疑問が残される。このうちP22は、むしろスペンサー本・閑院宮旧蔵本に近いのであった。

P8は船中で式部大夫が飛鳥井女君に言い寄る場面で閑院宮旧蔵本と同場面だが、承応版本・白描本・スペンサー本はこの直前の乗船や出港の場面を描いている。一連の場面とみれば五種の本すべてにあるといえよう。

他方で、P29・P10・P2・P35・P13・P19・P24・P33の八図はスペンサー本とのみ共通する場面であり、それによって場面認定できたのである。とはいえ、P10が見開きであるスペンサー本の左半分とほぼ一致する他は、かなり異なった絵様である。閑院宮旧蔵本とのみ同場面のP36・P5・P6も、閑院宮本が全図見開きであるため、同一の絵様とはいえない。

また、プラハ本にのみ独自の場面もP18・P4・P1と三図があった。いずれもその場面認定は仮の推定にすぎないのであり、上述の不確かな場面推定を含めて、今後により多くの「狭衣絵」を発掘して比較し、より確かなものとして修正していく必要がある。

最後に、十四世紀の「狭衣物語絵巻」の断簡にあり、もっとも印象ぶかい絵の場面、狭衣の笛に感応して天稚御子が天上に誘う場面が、承応版本とほぼ同じ絵様でＰ28として残されていることに注目したい。東京国立博物館蔵の十四世の絵巻の残欠本やその模本など、「狭衣絵」としてもっとも有名なこの場面の絵が、本文を伴ったスペンサー本にも閑院宮旧蔵本にも無いのである。

「狭衣絵」は、ごく限られた資料という限界があるにせよ、同時代の「源氏絵」に比べれば類型化の程度は低いといえるであろうか。それはまた、多くの「源氏絵」の場面選択が作中の和歌と結合していることとも異なるように思われる。「狭衣絵」の場面選択における作中の和歌との関連なども今後の課題であるが、「源氏絵」の場合とはかなり異なる様相を示している。もちろん、「源氏絵」も多様なのであり、こうした「狭衣絵」も視野に入れて絵と結合した王朝物語享受の諸相を探求していくべきであろう。

注

（1）高橋亨「『狭衣物語』の絵画資料と歌」（石川透編『広がる奈良絵本・絵巻』三弥井書店　二〇〇八年）。同「『狭衣物語』の絵画」（『狭衣物語全注釈』Ⅳ　おうふう　二〇〇九年）。同「フランクフルト本『源氏狭衣歌合絵巻』について」（『国語と国文学』二〇〇九年五月）。同「『狭衣物語』現存絵画資料場面一覧」（『狭衣物語全注釈』Ⅴ　おうふう　二〇一〇年）。
（2）徳島県立近代美術館図録『薩摩治郎八と巴里の日本人画家たち』一九九八年。小林茂『薩摩治郎八』（ミネルヴァ日本評伝選　二〇一〇年）。
（3）プラハ国立博物館のアジア図録（二〇〇八年）の同図の説明文（チェコ語）では『うつほ物語』となっているが、

これは私が『源氏物語』ではないとして伝えたことが、正確に伝わらなかったためである。

〔付記〕 貴重な資料の調査を許可して下さった関係諸機関の皆様、特にプラハ本の画像使用を許されたプラハ国立美術館東洋部門のヘレナ・ホンコーポヴァ館長、写真撮影者である馬場淳子氏に、深く感謝申し上げる。また、プラハ本と他の諸本の場面認定については、玉田沙織・鹿谷祐子・服部友香・眞野道子さんなど、名古屋大学大学院生ほかの協力を得た。

『狭衣物語』現存絵画資料場面一覧

巻数	場面番号	場面	承応版本対応箇所	承応版本	スペンサー本	閑院宮旧蔵本	プラハ本	白描（高橋蔵）	白描（個人蔵）
巻一上	1	冒頭―源氏宮を恋慕し憂悶する狭衣中将を描き、主題を指示	一上1オ	J1	S1	K1	P22		H17
巻一上	8	源氏宮をめぐる狭衣の煩悶、東宮の関心、関白や帝の東宮妃への期待	一上9オ		S2				
巻一上	9	内裏の帰途、狭衣は節会前の雑踏の中に路傍の家の女と贈答	一上10オ	J2			P32		H11
巻一上	11	狭衣、帝の召もあって参内する　まず両親に伺候して挨拶　両親の慈愛	一上14ウ		S3				
巻一上	12	狭衣、帝の御前にて横笛の演奏を強いられる　辞退するも許されず	一上15ウ	J3		K2		T4	
巻一上	13	狭衣ついに笛を手にする　この世ならぬ妙音に、一座ことごとく感涙	一上18オ		S4				
巻一上	14	狭衣の笛に感応して天上楽がおこり、天稚御子が狭衣を天上に誘う	一上19ウ	J4			P28		
巻一上	18	帝、歌に託して女二宮の降嫁を約束するも、狭衣は源氏宮を思う	一上25オ		S5				
巻一上	19	帰邸後も狭衣の心落ち着かず　家を挙げての配慮の中に源氏宮を恋う	一上26オ			K3			
巻一上	22	盛夏に狭衣が源氏宮を訪れ、その美しさに思わず手を捉える	一上28ウ	J5	S6		、P9?		H1

巻一上	26	堀川関白、女二宮の降嫁につき狭衣を訓戒　母宮は慰める	一上34ウ	J6	S7				
巻一上	30	狭衣、帰途に女車と出会い僧の同車に不審を抱く　僧は逃げる	一上40ウ	J7	S8	K4		T8	
巻一上	33	狭衣のめでたさを見知り、飛鳥井女君は我が身を恥じる	一上45オ	J8			P21?	T11	
巻一上	34	狭衣は、近まさりする女君の「らうたさ」に魅せられ、契りを結ぶ	一上46ウ		S9				
巻一下	38	狭衣が源氏宮と母大宮が碁を打つところに赴く	一下1オ		S10		P29		
巻一下	39	源氏宮さりげなく隠れ、狭衣は人々と話すが心は憂悶	一下2オ			K5			
巻一下	43	今姫君華やかな環境に落ち着かず　母代や俄か女房に扱われて茫然自失	一下7ウ		S11				
巻一下	44	狭衣、中納言に昇進　はじめて今姫君の部屋に赴き、低級な雰囲気に驚く	一下8ウ	J9		K6		T5	
巻一下	46	狭衣が初めて今姫君と顔を合わせ、やや好意をいだく	一下12ウ		S12		P10		
巻一下	49	狭衣が飛鳥井女君に愛を語るが、不安のまま女君は懐妊する	一下16ウ		S13		P2		
巻一下	51	式部大夫が筑紫行きを機に飛鳥井女君を望み、乳母もこれに同意する	一下18ウ				P18?		
巻一下	53	狭衣、風雨を冒して通う　飛鳥井女君に寄り添い、変らぬ愛を誓う	一下20オ	J10					H10

巻一下	59	その暁に女君は乳母にせきたてられ、嘆きつつ家を出る	一下27オ		S 14				
巻一下	60	飛鳥井女君、あざむかれて筑紫行きの船に乗せられる	一下28オ	J 11	S 15				H 27
巻一下	61	式部大夫が舟中で言い寄るが、飛鳥井女君は従わない	一下30ウ			K 7	P 8		
巻一下	62	誇らかな式部大夫の言葉と狭衣下賜の扇に、女君は事情を悟る	一下32オ		S 16				
巻一下	65	狭衣は文を書き送るが、飛鳥井女君はすでに失踪しており茫然自失する	一下36ウ		S 17		P 35 ?		
巻一下	66	狭衣は飛鳥井女君を思い、心乱れて怠慢を悔いる	一下38オ	J 12		K 8			
巻二上	70	狭衣が飛鳥井女君入水の噂を道季から聞き、苦悩と焦慮は深刻	二上1ウ			K 9			
巻二上	73	堀川関白はわが子の狭衣を諭すが、女二宮に気のないことに苦慮する	二上5オ		S 18		P 13		
巻二上	77	狭衣は室内でくつろぎ琴を弾く女二宮をかいま見し、心ひかれる	二上9オ	J 13	S 19	K 10	P 14		H 21・25
巻二上	80	後朝の別れ―女二宮は泣き臥すばかり　狭衣も心乱れ歌を残し去る	二上13オ		S 20				
巻二上	82	狭衣大将が女二宮に後朝の文を書く	二上16オ	J 14			P 17 ?		H 36
巻二上	84	狭衣、中納言の典侍に後朝の文を託し、典侍に不審がられつつ去る	二上19ウ		S 21				

巻二上	87	悔恨と愛着に狭衣は苦悩し、思い余って中納言の典侍へ手紙を書く	二上24オ		S22				
巻二上	91	母宮、看護のうちに女二宮の妊娠を知り驚愕　善後策に心を砕く	二上28ウ	J15	S23	K11			H34
巻二上	92	帝は女二宮の秘密を知る由もなく、病状の悪化を憂慮する	二上32ウ		S24				
巻二上	99	狭衣が女二宮の見舞に参上し、理想的な容姿いよいよ映える	二上40オ	J16		K12	P20?		H30
巻二上	100	狭衣は典侍を介し見舞の挨拶を言上　皇太后宮は堀川関白一家に感謝	二上42ウ		S25				
巻二上	103	御子の顔は狭衣に酷似　皇太后宮は相手を狭衣と知り嘆き恨む	二上45ウ		S26				
巻二下	106	狭衣が弔問に参上　典侍に会い若宮が我が子と知って驚愕する	二下2オ		S27	K13			
巻二下	111	師走の夜、狭衣は女二宮を思い秘かに故母宮邸を訪ねる	二下8ウ	J17	S28	K14			H33
巻二下	114	雪の朝、狭衣は雪山に興じる源氏宮を隙見し、ますます恋慕の情深し	二下13ウ	J18	S29			T9	
巻二下	121	若宮、五十日の祝いに参内して帝と対面　帝、若宮の将来に心を痛める	二下24ウ		S30				
巻二下	122	狭衣も初めて若宮を見る　帝の瓜二つとの評に、心の内に思い乱れる	二下25ウ	J19		K15			H3
巻二下	126	帝、女宮たちの将来を懸念して堀川関白に後事を託す　関白尽力を誓う	二下29ウ		S31				

巻二下	130	源氏宮の入内近し　狭衣は悲嘆を隠して参り、琵琶を弾き思いを託す	二下34オ	J 20				T 1	
巻二下	132	源氏宮の凶夢続き、堀川関白の夢に源氏宮を斎院とすべき神託を受く	二下37オ		S 32				
巻二下	137	狭衣は思い余り口説くが、源氏宮の心は動かず神の斎垣を急ぐ	二下41ウ			K 16			
巻二下	138	狭衣の源氏宮への絶望的な心境に、入道宮と飛鳥井女君への悔いが重なる	二下43オ		S 33		P 19		
巻二下	140	狭衣が斎院となった源氏宮を捉えて恋情を訴えるが拒まれる	二下45オ	J 21			P 23	T 10	
巻二下	144	狭衣は我が子の若宮への愛にひかれ、出家遁世の意志を遂げ得ない	二下49オ		S 34		P 24		
巻二下	148	粉河寺に到着し参籠　狭衣は心澄み、夜もすがら法華経を読誦する	二下54オ	J 22					H 15
巻二下	150	狭衣は僧の話から、飛鳥井女君が僧の妹で生存している事実を知る	二下57ウ		S 35				
巻三上	152	巻三の巻頭―狭衣は出家の意志と現世の愛に苦しみつつ下山する	三上1オ		S 36				
巻三上	154	高野山から帰途の舟旅で、狭衣はひとり身の憂さを思い嘆く	三上3オ			K 17	P 36		
巻三上	157	狭衣は女二宮（入道宮）を断念し切れず　複雑な思いで若宮を預る	三上5ウ		S 37				
巻三上	158	雪の夕べ、狭衣が訪れて若宮を慰める　若宮は無邪気に狭衣を慕う	三上7ウ			K 18			

巻三上	159	狭衣はわが子と呼べぬ感慨を押え、笛吹きなどして若宮をいつくしむ	三上8ウ	J 23	S 38		P 11		H 24
巻三上	163	堀川関白は入内を危ぶむが、洞院上は更に女院を頼む　帝は躊躇する	三上14ウ		S 39	K 19			
巻三上	167	狭衣、西対に今姫君を訪れ、端近に見て、なお姫君に好意的	三上18ウ		S 40				
巻三上	169	今姫君と母代が抱腹絶倒の狂態を尽し、狭衣は呆れるほかない	三上21オ	J 24	S 41		P 31	T 2	
巻三上	171	狭衣は今姫君の歌と筆蹟に再び唖然とする　姫君の幼稚愚鈍が極まる	三上24オ			K 20			
巻三上	177	狭衣は尼君から飛鳥井女君の遺児が一品宮に養われていると聞く	三上31ウ		S 42				
巻三上	183	母代の惑乱に事態は悪化し、洞院の上は今姫君に絶望して反省する	三上38ウ	J 25	S 43		P 30		
巻三中	188	狭衣は飛鳥井女君の忘れ形見に惹かれ、一品宮の周辺をうかがう	三中1オ		S 44				
巻三中	189	狭衣は我が子の姫君見たさが募り、夜深く一品宮里邸の戸口に佇む	三中2オ			K 21			
巻三中	193	狭衣は身の濡衣に慨嘆のほかなく、「何事にも後悔しき」宿命をなげく	三中7ウ		S 45	K 22			
巻三中	197	狭衣の苦悩―源氏宮、女二宮を偲び、一品宮との縁談に窮す	三中12オ		S 46				
巻三中	198	盛夏に狭衣は若宮とともに納涼し、女二宮への未練から贈歌する	三中13ウ	J 26			P 12		H 22

巻三中	204	入道（女二）宮は我が身を顧みて一品宮の不幸を思う	三中21オ	J 27	S 47		P 15		H 8
巻三中	208	狭衣は後朝の文はさておき、入道宮に贈歌　嵯峨院はこれを讃え返歌	三中25ウ		S 48	K 23			
巻三中	213	ある昼つ方―心通ぜぬ妻に窮し、狭衣は索然たる思いで過す	三中32オ		S 49				
巻三中	216	可憐な姫君に飛鳥井女君の面影が重なり、狭衣は抱きあげて涙に昏れる	三中35ウ	J 28					H 6・16
巻三中	218	一品宮は狭衣が姫君と語らうのを喜ばず、姫を呼び戻す	三中38オ		S 50	K 24			
巻三中	223	若宮の袴着を堀川関白邸で挙行　輝く若宮に狭衣は感無量	三中43ウ	J 29					H 18
巻三中	224	関白夫妻が若宮を慈しむ　狭衣は女一宮の無聊を思い懇切に訪問する	三中45オ		S 51				
巻三下	229	狭衣は人目をはばかり、猫の首に片仮名の歌を付け斎院（源氏宮）に心境を訴える	三下3ウ	J 30	S 52	K 25	P 34		H 20
巻三下	230	年の暮、狭衣は飛鳥井女君のため忌明けの法会を盛大に営む	三下4ウ		S 53				
巻三下	233	斎院（源氏宮）は本院へ移り、賀茂祭を前に、世評極めて高し	三下8オ			K 26			
巻三下	236	斎院の唐車いよいよ進発し、正装の斎院の美しさに狭衣の胸中乱れる	三下11ウ	J 31	S 54				H 32
巻三下	242	時に帝は三十余歳　いまだ御子なきを嘆かれ、狭衣が若宮を預かるのを羨む	三下18ウ		S 55				

巻三下	247	狭衣が独り源氏宮を偲ぶ時、宮中将が来て妹君を狭衣に勧める	三下23オ		S 56				
巻三下	250	嵯峨院が入道宮の法華曼陀羅供養と法華八講を催す 狭衣も連日参会	三下26ウ			K 27			
巻三下	253	入道宮は百万遍の念仏に励み、若宮が入り来るが目も見合わせず	三下29ウ	J 32	S 57				
巻三下	259	狭衣は一途に出家の意志を固めるが、悲しみに堪えず	三下37オ			K 28			
巻三下	262	賀茂社頭の祭の庭火に映える神楽の夜、狭衣は斎院（源氏宮）を思いつつ謡う	三下39ウ	J 33	S 58		P 26	T 6	
巻三下	268	奇蹟再び―狭衣の琴の音に感応し斎院の神殿の内が三たび高く鳴動する	三下46ウ		S 59				
巻四上	271	狭衣の出家行を告げる賀茂の神託で巻四始まる 関白夫妻の不安が極まる	四上1オ		S 60				
巻四上	272	関白が堀川邸に直行し、出立寸前の狭衣を発見して父の衷情を訴える	四上2オ			K 29	P 5		H 9
巻四上	274	父関白は狭衣の心を危ぶみ、賀茂明神を始め諸寺に専心祈祷を依頼する	四上5ウ		S 61				
巻四上	279	狭衣が若宮を伴い嵯峨院に参上し、出家の噂は誤聞だと上皇に釈明する	四上10ウ	J 34		K 30	P 25		H 23
巻四上	280	入道宮を念誦堂に訪うが逢えず、典侍を相手に心情を尽し歌を残す	四上12オ		S 62	K 31			
巻四上	284	堀川関白は院の女御の御方に参り、斎院の文を見て筆跡を賞讃	四上16オ	J 35	S 63				H 19

巻四上	288	大納言・宰相中将などが斎院を訪れ、桜の下で蹴鞠に興ず	四上23オ	J 36	S 64				
巻四上	291	箏の音を姫君と聞き分け、狭衣はいよいよ心惹かれるが演奏はすぐにやむ	四上27オ			K 32			
巻四上	292	狭衣は西面を垣間見し、宰相中将の母君らしい絶世の美女に魅了される	四上28オ		S 65				
巻四上	296	狭衣はつよく妹君を望み、改めて中将に斡旋を依頼　中将喜びつつ危ぶむ	四上33ウ		S 66				
巻四上	300	東宮は妃に式部卿宮の姫君を望む　母君と兄中将は姫の将来に心を砕く	四上37オ		S 67				
巻四上	301	狭衣が東宮に伺候して式部卿宮の姫君の文を見て愛着を募らせる	四上38オ	J 37			P 27		H 26
巻四上	305	狭衣は東宮と競い、中将を介して姫君への御文しきり　母君の代筆つづく	四上43ウ		S 68				
巻四中	311	狭衣が尼君を亀山に見舞う　月を待たず静寂荘厳な寺の住まいを尋ねる	四中1ウ			K 33			
巻四中	312	尼君は狭衣の誠意と立派さに打たれ、出家前に姫を許さなかった事を悔む	四中3ウ	J 38	S 69				
巻四中	315	狭衣は尼君の許を出んとし、はからずも渡殿に忍んで姫君がいることを知る	四中7オ		S 70	K 34			
巻四中	322	狭衣が式部卿宮の姫君に心を残して帰る姿を、女房たちが覗き見て賛嘆する	四中14オ	J 39	S 71		P 7?		
巻四中	326	狭衣は三条に新邸を構えて式部卿宮の姫君との結婚を急ぐ	四中19オ				P 4?		

巻四中	327	月日を経るが姫君は亡き母をのみ恋い慕い、ひたすら悲嘆の日々を送る	四中20ウ		S 72				
巻四中	330	狭衣は姫との結婚を期し、風雪を冒して姫君の許に忍ぶ	四中23ウ	J 40					H 4
巻四中	332	乳母たちは驚き慌てるが、狭衣は意に介さず、姫君を誘い帳に引き入れる	四中26ウ		S 73				
巻四中	335	狭衣はかつての母君の魅力を語り姫君に贈歌　姫君は心の中で返歌	四中28ウ	J 41					H 28
巻四中	338	狭衣は大弐乳母に姫君を伴い帰ると打ち明ける　乳母は喜びに堪えず	四中32オ		S 74	K 35			
巻四中	342	堀川関白夫妻は大弐から事情を聞き、式部卿宮の姫君を心からもてなす	四中38ウ		S 75		P 33 ?		
巻四中	345	正月十五日、粥杖の祝いに狭衣邸はなやぐ　狭衣と女君との仲は睦まじい	四中43ウ	J 42	S 76	K 36			
巻四中	352	盛夏、狭衣は久しぶりに斎院に参り、宮の寝姿に恋慕の情が再び胸にたぎる	四中50ウ		S 77				
巻四下	355	若宮の世嗣問題の波紋—狭衣はもとより当事者すべて固唾をのみ見守る	四下2オ		S 78				
巻四下	356	夏深く悪疫がいよいよ猖獗　帝の御悩が重く、ついに退位を決意する	四下3ウ			K 37			
巻四下	361	狭衣と斎院の贈答歌—いつを限りともなき別れの涙に斎院も同情する	四下8オ	J 43	S 79				H 2
巻四下	362	帰途に、狭衣は行き違う力車に寄せても源氏宮を思う	四下10オ			K 38		T 12	

巻四下	363	狭衣帝が即位　父堀川関白は上皇、母宮は皇太后宮となる	四下10ウ				P 1 ?		
巻四下	367	狭衣帝は恋しさに堪えず月夜に斎院に御文　斎院も帝を思い自ら返書	四下14ウ		S 80				
巻四下	373	翌年、賀茂祭を前に狭衣帝は斎院に扇を贈り、逢う日なき嘆きに涙する	四下19ウ	J 44	S 81				H 13
巻四下	377	狭衣帝が即位後初めて堀川院へ行幸し、沿道は人垣で埋まる	四下25オ	J 45	S 82		P 3		H 12・31 ?
巻四下	381	九月末の賀茂行幸で、狭衣帝はひたすら斎院を思い偲ぶ	四下29オ			K 39	P 6		
巻四下	385	一宮が兵部卿宮になり嵯峨院に赴く　帝は入道宮への御文を託す	四下33ウ		S 83				
巻四下	386	嵯峨院は兵部卿宮を喜ぶが、入道宮は会わず、狭衣帝へも返書なし	四下34ウ	J 46				T 3	
巻四下	389	今姫君は大納言室として再登場―姫を兵部卿宮へと願い、聴かれず	四下39オ		S 84				
巻四下	394	狭衣帝も弘徽殿を訪れ、亡き飛鳥井女君の絵日記を見いだして感無量	四下44ウ	J 47	S 85	K 40	P 16 ?	T 7	
巻四下	400	嵯峨院は狭衣帝との対面を喜び、後事を託して特に入道宮の事を依頼	四下51オ	J 48	S 86				H 35

I

狭衣物語の〈空間／移動〉

風の物語としての『狭衣物語』

井上眞弓

はじめに

『狭衣物語』の物語世界では、多くの場面において風が吹いている。(1) 狭衣の身体に注目してみると、狭衣の移動とともに風が吹き、風を受けて狭衣の美しさが語られ、匂いが愛でられ、風の流れとともに狭衣の身体も閾を拡張していくさまが見いだせるだろう。また、風により正体が見顕され、真相が解明され、意思が伝えられることもある。風が吹いた場所は吹く前とは違う空間に変転している場合もあり、物語における風の機能的側面も取り押さえることができると思われる。さらに、風の表現はそこに存在する者の心象風景となったり、かたや今後起こる不穏な出来事の予兆となってもいる。

しかし、『狭衣物語』は、何ゆえこのように風を多用して狭衣を語りとろうとしているのだろうか。そして、風が吹くことが物語の空間に何を呼び込んでいるのだろうか。この物語が「風の物語」である側面をあぶり出してみたいと思う。またそれは、さまざまな風の表象に満ちたこの物語のなかで、時に風を使い、時に風に翻弄されて、この世で生き続ける男主人公狭衣が存在する物語空間の語られ方の考察にもなるだろう。

一　物語空間を吹き抜ける風

狭衣がどこかに出かけると、そこには風が吹いており、風が吹いているその場所が何か特別な場所であるという語り方になっている場面をあげてみよう。

まず、飛鳥井女君が寄寓している乳母宅での狭衣と飛鳥井女君の逢瀬場面である。雨に濡れ、激しい風にさらされながら、狭衣が忍び通いをしていることが分かる。

A野分の立ちて、風いと荒らかに、窓打つ雨もの恐ろしきに、例の、忍びておはしたり。いつもなよなよとやつれならせたまへるに、いとど雨にさへいたくそぼちて、隠れなき御薫り、ところせきまでくゆり満ちたるを、隣々にはあやしがるもをかしかりける。

（参考　大系　巻一　九四）

狭衣はしとどに濡れて、狭衣特有の香りがあたりに立ちこもっている。この逢瀬の場面には、「窓打つ雨」をはじめ、漢詩「上陽白髪人」や『和泉式部日記』『源氏物語』などが多様に引用され、飛鳥井女君の居るこの場所が、狭衣の自宅と眼と鼻の先にある堀川大宮辺というよりは、どこか別の場所、この世とは異なる空間性[2]を帯びていることに注意をはらいたい。この逢瀬のあとで二人は「飛鳥川」を歌ことばとする贈答を交わし合うが、その淵瀬が転変する「飛鳥川《あすか》」の名前のように、狭衣は「明日《あす》」は同所に辿り着けなくなってしまった。「野分の風」と「窓打つ雨」のことばには、狭衣と飛鳥井女君の逢瀬の困難さが暗示され、物語はその暗示を裏切らず、二人の逢瀬を終焉させる。雨に濡れ、風に翻弄されることこそが、異郷への「窓」を開いているかのようである。

次は、一条宮へ狭衣が出かけた折の風の場面を掲出する。今上（嵯峨）天皇の皇后で女二宮の母宮である大宮が住んでいる一条宮へ出かける狭衣は、冷たい風に吹きつけられ、紅葉襲の衣装を纏い、寒風で顔が赤くなってもうつくしいと語られる。女二宮は狭衣の入り臥しにより懐妊していたが、母大宮は自身が産んだことに偽装しようと画策するあまり、心労によって女二宮ともども床に臥していた。狭衣はその見舞いに訪れたのである。

Ｂ「小野の篠原」と心にもあらず言はれて、涙ぐみたまへる気色、いひ知らずなつかしうめでたきを、大空も思ふ心をば見知るにや、にはかに曇りて、うちしぐるる。木枯らしも荒々しう吹きまどひて、色々の紅葉も散りまがひて、いたく濡れたまふ。（略）風に吹き赤められたるつらつきの匂ひは、いろいろ散りまがふ紅葉の錦よりも、匂ひことに見ゆるに、風に従ひて冠の纓の吹きかけられたまへる鬢くき、さし歩みたまへる姿、指貫の裾まで、あまり人の心を乱るべきつまとなりたまへるも、あまりゆゆしかりけり。「いでことはりなりや。天人だにも天降りしは」などぞことごとなく聞こえける。（参考　大系　巻二　一五七）

もし大宮が先に亡くなってしまえば、この偽装工作は破綻してしまう。引用文の前では、女二宮が木枯らしの音を聞き、「吹き払ふ四方の木枯らし心あらば憂き名を隠す雲もあらせよ」(3)と歌を詠み、涙を流す場面があった。狭衣にだけではなく、女二宮にも木枯らしが吹いている。そのような女二宮の苦しむ状況を知ることも出来ずに、狭衣は冷たい木枯らしに吹かれている。風は、秘密を内包する場所としての一条宮で、今後の展開を予兆するかのように不穏な気配を湛えて吹いている。しかしながら、「涙ぐみたまへる気色、いひ知らずなつかしうめでたきを、大空も思ふ心を見知るにや」とあり、狭衣の心情と大空が呼応するからだろうかという、擬人法を用いた草子地表現が挿入され、出かけた先の一条宮が「にはかに曇りて、うちしぐるる、木枯らしも荒々しう吹きまどひて、色々の紅葉も散りまが」う空間となっている。つまりこの空間は、時雨や風といった気象状況が、天と通じる狭衣の意思を反映する可能性を持つ空間として語られているのである。そして、女二宮との婚姻は棚上げされて社会的に領有している訳ではないにも関わらず、この場所が狭衣の範域であるかのように装われ、一条宮の空間を背景に風と一体になってこの空間の禍々しさを表す狭衣の姿が迫《せ》り出す場面なのである。

ここで、狭衣の「風に吹き赤められ」た顔、纓が風に乱れて鬢へたれている姿こそがうつくしいと見る者の心を捉えている点にも注意しておきたい。狭衣がでかけた先は「風」が吹き、雨雪で狭衣を濡らし、その艱難辛苦する狭衣はうつくしいという構図を読み取ることが出来る。このように風は、狭衣を受苦の身体として表徴し、かつその受苦を「あまり人の心を乱るべきつまとなりたまへるも、あまりゆゆし」「天人だにも天降りしは」と、過去に天人が狭衣の許へ降下した事件を言挙げして、狭衣のうつくしさを様式美の文脈で据え直して表徴しているのである。そして、風が吹いて、背景としての風景は揺れ続けるなか、あたかもそこに止まったままの狭衣がうつくしく佇んでいる(4)空間の動静にも注意しておきたい。

一条宮へ赴く狭衣に風の吹き付けるもう一つの場面は、大宮の逝去後に女二宮が出家したことを聞き、狭衣が女二宮のいる一条宮へ忍び入る場面である。女二宮の出家は、身体の不調という外的な問題というよりむしろ狭衣の拒否に向けられたものである。

C世にはすさまじきものと言ひ古したる十二月の月も、見る人からにや、宵過ぎぬれば有明さやかに澄みのぼりて、雪少し降りたる空の気色の、冴え渡りたるは、言い知らず心細げなるに（略）かの宮におはしたれば、御門などしたたむる人なきにや、見渡したまふに、時わかぬ深山木どもの、木暗うものふりたるを尋ね寄るにや、四方の嵐も、外よりはもの恐ろしげに吹き惑ひて雪かきくらし降り積もる庭の面は、「人目も草も枯れ果てて、同じ都のうちとも見えず、心細さも限りなきに（略）「寝覚めたる人やあるとこころみに近う寄りて聞きたまへど、おとする人もなくて格子も戸も風に吹き鳴らさるるぞ心ときめきせらるるや。
（参考　大系　巻二　一六八〜一六九）

傍線部のように、「時わかぬ」「外よりはもの恐ろしげに吹き惑」い、「同じ都のうちとも見えず」と、あたかもどこか異郷に入り込んだかのような語り口である。さらに、一条宮へ到着すると、中は「外よりはもの恐ろしげに吹き惑ひて雪かきくらし降り積もる」状態であり、狭衣を迎え入れる気配はない。独詠歌を心にまかせて口ずさんでもそれを聞いてくれる者は出てこない。どこかに自分を探り当ててくれる寝覚めの人がいるかと気配を伺うも、風が音を立てているに過ぎないという孤絶の状態が語られる。ここでは、狭衣が女二宮から忌避され拒否されている状況を風がうつしとり、かつ一条宮が狭衣にとっての禁域となっていることを告げているのではないか。

D風の紛れに、押しあげて見たまへば、御殿油ほのかなれど、〈さなめり〉と見ゆる方ざまに伝ひ寄りたまふ。ひめ宮は（略）寝覚めの枕は浮き沈みたまふ折しも御格子の少し鳴るも風とのみ覚えて、
＊〈 〉内は心中思惟、以下同　（参考　大系　巻二　一七〇）

さらに、後文では風の音を利用して室内に闖入しようとする狭衣と、狭衣のたてた音と風の音を聞き定め、決して騙されないとする女二宮との、両者の攻防が、風の音を媒介として繰り広げられるのである。

狭衣が源氏宮への恋心を捨てきれず、出家を果たそうと赴いた粉河詣においても、風は荒々しく吹いていたのであった。

E「薬王汝当知如是諸人等」と読みたまふに、深山おろし、荒々しげに吹きまがひて、わが心にも心細きこと限りなし。　（参考　大系　巻二　二〇九）

読経する狭衣の声が貴く響き、普賢菩薩が光輝くという奇瑞が起きる場面である。源氏宮への失恋を主たる動機と

して現実を逃避すべく粉河に赴いたが、ここで飛鳥井女君の兄である山伏との邂逅と離別を体験する。果たして本当に出家するのかという命題を浮上させ、風は、狭衣のこの世からの離脱を告げる危急の知らせであるがごとく吹きたてる。また、そうした荒々しい風の吹く異空間として、粉河を徴づけてもいるだろう。

粉河のように都を離れた遠地に赴くのではなく、狭衣が住んでいる堀川大殿邸の別の町に出かける折もまた風が吹いていた。

F荻の上風、荒らかに、御簾をにはかに吹き上げたるに、几帳も倒れぬるも、とみに引き起こす人もなし。

（参考　大系　巻一　八八）

堀川大殿の子どもということで洞院上に引き取られた今姫君は、堀川大殿や狭衣の後見によって入内を予定された姫君であった。中納言に昇進の挨拶のために訪れた殿舎で、嗜みを知らないそこの女房たちにあきれて座を立った途端、風が吹き、狭衣は中にいる今姫君の容貌を見てしまう。顔立ちから装束・仕草まで見通すことで、狭衣はこの姫が入内に相応しくないことを察する。「荻の上風」は、狭衣にこの姫に関する情報を提供しているのだ。これは後に「にくからざりし風の迷ひの後」(5)として後日回想されており、狭衣にあたかも味方したかのように風が吹いているが、妹かもしれない今姫君を「見る」ことは、源氏宮への擬制のインセスト・タブー意識と同等のものを再浮上させる。顔はかわいらしいものの呆然としている姫君へのあり得ない恋をも一瞬想起させるあやしい風が吹いたともいえるだろう。洞院上の西の対という今姫君の居住空間は、華美に飾り立てられた装飾空間であったが、その空間に相応しくない姫と母代と女房たちが入り交じっている異空間(6)であったのである。

以上、出かけた先での風の吹き抜け例を見た。狭衣が移動するとそこは今までとは異なる場所となり、今後出来するかもしれない予兆を風が吹くことで表徴しているように思われる。これらの出かけた先というのは、たぶんに狭衣の恋心や出家願望と連動しており、狭衣は、自らに科せられる重圧ゆえに現実への違和の心を持ち、女君や女君に関わる人やモノ、また情報と邂逅し、また別離しなければならない。そのような場所に風が吹くのである。(7)

二　天に響く楽の音と風

さて、このような風の吹く場面のなかに、狭衣の奏でた音が天変を起こした場面がある。巻三で齋院となった源氏宮の居所へ狭衣が出かけて行き、そこで、源氏宮の琴を引き寄せて「仙遊霞」を弾いた場面である。源氏宮への狭衣の恋が賀茂の齋院を主たる場所としているのは、賀茂神への狭衣の挑みの側面があるだろうか。(8)

Gげに、にはかに風荒々しく吹きて、空の気色も〈いかなるぞ〉と見えわたるに、神なりの二度ばかり、いと高く鳴りて、言ひ知らず芳ばしき匂ひ、世の常の薫りにはあらず、さと燻り出でたるに、まことに、頭の髪逆さまになる心地して、もの恐ろしきこと限りなし。(略)殿上にもさるべき上達部あまたはべりければ、かかる神の鳴る音を聞きあさみて、「御前に恐ろしう思し召すらむ」とたち騒ぎたり。「〈まことに、天照神も驚かせたまはぬやうはあらじ〉と覚えつる琴の音を」「賀茂の御社もいかが聞き愛でたまはざらん」と言ひ騒ぐ。「よに珍しき人の御徳には」「さも珍らかなる御ことども多かる世かな」と言ひあさみけり。

（参考　大系　巻三　三三四）

荒々しい風と雷が鳴るという天変は、狭衣の演奏した楽の音によって起きたと想定される。その点、古代前期物語にみえる音楽奇瑞譚と相通じる側面を持っている。当該場面は、齋院にいる者に畏怖の念を抱かせたばかりでなく、遠く内裏清涼殿殿上の間に伺候している貴公子たちにも驚愕と畏怖を与えている。齋院での出来事がどのように伝わったのか明示されていないが、集っていた上達部が天照神や賀茂神を憚り、狭衣への畏敬を口にしている。そして、宮中の「殿上」の間という表徴が、かつてあった天稚御子降下事件を想起させずにはおかないのである。ここには、風が単なる物語の光景として吹く風ではなく、物語の方法として機能している様を見ることが出来るであろう。風が物語場面の輻輳を行うことで、物語に流れる時間を揺り戻していることを確認しておきたい。狭衣が齋院に出向いて心の限り奏でた音が、雷を呼び、芳香が漂ったという天変をもたらした。琴の演奏が地上に風をもたらしたのである。その風は、風が吹いている「ここ」が今までとは異なる空間であることを告げているだろう。

さて、この場面は、巻一にあった天稚御子降下事件の再来を人々に予感させた恐ろしい出来事であった。その天稚御子降下事件は、帝から独奏を強いられた狭衣が笛を吹いたことによりその音色を愛でて天稚御子という童形の天人が降下し、狭衣を天界へ連れて行こうとした出来事である。やはりこの場面と同様に、狭衣の演奏により荒々しい風は吹いたのであろうか。天稚御子が降下するまでの空の状態や天候に関することばが連なる部分を抜粋する。

H内裏には、わざと節会などなき夜、つれづれなるに、(1)雨雲ひまなき空の気色のものむつかしさの慰めに、東宮の渡らせたまひて、御物語あるなりけり。御前の広廂に、太政大臣の権中納言、左兵衛督、左大将の御子の宰相中将などやうの若上達部、あまたさぶらひたまふに、源中将参りたまはねば、(2)いとどしき五月雨の空、光なき心地して、召すなりけり。(中略)月もとく入りて、御前の灯籠の火も昼のやうなるに、かたちはいとど光るやうにて、柱に寄り居てもて悩みながら吹き出でたまへる笛の音、雲の上まで澄みのぼるを、上を始め奉りてさぶらふ人すべて、九重のうちの人、聞き驚き、涙を落とさぬはなし。(3)五月雨の空もものむつかしげなるに、〈見入れ聞こゆるものやあるらん〉とまで、ゆゆしくあはれにて、誰も誰も御覧ず。(略)宵過ぐるままに、笛の音いとど澄みのぼりて、空のはてまでのことごとあやしく、すずろ寒くもの悲しげに、いなづまのたびたびして、雲のたたずまひ例ならぬを、〈神の鳴るべきにや〉と見ゆるを、星の光ども月に異ならず輝きわたりつつ、この御笛のうへにさまざまのものの音ども空に聞こえて、楽の音おもしろし。

（参考　大系　巻一　四二・四五、〈　〉は心中思惟）

宮中での五月五日の節供に宴が催されて、帝の所望による狭衣の吹笛により、天上楽が響くまでの部分である。傍線部（1）（2）（3）からは、雨雲がひまなく空を覆い、五月雨の降る季節柄、「むつかしき」「光なき」空が広がっていたところ、演奏により雲間が開いて天界の使者が降臨してきたと捉えられるだろう。つまり、この部分に風のことばは見いだせない。しかし、「五月雨の空のものむつかしげ」であったのが、星の光が異様に輝く空となったというところに注目したい。この部分の内閣文庫本には見えないが、「心也開板」の古活字本では、

―宵過ぐるままに、雲のはたてまで響き昇る心地するに、稲妻のたびたびして、雲のたたずまひ例ならぬを、〈雷の鳴るべきにや〉と見る程に、空いたく晴れて、星の光、月にことならず輝きわたりつつ、この御笛の音の同じ声に、さまざまのものの音ども空に聞こえて、楽の音いとおもしろし。

（『狭衣物語全註釈一　巻一上』一五六）

と、「空いたく晴れて」ということばが見える。(9) 狭衣の吹笛による奇瑞である天稚御子降下事件では、ことばとしては表明されていないものの、風が吹いたとおぼしい。

三　見えない風の吹く通過儀礼の空間

見えない風は、物語になにをもたらしたのであろうか。

巻一巻頭の狭衣は、堀川大殿の邸に住み、若年高位の二位中将である。その狭衣は、五月五日の端午の節の夜に帝臨席の宴で笛の独奏を命じられ、仕方なく吹いたところ、天界から天稚御子が降臨するという事件が勃発したのである。事件の起こった空間に視点を据えて、この事件で狭衣が拓いた空間を問題としたい。

天稚御子降下事件は内裏でおこった。ここでいう「内裏」とは、都の中心にして帝が居住する空間であり、字義通りの「内裏」ではあるが、平安後期において、宮中は焼失と新造が繰り返され、里内裏が「内裏」であることも多かったので、(10)「内裏」という空間をさし示すことばが観念的にならざるを得ないところがある。焼失によって定めらた里内裏であろうとそうではないにしても、「清涼殿」は東向きになるように設えられていたという。

二節引用文例H中に「御前の広廂」ということばが見える。「わざとなき節会」の場であることから、この空間は紫宸殿のような儀式空間とはまず考えにくい。「御前の広廂」とあるところから、ここを清涼殿の「広廂＝孫廂」(11)かと新編日本古典文学全集頭注は示す。天皇の在所の一つでもある仁寿殿も想定されるところであるが、(12)もし仁寿殿であるなら、東西南北にある各廂のうち、南廂が孫廂なので、(13)東広廂がある清涼殿の可能性は高いだろう。清涼殿は、内裏のなかでも特に帝の私的空間を意味する場所であり、かつ叙位・除目や小朝拝、賀茂・石清水・平野社試楽などが実施される儀式空間であり、(14)日記の唐櫃が置かれている空間でもある。狭衣と天稚御子がともに作り交わした詩を「日記の唐櫃」に保存したとあり、(15)『狭衣物語』において、清涼殿の空間は一度ならず出てくることを考え合わせてみても、清涼殿である蓋然性が高いのではないだろうか。

『源氏物語』で清涼殿は、光源氏の元服の儀式が行われた場所であった。兄の一宮は紫宸殿を使用したが、「わたくしもの」であり、帝に寵愛されていた光君の場合は、清涼殿の東の廂で執り行われた。以下は桐壺巻にある光源氏の元服の場面である。

」ひととせの春宮の御元服、南殿にて有りし儀式、よそほしかりし御響きに落とさせ給はず。所どころの饗など、内蔵寮・穀倉院などおほやけごとに仕うまつれる、おろそかなる事もぞととりわき仰せ事ありて、きよらを尽くして仕うまつれり。おはします殿の東の廂、東向きに椅子を立てて、くわん者の御座、引き入れの大臣の御座、御前にあり。申の時にて源氏まゐりたまふ。みづら結ひたまへるつらつき、顔の匂ひ、さま変へ給はむことをしげなり。

（新日本古典文学大系①「桐壺」二四）

この部分の空間表現に着目すると、帝の存在位置を示す「東向きに椅子」が置かれ、元服を迎えた源氏の座が「くわん者の御座」として相対しており、身分に応じて占める場所が決められていることも明らかである。この点、『狭衣物語』の空間は、曖昧な語られ方をしていると言わねばならない。ここはどこなのか、手がかりとなることばは「御前の広廂」のみである。このように『狭衣物語』の空間は、狭衣の姿を近景として語ることによって物語の背景である場所の語りに曖昧さを持っている。しかし、『源氏物語』桐壺巻において、帝に寵愛された「わたくしもの」としての光源氏が、南殿ではなく、帝の昼御座がある清涼殿で元服を執り行われるという文脈を『狭衣物語』の当該場面に援用してみると、公的な行事ではない宴の場である「御前の広廂」が、「清涼殿の東の廂」の外側の空間である広廂＝一段低い孫廂として想起され得るではないだろうか。ここに『源氏物語』桐壺巻を引用して『狭衣物語』が狭衣独自の通過儀礼空間を創出したことを読みとっておきたい。

通過儀礼には、どんな文化枠に入るか、入るべき社会集団との関係を明確にする儀礼という側面がある。天の羽衣を打ちかけられた狭衣は、シンボリックに一度死んで、帝から下賜される身の代衣（帝の愛娘である女二宮を賜る）を着る代償を得て、生き返る。つまり、狭衣は、天界へ赴かずこの世でただ人として帝の権力域への馴致を促されている。超越的属性という狭衣の属性を認めながら、なおかつ帝の聟になるという文化枠の移動を「着替え」によって暗喩しており、笛の妙技によって超俗的属性を顕現させながら、天界には赴かせることなく狭衣をこの世に止め、帝の文化枠に組み入れて再生させようとしたこの事件は、物語には語られて来なかった狭衣の元服式に匹敵する、もうひとつの通過儀礼という意味を持つことになる。裏返せば、狭衣という天から魅入られた人物を領有すること、つまりこの世に繋ぎ止めたがゆえに狭衣の優位性に対し、帝はどのように狭衣を領有していくのか、そもそも領有できるのかという点で、今後の物語展開は帝の物語でもあることを告げているだろう。以後、『狭衣物語』では、狭衣を得ることに向けて（嵯峨）帝が狭衣に姻戚関係や養子縁組を持ちかけ、それに対して狭衣が別の形で止揚するなど、攻防が繰り広げられて帝と狭衣の関係が問われ続けていく[16]。帝が狭衣に対する積極的な生命経営権力を持った時、天界は相対化され、風の揺らぎのなかに組み込まれたことを読者は知ることになるのである。

こうして、表現としては見えないものの、天稚御子降下事件では天空を風が吹き抜けたとおぼしい。この風は、狭衣の超越的属性の顕現と不可分に結びつき、帝の領分にして天界との境界ともなる「御前の広廂」という新たな空間を創出したのである。

四　父母が庇護しえない狭衣と風の関係

先に天稚御子降下事件が、通過儀礼の意味を担っていたのではないかと述べたが、狭衣の通過儀礼を子どもから大人への儀礼として見てよいかどうかについて、触れておこう。この事件以前の狭衣は、堀川大殿と堀川上夫妻のひとり息子という所属枠で元服し、出仕を果たしているのであるから、当然ながら、二世源氏というただ人として帝に仕えているわけである。したがって、通過儀礼が子どもから大人へという字義通りの元服でない点を確認して

おきたい。天稚御子降下事件に関しては、さまざまな観点から諸氏の優れた論考がある。なかでも鈴木泰恵氏の

狭衣自身の、子供の時間からの脱皮を遮断し、成人の時間への移行を果たさせない。こうして、この事件を機に、狭衣は子供でも成人でもありえない曖昧な時間に、裏返せば中途半端に成人であり子供である錯綜した時間に繋留されてしまったのだ(17)。

と、この事件を契機に、子どもとも大人ともつかぬ二重化された時間を生きることになったとの指摘は注目に値する。確かに狭衣は宙づりの時間を生きているという見方(18)ができよう。だが、それは、どこから来てどこへ行こうとしているか、狭衣が現実に違和の心を抱え、アイデンティティの欠如故にひとつの所属枠・文化枠に収まりきれないゆえではないか。本稿では、狭衣が、父母からもまた帝からも管理の文化枠をはめられていくのだが、その文化枠から逸脱しかねない異能者であることを問題としている。本節である第四節では子どもとしての狭衣に対する堀川大殿と堀川上の接し方を振り返ってみる。

狭衣は、風に吹かれることさえ忌避して育てられた子どもであった。巻一の巻頭場面に続く語りの部分には、

K雨風の荒きにも、月の光のさやかなるにもあたりたまふをば、いまいましくゆゆしうぞ思ひきこえさせたまへる。　（参考　大系　巻一　三三）

とある。堀川大殿夫妻は狭衣が不吉なほどすばらしい故に、天に魅入られて早世することを危ぶんでいたのである。『荘子』に「沐甚雨櫛疾風（あめにかみあらい、かぜにくしけずる）」ということばがある。これは、風雨にさらされて苦労することを意味している。また、『日本書紀』欽明六年冬十一月の条では、百済から帰還した膳臣巴提《はすひ》便が彼の地でおこった出来事を語る場面に、

L陸海に劬労《たしな》み、風に櫛《かしらけづ》り雨に沐《ゆするあみ》して、草を藉《まくらに》して、荆《しば》を班《しきる》にすること

（日本古典文学大系『日本書紀』下　九三〜九四）

とあり、「櫛風沐雨《しっぷうもくう》」ということばは、山野を奔走して苦労することのたとえとして表出され、他国を流離する強度を示している表現であるとおぼしい。その反転した言表として、苦労させないことのたとえとなるのが、『狭衣物語』の風・雨・月の光にあてず、狭衣を深窓で大事に育てるという、先の引用表現であり、父母が「雨風」や「月の光」にあてるのは「いまいまし」いことと忌避したという語りは、父母における狭衣の麗質への畏怖の表現となっているのである。

月はその風趣が文芸の世界で愛でられ、「月の光」の鑑賞が賞揚されていた。また、「月夜」の晩こそは女性の許を尋ねるのに相応しい日であり、新月や雨夜は、男君の誠意の発揚に向けれたそれ以外は、身分の高い者が気安く外出できない日でもあった。狭衣の両親は、月の光にあたっての夜の歩行、つまり、女性を求めて忍び歩きをすることなども含めて、危ない行為として禁じるところに、親によって幼児化された狭衣を見ることができようか。「いかにせむ」という催馬楽(19)も想起されるように、語られざる「性の禁止」という読みの可能性も否定しがたい。

畢竟「雨風」「月の光」は、実体としての「雨風」「月の光」をさすというよりは、むしろなんらかの〈外部の力〉を換喩しているのではないだろうか。この世の枠から外そうと大きな力を持つ異郷からの狭衣奪還を阻止し、この世に留まり続けるように、狭衣は両親から特別丁重に育てられていたわけである。そこに出来した天稚御子降下事件は、父母の庇護の下には収まりきれない存在であることを告げたという側面を持っていた。父母は狭衣を守護する力を発揮することなく(20)、狭衣は帝によって地上に据え置かれ、それ以降、風に吹かれ、雨に打たれ、月の光を浴びて惑い(21)、苦しみ、嘆きながら恋の彷徨をしていく。その分岐点こそ、狭衣をこの世に止めおいた天稚御子降下事件であったのである。

したがって、天稚御子降下事件以後、狭衣は過剰に「雨風」「月の光」を浴びて、現実の女君との間で良好な関係を構築できないばかりか親に強要されて望まない結婚をし、嘆き・悩みを内面に抱えていく。心の中にも風が吹いているのである。風は狭衣の心象風景にして、どこからともなく物語世界を揺すりたてる禍々しさを湛えている。

五　見えない風のアイロニー

天稚御子降下事件で狭衣の奏でた音について、振り返ってみよう。帝前で仕方なく吹奏に及ぶが、今まで誰も聞いたことのないようなすばらしい音が響き渡ったのであった。その音は、父堀川大殿からの伝授ではない奏法であり、狭衣の音を聞きつけた天界から昇天の使いとして天稚御子が降りたという展開となる。つまり、狭衣の奏でた音は、父堀川大殿の所属先とは異なり、別の文化枠をもっていたというように、狭衣の出自（ルーツ）を明らかにしてしまったことになろうか。[22]

『古事記』において、伊須気余理比売が当芸志美美命謀反の予兆を表徴した歌を詠んだ折に出てくるように、

M狭井河よ　雲立ちわたり　畝傍山　木の葉騒ぎぬ　風吹かむとす
畝傍山　昼は雲とゐ　夕されば　風吹かむとぞ　木の葉騒げる
（日本古典文学大系『古事記』中　一六五）

風という徴候は、不穏なメッセージを内包している。このような古代的な意味合いで風にあの世からのメッセージや神の意志を読むことができるものに『宇津保物語』がある。俊蔭が生きていた「日本」という物語の現実では見えなかった出自が、異国・異郷で明確になった。その地に「居る」こととその人物との違和の強度を示すものとしても風が語り取られていることが理解される。この系譜に連なる風が『狭衣物語』にも吹いているのである。なか

でも天稚御子降下事件で吹いた見えない風は、地上を吹く風ではなく、「天つ風」として解釈できるのではないかと思われる。

「天つ風」とは、天上を吹く風のことである。歌ことばとして使われている例として、『古今和歌集』の良岑宗貞の歌が知られる。

N『古今和歌集』巻一七　八七二番「五節の舞姫を見てよめる」

天つかぜ雲の通ひ路吹き閉じよおとめの姿しばしとどめむ

この歌は、五節の舞姫という実体あるものを目前にしての歌ということが詞書からわかるが、『続日本紀』天平十五年五月五日条[23]に天武天皇が天下を平定し、秩序を維持するために礼楽思想に基づいて五節舞を造ったという創始の由来や吉野山で天女の舞を見たという伝説を基底に湛えてもいる。この歌と『狭衣物語』を繋いでみると、『狭衣物語』にとって、この歌は、きわめてアイロニカルに響くように思われる。まず『狭衣物語』では天稚御子が降臨したが天つ風で開いた途をふたたび吹き閉じてほしい、天界の使者天稚御子ではなく、狭衣の姿をこの世に止めんがため、という言い換えができる。さらに、狭衣の笛に合わせて天稚御子の音声楽が響き、かつ詩文のやりとりが両者間のみでなされており、礼楽思想に基づいた音楽や詩文が政治と関わりをもっていた時代を手繰りよせ、今上帝の治世はそのすばらしさがどこにも語られてはいないままに、独り狭衣の登場に聖代の表徴が委ねられていると見ることも出来ようか。しかし、狭衣はこの世の外へ憧れる心を抱いて生きているのである。

その象徴的な姿が、風の中で佇む狭衣の姿である。別世界へ行く時の「やつし姿」[24]を彷彿とさせる。先述した一節引用文例Eの、出家を志して出かけた粉河詣では、飛鳥井女君の兄僧に自分の着ていた「白き御衣」を脱ぎ与える場面がある。なよなよとした衣は狭衣の薫りをたてていた。飛鳥井女君との恋では、狭衣は身分を偽っていたゆえであるが、一節引用文例Ａ「いつもなよなよとやつれなしたまへるに、いとど雨にさへいたくそぼちて、隠れなき御薫り、ところせきまでくゆり満ちたる」と、狭衣とは分かりかねる体のものを着ていたが、「隠れなき」薫りをくゆらせ、そのアンバランスなところに狭衣特有の「やつし姿」の一端がのぞけるように思われる。同様に一条宮への訪問において、紅葉襲という赤系統の衣装を纏った狭衣が登場し、着装は「やつし姿」ではないが、一節Ｂの引用文例にあるように、寒風に吹かれて赤くなった顔の描写や風により乱れた「冠の纓」「鬢くき」は、王朝雅から逸脱しかねない「すさまじさ」(25)を抱えた美の表現となろう。そうした衣装表現との重なりのなかで、悩み・嘆き・わびつつ現実への違和を抱える狭衣の心象としての風が吹き、風と一体となった狭衣の存在をもって物語世界である現実の揺れる様が語り取られている。風は、吹くことで日常の色を変える力を持ち、その空間の不確かさを強調しているように思われる。狭衣の違和感によって染められた、狭衣から見えるもう一つの世界像を呈しているのである。したがって、この物語では、風に揺るがされることによって変わる世界を描き出しているといえようか。「御前の広廂」は九重に塀を巡らし閉ざされ、帝の常の御殿として守護されるべき内側の空間であったが、天界と通じて拓かれた空間となったように、飛鳥井女君の部屋の中や一条宮という邸内、齋院という都城の一角にして天皇家の祭式空間を司るところが、天界や異郷など外部と通じ、その場所の本来の空間としての意味を逆しまに転換してしまうことに、風は機能していると思われる。狭衣の移動は、狭衣自身が行くことの出来ない異郷を逆説的に物語に創生しているのである。

五　読者にとっての風――間文化を生きる狭衣を見る

先述したように、『宇津保物語』における俊蔭一族をめぐる物語も風の物語である。物語発端の俊蔭巻だけでも、以下のように風と音楽奇瑞譚が連動している様を確認することができるだろう。

俊蔭は早くから帝に才能が認められ、十六歳にして遣唐副使に任命された。唐土へ赴いた折、「あたの風」が吹いて遭難してしまう。またその後も異国を彷徨するうちに自身が天人の末裔であることを知り、その徴ともなる琴を「旋風」が運搬する。このように奇瑞には逐一風が吹き、その風は、俊蔭が異能を持つ必然を証し、ここが異郷であることを告げている。『狭衣物語』における狭衣の超越的属性や出自の問題は、『宇津保物語』俊蔭物語に見いだせる風の言説の引用のうえに成り立っているのではないだろうか。ただし、『宇津保物語』の方は、天人の末裔というはっきりした出自が示されているが、狭衣の出自は、はっきりと語られているわけではない。(26)『狭衣物語』では、天界から天稚御子が降下して異郷へと狭衣を誘った時、もし仏界の使者が来て自分を誘ったならこの世には留まってはいなかっただろう「〈兜率の内院に〉と思はましかば、とまらざらまし」(27)と思う場面があったが、仏界の使者は訪れることもなく、出自を巡る根源への旅は、狭衣の夢想のなかに収納されて開示されない。ましてや賀茂別雷命のような〈父〉探しの旅にでることもなかったのであった。

風は狭衣に吹きつけ、狭衣はまたその風を読み、利用もしていた。狭衣の移動につれて吹く風は、日常の風景を変え、その場に異郷を現出させもする。しかし、それは狭衣の望む異郷ではなく、狭衣にとっては逆に異郷を夢想する場所にしかならないという逆しまが出来するのである。そこはまぎれもないこの世であり、強く風が吹き募れば募るほど、この世へ定着しなければならない狭衣にとって、風は、悲哀を掻きたてる装置になっているのではないだろうか。読者は物語世界の風を異郷から吹き付けるそれと認知し、狭衣に対し、死の予感を湛えた存在の不安を読みとることになるだろう。また、風の中の狭衣のうつくしさの描写は狭衣を点景させ、クローズアップされたその姿、顔かたちから、狭衣の心的世界を読み取ることを要請されるように思われる。公的には後見が帝であり、狭衣の所属枠が明らかにされたとはいえ、物語を読む読者から見ると、狭衣のどこから来てどこへ行こうとするのか判然としない有様と物語世界を揺るがすが如く吹く風の有様が重なり合う。どこにも所属してないがゆえ、問文化を生きる狭衣を確認することになるのである。つまり『狭衣物語』のように日常が狭衣の移動により異界化される物語を読む読者は、狭衣に吹き付ける風の描写を通して、狭衣への注視を促されているのではないだろうか。

以上、風の物語としての側面から『狭衣物語』の登場人物狭衣を中心に考察を重ねてきた。物語世界での風は、狭衣の心象風景を形成しているかと思いきや、狭衣の気配を女君に伝え、今後の展開を暗示する徴候として機能的に語り取られたり、あるいは真相を露わにして、いままでにない新しい空間を創成するなど、物語空間と登場人物の両面に亘って物語を誘導している。日常に潜む「異世界」が狭衣の身辺に出没し、そのことと風の描写は不可分ではないことも明らかであろう。風と共に語られる狭衣は、「この世」を移動することで出自も見えない曖昧な主体でしかない。それゆえに嵯峨帝の文化枠にも収まりきれず、境界域を生きたといえるのではないだろうか。『狭衣物語』の空間は、風の中に狭衣がいることでゆがめられ、その空間は曖昧なたたずまいを見せるのである。

注

（1）風という語は、『源氏物語』一七二例、『夜の寝覚』一九例、『狭衣物語』五二例を数える。ただし、本稿でも扱うように、「風」という語が見えなくても物語世界に風が吹いているということはあるので、風が吹いている場面の数ではなく、あくまでも概数である。

（2）井上眞弓「飛鳥井物語における発話の言説」（『狭衣物語の語りと引用』笠間書院　二〇〇五年）

（3）参考　大系　巻二　一五四頁

（4）井上眞弓「『狭衣物語』におけるアレゴリー言説」（（2）前掲書）、なお本書所収高橋裕樹論文では、一条宮が狭衣の子どものいる空間として「ふるさと」と据え直され、異郷化されるという。

（5）参考　大系　巻二　二三三頁

（6）井上眞弓「『狭衣物語』における奪われた女房の声をめぐって―「うるま」という狭衣の発話言説より―」（『立教大学日本文学』九三　二〇〇四年一二月）で、今姫君の空間が不穏当な仕草や不用意なことばの充満している異空間であることについて触れた。

（7）それぞれの女君との恋が、差異化された風の表徴と対になっていることに関して、紙幅の関係で後稿を用意している。

（8）長谷川政春「賀茂神と琴と恋と」（『物語史の風景』若草書房　一九九七年）

（9）「空いたく晴れて」部分の諸本…「晴れて」がないのは、西本願寺旧蔵本、内閣文庫本。あるのは、静嘉堂文庫伝為秀本、保坂潤治氏蔵為相本、蓮空本、大島本、四季本（桃園文庫旧蔵）、文禄本（東海大学蔵）、三条西家本（学習院大学蔵本）鈴鹿本、飛鳥井雅章本、宮内庁四冊本、宝玲本、宮内庁三冊本、松井三冊本、吉田本（吉田幸一氏蔵本）、鎌倉本（鎌倉図書館蔵）竹田本（竹田儀一氏旧蔵伝南家清範筆吉田幸一氏蔵）、武田本（武田祐吉氏蔵）、東大本（平野広臣旧蔵、東京大学国文学研究室蔵）、龍谷本（龍谷大学図書館蔵）、中田本（中田剛直氏蔵）押小路本（押小路家旧蔵東京大学史料編纂所蔵）、鷹司家旧蔵宮内庁書陵部蔵本、為家本、紅梅文庫本（伝道晃法親王筆旧前田家本）以上の調査において、中田剛直『校本狭衣物語巻一』桜楓社を参照した。稿者は、天稚御子降下事件の「天つ風」がこの物語における風の吹き始めであり、巻四の巻末部で風が吹いていないことに着目している。物語の方法としての風を捉えたい。

（10）『新訂増補国史大系日本紀略第三』吉川弘文館　一九七九年、詫間直樹編『皇居行幸年表』続群書類従完成会一九九八年、中町美香子「平安時代中後期の里内裏空間」（『史林』八八―四号　二〇〇五年七月）

（11）孫廂は遅くとも九世紀末には存在していた。飯淵康一・水野浩伸「『大内裏図考証』に見る清涼殿及び後宮の孫廂の成立について」日本建築学会研究発表　一九九一年六月、飯淵康一「平安時代里内裏住宅の空間的秩序（一）（『平安時代貴族住宅の研究』中央公論美術出版　二〇〇四年）

（12）溝口正人「鎮宅儀礼からみた里内裏の殿舎構成―里内裏の建築様式に関する研究（その1）（『日本建築学会計画系論文集』五〇四号　一九九八年二月）

（13）鈴木亘「内裏と院御所の建築」（日向一雅編『源氏物語と平安京　考古・建築・儀礼』青簡社　二〇〇八年）、仁寿殿は平安前期の帝の常御殿であった。ただし、こうした歴史的事実を物語がそのまま踏まえているわけではないだろう。『狭衣物語』では堀川大殿の邸が四町からなる壮大な邸宅と設定しているが、平安後期・末期の堀川院は四町の構成ではなく、もし歴史に範を求めるとすれば円融帝の頃となる。齋木泰孝「狭衣物語の方法と宇津保物語（上）―円融朝の堀河院をめぐって―」（『国語国文論集』二八　一九九八年）参照。円融朝の堀河院は四町築き込めた兼通邸であり、かつ内裏焼亡のため円融帝の里内裏となっていた。『狭衣物語』には『源氏物語』六条院の蹴鞠空間も引用されており、歴史を透過させつつも史実がずらされ、引用による創成空間という意味合いが強いように思われる。

（14）満田さおり「仁寿殿・紫宸殿・清涼殿の空間構成と儀式―平安宮内裏の空間構成と儀式に関する歴史的研究1―」（『日本建築学会計画系論文集　七三巻六三四号　二〇〇八年一二月）

（15）参考　大系　巻一　五四頁、なお本稿と「『狭衣物語』の齋宮―託宣の声が響く時空の創出に向けて―」（後藤祥子編『王朝文学の斎宮・斎院』竹林舎　二〇〇九年）は、一部内容が重なっている点、了とされたい。

（16）井上眞弓「嵯峨帝のまなざしと耳」「『死』を語りとる物語と女性の問題」（（2）前掲書）。鈴木泰恵氏は「太りすぎのオイディプス―『狭衣物語』から『風に紅葉』へ―」狭衣物語研究会（二〇〇八年三月二三日東京家政学院短期大学）での口頭発表で、狭衣の〈父〉なる者からの逃走が物語後半を導くとする。

(17)「天稚御子のいたずら」（『狭衣物語／批評』翰林書房　二〇〇七年）三三～三四頁、なお天稚御子降下事件に成人儀礼を読み込む地平は、鈴木論文が開拓したものである。

(18) 井上眞弓「書物―「行為」と「記憶」のメディア―」（(2)前掲書）

(19)『狭衣物語』の作者と想定される六条齋院宣旨がその作者かと言われる散逸物語『玉藻に遊ぶ』は、この催馬楽を引用して起筆されている。「いかにせむ、せむや、鴛鴦の鴨鳥、や、出でてゆかば、親は歩くとさいなべど、夜妻さだめつや、さきむだちや」（小西甚一校注「催馬楽」日本古典文学大系『古代歌謡集』一九七〇年）

(20) スエナガ・エウニセ「狭衣の父―世俗的な堀川大殿が新たな論理を獲得するとき―」（狭衣物語研究会編『狭衣物語が拓く言語文化の世界』翰林書房　二〇〇八年）

(21) 本稿内で例を示すと、一節引用文例Cの部分に「月の光」を浴びている狭衣が語られている。その他、一節引用文例Aの前後でも、「月の光」の中での逢瀬が語られる。

(22) 井上眞弓「『狭衣物語』の転地《ディスプレイスメント》―狭衣／今姫君／飛鳥井女君―」（(20)前掲書）

(23) 新日本古典文学大系　二　四一九頁

(24) 密かに宇治へ出かける匂宮の狩衣姿を『源氏物語』では「あやしきさまのやつれ姿」（新日本古典文学大系⑤一九九）と語り、そこには日常とは異なる粗末な姿になるという意味合いが付加されている。光源氏の北山行や須磨行でも見いだせるやつし姿は、そこが出かけた先（旅）という異世界にいることを強く語り取っているだろう。

(25) 小野村洋子「狭衣物語の世界基底（1）（2）」（『文芸研究』四三・四四　一九六三年三月・七月）

(26) 俊蔭十六歳になる年、唐土船出だしたてらる。こたみは、ことに才かしこき人を選びて、大使副使と召すに、俊蔭召されぬ。（新編日本古典文学全集①二〇）、唐土へ至らむとするほどに、あたの風吹きて、三つある船二つそこなはれぬ。多くの人沈みぬる中に、俊蔭が船は、波斯国に放たれぬ。（①二一）、かくて、三十の琴をつくりて、俊蔭、この林より西にあたれる栴檀の林に移ろひて、この琴の音を試みむとて出で立つほどに、旋風出で来て、三十の琴を送る。そこにて音を試みるに、二十八は同じ超えなり。半ばを二つに造れるは、山崩れ、地割れ裂けて、七山一つにゆすりあふ。（①二九）、花園より西をさして行けば、大いなる河あり。その河より孔雀いできて、その河を渡しつ。琴をば、例の旋風送る。（①三一）、俊蔭、はじめよりのことを詳しく申すときに、旋風、例の、琴どもを、みな同じごとく置きつ。（①三二）、親、天上したまひてのち、天つ風につけてもおとづれたまはず（①三四）、七人の人、みな礼拝して申さく、『われは昔兜率天の内院の衆生なり、いささかなる犯しありて、切利天の天女を母として、この世界に生まれて、七人のともがら同じところに住まず、またあひ見ること難し…』と申すに、文殊帰りて仏に申したまふときに、仏、文殊を引き連れて、雲の輿に乗りて渡りたまふときに、この山河つねの心地せず。山、野ゆすり、大空ひびきて、雲の色、風の声変はりて、春の花、秋の紅葉、時分かず咲きまじるままに、遊び人ら、いとど遊びまさるほどに（①三五）、俊蔭、この琴を、仏より始めたてまつりて、菩薩に一つづつたてまつる。すなはち雲に乗り、風に靡きて帰りたまふに、天地震動す。（①三七）、俊蔭帰れば、例の旋風いで来て、琴をば巻きとりつ。」（①三八）、俊蔭、三年住みし山に至りて、ことのさま語りて、月日のさまなど詳しくいふほどに、旋風、この巻き上げし琴を、この三人のいひゐたる前に、琴を巻き持て来ておろし置きつ（①三九）等。三浦則子「『うつほ物語』の風の表現」（『国文白百合』三三　二〇〇二年三月）論は、奇瑞とともにある風・恋を招く風・運ぶ風をキーワードとして、物語の進展に寄与している「風」を追う。

(27)　参考　大系　巻一　五三頁、(26)にみえるように、「兜率の内院」の表現が『宇津保物語』にみえ、この世に生きている者のルーツをはっきりと異郷に据えるまなざしは、『宇津保物語』の引用ではないかと思われる。〈父〉という表記は、血縁上での父ではなく父なる者を示す記号として用いた。

付記　本稿は、内閣文庫本の写真版をもとに日本古典文学大系『狭衣物語』を参照して本文を同定した。適宜漢字仮名を当てはめ、誤字衍字脱字とおぼしいものはわたくしに修整したものである。

『狭衣物語』〈子〉と〈空間〉——「一条の宮」を起点として——

高橋裕樹

はじめに

『狭衣物語』の主人公である狭衣は自らの邸を持たない。故に『源氏物語』の光源氏のように、六条院という自分の空間をつくり、そこに女君たちを迎えるということも『狭衣物語』には見えない。むしろ狭衣は自らが移動することによって恋を展開させ、自身の空間を行く先々で見出そうとする。

「一条の宮」もまた狭衣が自身の空間を生成しようとした一つの場である。女二宮懐妊後に狭衣は「一条の宮」へ通うようになる。その「一条の宮」であるが、狭衣が通う前と通った後において表現に変化が見られる。それは「ふるさと」の語である。狭衣が通う前後において「ふるさと」の語が本来の意味とは違った用いられ方をするようになるのだ。この問題を起点とし、『狭衣物語』における物語の構造の一端を紐解くことを本論の課題として提示しておく。

一

『狭衣物語』において、「ふるさと」という言葉の用例は物語中に全部で八ヵ所見られる。その「ふるさと」という言葉は大宮（嵯峨院女二の宮の母。物語では皇太后と称す。）の里邸の一条の宮、堀川邸、故式部卿の宮の姫君の実家である故式部卿邸の三か所に限って用いられている。以下は物語中の「ふるさと」の用例をすべて挙げたものである。

A宮は、久しう御覧ぜざりつる古里に立ち出でさせたまへるに、いたう荒れまさりてもの古りにける山のけしき、もの恐ろしげにて、池の水も水草のみ居て昔のかげもとまらぬに、蛙の声ばかり頼もしき人にて、ことに言問ひまゐる人なきままに、起き臥しつくづくと思し嘆くことかぎりなし。月日の過ぐるままに、いかさまにして憂き御名をもて隠して、明け暮れさぶらふ人々にこのけしき知らせぬわざもがななど、御心地もいと悩ましく、橘などをだに、見入れさせたまはず、ただ同じさまに臥し沈ませたまふ。（巻二 ①二〇七）

B雪降りて心細げなる夕つ方、大将殿、内裏よりまかでたまふままに、いかにもの心細げなる故里に、幼き人何心もなく紛れたまふらんと思ひやられたまへば、そなたざまにものしたまへるに、思しやりつるもしるく、山里の心地して、人目もまれなるに、若宮の御乳母たちばかり端つ方にながめけるほどなり。今ぞひき返しなどして、御座ども直しなどしつつ、うちとけたる姿どもを、かたはらいたげに紛らはしたるさまもをかし。（巻三 ②二一六）

C雨風につけても、悔しきことがちなる眺めには、若宮を見たてまつるたびごとに、さておはせましかばと思されぬ折はなかりつるを、いとどこのほどはかけぬひまなく、あはれに悔しき御心の中、いと暑かはしげなり。前栽ども、雨に心地よげに思ひたる中に、大和撫子のいたう濡れて傾きたるを折らせたまひて、嵯峨院へ参らせたまふ。

恋ひわびて涙に濡るるふるさとの草葉にまじる大和撫子

とあるを、御覧ぜさすれど、例のかひあらんやは。

（巻三　②九二）

D人はさも思したどらで、心強きやうに思したれど、「かやうにをかしき人のことは見苦しうや」とて聞かせたまはねば、聞こえわづらはせたまひて、御自ら、

「故里は浅茅が原となし果てて虫の音繁き秋にやあらまし

今こそうれしく」とあるを見たまひても、まことにありしながらの身にはなさまほしく思ひ焦がれたまふほどに、秋の日はかなう暮れにければ、殿より、「いかなれば、今日の御使、今まで」と返し聞こえさせたまふも、いと聞きにくければ、渡りたまひぬ。

（巻三　②一〇八〜一〇九）

E弥生の一日頃、斎院の御前の桜いみじきさかりなるを、つれづれなる昼つかた、御髪上げの間にゐざり出でさせたまへるに、空の色浅緑にて、うらうらとのどかなるに野辺の霞は御垣の中まで包むめれど、なほこぼれたる匂ひ所狭きなるに、この対の前なる桜の、匂ひえならぬかたはらに、榊の青やかにて色もてはやしたるなど、

外の木立には似ずさま変りて、をかしう御覧ずるにつけても、明け暮れ御覧じなれし古里の八重桜いかならんと思しやらるる。ひとつをだに今は見るまじきかしと、花の上はなほ口惜しき御心の中なり。

（巻四　②二二六頁）

F姫君は、故郷に立ち返りたまはんことも物憂く、いますこし名残の所をだに起き臥さまほしう思せど、中将は、按察使大納言の御わたりに、この春つかたより通ひたまへる、珍しきさまの心地に悩ましげにしたまふを、かく絶え籠りて過したまへるおぼつかなさも、いつしかと思せば、今さへかう静心なう通ひたまはんも、いづかたも心苦しかるべければ、大納言の君をも、同じ所にて、心のどかにて見んと、思すなりけり。

（巻四　②二九六〜二九七）

G「かの聞こえしわたりの、故郷にひとり立ち帰りて心細げなれば、今朝やがて迎へたるぞ。問はせたまはざらんかぎりは、上などにも何か申さるる。宮のわたりにも、いと折あしき頃なれば、よきことども、のたまはせじ。三条に渡るまでは、ただ忍びやかにてと思ふなり。老人一人ぞ具したるを、ありつくべきやうに物せよ」

（巻四　②三一一）

H「月頃患ふこと侍りつる人の、この五六日は、いたう苦しがりはべれば、見たまへ扱ひて、故郷もいと荒しはべりつるに、立ち寄らせたまへりけるをなん、驚き思うたまふる。さても、などか御前には召すまじき」など聞こえたまへり。

（巻四　②三一六）

まずF、G、Hを見てみると、F・Gは宰相中将の妹君の実家のことを「ふるさと」と称し、Hも宰相中将が自身の実家という意味で「ふるさと」の語を用いている。この三つの用例はすべて兄妹の実家である故式部卿邸について、兄妹の視点に添って実家という意味で「ふるさと」と称している。

次にEはどうであろうか。こちらは源氏宮が斎院にて、前庭の桜が盛りであるのを見て自身の育った堀川邸の八重桜がどのように咲いているのか、と気にかけている場面である。ここでの「ふるさと」は源氏宮にとって育った場所という意味で用いられており、性格として先ほどの式部卿邸に用いられているものと同様のものであることがわかる。

では、以上の「実家」の意味で用いられている「ふるさと」の語に対して、「一条の宮」に用いられている「ふるさと」の語を検討したい。

Aは大宮が娘女二宮の懐妊を世に知られないために、娘共々自らの実家に宮中から退出した際の場面である。「ふるさと」という語は大宮の視点に添って彼女の実家を指すものとして使われている。更に「ふるさと」の別の語義である荒廃した里のイメージも含まれており、その里邸は築山に草木が茂り、池は水草で埋まり水面が見えないといった、荒れ果てたものと化していたことが語られている。

さて、今回の「ふるさと」の語の検討にあたり重要な用例がBである。ここは雪の夕べ、狭衣が宮中から退出するついでに若宮のことを思い、一条の宮へ立ち寄る場面である。ここでも「ふるさと」の語が「一条の宮」に用いられているのだが、まるで狭衣の「ふるさと」であるかのように物語は語ってくる。勿論「一条の宮」は狭衣にとって生い育った場所ではない。加えて狭衣の「ふるさと」と称されるほど彼と「一条の宮」の接点は多かったとは言えないだろう。ここでの「ふるさと」は先ほどまで見てきたA、E、F、G、Hとは明らかに異なった性格を持つ語となっている。この「一条の宮」を「ふるさと」と称すべき人物は本来、大宮、そして女二宮であるはずなのである。何故「一条の宮」が狭衣の「ふるさと」と称されるのであろうか。

この問題に関し井上眞弓氏は『狭衣物語』における場所の記憶　―今姫君と大宮の移居を中心に―(1)の中で、「若宮の存在が契機となり、「一条の宮」がまるで狭衣自身の「ふるさと」であるかのように語られてくる」と指摘されている。またCの和歌で狭衣が、「一条の宮」に咲いている大和撫子を若宮に譬え、女二の宮へ詠んだ歌に関し、井上氏は、

> この歌は狭衣から女二宮への贈歌で、「恋わびて」いるのは狭衣である。そして、この「ふるさと」は女二宮が住む場所であり、狭衣の共有できる「ふるさと」でないにも関わらず、過去の女君との思い出により女君の居場所を「ふるさと」と呼び続けるのである。

と述べられている。このようにB・Cでは本来「ふるさと」と呼ぶ根拠をもたない「一条の宮」を、あたかも狭衣の「ふるさと」のように語ってくる。その時「ふるさと」には「実家」の意ではなく、「思い出の地」・「見捨てられた地」などの意が含まれていることを確認しておきたい。

Dは嵯峨院が女二宮の代わりに狭衣へ返した歌である。このとき狭衣は一品の宮と結婚して初めての朝を迎えた。新婚初夜を過ごした朝は、狭衣が一品の宮に後朝の文を送るのが当然である。しかし狭衣は一品の宮に後朝の文を送らず、嵯峨にいる女二宮に文を送った。文には「思ひきや葎の宿を行き過ぎて草の枕に旅寝せんとは」という歌が添えられていた。

歌の中で狭衣は、「一条の宮」を「葎の宿」と詠みこんでいた。その文を見た女二宮は相変わらず返事をしない。

見かねた嵯峨院が仕方なく女二宮に代わり、狭衣に「故里は浅茅が原となし果てて虫の音繁き秋にやあらまし」（D）といった返歌を贈る。嵯峨院はその返歌に、自分の妻である大宮の里邸「一条の宮」を「ふるさと」と詠みこんでいた。ここでもまた「ふるさと」という語が共有できるはずのない嵯峨院によって「一条の宮」に用いられており、まるで狭衣の「ふるさと」であるかのように書かれている。

なお、この嵯峨院の歌であるが、第三句目が諸本によって異なった表現になっている。内閣文庫本では「あれ果てて」となっており、後拾遺集に収められている道命の歌「故里は浅茅が原と荒れ果てて夜すがら虫の音のみぞなく」の上の句をそのまま踏襲した形となる。また、流布本系統では「成り果てて」となっている。今回用いた新編全集の底本である深川本では「なし果てて」と表記されており、狭衣に見捨てられたことによって「ふるさと」となった「一条の宮」、という意味の歌になっている。狭衣に見捨てられた「ふるさと」＝「一条の宮」というように、深川本ではより狭衣の「ふるさと」としての「一条の宮」が色濃く表わされた本文となっている。(2)

以上のように、物語は故式部卿邸と堀川邸については実家という正当な意味で「ふるさと」の語を用いているのに対し、「一条の宮」には特殊な「ふるさと」の語の用い方をしている。何故物語は女二宮・大宮の実家である「一条の宮」を、まるで狭衣の「ふるさと」であるかのように語ってくるのであろうか。この問題を軸として『狭衣物語』の論理の一端を紐解いていく。

二

『源氏物語』に「ふるさと」の用例が二十五箇所見られる。(3)その多くは本来の語義である「生まれ育った場所・

故郷」という意味の用いられ方をしている。次にあげる二例は、そのような意味で用いられているものとは異なる『源氏物語』の「ふるさと」の用例である。

Ｉ「をかしきことかな。何心ありて、いかなる人をかは、さて据ゑたまひつらん。なほいと気色ありて、なべての人に似ぬ御心なりや。右大臣など、この人のあまりに道心すすみて、山寺に夜さへともすればとまりたまふなる、軽々しともどきたまふと聞きしを、げに、などか、さしも仏の道には忍び歩くらむ、なほ、かの古里に心をとどめたると聞きし、かかることこそはありけれ。いづら、人よりはまめなるとさかしがる人しも、ことに人の思ひいたるまじき隈ある構へよ」（浮舟　⑥一一五）

Ｊ穢らひといふことはあるまじけれど、御供の人目もあれば、上りたまはで、御車の榻を召して、妻戸の前にぞゐたまひけるも見苦しければ、いとしげき木の下に、苔を御座にてとばかりゐたまへり。今はここを来て見むことも心憂かるべしとのみ、見めぐらしたまひて、

われもまたうきふる里を荒れはてばれやどり木のかげをしのばむ（蜻蛉　⑥二三六〜二三七）

Ｉは、匂宮が大内記から薫が宇治に女（＝浮舟）を隠していることを聞き、それについて大内記に語っている場面である。匂宮は今まで薫が宇治へ忍び歩きしていたことを、ただの仏道修行のためだとは思っていなかった。彼は「かの古里に心をとどめたると聞きし」と、古里＝宇治（大君との過去に関わる場所）に未練を残しているのだろうと思っていたのだ。しかし薫が女を囲っているということを聞き、全てにおいて合点がいった、と匂宮は納得する。

匂宮はまるで薫の「ふるさと」であるかのように、宇治を「古里」と称すのだが、もちろん宇治は薫の実家でも生家でもない。八の宮やその娘の大君・中君の「ふるさと」なのである。宇治という、古都と称されてもおかしくはない場所の特別性も絡んでいると考えられるのだが、ここでは匂宮が薫を八宮家に添わせた形で宇治を「ふるさと」と呼んでいることに注目したい。その「ふるさと」の語が、かつての八宮や大君との過去を想起させるのである。[4]

狭衣が「一条の宮」を「ふるさと」と呼ぶことに関し、「過去の女君との思い出により「ふるさと」と呼び続けるのである」と井上氏の論じられた構図に近似した構図が、『源氏物語』「浮舟」巻の「古里」には見ることが出来る。薫と大君との過去の思い出が、宇治をこのような形で匂宮が薫の「古里」と称することにつながるのである。

更にJの「蜻蛉」巻では、薫自身が宇治（宇治邸）を「ふるさと」と称している。ここでも薫が「宇治」を、大君・中君・浮舟により添った形で「ふるさと」と称していることが読み取れる。

このようにI、Jの「ふるさと」は、前節で論じた狭衣が女二宮と大宮に寄り添った形で「一条の宮」を「ふるさと」と称す用いられ方に極めて近い性格を持っていると言えるであろう。

『狭衣物語』では「一条の宮」に対して用いられる「ふるさと」が女二宮を想起させ、『源氏物語』では「浮舟」巻では大君を、「蜻蛉」巻では大君、中君、浮舟を想起させる言葉となっているのである。両者とも手に入らなかった、あるいは失ってしまった女君を想起させる語として用いられているのだ。

『狭衣物語』の「一条の宮」に対する「ふるさと」の用い方は、『源氏物語』の「宇治」における「ふるさと」の用い方を受け止めていると言えるであろう。しかし、『狭衣物語』は単純に『源氏物語』の「ふるさと」の用法を受け止めたのではなく、独自の物語を切り拓いているのである。その決定的な差異こそが狭衣の子、若宮の存在なのだ。

「一条の宮」が「ふるさと」と称されるようになるのは、大宮が宮中を退出した際に実家という意味で使われた用例Aを除けば、若宮が「一条の宮」にいる間だけである。堀川大臣が若宮を「一条の宮」に返さずに堀川大臣邸へ引き取ってからは、「一条の宮」は「ふるさと」と称されなくなり、最終的には「一条の宮」自体、物語に登場しなくなる。「一条の宮」を「ふるさと」と狭衣が称するのは女二の宮と過去を共有したいという思いが働いている。しかし「若宮」が「一条の宮」にいるときだけに限って「ふるさと」の語が用いられていることを考えあわせると、「一条の宮」という場所が問題なのではなく、若宮の存在が問題として挙げられるのではないだろうか。『源氏物語』「浮舟」「蜻蛉」巻では「宇治」という場所が契機となり、「ふるさと」という語が用いられる。それに対し『狭衣物語』は、「一条の宮」という場所によるものではなく、若宮が契機となり「ふるさと」の語が用いられているのである。

自分の子によって主人公にとっての「ふるさと」として空間を仮構することが、『源氏物語』を受け止めながらも、独自の物語を切り拓いた『狭衣物語』の方法なのである。

では、その「一条の宮」とは狭衣にとってどのような機能を果たしているのか、さらに「子」である若宮が物語においてどのように位置づけられるのか、考えていきたい。

三

狭衣が「一条の宮」へ通うようになったのは、若宮の後見を託されてからである。嵯峨院・女二宮が出家し、洛西の僧院に父娘が隠棲したため、前斎院を「一条の宮」に一人残すわけにもいかず、頻繁に足を運ぶようになる。では、後見を託される前はどうであろうか。若宮の後見を託される前に、狭衣は二度「一条の宮」へ足を運んでいる。以下は上述のAの引用文で「一条の宮」の荒廃が描かれた後の場面である。

K かかる御心地のほどとても、大夫宮司などよりほかに参る人なく心細きに、さぶらふ人もたち騒ぎ、御随身のあたりもことごとしきを、若き人々静かに端つかたにて「誰ならん」と、「めづらしうもあるかな」など言ひて見やるに、東の対に続きたる透渡殿より歩み出でたまへるを見れば、左大将におはしけり。（巻二 ①二一二）

L …（前略）例の乳母子の道季ばかりを御供にて、かの宮におはしたれば、御門もしたたむる人もなきにや、見わたしたまふに、時分かぬ深山木どもの小暗うもの古りたるをたづねよるにや、四方の嵐もほかよりはもの恐ろしげに吹きまよひて、雪かきくらし降りつもる庭の面は、人目も草も枯れはてて、同じ京のうちとも見えず、心細げもまさるに、起きたる人のけはひもせねば、わざともえ驚かしたまはで、中門に続きたる廊の前につくづくとながめ居たまへり。（巻二 ①二三二～二三三）

まずKの一度目の「一条の宮」への訪問は、大宮と女二宮の見舞いという名目で訪れている。Lの二度目の訪問では女二宮への思いから「御心もあくがれまさり」て、「一条の宮」へ訪れるのである。Kは、母娘が重体という非常事態にも関わらず親身に世話する後見役のいない心細さが描かれ、Lは皇太后里邸の荒涼とした冬景色によって皇太后の全盛時代との落差を象徴する「ふるさと」としての「一条の宮」が色濃く表われている。しかしこの段階で「一条の宮」は、狭衣にとっての「ふるさと」であるかのようには描かれていない。

では、「一条の宮」がまるで狭衣の「ふるさと」のように語られてくる契機について述べていきたい。最初にそのような形で「ふるさと」と称されたのは、巻三で雪の夕べに狭衣が若宮を訪ねた場面である（引用文B）。「幼き人何心もなく紛れたまふらん」と思った狭衣は「一条の宮」を訪れる。このとき「一条の宮」は「ふるさと」とよばれているのである。先にも述べたように、狭衣が「一条の宮」へ通うようになったのは嵯峨院に若宮の後見を託されてからであり、それ以前の「一条の宮」は大宮の「ふるさと」＝実家という形でしか物語において機能していない。つまり少なくとも、若宮の後見を託されてから巻三の「雪降りて心細げなる夕つ方」に「一条の宮」を狭衣が訪ねるまでに、「一条の宮」の意義が変容したと考えられる。

では、その間に「一条の宮」にどのような変化があったのであろうか。若宮の後見を託された後、「一条の宮」へ狭衣は幾度となく訪れている。そして斎宮（＝嵯峨院女三宮）が寮へ移った後、狭衣は「一条の宮」に夜なども逗留することが多くなっていく。前斎院（＝女一宮）を一人残すわけにはいかないので、堀川邸に若宮を引き取ることもできず、狭衣は自ら「一条の宮」へ通っているのだ。徐々に若宮も狭衣になついていき、狭衣にとって「一条の宮」は、

若宮もいみじうまとはしきこえたまふを、いかでかは、おろかにも思ひきこえたまはん。やうやう住吉の里にもなりぬべかんめり。（巻三　②二三）

と「住吉の里」へと化していることが描かれている。

またこの後、狭衣だけではなく堀川大臣も「一条の宮」へ足を運び、更には修繕にさえ着手する（巻三　②二五）。先にも述べたが、荒れ果てた「一条の宮」は後見のなく立場の弱い大宮の象徴であった。しかしこの修繕の直後物

語は、狭衣が女二宮・大宮に寄り添わせた形で「一条の宮」に「ふるさと」の語を用いるのである（引用文C）。この堀川大臣による「一条の宮」修繕もまた、大宮の「ふるさと」から狭衣の「ふるさと」への意義の変容において大きな役割を担っていると言えるであろう。大宮の「ふるさと」であるはずの「一条の宮」は「狭衣による若宮の後見」・「堀川大臣による一条の宮の修繕」というプロセスをたどり、まるで狭衣の「ふるさと」であるかのように語られてくるようになるのである。

四

一条の宮の「ふるさと」の用いられ方の変容における要因の一つは嵯峨院による若宮の後見委託である。「一条の宮」が「ふるさと」と称されるのは、大宮が宮中を退出した際に実家という意味で使われた箇所（引用A）を除けば若宮が一条の宮にいる間のみである。つまり女二宮と狭衣の共有する過去、「思い出の地」の意で称される「ふるさと」の語は、「一条の宮」という場所に起因するものではなく、「若宮の存在する一条の宮」によるものであると考えられる。

では「若宮の存在する一条の宮」とは、狭衣にとってどのような場所なのであろうか。以下は若宮が堀川大臣に引き取られたのち、一品の宮との結婚の結果、居場所を失った狭衣が斎院を隠れ場所とする場面である。

M①あらぬ所と、思し慰めさせたまひし一条の宮にも、②若宮のおはせねば、隠れ所なくて、殿がちにおはするも、③びんなき事とのたまはすれば、大方世になありそとなめりと、むつかしければ、斎院に参りて、隠れゐたまへ

り。（巻三　②一三五）

まず傍線部①「あらぬ所」[5]であった「一条の宮」は今、傍線部②「若宮がおはせねば」、「隠れ所」がない。狭衣は、堀川邸に引き籠っていることを傍線部③「びんなき事」と小言をいう堀川大臣から隠れている。つまり「若宮の存在する一条の宮」は狭衣にとって「あらぬ所」であり、「隠れ所」でもあったのだ。

「一条の宮」が狭衣の隠れ所として機能していることが色濃く見られるようになるのは、一品の宮との婚儀の日程が決まった後である。

N自らの御心には、いといみじうのみ思し嘆かれて、④一条の宮にのみ籠り居たまひつつ、⑤起き臥し語らひたまひて、⑥叶はざりける世の中を恨めしう思すままに、ただ、今しばし変わらぬさまにておはせましかば、かかることを人思し寄らましやなど思すに…（略）　（巻三　①九三）

狭衣は一品の宮との結婚をとんでもないことだ、と痛感していて、傍線部⑤の通り若宮と寝ても起きても語り合いながら、傍線部④「一条の宮にのみ」引き籠っている。傍線部⑥の「叶はざりける世の中」は後の文脈からして女二宮の出家・一品の宮との結婚を指しており、こうして見ると若宮が存在しなくては「隠れ所」としての「一条の宮」が機能しないことは明らかである。一品の宮との結婚後も「一条の宮」は狭衣にとっての「隠れ所」としての機能を果たす。Oは一品の宮との結婚した日の夜、Pは結婚後の狭衣が「一条の宮」へ訪れる場面である。

O悩ましきにことつけて、夜深く出でたまふ。一条の宮におはしぬ。まだ夜深くて、起きたる人なければ手づから格子を一間上げたまひて、やがて眺め臥したまへるに、「雁のあまた連ねて鳴き渡るを」と、独りごちたまひて、「青苔の色の紙」と誦じたまふけはひ、帝の御妹と言ふとも、世の常ならんはことはりなる御ありさまなり。（巻三　②一〇五〜一〇六頁）

P日ごろ過ぐるままに、いと人目もつつみ敢ふまじく、ありつくべき心地もせねば、殿のしつらひもさながら置かせたまひて、候ふ人々も同じさまにて、夜も常に泊りなどしたまふを、殿の、「いとあさましきことなり。たとひ心に合はずとも、いはけなく心のままなるべき位のほどにもおはせず」など、むつかりつつのたまへば、いでや、さは思ひしことぞかし、いつまでかく諫められんとすらん、悔しと思す折もありなんかしと、せめてむつかしき折は、一条の宮に隠れ居たまひてぞ、慰めたまひける。（巻三　②一一三頁）

O傍線部⑦のように、まだ夜の気配の残る暁に、一品の宮のいる一条院を出て一条の宮へ訪れたり、P傍線部⑨では傍線部⑧の通り、堀川大臣の叱責に耐えかねなくなる時には一条の宮へ隠れ、若宮によって心慰めていることが語られている。ここでも「一条の宮」という場所のみではなく若宮によって慰められて、初めて「一条の宮」が「隠れ所」・「あらぬ世」として機能していることがわかる。

また、堀川大臣のP傍線部⑧の叱責にしろ、Mの傍線部③の小言にせよ、全てにおいて一品の宮と狭衣の結婚に起因していることは押さえるべき点である。ここから堀川大臣が「一品の宮」との結婚という「叶はざりける世の中」＝（現実・日常）を一貫して狭衣に突きつけていることを読み取ることができる。一方の狭衣は若宮の存在により「一条の宮」をその「叶はざりける世の中」からの「隠れ所」とし、「あらぬ世」＝非日常的世界へと逃避する姿を物語は描いており、「一条の宮」はそのように機能しているのである。

五

狭衣の「子」である若宮は、「隠れ所」「あらぬ世」といった狭衣にとっての非日常的空間を生成している。いや、正確に言うならば、狭衣が若宮を契機として「一条の宮」を非日常的世界へと仮構していると述べるべきであろう。嵯峨院や語り手もまた狭衣の非日常的空間の仮構に加担していることも忘れてはならない。「一条の宮」は狭衣にとっての非日常的な空間と化し、化した証として「ふるさと」の語が「一条の宮」に特殊な形で用いられていることをここに改めて記しておく。では狭衣の「子」である「若宮」は、狭衣の非日常的空間を生成することにより、物語においてどのような機能を果たしているのであろうか。

若宮のいる「一条の宮」を非日常的空間化する背景には、女二宮を獲得せんとする狭衣の意思が働いている。狭衣は「子」である若宮を通して、女二宮の面影を見ていることは明らかである。女二宮は若宮出産後に出家し、狭衣にとって手に入れることのできない女君として物語に位置付けられている。そもそもこの女二宮のように、狭衣が獲得不能な女君として最初に物語に位置付けられたのは源氏宮であった。源氏宮への恋慕を「あるまじきこと」と自己規制をし、狭衣は飛鳥井女君・女二宮を追い求める。鈴木泰恵氏は「狭衣物語紛河詣でについて―「この世」への道筋―」(6)の中で、この源氏宮を始発とした狭衣の恋の動きを次のように述べられている。

狭衣は源氏宮へのかなわぬ恋の苦悩から出家志向を募らせ、現世離脱の可能性を増加させていた。一方そのかなわぬ恋の情動を飛鳥井女君や女二宮に転位させ、現世のしがらみを累加させてもいた。

このご指摘のように狭衣は源氏宮への思いを「あるまじきこと」(7)と自己規制し、獲得不能な女君へ仕立て上げる。その恋の情動を飛鳥井女君や女二宮に転位させていく。しかし、飛鳥井女君は乳母子道成に連れ去られ、女二宮は若宮出産後に出家をしてしまい、それぞれ狭衣にとって獲得不能な女君となってしまう。そして飛鳥井女君・女二の宮と経由した恋の情動は、最終的に子である若宮に行きつくのである。(8)

『狭衣物語』は、主人公狭衣が手に入ることのできない女君(=獲得不能な女君)を求め続けることにより、展開されていく。よって狭衣はその獲得不能な女君たちを常に求め続けなくてはならず、狭衣がその女君たちを獲得することは物語の論理上許されない。

源氏宮を始発とした恋の情動が、飛鳥井女君、女二宮と経由し、「子」に行き着く。それは狭衣が源氏宮や飛鳥井女君・女二宮などの女君=獲得不能な女君を手にすることは不可能であるということを物語が示しているのに他ならない。

例えば『源氏物語』で言うならば、光源氏が手に入れることのできない女君(=藤壺)の面影を重ね合わせているのは姪の紫上であり、「いとさま変りたるかしづきぐさ」(9)として、育て上げ、恋へと発展していく。また、薫も大君あるいは中君への恋への情動を浮舟へと転位させることにより、彼女との恋は可能なものへとなる。紫上も浮舟も実際は光源氏や薫とは血のつながった「子」ではないため、彼らとの恋は可能であり、いずれも藤壺・大君と失った・手に入らない女君への恋の情動を転位され、光源氏や薫との恋へと発展していくのである。しかし『狭衣物語』ではその恋の情動が血のつながった「子」に行き着いてしまった時点で、『源氏物語』のような方法的展開の道は閉ざされる。そして今まで源氏宮・女二宮・飛鳥井女君と、彼の求めていたものが獲得不能の女君といった

「ヒト」であったのに対し、恋の情動を子に転位させることによって「一条の宮」といった一見獲得可能な「空間」を生成するのである。そして「一条の宮」は狭衣の「あらぬ世」「隠れ所」として機能する。これは紛れもなく「一条の宮」が狭衣の空間＝非日常的空間へと化したことを意味している。その証として「一条の宮」は、仮構された狭衣の「ふるさと」として語られるのである。だが若宮が堀川邸へ移ったのち、「一条の宮」は狭衣の空間としての機能を失う。ここに「一条の宮」は狭衣によって決して獲得保持されない、非日常性を備えた空間であることが読み取れよう。

おわりに

『狭衣物語』は源氏宮思慕を始発とし、狭衣の〈移動〉による恋の物語を展開する。飛鳥井女君・女二宮との恋を経由し、最終的に狭衣の求める対象は自らの「子」に行き着く。「子」に行き着いたとき、『狭衣物語』は狭衣の恋の物語を展開する術を失う。しかし物語は「子」の存在する「空間」を求めるという方法で、新たな展開を切り開いていく。そして「一条の宮」は狭衣の求めるべき空間、＝日常からの逃避する場（非日常的空間）として機能する。物語は狭衣が新たに獲得しようとする〈非日常性〉の証として、「一条の宮」をまるで狭衣の「ふるさと」であるかのように仮構して我々に語りかけているのである。

注

（1）平成一六〜一八年度科学研究費補助金（基盤研究（C））課題番号16520109研究成果報告書『狭衣物語』を中心

とした平安後期言語文化圏の研究』研究代表者三谷邦明（二〇〇七年二月二八日発行）

（2）流布本「荒れ果てて」、内閣文庫本「成り果てて」という各々の本文であろうとも、狭衣の「ふるさと」としての義で用いられていることは言えよう。なお、深川本の本文に関しては『古典聚英　狭衣物語深川本（上下）』によった。また、本文の校異を確認するにあたり、『校本　狭衣物語　巻三』（中田剛直氏　おうふう　一九八〇年三月）を参考にした。

（3）『源氏物語語彙用例総索引　自立語篇　全五巻　巻四巻』（一九九四年　勉誠社）による。

（4）高橋亨氏は「宇治物語時空論」（『国語と国文学』一九七四年一二月『源氏物語の対位法』東京大学出版会　一九八二年　所収）の中で、〈宇治〉という場所の問題に着目し、敗北した王権のゆかりの地としての〈宇治〉を読み取られる。

（5）「あらぬ所」に関しては井上眞弓氏が「『狭衣物語』の転地」（『狭衣物語が拓く言語文化の世界』翰林書房　二〇〇八年）の中で、今姫君が洞院の上の西の対を「あらぬ所」と称していることに注目され、転地させられる女君を通して〈移動〉による物語の構図について見解を示された。

（6）初出『中古文学』（一九八八年五月）。後加筆し、『狭衣物語／批評』（翰林書房　二〇〇七年）所収

（7）鈴木泰恵氏は「狭衣物語の恋について―源氏宮思慕を中心に」（『中古文学論攷』一九八四年一〇月　後加筆し、『狭衣物語／批評』に所載）の中で、狭衣と源氏宮との恋は可能であるという見解を示された。そして狭衣に非現実的なものを憧憬する性格があることを指摘され、狭衣は源氏宮思慕を「あるまじきこと」とすることにより、源氏宮を非現実的な存在へと祭り上げ憧憬していると論じられた。

（8）（6）に同じ。氏は粉河詣で以前、狭衣は源氏宮への叶わぬ恋の苦悩から出家志向を募らせ、現世離脱の可能性を増殖させつつも、その一方で叶わぬ恋の情動を飛鳥井女君・女二宮に点にさせ、現世のしがらみを累加させていたと説かれる。そして粉河詣では狭衣に現世からの離脱の可能性と現世への回帰の二者択一を迫る旅であったと位置づけられた。粉河詣で以降、狭衣が飛鳥井姫君を捜し当てて手いる点や若宮を取り戻したことから、氏は「子」

捜しの物語が展開されていると説かれる。

（9）『源氏物語』若紫①二六二頁

付記　『狭衣物語』、『源氏物語』の本文について、小学館の新編日本古典文学全集『狭衣物語』『源氏物語』を使用した。また、『拾遺和歌集』の本文として、岩波書店の新日本古典文学大系『拾遺和歌集』を使用した。

『狭衣物語』の〈斎王〉——斎内親王・女三の宮の位置づけをめぐって——

本橋裕美

はじめに—『狭衣物語』の〈斎王〉が抱える特異性—

『狭衣物語』は内親王が多く登場する点で特徴的である。それは一条院、嵯峨帝、後一条帝、そして狭衣帝と登場する帝位経験者がみな子どもを持つ年齢に達していることに起因するが、『狭衣物語』において内親王が焦点化される背景には親王の少なさの影響もあろう。後述する巻四で女帝問題さえ浮上するように、『狭衣物語』では帝の候補者である親王がほとんど描かれない。親王が少なければ、親王たちが構成するはずの宮家も少なくなる。帝を支える天皇家の枠は小さくなる一方であり、そうした中で内親王の役割が大きくなるのは必然である。しかし試みに『源氏物語』を見れば、紫の上や秋好中宮、朝顔の斎院、あるいは宇治の姉妹といった親王の娘、すなわち女王たちが高貴さと不安定さの中で躍動している。一方の『狭衣物語』では明確に語られる宮家が少なく、女王もわずかしか登場しない。逆にいえば、女王をほとんど描かない『狭衣物語』であるからこそ、内親王は焦点化され、独自の様相を見せるのである。『狭衣物語』の内親王は人数も多く重要な役割を担うが、つまるところ内親王がそれらの役割を担わなければ物語は成立しない状況にある。「天皇家」の縮小の中でこそ、内親王の存在は拡大するのである。

では、女王の位置づけとは何だろうか。時代、立場、親の状況によって変化してきたであろうことは言うまでもない。しかし、いつの時代も変わらず女王に求められた責務として内親王の代替があり、その立場をもっとも明確に示すのが斎宮・斎院、つまり〈斎王〉の制度である。

凡そ天皇即位せば、伊勢の大神宮の斎王を定めよ。仍りて内親王の未だ嫁がざる者を簡びてトえよ〈もし内親王なくば、世次によりて女王を簡び定めてトえよ〉（『延喜式』巻第五　斎宮）(1)

凡そ天皇即位せば、賀茂の大神の斎王を定めよ。仍りて内親王の未だ嫁がざる者を簡びてトえよ〈もし内親王なくば、世次によりて諸の女王を簡び定めてトえよ〉（『延喜式』巻第六　斎院司）

平安時代中期、〈斎王〉が女王であることは既に珍しくない。(2)しかし、翻って『狭衣物語』を見れば、そこに登場する〈斎王〉はみな内親王で構成されている。斎院では嵯峨院の女一の宮、短期間ではあるが一品の宮、そして源氏の宮。伊勢の斎宮では狭衣の母である堀川の上、嵯峨院の女三の宮と、描かれない空白の期間はあるものの、描かれる〈斎王〉はすべて天皇の娘である。この偏向は、時に死活問題ともなりうる。親王の少なさの問題は、巻四、後一条帝譲位の文脈で露呈するが、(3)内親王の数に底が見えるのはもっと早い段階であった。

巻二の後半、一条院の急な崩御に世の中が揺れ動く中で源氏の宮が斎院に、嵯峨院の女三の宮が斎宮に決まると狭衣は「世の常ならましかば、斎宮・斎院世に絶え給ひてやあらまし」（旧大系　巻二　一九五）と述懐する。〈斎王〉候補が不足するという事態は、巻四の東宮候補の不足と無縁ではない。即位とは別に皇族に属し、時に支えるべき存在の希薄さが『狭衣物語』の一つの特徴であり、それはもちろん最終的な狭衣即位の原動力ともなる。

女王という代替処置を持たない『狭衣物語』の〈斎王〉の中でも、とりわけ特異な様相を示すのは、後一条朝の斎宮となった嵯峨院の女三の宮である。斎宮、斎院の別において、歴史的に内親王が卜定されることが多いのは圧倒的に斎院だった。そうした中で女三の宮は伊勢の斎宮として下向し、後述するとおり、斎宮として類い希な経験をすることになる。本稿においては、『狭衣物語』の〈斎王〉という視点からこの女三の宮の位置づけについて論じる。

また、物語は女三の宮の帰京を語らない。最後の御代替わりである狭衣帝即位は、本来、再び〈斎王〉が絶えるかもしれないという問題を内在しているはずである。しかしながら、歴史的にはあって然るべき新たな斎宮の卜定は描かれず、女三の宮は伊勢に留まり、皇族に属する女性の少なさに言及されることはない。女三の宮の「空間／移動」は、最後に「移動されない／移動できない／移動するかもしれない」という語られない問題を抱えている。巻四以降、物語の終焉の向こう側を視野に入れて論を進めていきたい。

一　女三の宮の人物像——位置づけ・卜定・託宣

まずは、問題の中心となる女三の宮の人物像について見ておきたい。

皇太后宮の御腹の姫宮三人おはします、一はこの頃の斎院、二の宮は御かたち・心よりはじめて、めでたくおはしますを、…

（旧大系　巻一　四七）

…三の宮とおぼえ給、少し起きあがりて、「その絵を、など見せざりける。心憂かりけり」と恨み給けはひ、幼びて、ふくらかに愛敬づき、愛しげに見え給ふ。

（旧大系　巻二　一二六〜一二七）

その初登場は序盤であるが、皇太后腹の内親王が三人いる、と明らかにされながらも、三の宮については触れられることがない。それは本格的に登場する巻二の場面でも同様で、幼い可愛らしさが狭衣の視点から語られるのみで、未だ人数に入らない年頃の女宮といえる。

狭衣と女三の宮の交流は少ないが、特徴的なのは次の場面である。

若宮の、驚きてうち泣き給へるに、人々おどろきつゝ、「大殿油も消えにけり」「紙燭持て参れ」など言へば「たゞかくて、『伏籠の少将』のやうにてやあらまし」など、思せば、「いでや、甲斐なきものから、いとゞ『憎し』と、かくれ居て思すとも、今更に誰が名もあぢきなく」と、思して、念じてやをら起き上り給に、奥の方に、御髪長やかにてさはるは、三の宮にこそおはすめれ。うちみじろき給。「ありしながらの我ならましかば、総角もいかゞあらまし」と、愛しかりし御様は、ふと思ひ出でられ給けり。（旧大系　巻二　一七二）

狭衣の目的はあくまで女二の宮である。狭衣の気配に気づいて逃げ出した女二の宮の替わりに眠っているのは女三の宮で、狭衣が彼女に手を出すのは容易い。ここで狭衣が思考する「総角もいかゞあらまし」は、次の催馬楽「総角」を引く。

総角や　とうとう　尋ばかりや　とうとう　離りて寝たけれども
まろびあひけり　とうとう　か寄りあひけり　とうとう(4)

共寝をイメージさせる内容であるが、もちろん狭衣のイメージはそれに留まらない。同じく総角と響き合う『源氏物語』の薫と大君を想定している。

客人は、弁のおもと呼び出でたまひて、こまかに語らひおき、御消息すくすくしく聞こえおきて出でたまひぬ。総角を戯れにとりなししも、心もて「尋ばかり」の隔てにも対面しつるとや、この君も思すらむといみじく恥づかしければ、心地あしとてなやみ暮らしたまひつ。

（『源氏物語』総角⑤二四一）[5]

中納言は、独り臥したまへるを、心しけるにやとうれしくて、心ときめきしたまふに、やうやうあらざりけりと見る。いますこしうつくしくらうたげなるけしきはまさりてやとおぼゆ。あさましげにあきれまどひたまへるを、げに心も知らざりけると見ゆれば、いといとほしくもあり、また、おし返して、隠れたまへらむつらさの、まめやかに心憂くねたければ、これをよそのものとはえ思ひはつまじけれど、なほ本意の違はむ口惜しくて、うちつけに浅かりけりともおぼえたてまつらじ、この一ふしはなほ過ぐして、つひに宿世のがれずは、こなたざまにならむも、何かは他人のやうにやはと思ひさまして、例の、をかしくなつかしきさまに語らひて明かしたまひつ。

（『源氏物語』総角⑤二五三）[6]

『源氏物語』総角巻は、催馬楽「総角」に支えられて展開している。薫と大君の間に交わされる総角の贈答歌は二人の間で大きな意味を持つ。また、大君が逃げ出して中の君が取り残される場面は、『狭衣物語』にぴたりと重なるといえる。

しかし、狭衣の行動は薫をなぞるわけではない。狭衣はそこに眠っているのが女三の宮であることを自覚しており、またその可愛らしさを垣間見で知りながらも手を出そうとはしないのである。「総角」の語は、催馬楽の共寝のイメージ、『源氏物語』総角巻の薫の行動との対照、更には童髪を表す「総角」という言葉から狭衣の侵入に気づかず眠る女三の宮の幼さをも連鎖させながら、「まろびあひけり」「か寄りあひけり」という催馬楽の言葉を否定する。もちろん、薫が中の君に手を出さなかったという点では狭衣もまたそれに倣ったともいえるが、女三の宮がこの一夜を一切知らないことは狭衣との関係を見る上で押さえておくべきである。

すぐ傍で眠る女三の宮を見ながら手を出すことなく去った狭衣であるが、出家した女二の宮の替わりとして女三の宮との縁談が持ち上がる。

「二の宮、大宮の御かはりにて、大将を御後見にておはしまさましかば、行末の御為もいかに後やすからまし」と、かへすぐ〳〵口惜しう思し召されてける。「いつしか、この御方人と思すべき人にもなきがいと心細きを、三の宮の御事をや言はまし。この若宮の御後見（に）も、やがて預けて、思ふさまにしも、思はずとも、大方の心めやすく後やすき人なれば、さりとも殊の外には、思捨てじ」など、懲りずまに思し召しけり。

（旧大系　巻二　一八三）

この時、狭衣の子を出産した女二の宮はすでに出家しており、世間的には皇太后腹とされる若宮がいる。だが女二の宮は若宮を育てる気がなく、若宮の養育は嵯峨院と女三の宮に支えられている。その若宮の安泰のため、女三の宮と狭衣の結婚が嵯峨院によって画策されたのである。しかし、嵯峨院の目論見は女三の宮の斎宮卜定によってまたも失敗に終わる。

斎宮には、嵯峨野の三の宮ぞ居させ給にける。大将の、御心の、「世の常ならましかば、斎宮・斎院世に絶え給ひてやあらまし」とぞ、人知れず思しける。鈴鹿川のよそになり給ぬるは、さばかりの御心に、何とも思さるまじけれど、例の御癖なれば、「かく」と聞き給へば、たゞならず、「遂に、いかなる宿世のあるにか。さてもありぬべき事は、さま〴〵にもて離れ行よ。もし唐国の中納言のやうに、子持ち聖や設けんずらん」と、我ながら、まれまれひとり笑みせられ給ひけり。

（旧大系　巻二　一九五〜一九六）

嵯峨帝が譲位したのも束の間、新帝の父である一条院が崩御し、その影響を受けてか、女三の宮が斎宮に卜定される。[7] 内親王、しかも皇后腹の斎宮は歴史的に見ても少ない。[8] 同時に斎院も退下していて、こちらは源氏の宮に白羽の矢が立つことになるが、実はその差も判然としないのである。後述するが、堀川の大殿の養女としての卜定であることを考えれば源氏の宮は女王格、歴史的に見ればそちらが斎宮であってもいいものを、ここでは女三の宮に斎宮が振り分けられる。先に挙げた通り、女三の宮は狭衣との婚姻を考えられていたのであり、周囲にも当事者にも予想外の卜定であったと想定される。

このト定を受けて、狭衣は先にも扱った「世の常ならましかば、斎宮・斎院世に絶え給ひてやあらまし」という感慨を抱く。また「例の御癖なれば、『かく』と聞き給へば、たゞならず」といつでも手に入る存在を失ったことを意識する。しかし、こうした狭衣の印象は強い後悔などを伴うものではなく、むしろ自身の在り方を面白がるような響きを含んでいる。

登場からト定までの女三の宮は、幼いばかりが強調され、狭衣の恋の対象とはならない。先に侵入した狭衣に気づかず眠る女三の宮を見、また女三の宮がいつでも自分のものになるはずだった存在として認識されるところからもわかるとおり、狭衣は女三の宮は恋の対象とできなかったのではなく、狭衣自身が対象から外すことを選択した女君である。しかし一方で、そうした狭衣の選択や嵯峨院の希望は描かれるものの、女三の宮自体が狭衣との婚姻や斎宮卜定に対して感想を漏らすことはない。

伊勢へ下向した後の女三の宮の様子はほとんど描かれることがないが、巻四、物語も終盤になって、斎宮である女三の宮の身に重大な事件が起こる。

嵯峨の院にも、思し離れにし方ざまの事なれば、なのめにもいかでか思されん。「命の長かりけるが嬉しき事」と、よろこばせ給に、斎宮もあやしうさとしがちにて、宮も、悩ましげにし給由、聞ゆれば、嵯峨の院など、思し嘆くに、…

(旧大系　巻四　四二五〜四二六)

「託宣」という出来事の異例さは際だっている。本稿においては、この場面について、さまざまな視点から確認していきたい。それまでも点描しかされず、伊勢に行ってのちはほとんど焦点を結ぶことのなかった女三の宮が、突如として世を動かす役目を担うのである。後述する長元四年の託宣事件の大騒ぎからしても、斎宮が「天照神」と直接的に交流を持ったことは大きい。

『狭衣物語』における斎宮である女三の宮は、高い出自の内親王であること、また伊勢にあって天照神と交信することの二点によってこれまでの物語にない斎宮像を形作っている。(9)その幼さ、そして狭衣といつでも結ばれる距離にいながら恋の対象とならなかったことの理由が、この託宣を担うためであったかのようにさえ見えるのである。

二　嵯峨院にとっての女三の宮―若宮立太子の切り札として―

女三の宮の置かれた状況、立場の変化は右のとおりである。すべて扱ったわけではないが、登場場面は少なく、数少ない評は狭衣によって語られることが多かった。だが、女三の宮を形作る要素として極めて高い出自の内親王であることを挙げるとすれば、やはり父院の視線を確認する必要があろう。女二の宮がその美質によって嵯峨院から鍾愛されていたことは先の記述からも明らかだが、女三の宮に対してはどのような位置づけが為されていたのだろうか。井上氏は狭衣に対する嵯峨院の意識を次のように指摘する。

ここに見える女三宮は、幼いことが印象づけられた存在ではあるが、嵯峨帝の場合、父の娘管理は「みずからの力を、娘を通して相手に与える」というパターンに添って行われている。王権の絶対性を揺るがしかねない存在である狭衣を掌中に入れ、王権を補強したいとの思いに駆られる帝は、この姉妹を結局は狭衣に与えることになる。したがって、このかいま見は狭衣の女二宮への入り臥しを導くだけではなく、後に女三宮は狭衣帝

の斎宮となる展開を先取りするかのように、狭衣による女宮姉妹の領有を早くも告げている場面でもあるのだ。(10)

嵯峨院の、執拗に狭衣を取り込もうとする姿勢についてはいくつか先行研究があるが、右の井上氏の把握に従いたい。嵯峨院の姉妹は、確かに寵愛の度合いに差はあるが、狭衣に奉られるべき駒であることに相違はない。だからこそ、先述の如く、出家した女二の宮の替わりとして女三の宮を狭衣と結びつけることが思案される。しかし、女二の宮の降嫁と女三の宮の降嫁との間には当然ながら時間の経過、状況の変化がある。その最たるものが若宮の誕生であり、女三の宮にはこの若宮の存在が深く絡みつく。

嵯峨の院にも、思し離れにし方ざまの事なれば、なのめにもいかでか思されん。「命の長かりけるが嬉しき事」と、よろこばせ給に、斎宮もあやしうさとしがちにて、宮も、悩ましげにし給由、聞ゆれば、嵯峨の院など、思し嘆くに、天照神の御けはひ、いちじるく現れ出給て、常の御けはひにも変りて、さだ〳〵とのたまはする事どもありけり。（旧大系　巻二　一九五〜一九六）

右は、先の託宣場面の再掲である。嵯峨院は若宮に立坊の可能性が出てきたことを喜ぶが、その喜びと抱き合わせるかのように、斎宮の「さとし」記事が描かれる。若宮立坊の可能性→嵯峨院の喜び→さとしがちな斎宮の様子→嵯峨院の思し嘆き→託宣、と進む語りの運びは何を意味しているのだろうか。

若宮を庇護する存在は巻四では嵯峨院ばかりだが、そもそも若宮誕生において最も心を砕いていたのは、女二の宮の母大宮である。

雲井まで生ひのぼらなん種まきし人も尋ねぬ峰の若松

との給はする有様、いとあはれげなり。（旧大系　巻二　一五九）

右はその大宮の独詠である。女二の宮を襲った人物（ひいては若宮の父親）が狭衣だと確信が持てない状況で、若宮の未来を願う。「雲居まで生ひのぼ」るとは、即位の可能性を既に見ていたものと解する。こののち、大宮は死去するが、若宮はその誕生時から即位への期待をかけられていたことがわかる。

出雲の乳母に、「空目かとよ。たゞ、その御顔とこそおぼえさせ給へ」と言ふを、「いでや、しらぬやうはあらじ」とつらければ、「さしも、見えさせ給はず。よき人どちは、よしなき人に似るものなれば、まして同じ御ゆかりなればこそは。されどこれは、今より様殊に、王気さへつかせ給へる様にて」と言ふも、おかしかりけり。

（旧大系　巻二　一六〇）

右の場面では、若宮の父親が狭衣だと気づきながらも、女二の宮の乳母はその皇族性を主張する。それは滑稽にも見えるが、大宮の意向を知るからこそ、若宮に皇族としての在り方を期待するのである。

皇太后腹とはいえ、すでに譲位した院の子として生まれた以上、立坊の願いが実現することは難しいはずである。しかし、後一条帝の御代、若宮の立場は変化する。

大殿の参り給へるに、御物語こまやかに聞えさせ給て、「命も尽きにたる心地するを、知らぬ顔にてのみ過して、この世を別れざらんことの、いと罪深う、口惜しかるべきを。「大将の、あづかりの若宮は、たゞ人になさんの本意深き」と聞きしかど、「襁褓にくゝまれ給へる、女帝にゆづり置き、もしは、一世の源氏の、位につくためしを尋ねて、年高うなり給へる太政大臣の、『坊に居んよりは、敢へなん』とこそ思ふ」いかゞ。さのみいひつゝ、位を惜しむとも、限りの命の程は、心にも適ふべきならねば、見る折に、なほ一日にても、心のどかなる様にもなりなまほしう」など、の給はするを、いかでか、ふと、よき事としも思されん。

（旧大系　巻四　四二二〜四二三）

後一条帝は、世の落ちつかなさと体調不良を理由に譲位を模索する。嵯峨院と中宮との間の皇子が東宮として立っているが、その次の東宮がないことが不安であり、臣籍降下の意向のある若宮に白羽の矢が立つ。

後一条帝が皇子に恵まれなかったために、東宮候補として若宮が浮上したのである。嵯峨院の意向は、狭衣の後見のもと臣籍降下することであったと思われるが、その出生を操作した大宮は若宮の即位を望んでおり、嵯峨院も立太子の可能性が出てきたことを喜ぶ。立場の弱い末皇子であり、その弱さを救う方策は臣籍降下だった。『狭衣物語』における臣籍降下は、堀川の大殿が先例としてある。[11] あるいは『源氏物語』の光源氏にも繋がる栄達の道であるが、若宮はむしろ帝位への道を歩み始めることになる。

では、こうした経過を辿る若宮と女三の宮の関係性はどのようなものだろうか。

> まことに、かの若宮の御五十日にもなりぬれば、かゝる程も、「いかでかは」とて、内裏より、よろづに扱はせ給けり。「類なき御美しさ」と、聞かせ給へば、「かゝるついでに、いつしか見たてまつらん」とて、その夜は、三の宮、ぐしたてまつらせ給ひて、入らせ給ける。（旧大系　巻二　一八二～一八三）

大宮が死に、女二の宮が出家した状況で、残された若宮は女三の宮が育てることになる。五十日の参内においても、若宮は女三の宮とともにやってくる。

> 女宮達の御事をぞ、あはれにうしろめたなき方添ひて思し召せば、大殿にも、返々きこえ置かせ給ける。「二の宮の、今はひとへにこの世のこと思し離れにけるも、思へば中〳〵いとよかりける。斎院も大人びて、年比誰にも目ならひ給はぬ御ならひに、さしも世の中変るけぢめも知られ給はじかし。三の宮・若宮などこそいと心苦しきを、たのむべきさまに思ひ初めてしを、大将に、やがて若宮をば後むべきさまに、言ひ預けんと思ふ。いまより、様殊なる生先は心苦しけれど、何となき孫王にて寄る方なからんよりは、たゞ、「わがもの」と思ひてもあれかし。思ふやうなる独り住みとは（見れど）、そのうち〳〵の事は知らず、かゝる遺言を、さりとも

殊の外には違へじ」など、の給はせて、うち泣かせ給へば、あはれにいみじう見たてまつり給て、
（旧大系　巻二　一八六〜一八七）

嵯峨院の心づもりとして三の宮と若宮は一対である。先掲の場面でもあったが、女三の宮を狭衣に縁づかせることで、若宮の後見を手に入れることを目指すのであり、またその逆も目論んでいる。二人を合わせて狭衣のもとに贈ることは、狭衣の妻と子を嵯峨院の系譜で固めることといえる。

しかし、先述のとおり女三の宮は斎宮に卜定される。心内が描かれることの少ない女三の宮であるが、若宮に対しては姉としての思い入れがあることが次の場面に示される。

入道の宮は嵯峨院にのみおはしまして、この若宮の御事も知り聞え給はねば、たゞ三宮ぞ、あはれに思ひ聞えさせ給へるを、秋は、外へ渡り給べければ、いと心苦しく、「かくては、いかでかおはしまさん。迎へたてまつりて、殿にあらせたてまつらん」と、し給を、「院は、猶、前斎院の心細くて残り居給へるに、同うはさて物し給はんは、めやすかりぬべう思したる」と、聞き給へど、世はいとゞ有り憂くのみおぼえまさりて、「いかならん隙に」と、心ばかりは西の山本に思しあくがれにたれば、まいて、
（旧大系　巻二　二〇四〜二〇五）

斎宮が間もなく野宮へ移るという時期の場面である。女二の宮は若宮に対して冷淡であり、若宮の庇護者は嵯峨院を除けば女三の宮だけである。だからこそ女三の宮自身も若宮の行く末を不安に思うが、斎宮である以上、いつまでも若宮とともにいることはできない。高貴な血筋ながら、母も亡く、父院も御代を去って長く、女三の宮と若宮だけが若く不安定なまま嵯峨院の手元に残されている。こうした環境で、姉と弟は手を取り合わざるを得ない。当人同士も、またその将来を安定させたいと思う嵯峨院にとっても、女三の宮と若宮はかなり近しい存在として意識されているといえる。

「さとし」記事の直前、若宮立太子が現実味を帯びてきたところで、女三の宮が「あやしうさとしがち」であるとの報を聞いた嵯峨院は不安を抱いていた。それはもちろん女三の宮の体調を心配する一面もあろうが、恐らくそれだけではない。嵯峨院から見れば、若宮と女三の宮は同母姉弟で、ともに母から取り残された存在であり関係は近しい。また、女三の宮は斎宮という要職にある。嵯峨院の不安は、斎宮である女三の宮の不例にあるというよりも、その原因が若宮立太子と関係しているのではないかという点にあろう。

逆にいえば、若宮立太子に向けて姉である女三の宮の果たす役割を嵯峨院は期待しているのではないか。後一条帝が譲位すれば、女三の宮は帰京する。斎宮としての任を終えて帰京した女三の宮は、母のない若宮にとって重要な庇護者となるはずである。(12)

若宮立太子という微妙な局面にあって、女三の宮が斎宮の任を恙なく終えることは不可欠であるし、今後を見越しても若宮の支えとなる女三の宮を欠くことはできない。女三の宮の存在は若宮立太子、そしてその後、東宮の立場を保つための要なのである。

三　天照神にとっての女三の宮―託宣という切り札―

若宮にとって女三の宮が重要であるがゆえに、嵯峨院が斎宮の「さとしがち」なことを苦慮するという場面について述べてきた。では、それに続く託宣は一体どのようなものであったのだろうか。繰り返しになるが託宣場面を挙げて検討する。

天照神の御けはひ、いちじるく現れ出給て、常の御けはひにも変りて、さだ〳〵とのたまはする事どもありけり。「大将は、顔かたち、身の才よりはじめ、この世には過ぎて、たゞ人にてある、かたじけなき宿世・有様なめるを、おほやけの、知り給はであれば、世は悪しきなり。若宮は、その御次々にて、行末をこそ。親をたゞ人にて、帝に居給はんことはあるまじきことなり。さては、おほやけの御ために、いと悪しかりなん。やがて、一度に位を譲り給ては、御命も長くなり給なん。このよしを、夢の中にも、たび〳〵知らせたてまつれど、御心得給はぬにや」などやうに、さだ〳〵との給はすること多かりけれど、あまりうたてあれば、漏らしつ。かゝるよしを、しのびて、大とのにも内裏にも奏せさせ給へるに、聞き驚かせ給こと限りなし。若宮の御事をぞ、誰も心得ずあやしう思しける。大殿、上などの御心の中ぞ、言ひつくすべき方なきや。「あらたなる神の御心寄せ」とは、さだかに聞きながらも、「あまりさるまじき程のことは、行末もいかゞ」と、恐ろしき方もさま〲心静かならず思さるれば、かう聞き給て後は、思ひ寝にや、夜をならべて、帝の御夢にも、殿の御夢にも「とく、かはり居させ給はずは、悪しかりなん」とのみ、うちしきり御覧ずれば、いと心あはたゞしう思し召されて、まづ、我御皇子にならせ給て、八月、御国譲りあるべき定めになりぬ。

（旧大系　巻四　四二五〜四二六）

次節で扱うが『狭衣物語』における神の言葉としては、いくつかの夢告げが挙げられる。源氏の宮を斎院に差し出すことを要求したり、出家の決意を固めた狭衣を引き留めたりといった場面が代表的であり、基本的にその夢告げを得るのは堀川の大殿であった。しかしここでは、「天照神の御けはひ、いちじるく現れ出給て、常の御けはひにも変りて、さだ〲とのたまはする」のであって、神懸かりに近い形で天照神の言葉が示される。この斎宮の託宣については、次の出来事との影響関係が予てより指摘されている。

頭弁、宣旨を持来たる。〔或は定むべき事、或は勘宣旨。〕覆奏文有り。（中略）

『斎王十五日、離宮に着き給ふ。十六日、豊受宮に参り給ふ。朝間、雨降る。臨夜、月明らかなり。神事了りて十七日に離宮に還り給ふ。内宮に参らむと欲するに、暴雨大風、雷電殊に甚だし。（中略）斎王の御声猛しく高きこと喩ふべき事無し。御託宣に云はく「寮頭相通は不善なり。妻も亦、狂乱。（中略）帝王と吾と相交わること糸の如し。当時の帝王、敬神の心無し。次々に出で給ふの皇も亦、神事を勤むること有らむ歟。降誕の始、已に王運の暦数を定む。然而、復、其の間の事有り。〔延縮の間歟。〕百王の運、已に過半に及ぶ。件の相通并びに妻、神郡を追遣るべし。…」（中略）「斎王の奉公の誠、前の斎王に勝る。然而、此の事に依りて、過状を進らしめよ。読申すべし。」（中略）

又、関白の御消息に云はく「相通を配流する託宣のこと、諸卿をして定申さしむべき歟。如何。」報じて云はく「託宣已に明らかなり。疑慮無かるべし。凡人に寄託するに非ず。斎王に寄託して託宣し給ふ事、往古未だ聞かず。恐怖せしめ給ふべき也。最も信じ給ふべき事也。只、託宣に任せて行なはしめ給ふべき者也。若し公卿の定に及ぶべきの宣旨を下さるれば、託宣の疑有るに似るべき乎。（『小右記』長元四年八月四日）[13]

長元四年、斎宮嫥子女王がアマテラスの託宣を受けたという記事である。託宣の主旨は斎宮寮頭である藤原相通とその妻の配流を要求するものであるが、それ以外にも天皇との関係や斎王の在り方など、内容は多岐に渡った。[14] その詳細については省略するが、波線部のように託宣が先例のないものと受け止められたこと、またこの託宣どおりに藤原相通とその妻が伊勢を追われたことは事実である。

翻って『狭衣物語』を見てみれば、その託宣内容は伊勢の問題に留まらない。天照神が伝えるのは、今後の帝の配置であり、現在の東宮をとばして狭衣に譲位すべきこと、狭衣の即位なくして若宮の立太子や即位はあり得ないことを主張する。

ここで注目すべきは、天照神の意向が漏らされたのは、斎宮に対してだけではないという点である。むしろ、「斎宮への託宣」は最後の選択肢として用いられたかのようで、「夢の中にも、たび〳〵知らせたてまつれど、御心得給はぬにや」とあることからすれば、天照神ははじめ夢告げという方法を採っていたと受け取れる。だが、それは正しく伝わっていない。後一条帝や堀川の大殿は天照神の言葉の十分な受取手になれないのである。

なぜ「斎宮への託宣」が天照神の意向を示す第一の手段になり得ないのだろうか。その一番の理由は、秘事がどこまでも漏洩していくことにあろう。長元四年の事件を見れば、もちろん秘事として扱われたのは確かであるが、伊勢側の要職にある人々のほとんどが事件を知っていたであろうし、それが京に届き、対応が決まるまでの間に多くの人が介在することになる。嫥子女王の事件からそう遠くない時期に、次のように勅撰集に入集していることは、最終的にこの事件が広く人口に膾炙したことを端的に示す。

長元四年六月十七日に、伊勢の斎宮の内の宮にまいりて侍りけるに、にはかに雨降り、風吹きて、斎宮みづから託宣して祭主輔親を召しておほやけの御事など仰せられけるついでに、たび〳〵御酒めして、かはらけたまはすとてよませたまへる　(伊勢大神宮)

さか月にさやけきかげの見えぬれば塵のおそりはあらじとを知れ

御返りたてまつりける　祭主輔親

おほぢ父むまごすけちか三代までにいたゞきまつるすべらおほん神

(『後拾遺集』巻二十　雑六　神祇　一一六〇・一一六一)(15)

翻って『狭衣物語』を見れば、女三の宮は「かゝるよしを、しのびて、大とのにも内裏にも奏せさせ給へる」と、秘事であることを理解して奏上してはいるが、この内容は帝、堀川の大殿だけでなく、堀川の上や嵯峨院の耳にも届いている。

天照神は、女三の宮という斎宮として「さとし」をよく受け止める存在を有しながら、それをすぐには用いなかった。その理由を「秘事の漏洩」という点に求めるとすれば、更に「その託宣はだれのものか」という問題が派生する。人外の存在である天照神に漏洩を憚る理由は本来ない。初めから斎宮を通した天照神の託宣として下せば良かったのである。それをまず帝と堀川の大殿に伝えたのは、秘事を秘事としたままに皇統を正したいという天照神の意向があったからではないか。

秘事、すなわち天照神が隠さなければならないと判断した情報は、「親をたゞ人にて、帝に居給はんことはあるまじきことなり」という一節に他ならず、だからこそ託宣を知った人々は「若宮の御事をぞ、誰も心得ずあやしう思しける」という感想を抱く。若宮出生の秘事が知られてもっとも攻撃を受けるのは本来、狭衣であるはずだが、堀川の大殿も堀川の上もその行末を案じるばかりで責める気配はない。結果、天照神が切り札として用いた斎宮の託宣は、ほとんど危険を伴うことなく受け止められ、秘事は秘事のままに狭衣帝が誕生する。

「近き世に、かゝる例も殊になきことなり」と、おほやけを謗りたてまつるべきやうもなければ、「猶、いかなる事にかあらん」と、言ひ悩む人多かるに、道理をたどり知らぬ女などは、高きも短きも、「たゞ、時時見たてまつらん事の絶えぬこと」と、思嘆くさま、世に亡くなり給らん人のやうに、あまりゆゝしきまでぞありける。

（旧大系　巻四　四二六）

「託宣」という本来はいかがわしい、疑われて然るべきものが、いとも簡単に世に受け入れられた背景について、井上氏は斎内親王である女三の宮の出自を取り上げている。

女三宮は、狭衣帝の斎宮として狭衣王権の中に組み込まれているが、父嵯峨院や母皇太后宮の願いを体現させた存在としても注目される女宮であろう。そして、それゆえに「天照神」の託宣について有無を言わさず真偽を不問とした斎王であったのである。(16)

世の人々は「おほやけを謗りたてまつるべきやうもなければ」と、狭衣即位の異例さを議論の俎上にのせることができずにいた。井上氏が指摘するように、皇太后腹の内親王という出自、そして若宮の皇統復帰が父院、母宮の願いであることは「託宣」という事象の怪しさを差し引いても余りある説得力を持っていた。斎宮による託宣という天照神の切り札は最上の効果を発揮して、その無理を押し通させたのである。

四　斎院・源氏の宮との役割分担―「さとし」「告げ」のあり方から―

ここまで斎宮である女三の宮の来歴、嵯峨院が若宮と女三の宮を近しい存在と見、立太子と結びつけて伊勢を窺っていた可能性、そして狭衣即位に纏わる「斎宮の託宣」が天照神にとっても秘事漏洩の危険と紙一重の切り札であったことを論じてきた。結局、女三の宮が天照神の託宣を受け取ったことは大きな問題にならず、狭衣即位は世に受け入れられる。

「天照神の託宣」は、『狭衣物語』における超常現象の一つと捉えてよいと思われるが、そうした人外からの働きかけは、巻一の天稚御子の降臨を除けば、実は多く賀茂の神がもたらしてきた。狭衣即位にあたってのみ、その意向を示すのが天照神であり、それを受け止めるのが斎宮であったのはなぜだろうか。ここで改めて、斎院としての源氏の宮について神との交信という観点から考察していきたい。

宮の、御夢に、あやしう物恐ろしき様にうちしきりて見えさせ給を、「いかになりぬべきにか」と、人知れず心細く思さるれど、「かくこそ」などは、母宮などにも申させ給はで過させ給に、殿の中に、おびたゞしき物のさとしどもあれば、物問はせ給に、源氏の宮の御年当らせ給て、重く慎ませ給べきさまをのみ、あまた申ければ、いと恐ろしう思し召して、さま〴〵の御祈りども、心殊に始めさせ給。殿の御夢にも、賀茂よりとて、禰宜と思しき人参りて、榊にさしたる文を源氏の宮の御方に参らするを、我もあけて御覧ずれば、

「神代より標引き結ひし榊葉を我より前に誰か折るべき

よし心見よ。さてはいと便なかりな」と、たしかに書かれたりと、見給ひて、驚き給へる心地、いと恐ろしう思されて、母宮・大将などに語り聞えさせ給へば、聞き給心地、なか〳〵心安うぞなり給ぬる。

(旧大系　巻二　一九四)

源氏の宮は、賀茂の神から直接、指名を受けて卜定する。源氏の宮自身も夢告げを受けるが、それを言い出すことはなく、堀川の大殿が賀茂の神の意向を受け止め、従う役割を果たす。堀川の大殿を通じて示された神意は、源氏の宮の斎院卜定にあたって生じるいくつかの問題(臣下である堀川の大殿家の娘として世に認識されていること、また本来は斎宮・斎院のどちらに選ばれてもおかしくないこと)を飛び越して実現させるだけの力を有する。

「光失する心地こそせめ照る月の雲かくれ行ほどを知らずは

さるは、珍しき宿世もありて、思ふことなくもありなんものを。とくこそ尋ねめ。昨日の琴の音あはれなりしかば、かくも告げ知らするなり」とて、日の装束うるはしうして、いとやんごとなき気色したる人の言ふと、見給て、うち驚き給へる殿の御心地、夢現とも思し分かれず。「いかなるかたざまぞ」と、思ひ続け給ふに、「たゞ大将の御事ぞ」と、心得給ふに、物のおぼえ給はず、をそはれ給へる気色のいみじきを、うへも、「いかなる御事ぞ」と思し騒ぐにも、とみにえぞ聞え給はぬ。とばかりありて、からうじて、「しかぐ〳〵夢ともなく

見えつるは、いかなることにか」と、語り聞え給を、上の御心地、まいて世の常ならんやは。（中略）「疾く尋ねよ」と、賀茂の御神の教え給ひつるに慰みにて、装束などし給て、まづ堀川の院へぞおはしける。

（旧大系　巻四　三四一）

狭衣が出家しようとしている場面で、ここでも堀川の大殿に夢告げが届く。和歌を得るばかりでなく、狭衣のいる場所をも教えてもらい、狭衣出家という一大事を回避する。

殿の御賀茂詣で近うなりぬれば、舞人にさゝれたる殿上の若君達など、心ことに思ひ急ぎたり。大将殿には、ありし御夢の事など、うへぞ、くはしう語り給ける。「げに、さしも、たしかに御覧じけんよ。しづめ難き心の中を、おぼしも咎めで、強ゐて憂き世にあらせまほしう思すらん神の心有難き」ものから、かたく\につらき方にぞすゝみ給ける。参らせ給ふ日の事どもなど推し量るべし。「いつ、いかなりし御願ども、果させ給にか」と、御社の神人どもも驚くに、「神も、いとど心殊に、まぼり育み聞え給て、夢の中に告げ知らせ給ひけん、行末の有様も、おぼしをきつるに違わず」と返々申あぐる声つ（き）、いと頼もしげなれど、みづからの御心の中には、

神もなをもとの心をかへり見よこの世とのみは思はざらなん

（旧大系　巻四　三四八）

狭衣の出家を留めた堀川の大殿は、願果たしに賀茂へ参詣する。堀川の大殿は晴れやかであるが、出家を挫折せられた狭衣は不満げであり、必ずしも賀茂の神の意向と狭衣の願いが一致してはいないことが明らかである。賀茂の神は、しばしば夢告げによって要求をする。そもそも源氏の宮卜定においては堀川の大殿がその意向の読み手として行動し、また巻四の冒頭においては逆に堀川の大殿の願いに応じて賀茂の神が協力しているかのようである。狭衣の守護神であると同時に、堀川の大殿とこそ関わりが深いのが賀茂の神である。

堀川の大殿と結び付く賀茂の神を想定した時、源氏の宮が斎院に卜定されたのは極めて自然な成り行きであろう。物語の論理の中では、源氏の宮は先帝の皇女であること以上に、堀川の大殿家の娘として賀茂の神に差し出されたのである。賀茂の神と堀川の大殿との間に源氏の宮が入ることによって関係はより強固になる。むしろ堀川の大殿にとって最も良い道が選ばれているのは、源氏の宮を斎院として奉ったという実績によるのかも知れない。

院は、「いづくなりとも、一日も隔てていかでかは」とのみおぼつかなげに、思ひ聞えさせ給へるを、ことはりに心苦しうて、「尼にならざらん限りは、いかでかおぼつかなき程には侍らん。行末の事を思ふぞ口惜しうは」など、慰め申給ながら、「今はとならん命の程、みたてまつるまじきぞかし」と、思すは、忍び難くて、今より思し続くるに、早う伊勢へ下りし折のこと、故院、泣く〳〵、別れの櫛もえ挿しやらせ給はざりし程の事など、ほの〴〵思し出づるに、いと物あはれに思されけり。 （旧大系　巻二　一九六）

源氏の宮を取り込んだ賀茂の神は、同時にその養母・堀川の上をも奉仕させることになる。先述の通り、堀川の上は皇女であり、何より斎宮経験者である。右は源氏の宮の斎院卜定が決まったあとの場面であるが、ここで堀川の上は「別れの櫛」を思い出している。「別れの櫛」とは、斎宮が伊勢に下向する際、天皇自らに櫛を挿してもらう重要な儀礼であり[17]、斎院に対しては行われない、言わば斎宮の特権である。しかし、『狭衣物語』に登場する「別れの櫛」はここ一例のみで、女三の宮の下向に際して語られることもない。「別れの櫛」という極めて重い意味を持つ儀礼が、斎宮経験者である堀川の上を通じて、源氏の宮に引き寄せられていると見ることはできないだろうか。

「なめげなる心の程は、来し方・行末も限りなく思ゆるを、露ばかり思し咎めず、かうあるまじき様にさへしなし給へる神の御心は、思へばかたじけなく、有難く」思しられ給を、一方しも見え難うのみしない給にけるのみぞ、なほさらに恨めしう思えさせ給。上の御社に御祓つかうまつるにも、「過ぎにし年、たて給し御願かなひ給て、今日参らせ給たるさま、今より後、百二十年の世を保たせ給べき有様」など、聞きよく言ひ続くるは、「げに、天照神達も耳たて給らんかし」と聞えて、頼もしきにも、さしも、ながうとも思し召さぬ、御心の中には嬉しかるべくぞ聞かせ給はざりける。

　八島もる神も聞きけんあひも見ぬ恋ひまされてふ御禊やはせし

そのかみに思ひし事は、皆違ひてこそはあめれ」とぞ、思し召しける。　（旧大系　巻四　四四五）

源氏の宮のいる斎院が、斎宮、ひいては天照神と接近していることが明白に顕れるのは、物語も終盤の巻四、狭衣が斎院へ行幸する場面である。既に即位した狭衣は、斎院にいながら「天照神達も耳たて給らんかし」と思う。斎院が、広い意味で神と繋がる空間になり、『狭衣物語』においてかなり独自の意向を持っていたはずの天照神との交信を感じるのである。本来、この「八島もる」の語は『源氏物語』の次の歌と響き合うはずである。

出でたまふほどに、大将殿より例の尽きせぬことども聞こえたまへり。「かけまくもかしこき御前にて」と、木綿につけて、「鳴る神だにこそ、

源氏　八洲もる国つ御神もこころあらば飽かぬわかれのなかをことわれ

思うたまふるに、飽かぬ心地しはべるかな」とあり。いと騒がしきほどなれど、御返りあり。宮の御をば、女別当して書かせたまへり。

女別当　国つ神空にことわるなかならばなほざりごとをまづやたださむ

大将は、御ありさまゆかしうて、内裏にも参らまほしく思せど、うち棄てられて見送らむも人わろき心地したまへば、思しとまりて、つれづれにながめゐたまへり。

（『源氏物語』賢木②九一～九二）

右は光源氏が伊勢に下ろうとする六条御息所の娘に詠みかけたものである。『源氏物語』においては斎宮との関わり、すなわち伊勢のアマテラスを表したはずだが、狭衣が規定する「八島もる神」は、狭衣の歌においては天照神、賀茂の神（あるいはそれ以上の「八百万代の神」たち）を含んだ表現となっている。(18)

賀茂の神に奉仕する斎院である源氏の宮は、まず何よりも堀川の大殿の娘として求められている。意向を汲み、行動する役割は堀川の大殿が担っているために、源氏の宮自身に要求されることは少ない。「さとし」「告げ」を受けるのは卜定される時だけで、その後は平穏な奉仕の時間を過ごすことになる。狭衣即位にあたっても、斎院として果たす役割があるわけではない。

しかし、だからといって斎院としての源氏の宮が疎かにされているわけではない。実態はむしろ逆で、堀川の大殿と堀川の上の娘として傅かれる源氏の宮は、斎院空間の価値上昇に寄与していよう。狭衣を呼び込み、斎院空間を盛り立てる機能は、その就任から狭衣即位以後まで引き続く。先に見た通り、狭衣即位の決定打は「斎宮への託宣」に他ならない。しかし、堀川の上を通じて「別れの櫛」という斎宮の表象をも纏う源氏の宮は、最終的に天照神とも交信できる場として斎院空間を作り上げるのである。それが自覚的なものでないとしても、同じ神域という点で斎宮と斎院をまるで互換性のあるかのような場にしてしまったことは重要な意味を持っていよう。斎宮が「託宣」という極めて特異な手法で天照神と交信したという過程は、斎院空間で天照神にも文句を言えてしまう狭衣によって「そのかみに思ひし事は、皆違」ってしまったという結果の中に回収されるのである。

おわりに—女三の宮の「移動する」行末に向けて—

女三の宮という特殊な斎宮の事跡、そしてその特異さを回収してしまう斎院空間について論じた。天照神の託宣によって即位したという事実は、狭衣自身によって「神々の頼もしさ」という漠然とした把握の中に収斂していき、得意な位置づけをされた〈斎王〉である女三の宮はもう登場しない。狭衣の即位という素晴らしい結末の前に女三の宮も天照神も沈黙するだけのようである。譲位があれば斎宮は退下するはずだが、それが記されることもない。しかし、この沈黙は女三の宮の役割の終幕と捉えてよいものだろうか。

天照神は「斎宮への託宣」によって狭衣即位を実現した。斎宮を通じてそれが為されたことの綻びは、次の場面に顕れている。

嵯峨の院にも待ち受けさせ給て、いかゞはなのめに見たてまつらせ給はん。かうては、いとゞ、内裏のうへに、露ばかり違ひ聞えさせ給へる事もなきを、「あるまじう、天照神もほのめかし給けん事も、あるやうありけるにこそ」と、思しよる方様にも、こ宮の御ためぞいとおしかりける。例の作法に、はいしたてまつり給て、入道の宮の御方には、たゞ参りて候ひ給ぞあはれなるや。忍びて、ありつる文参らせ給を、かゝることもほの〴〵聞え出でて、うちさゝめき、怪しがる人、多くなりにたるに、いとゞ、さま〴〵に物思し嘆く事いみじきに、今日の御様は、いとゞ、異人（と）さへ思え給はぬ面影の、はづかしささへわりなうて、御覧ずべきやうもなきに、まして、今日しも、あはれそへさせ給べきにもあらず。（旧大系　巻四　四四九〜四五〇）

元服した若宮の姿を見て、嵯峨院は天照神の託宣を思い返している。ここに至って、天照神の言葉が嵯峨院のもとへも届いていたことがわかるが、ここで託宣が漏らしてしまった秘事に嵯峨院が気づくことは重要であろう。若宮立太子は嵯峨院の悲願であったけれども、若宮と狭衣の類似に託宣を重ね合わせて、少なくとも若宮が我が子でないことを知るのである。もちろん、それで愛情が冷めるわけではないが、実は藤壺女御の皇子出産によって新たな問題が生じている。

かくて、藤壺の女御、御気色ありとて、院の中、所なきまで、法師も俗も、世にあるかぎりは立ち込みて、ゆすり満ちたるに、(中略)「いと平らかにて、男御子にて」と、聞かせ給御心地、おろかならんやは。まいて、めに近う御覧じ扱ひ聞えさせ給堀川の院の御気色、ことはりも過ぎて、限りなき、女御の御幸いと見えたり。一品の宮の姫君の御事をだに、世中の人は知らねば、たゞ、これを始めたる事と思ふに、「いみじうとも、若宮の御おぼえは、今は、いかにぞ」「坊に居給はん事も、さはいふとも、まことの当帝の今上一の宮をば、えをし聞え給はじ」など、まだしきに、聞きにくゝ定め聞えさするを、嵯峨院には、「げに、いかゞ」と聞かせ給ぞ、をこがましきや。この宮の御愛しさのなのめならんにてだに、うち〳〵の事知らせ給はぬ、御心どもには、げに、行末も、思おとし聞えさせ給難げなる御気色どもなり。　(旧大系　巻四　四三九～四四〇)

狭衣帝の女御のもとに生まれた皇子は正真正銘の一の宮であり、堀川の大殿と堀川の上に養育される。世の人は若宮に変わって一の宮が立太子する可能性を口にする。立太子争いという火種が示されていよう。

天照神が敢えて託宣を下したのは、若宮立太子が現実味を帯びた時、父を「たゞ人」にしておくことが「おほやけの御ため」にとって良くないと判断したからである。「おほやけの御ため」に皇統を是正することが天照神の意向であり、若宮の出生の秘事を暴露することが目的であったわけではない。だからこそ、最初は帝や堀川の大臣に夢告げを行い、「斎宮への託宣」はそれらが効を為さなかったが故の最終手段として用いられたものである。

天照神の意向は正しく伝えられ、狭衣即位によって望ましい皇統が繋がれ、天照神がとった手段は全て最良の目が出ているといえる。しかし自身の御代を見つめる狭衣が「頼もしきにも、さしも、ながうとも思し召さぬ」（旧大系　巻四　四四五）以上、立太子争いという火種はすぐにも噴出しかねない。

描かれないことではあるが、恐らく女三の宮は後一条帝の譲位にあたって退下することなく、伊勢に斎宮として留まっていよう。平安以降、斎宮が二代に渡って奉仕した例は史実にはないが、物語はそうした異例の留任を想定する余地を残している。しかし、狭衣帝が譲位すれば、あるいは物語の末尾が仄めかすように嵯峨院の崩御があれば、女三の宮は帰京する。それは、斎院空間に回収されたはずの天照神との交信の場が、女三の宮を通じてもう一つ出現する可能性を持っているのではないだろうか。確かに、斎宮を退下した女三の宮に天照神が託宣を下すかどうかはわからない。しかし、一度、託宣を下されたという事実は厳然としてあり、しかもそれは狭衣即位に関わった多くの人々に知られていることである。長元四年の例を鑑みれば、細かい内容はともかくも託宣があったという事実だけは世の人に広く知られているかもしれない。[19]

『狭衣物語』が描いた時点まで、女三の宮は伊勢に留まり移動することはない。しかし、託宣を受けた経験を有する女三の宮が帰京すれば、その行方は衆目の興味を引こう。託宣に登場した若宮が皇統から排除されるような局面にあれば、なおさらその動静は重要になる。堀川の大臣が斎宮経験者を妻として得、狭衣を世に顕現させたところが『狭衣物語』の始原であるとすれば、女三の宮が京に戻ってきた時、若宮を姉として支援するのか、父院の子でないことを理由に距離を置くのか、あるいは堀川の上のように母として新たな役割を獲得するのか、女三の宮自身がほとんど物を語らないだけに可能性は複数ある。確かなことは、斎宮という限りのある任に就いている以上、永遠に伊勢に留まることはできないこと、そしてその必然的な「移動」が、狭衣即位に寄与した斎宮という存在であるために、様々に波紋を投げかけざるを得ないことである。

女三の宮は、ともすれば斎宮に選ばれた時点で退場したかのようであり、託宣を通じて存在感を回復するものの、後一条院の後宮に入った女一の宮、出家した女二の宮の落ち着きとともに再び希薄な存在になっていく。しかし、『源氏物語』が秋好中宮を描いたように、退下した後の斎宮の行方は決して切り捨てられる問題ではない。ましてや『狭衣物語』は託宣という得難い経験を有した斎宮を描き出している。物語はこれ以後を語らないが、京から伊勢、伊勢から京へという遙かな移動を終えたのちの女三の宮は、その行方が取りざたされる女宮となっていよう。逆に言えば、伊勢在任中の斎宮を重要な存在として描き出した「託宣」という事象は、その女三の宮を伊勢に留め置いたまま物語を閉じるしかないほどの影響力を持っていたといえるのである。

注

(1) 『延喜式』の引用は、虎尾俊哉編『延喜式上』(集英社) による。

(2) たとえば円融朝から白河朝までの斎宮十二人のうち実に半数の六人が女王である。もちろん斎院に女王が少ないのはよく知られるとおりであるが、内親王がいても女王が卜定されることがあるのは平安中期から末期のこの時期である。

(3) 譲位の意向を漏らす後一条帝に助言を求められて、堀河の大臣は「坊に居給べき親王のおはせぬを、『いかなることにか』と、おぼし嘆けり。」(旧大系　巻四　四二三) と思い巡らす。親王の少なさは物語の冒頭から明らかではあったが、嵯峨院の若宮以外に新たな男皇子の誕生がなかったことがその傾向に拍車をかけたといえる。

(4) 催馬楽の引用は新編日本古典文学全集 (小学館) によった。

(5) 『源氏物語』の引用は新編日本古典文学全集 (小学館) により、一部私に改めた。

（6）　薫と大君は八の宮供養の場面で「（薫）あげまきに長き契りをむすびこめおなじ所によりもあはなむ」「（大君）ぬきもあへずもろき涙の玉の緒に長き契りをいかがむすばん」（総角⑤二二四）という歌を交わしている。組み糸の意の「総角」が催馬楽「総角」を喚起するという重層的な構造である。

（7）　なお、物語の運び（一条院の死去に伴って改めて女三の宮が卜定されたかのような語り）からいえば、後一条帝の即位に際して他の斎宮が選ばれていたはずであり、しかもその斎宮は一条院の死が退下理由になるような立場でなければならない。考えられるのは後一条帝の異腹の姉妹だが、それを想定する材料はない。ここでは語られない前斎宮の存在があることに言及のみしておく。

（8）　三条朝斎宮当子内親王（中宮娍子腹）や後朱雀朝斎宮良子内親王（皇后禎子内親王腹）などいないわけではないが、既に女一の宮を斎院として出していながらここで再び妹が卜定されるというのは珍しい。あるいは、上記の后たちが決して確かな後見を持たない存在であったことを考えれば、后腹の内親王を斎宮に出すことの意味は変化するかもしれない。一文字昭子「王朝物語における皇女たち」（『中古文学』六二号　一九九八年一一月）も参照。

（9）　これまでの物語で斎宮を明らかに描いてきたのは『伊勢物語』と『源氏物語』であろう。『伊勢物語』は在任中の斎宮と密通の物語を、『源氏物語』は退下後の斎宮の行方を描いている。『狭衣物語』の女三の宮は、伊勢在任中、それも恋でも密通でもない物語を紡いでいる点で極めて特異といえる。拙稿「『伊勢物語』狩の使章段と日本武尊―「斎宮と密通」のモチーフをめぐって―」（『古代中世文学論考』二四集　新典社　二〇一〇年）参照。

（10）　井上眞弓「『狭衣物語』の斎宮―託宣の声が響く時空の創出に向けて―」（後藤祥子編『王朝文学と斎宮・斎院』竹林舎　二〇〇九年）。

（11）　堀河の大臣の臣籍降下については不審が多い。堀河の上が斎宮であったという問題を取り込んで物語前史としての密通事件を見る説もある（三谷栄一『日本古典文学大系　狭衣物語』「解説」）。同腹の一条院、嵯峨院が帝位に就き、堀河の大臣だけが臣下となっている点は今後も考えるべき課題であるが、まるでその代償として狭衣を手に入れ、後には狭衣帝の父として皇統に復帰することからすれば、臣籍降下には皇統から外される以上の意味があるようにも思われる。天照神の言葉からすれば若宮がいずれ帝位に就くのは確約されているかのようだが、若宮の将来は未だいくつかの可能性を残していることを指摘しておきたい。

(12) 嵯峨院の女一の宮もまた若宮の姉としているはずだが、その誕生時に遠く離れていたこと、また後一条帝に入内していることを考えれば関係性は深くなく、今後の展開如何によっては若宮に不利に動く可能性がある。

(13) 本稿では詳しく長元四年の事件を載せている『小右記』を史料として用いた。この他『左経記』や『大神宮諸雑事記』などにもそれぞれの視点から同事件を載せている。

(14) 深沢徹「斎宮の二つの顔―長元四年の「伊勢荒祭神託宣事件」をめぐって―」（斉藤英喜編『アマテラス神話の変身譜』森話社　一九九六年）、井上眞弓「天照神信仰―社会的文脈を引用することは―」（『狭衣物語の語りと引用』笠間書院　二〇〇五年）、岡田荘司「伊勢斎王神託事件」（後藤祥子編『王朝文学と斎宮・斎院』竹林舎　二〇〇九年）等参照。

(15) 『後拾遺和歌集』の引用は新編古典文学大系（岩波書店）によった。勅撰集に長元四年の事件に纏わる歌が載った背景については、後藤祥子「後拾遺和歌集「神祇」冒頭歌の背景」（上村悦子編『論叢王朝文学』笠間書院　一九七八年）参照。

(16) 注10井上論文。

(17) 『延喜式』のころの「別れの櫛」儀式次第は失われており、いつからどのような目的で始まったものかは判然としない。『江家次第』には次のようにある。「次主上御盥、此間司着大極殿座、（中略）蔵人持候笏式并斎王額櫛筥等、此櫛先仰作物所、以黄楊木令作、長二寸許、入金銀蒔絵筥、（方一寸）松折枝并鶴等蒔之、（中略）天皇以櫛刺加其額勅、京乃方仁趣支給不奈」（巻第十二　斎王群行）「京の方に趣（赴）き給ふな」という言葉についても諸説あるが、こうした言葉をかける儀式が斎院に当てはまらないのは自明である。帝から直接、役目を受け取る儀式ともいえる「別れの櫛の儀」は斎宮の重要さを保証するものとなろう。『源氏物語』や『大鏡』等にも重い意味を持つ「別れの櫛」は描かれている。拙稿「平安の櫛と扇をめぐって」（河添房江編『王朝文学と服飾・容飾』竹林舎二〇一〇年）参照。

(18) この歌には次の場面が踏まえられている。「宮司、参りて、御祓つかうまつるは、神々しく聞ゆれど、大将殿は、昼の御有様のみ心にかゝり給て、

御禊する八百万代の神も聞け我こそさきに思ひ初めしか

と思すは、後めたなき御兄の心ばへなり。」（旧大系　巻三　三〇四）。

(19) なお鈴木泰恵「〈声〉と王権」（『狭衣物語／批評』翰林書房　二〇〇七年）では、女二の宮が狭衣の即位を受け止める「かかることもほのぼの聞こえ出でて、うちささめき怪しがる人、多くなりにたるにいとどさまざまにもの思し嘆くこといみじきに、」（旧大系　巻四　四四九～四五〇）を引いて、託宣事件が世に漏れ聞こえていることから、若宮と狭衣の関係も漏れる可能性があり、更には「なんともいかがわしい事態に、あれこれと批判を加える人々の〈声〉が立ち上がらないとも限らない。となればそこに、狭衣の王権／皇権も著しく相対化されかねない契機が生じてくるのではないか。」と指摘している。斎宮と王権の問題については本稿で扱うことができなかったため、稿を改めて論じたい。

付記　本文として、日本古典文学大系『狭衣物語』（岩波書店）を使用した。なお旧字を新字に改めた。

今姫君の居住空間――狭衣物語に流入する芸能の〈空間／移動〉――

鈴木泰恵

一　引用論を離れて

『狭衣物語』の奇妙な空間のひとつに、洞院上にひきとられた今姫君の住む空間がある。今姫君とは、この物語の主人公である狭衣の父・堀川大殿の落とし胤ではないかと目されたために、堀川大殿夫人のひとりで、子のいない洞院上にひきとられた姫君なのだが、いささか呆《ほう》けたところもあり、独特の烏滸物語を形象している姫君だ。なお、今姫君の居住空間は、洞院上の住む町の西の対である。

さて、今姫君は、その居所で、素性の知れない琵琶の師から指南を受けていた。ある日、狭衣が訪れると、後見役の母代《ははしろ》に強要され、今姫君は「鼬《いたち》笛吹く、猿奏づ」[1]（参考二三五頁）を琵琶で弾く。すると、母代が末句の部分を受けて「稲子麿は拍子打ち、蟋蟀《きりぎりす》は」[2]（参考二三五頁）と、体をくねらせ、声を上げ下げしながら、繰り返し歌う有様だった。今姫君もまた繰り返し「稲子麿……」の部分を琵琶で弾き続ける。こうして、今姫君の居住空間には、奇妙な歌声と琵琶の音が響き、特異な烏滸物語が形象されるのである。今姫君が弾き、母代が歌うとは、いったいどのような状況なのかについては後述する。

ところで、「鼬《いたち》笛吹く、猿奏づ」「稲子麿は拍子打ち、蟋蟀《きりぎりす》は」については、一般に風俗歌「うばらこぎ」の引用だとされている。たしかに、風俗歌「うばらこぎ」にきわめてよく似た歌詞ではあり、引用論のレベルでなら、風俗歌の引用とされるところだ。

けれども、引用論では、見えないものがある。曲の節だ。「鼬笛吹く、猿奏づ」「稲子麿は拍子打ち、蟋蟀は」が、琵琶で弾かれ、歌われたときの曲節は、今様の曲節であったと読まれてしかるべきだろう。本稿でいう今様とは、平安時代中期（今様歌といわれていた頃）から末期（今様といわれた頃）にかけて、都で流行り、貴族たちの間でも歌われてはいたが、基本的には民間で歌われていた多種多様な当時の今風の歌謡を指し、宮廷の管理下で伝承され雅楽化された神楽歌・催馬楽・風俗歌等、古代的な歌謡に対するものを指す。今姫君の居住空間では、その今様が奏でられ歌われたと読みうる次第を、引用論とは異なる角度から、明らかにしていく。平安後期から著しく流行ったといわれる今様が、『狭衣物語』に流入しているとおぼしいのである。そして、今姫君の居住空間は、今様を流入させる間口であった点を押さえたい。また、時代の芸能・今様が『狭衣物語』内に移動するにあたり、相反するふたつの力学が生じている様子を掬いとり、それらふたつの力学が作用し合う空間として、今姫君の居住空間を据え直し、今姫君のいわゆる烏滸物語をとらえ直していきたいと思う。

二　今様の響く今姫君の居住空間

まずは、今姫君が琵琶で弾き、母代が歌った歌は、風俗歌からの引用なのか、今様集『梁塵秘抄』からの引用なのかといった、引用をめぐる議論にひと区切りをつけ、今様の曲節で琵琶が弾かれ、歌が歌われたと読まれてしかるべき次第を明らかにするところから始めたい。そこから、今姫君の居住空間の、また今姫君の烏滸物語なるものの、特異性をとらえていく糸口を見出したいと思う。ついては、やや長くなるが、今姫君の琵琶の音と母代の歌声の響く場面を以下に掲げる。

母代、局のには、とく告げたれば、急ぎのぼりて、姫君のゐ給へる後ろの方の御帳のおろしたるところにゐたり。さなめり、と見給て、「いつかは承れ、と上ののたまはせつるは」とのたまへば、母代「いでや、なべての人の聞き知らせ給ふべくも侍らず。筋ことにこそ侍なめれ」と、いみじうしたり顔なる気色ことにて、琵琶をとり寄せて、姫君に奉るとて、「まづ猿をつなげ」とささめくしも、例のあらはに教へられて、とり寄せて、いとしどけなくゆるゆると繋ぎ給ふ。またさし寄りて「その次には奏でを」と、肱して突くなれば、[a]「鼬《いたち》笛吹く、猿奏づ」と弾き給ふを、母代いとめでたうおぼゆるを、えたへず心も澄み立ちて、末に待ちとりて、扇打ちなどしつつ[b]「稲子麿は拍子打ち、蟋蟀《きりぎりす》は」など、ほしめき多く、首筋ひき立てて、折れ返り歌ふ側顔《そばがほ》の、ほのぼの御簾に透きて見ゆるは、[A]をかしなどは世の常なることをこそいひけれ。明け暮れものむつかしき心のうちのもの思ひ、今日ぞみな忘れぬるに、[B]思ふままに臥し転《まろ》びもえ笑はず念ずるぞ、いとわびしかりける。ふた返りばかり弾き給ふに、いとわりなき声、落とし上げ唱歌するに、いとどはやされて、ひき返しひき返し同じ「稲子麿」にて、時もやうやうかはるはいとすべなくおぼえ給ふ。…〈中略〉…[C]いと殊の外にもおはしけるかな。また、[D]これを内裏に参らせん、とまで思しつらん上の御心ぞ、まさりてあさましきや。…〈中略〉…帝はただ国王とて、あざやかにうひうひしうもおはしまさず、さばかりなまめかしう恥づかしげなる御有様ぞかし。とばかりにても、このわたりより、とてご覧ぜられ給はんよ。げに、ひとつに思し召すべきにもあらね

ど、大殿などの見る見る出だし立てたらんよ、と思し召され給はん、[E]いと名立たしう憂きことにこそあらめ、
など、[F]このこと今日明日の程に妨げ聞こえん、とあぢきなくもの嘆きにさへなりぬる心地し給ふに、……
（参考　大系二三四頁～二三六頁）

二重傍線部a「鼬笛吹く……」b「稲子麿は……」について、諸注は、風俗歌「うばらこぎ」からの引用だとの見解を示す傍ら、『梁塵秘抄』の類似歌を挙げている。風俗歌、『梁塵秘抄』類似歌、双方を以下に示す。

風俗歌「うばらこぎ　雑芸」（『体源抄』所収）
茨小木《うばらこぎ》の　下には　鼬《いたち》笛吹く　猿奏づ　稲子丸は拍《ひょうし》打つ　蟋蟀は鉦鼓打つ

『梁塵秘抄』三九二
茨小木の下にこそ　鼬が笛吹き猿奏で　かい奏で　稲子麿賞《め》で拍子つく　さて蟋蟀は鉦鼓の鉦鼓のよき上手

大系補注には、『梁塵秘抄』所収歌も挙げられ、「風俗歌から雑芸化しているが、狭衣物語に見るこの歌は、歌詞から見ても風俗に近いので、風俗歌と見る」とある。全書補註は、風俗歌と『梁塵秘抄』所収歌とを挙げ、「この体源抄所載の歌詞の方が、この物語に近い」とする。集成・新全集の頭注は、「風俗歌の歌詞」としたうえで、『梁塵秘抄』所収歌を挙げている。

たしかに、今姫君と母代とが、奏で歌った曲の歌詞は、風俗歌「うばらこぎ」にそっくりだ。が、『体源抄』所収の「うばらこぎ」に、「雑芸」と記されている点に、やはり注目したいし、注目すべきだろう。「雑芸」は、平安時代後期に流行した歌謡群の総称で、概ね今様と考えられているのである。(3)『梁塵秘抄口伝集』巻第十からも、そんな様子が窺える。

また我ひとり雑芸集をひろげて、四季の今様・法文・早歌にいたるまで、書きたる次第を歌ひ尽くす折もあ

りき。(4)

「四季の今様・法文・早歌」は、それぞれ今様の一種であり、「雑芸集」とは、いわば今様集だ。『体源抄』所収の「うばらこぎ」に「雑芸」と記されているのは、風俗歌「うばらこぎ」が、平安時代後期には、雑芸＝今様になっていた様子をたどらせるのである。(5) そもそも、今様のなかでも大曲（秘曲）第一の「足柄」が、もとは風俗歌だった。『異本口伝集』には、以下のようにある。

足柄は神歌にて、風俗といへども其品替ることとなり。駿河舞東遊びなどといふにも、これなん足柄の中なるべし。足柄明神の神歌ゆゑに、風俗といへどもそのせんあり。(6)

（一三一頁）

「足柄」は、出自は風俗歌ながら、足柄明神の神歌として、今様のなかでも格別の位置を占めていたとある。風俗歌が、流行歌謡化し、今様の一種・神歌になり、今様の大曲になっていった次第を掬いとらせる。歌謡を考えるとき、歌詞だけでは、換言すれば引用論では、見えないものがある。今様は平安中期から流行り始め、平安後期にはブームとなり、風俗歌も今様の曲節で歌われていたのである。『体源抄』所収の「うばらこぎ」に記された「雑芸」は、風俗歌「うばらこぎ」が、今様の曲節で歌われていたことを示し、母代が歌い、今姫君が琵琶で弾いた歌の曲節は、今様であったと理解させる指示記号だ。なお、風俗歌「うばらこぎ」は、諸注によれば、田植歌にまでひき継がれたといわれる。

田植草紙一〇一

山が田を作れば　おもしろいものやれ　猿は簓《ささら》擦る　狸鼓打《うつ》との　打てばよふ鳴る　たぬきの太鼓おもしろ

むかしよりさゝらは猿がよふ擦る　山田の案山子《かかし》　いつまで

風俗歌「うばらこぎ」は、曲節も歌詞も変化しながら、ロングランヒットした歌謡だったようだ。平安後期には、今様の曲節で歌われ、琵琶で奏でられもしたと見ていいだろう。

今様の歌詞は、しばしば歌いかえられるものだが、今姫君が琵琶で弾き、母代が歌った歌は、今様集『梁塵秘抄』に収載される以前の、より風俗歌に近い歌詞の、しかしながら曲節からすれば、今様であったと読んで差し支えない。歌詞が風俗歌に似ているから、風俗歌からの引用だとの認定から一歩を踏み出し、風俗歌から雑芸＝今様になっていった「うばらこぎ」が、琵琶で奏でられ、歌われた様子を掬いとっておく。ただ、そんな今姫君と母代の行為を、狂態として語りとっているところに、今姫君の居住空間と、今姫君のいわゆる烏滸物語とを、改めて考える糸口が見出されるように思う。

ところで、この場面での今姫君は、一貫して琵琶を弾くと語られている。しかも、二重傍線部ａ「鼬笛吹く、猿奏づ」は、歌詞が明示されつつ、「弾き給ふ」とある。今姫君は弾き、母代は歌うと語られる状況を、どう理解すればよいのだろうか。今姫君については、琵琶を弾くと語られてはいるものの、歌った可能性も考えられている(7)。けれども、歌うとは語られず、弾くとだけ語られ、母代とは、明らかに語り分けられているのである。今姫君が歌ったと見るのには無理があろう。ならば、母代の伴奏をしたのかというと、そうでもなさそうだ。今様では、琵琶は伴奏器には使われないというし、少し後の時代になるが、藤原師長は伴奏としてではなく、今様を琵琶の譜に写そうとしたという(8)。歌詞が歌われるときの曲節を、そのまま奏でうるかどうかは詳らかにしえないが、今姫君は、伴奏としてでもなく、この歌の今様の曲節を、琵琶で奏でたと見るのが妥当ではないだろうか。「うばらこぎ」の今様の曲節を、今姫君は伴奏ではなく琵琶で奏で、母代は歌う、これが、弾くと歌うとに、語り分けられた状況だと判断する。

琵琶で弾かれ、歌われ、今姫君の居住空間に、時代の芸能・今様が流入し、今姫君のいる空間と物語とを、特異に彩っているとおぼしい点を押さえておきたい。

三　今様へのアンビバレンス

今姫君が琵琶を弾き、母代が悦に入って歌う様子を、前節の引用本文破線部B「思ふままに臥し転《まろ》びもえ笑はず念ずるぞ、いとわびしかりける」と、狭衣の視点から、笑い転げてしまいそうだと語るところにも、今様が奏でられ歌われたと読んでしかるべき証左を求めうる。『狭衣物語』の内外に目を向け、今姫君・母代コンビは今様を披露したに相違なかろう点を、さらに明確にしたい。しかし、『狭衣物語』は、今姫君の居住空間と物語に、時代の芸能・今様を導き入れ、かつ排斥する力学を働かせて、今姫君のいわゆる烏滸物語を形象しているようだ。今姫君のいる空間および物語は、時代の芸能・今様に対する『狭衣物語』のアンビバレンスを映し出しつつ、特異な相貌を呈している次第を、以下、明らかにしていきたい。

さて、時代は下り、鎌倉時代成立といわれる『吉野吉水院楽書』には、こうある。

今様ノ殊ニハヤルコトハ　後朱雀院ノ御トキヨリ也。敦家左少将ハ於₂金峰山₁頓死。敦家ノ多ク歌ヒケルナリ。

どうやら、『狭衣物語』の少し前くらいから、「今様」は著しいブームを迎えたらしい。では、流行り始めた平安中期の今様（＝今様歌）のイメージは、どんなであったろうか。

歌は　風俗、なかにも　杉立てる門。神楽歌も　をかし。今様歌は、長うてくせづいたり(9)。

（『枕草子』二六四段「歌は」　二七三頁）

「くせづいたり」を、曲節がはっきりしていると解するか、曲節に癖があると解するか、意見も分かれようが、既存の歌謡とは違った曲節であったと理解できる。

八月二十余日の程よりは、上達部、殿上人ども、さるべきは、みな宿直《とのゐ》がちにて…〈中略〉…琴、笛の音などには、たどたどしき若人たちの、読経あらそひ、今様歌どもも、ところにつけては、をかしかりけり。[10]

（『紫式部日記』一二七頁）

月おぼろにさし出でて、若やかなる君達、今様歌歌ふも、舟にのりおほせたるを、若うをかしく聞こゆるに、大蔵卿のおほなおほなまじりて、さすがに、声うち添へむもつつましきにや、しのびやかにてゐたるうしろでの、をかしう見ゆれば、御簾のうちの人もみそかに笑ふ。

（『紫式部日記』二一三頁）

前者は敦成親王誕生を控えた土御門邸の様子を記した部分からの、後者は同じく土御門邸内の南池畔にある御堂での後夜の勤行が終わった後の様子を記した部分からの引用である。双方から汲みとられるのは、場と人（年齢）によっては今様（歌）が「をかし」と見なされていることだ。とりわけ、若い貴公子に限り、しかも琴笛に習熟していない若い貴公子に限り、「をかし」と見なされているのである。これらは、今様が、既存の宮廷芸能に肩を並べていない、いまだ劣位の芸能であった模様を窺わせる。

平安後期、後朱雀院の時より少し下がるとおぼしい『狭衣物語』内にも、今様のイメージをたどらせる部分がある。

このごろ童《わらはべ》の口の端にかけたるあやしの今様歌どもを、いとおどろおどろしき声どもに謡ひ捨つる気色、心にやりてないがしろに思ふことなげなるにつけても、

（参考　四三〇頁）

今様は、貴顕の家で使われる身分の低い「童」などが口ずさむもので、奇妙な感を免れない流行り歌だと語られている。なおまた、耳障りな声で、無造作に歌い捨てられている風情まで語られているのである。流行っていると

はいえ、上流貴族には、どこかすんなりと受け入れられない歌謡・芸能であった次第がたどられる。

古記録に目を転ずると、『春記』後朱雀朝の長久元年（一〇四〇）十一月二十五日の記事、故中宮嫄子所生祐子内王着袴の宴席の様子を記した箇所には、以下のようにある。

着饗饌、盃酌無算、有詠歌之興、又有今様歌之戯、重尹卿依有其讃発今様歌、満座解頤、大納言已下発此由太以軽々也。惣人心之追従尤甚也。亥時許事畢。

右をもって、しばしば指摘されるごとく[11]、著しく流行り始めたといわれる後朱雀朝においてさえ、今様は「戯」ととらえられている向きがあった。『春記』筆者・藤原資房と今様を歌った藤原重尹との政治的な立場もあって、「太以軽々也」とされたのではあろうが、「盃酌無算」の盃を重ね、酔に興じた「讃」により歌われるのが今様なのであり、それは勢い「戯」の要素を多く含んで、「満座解頤」と満座の哄笑を誘ったのである。今様は、「戯」に歌われ、哄笑を渦巻かせるような歌謡・芸能の側面を有していたとおぼしい。

さて、今姫君が琵琶で弾き、母代が歌うのを、見聞した狭衣の反応は注目される。前節の引用本文破線部A〜Fに表れているので、それらを改めて以下に掲げたい。

A　をかしなどは世の常なることをこそいひけれ。

B　思ふままに臥し転《まろ》びもえ笑はず念ずるぞ、いとわびしかりける。

C　いと殊の外にもおはしけるかな。

D　これを内裏に参らせんとまで思しつらん上（洞院上）の御心ぞ、まさりてあさましきや。

E　（今姫君の入内は）いと名立たしう憂きことにこそあらめ、

F　このこと（今姫君の入内）今日明日の程に妨げ聞こえん、

今姫君・母代コンビによる演奏と唱歌は、度を越えて滑稽であり（A）、堪《こら》えられはするものの、狭衣の哄笑を誘っている（B）。そして、今姫君は、上流貴族女性にふさわしからぬ予想外の有様だと判断され（C）、入内（＝宮廷）などもってのほかであると評価されてしまうのだった（D～F）。

満座の哄笑を巻き起こした『春記』重尹による今様と、同じく狭衣の哄笑を誘う今姫君・母代コンビの演奏・唱歌とは、重なり合うものがある。今姫君は、洞院上にひきとられ、上流貴族女性の仲間入りをしているだけに、狭衣に内心、笑われるだけではすまず、入内の可否はもとより、上流貴族女性たる資質まで問われる始末だ。滑稽にして、上流貴族にはいかにも受け入れがたい演奏ぶり・歌いぶりは、『狭衣物語』同時代までの今様のイメージをなぞっている。今姫君が琵琶で弾き、母代が歌った歌の曲節は、今様であったと読んでしかるべきなのである。しかも、ふたりが貴族女性であるだけに、より滑稽で、その今様は、散楽と肩を並べて行われるような今様（後述）であったろう。

ところで、今姫君が烏滸に象られるのは、いやしくも貴族女性でありつつ、滑稽で、野卑な感もある今様を、強いられたとはいえ、演奏する行為を通じてであったことを押さえておく。

しかしながら、『狭衣物語』は、時代の芸能・今様を、敏感に摂取している点を見逃してはなるまい。今姫君の居住空間は、まさしく今という時代の芸能・今様を敏感に受け入れていく間口なのであった。ちなみに、今姫君に琵琶を指南したのは、母代が「琵琶ををかしう弾く人のあり」（参考二三一・二三二頁）といって連れてきた、素性の知れない人物だ。今姫君、とりわけ母代から逆照されると、滑稽な人物像を結びかねない。けれども、今姫君と母代とに反映される、『狭衣物語』の今様に対するネガティブなまなざしを差し引けば、彼女は今様の担い手である女性芸能者で、遊女《あそび》・傀儡《くぐつ》といわれる人であったかもしれない(12)。今姫君の居住空間は、時代の芸能・今様の担い手である遊女や傀儡といった存在をも、微妙に受け入れる間口であった可能性を見ておきたい。

むろん、一方で『狭衣物語』が、今という時代の芸能・今様を、徹底的に排斥しようとする力学を働かせている点も見逃しえない。『狭衣物語』は、まず、再掲した狭衣の反応D〜Fを通して、すなわち、今姫君自身にも増して、今姫君をひきとり入内させんとする洞院上にあきれかえり、今姫君の入内は悪評を招く困った事態だと思い、早急に今姫君の入内を阻止しようとまで思う狭衣の反応を通して、今様を携えての、今姫君の入内＝宮廷入りを排斥する力学を働かせていく。さらに、宰相中将（洞院上の兄弟）を、今姫君の居住空間に侵入させ、今様を身につけた今姫君の入内＝宮廷入りを、挫折させてしまうのだった（参考二五〇〜二五五頁）。念の入ったことに、結局は宰相中将と結婚した今姫君が、後々、即位した狭衣帝の一の宮[13]（次期東宮の予定）と娘とを結婚させたいと願った際にも、狭衣帝は、かつて今姫君が今様を奏でた狂態ぶりを思い起こし、聞き入れなかったという後日談まで語り（参考四五二〜四五四頁）、母娘二代にわたって、今様に特色づけられた今姫君性の入内＝宮廷入りを、徹底的に排斥していく力学を見せつけるのである。[14] 今姫君の入内が目指された宮廷とは、貴族文化の象徴であるに相違ない。今様を携えた今姫君の入内＝宮廷入りを排斥する力学とは、今様が貴族文化に入り込んでくるのを排斥する力学に外ならないはずだ。

『狭衣物語』は、今姫君の居住空間を間口として、時代の芸能・今様を摂取し、今様の担い手である遊女・傀儡の影さえ漂わせて、今という時代の芸能に、敏感に反応している。しかし一方、にもかかわらず、今姫君に母代を番え、今様を奏でさせ、今姫君を鳥滸に括って語ることで、今姫君を、そして今様を、貴族文化から徹底的に排斥していく力学を働かせているのである。時代の芸能・今様を受容しつつ排斥するアンビバレンスが映し出されているところに、今姫君のいる空間と、今姫君のいわゆる鳥滸物語の特質を押さえておく。

四　今様排斥の力学と今姫君の〈空間／移動〉

ここで、『狭衣物語』の今様排斥の力学と、今姫君の〈空間／移動〉との関係、および今姫君の烏滸物語との関係をとらえておく。『狭衣物語』は、今姫君の奏でる今様を、今姫君が堀川殿で暮らした空間に限定して語ったといえる。四町もある広大な堀川殿のなかで、洞院上の住む町の西の対にある今姫君の居住空間。『狭衣物語』は、今様を奏でる今姫君を烏滸に括り、今姫君と、彼女が教養として身につけた今様を、この限られた空間に閉じ込めて、貴族文化の象徴である宮廷には移動させない。つまり、宮廷で今様を奏でる今姫君を語るがごとき事態を、厳に回避したといえる。また、宰相中将と結婚してからの今姫君が、今様を奏でたかどうかは語られていない。母代も、宰相中将によって、今姫君からひき離されたとある（参考四五三頁）ので、今姫君はもはや今様を奏でなかったのかもしれない。あるいは、もう少しまともに奏でていたのかもしれない。が、ともあれ、その後が語られないことで、今様を奏でる今姫君は、洞院上の町の西の対にしか、いないかのように語られているのである。『狭衣物語』は、今姫君と今様を、限られた空間に閉じ込め、今様を奏でた今姫君の物語を、あくまでも烏滸物語にとどめおき、貶める。

加えて、母代の今様唱歌や、「時もやうやうかはる」（第二節引用本文傍線部）まで、繰り返し今様を琵琶で弾く今姫君自身の行為により、今姫君の烏滸ぶりは増幅されている。常に暗い面持ちの、あの狭衣の哄笑を誘うほどに、増幅されている。こうした増幅自体、時代の芸能・今様の野卑な力を、語りとってしまっているのに違いない。しかし、だからこそ翻って、「戯」にして野卑な力を持つ芸能・今様を、上流貴族文化にはふさわしくないと貶める語りの論理としては、狭衣の視線を介して、今様を奏でる今姫君の烏滸ぶりを、増幅しデフォルメするのであったろう。それは、『狭衣物語』同時代までの今様評価とも、概ね軌を一にしている。堀川殿での居住空間に限って、今姫君の今様は奏でられ、貴族文化の象徴である宮廷には、決して移動されない。そして、今姫君の物語は、あくまで烏滸物語に括られていく。『狭衣物語』において、今姫君の今様が閉じ込められている空間、すなわち堀川殿での今姫君の居住空間、および今姫君の烏滸物語は、同時代までの今様評価とも歩調を合わせて、上流貴族文化から、時代の新興芸能・今様を排斥していく力学のもとに、組織されているのだといえる。

今姫君の居住空間とは、野卑な力を持つ新興の芸能・今様を、そこに閉じ込め、移動させず、抑圧する力学を働かせる空間であった。また、烏滸物語に括られた今姫君の物語には、そんな今様を排斥する力学が働いていたのである。

五　斎院と芸能

さて、『狭衣物語』は、六条斎院禖子に仕えた宣旨の作と考えられている。物語内容に照らしても、ヒロインである源氏宮が斎院になり、斎院関連の行事なども、多くかつ詳細に語られており、斎院との関係は深い。なお、斎院は、空間、人（斎王）、あるいは双方を表すものとする。『狭衣物語』が、今姫君のいる空間と物語のなかで、今様を摂取しつつ排斥するアンビバレンスを語ったのは、斎院との深い関わりを持つ物語であるがゆえではなかったか。そもそも、神の斎垣（神域）と芸能とは、密接に関わっている。神の斎垣の斎院が、新興の芸能と、どう関わったのかを掬いとるところから、『狭衣物語』の今様に対するアンビバレンスをとらえ直したい。

ついては、『狭衣物語』よりやや後の時代になろうが、白河院皇女令子の斎院と芸能との関係が注目される。令子斎院を端緒にして、斎院と芸能との関係を考え、『狭衣物語』に折り返したいと思う。本節では、令子の斎院と芸能との関係をとらえていく。

寛治五年（一〇九一）十一月十九日、斎院・令子潔斎中の野宮において、五節の淵酔が行われている。淵酔とは、正月、五節、臨時の大礼の後に、天皇臨席の清涼殿で行われた酒宴であるが、宮廷行事のなかでも、臨時的私宴の性格を有し、かなりくだけた宴席であったようだ。それが、斎院潔斎中の野宮で行われるのは、異例の事態であるだろう。

秉燭之程、事了殿上人等、引参斎院野宮、有盃酌三献、一献、二献、三献、此後朗詠散楽　入夜退出了、（『中右記』）

朗詠とともに、滑稽なものまねなどを含む散楽も行われている。もう一例、承徳二年（一〇九八）十一月二十二日、斎院で行われた五節の後の淵酔の記事を挙げておこう。

未時許着直衣、参内…〈中略〉…朗詠今様、参中宮御方…〈中略〉…殿上人参集之後有盃酌、諸大夫居肴物菓子等、初献頭中将、二献四位少将雅顕、朗詠今様、三献予、而座上中宮大夫右大将頗以饗応、中宮大夫被解予紐肩脱、人々其後肩脱　数度盃酌、依命也、…〈中略〉…其後散楽及公卿…〈中略〉…、見次五節所後、晩頭向新女御方、又朗詠、…〈中略〉…頃而参斎院、此間及秉燭有朗詠散楽、事了各々分散、（『中右記』）

殿上人や公卿たちは、宮中から、あちらこちらを回って、令子斎院にもやってきている。宮中では朗詠今様。中宮方では朗詠今様、さらに散楽。新女御方では朗詠、斎院ではまたもや朗詠に加えて散楽である。

朗詠と散楽についてであるが、平安後期以降の朗詠は、それまでの朗詠とは少し趣が違っているようだ。右に引用した『中右記』後者に、中宮方では殿上人たちの「朗詠今様」が歌われ、さらに杯がめぐって「其後散楽及公卿」と記されている。この点から、「朗詠今様」が歌われた時点で、すでに殿上人たちは「散楽」に及んでいたと見なされていて、そうした「散楽」行為が公卿にまで及んだと読める、つまりは、朗詠・今様も散楽のひとつと見なされていたという指摘がある。[15] また、十一世紀半ば頃からの朗詠は、五節各日の酒宴で、雑芸のひとつとして行われていたというし、白詩を媒介に、朗詠と今様とは渉り合っていたともいう。[16] 朗詠も雑芸化し、時代の歌謡（今風今様の歌謡）の仲間入りをして、今様・散楽とともに、宴席でのくだけた芸能の側面を有していたと見られる。なお、散楽が五節の淵酔の記録に出てくるのは、永保元年（一〇八二）十一月二十一日の卯の日の淵酔を記した『為房卿記』裏書からだという。[17]

「戯」的で野卑ともいえる、新たな相貌の芸能が行われる五節の淵酔を、令子の斎院空間には見出せるのである。しかも、令子の斎院で五節の淵酔が行われた記録は『中右記』にかなり残っており、令子の斎院空間が新たにして「戯」的芸能にいかほど親和的であったかを窺わせる。にしても、そんな五節の淵酔が、潔斎中の野宮においてさえ行われたのは、やはり異例であるだろうし、注目に値しよう。

たしかに、令子は斎院退下後も、五節の淵酔を頻繁に自身の御所で行っていた（『中右記』）。けれども、潔斎中の野宮（＝斎院）においてさえ行われた五節の淵酔を、芸能好きな令子の個性ひとつに帰するわけにはいかないように思う。まず、神の斎垣・斎院という空間が優雅な文化的サロンであるばかりでなく、「戯」的芸能をも受け入れる素地のある空間だったからではないのか。天岩屋戸の前であられもなく舞った天鈿女が巫女舞・神子舞の起源であるとされているように、神の斎垣には、哄笑を巻き起こすような「戯」的で野卑な芸能との親和性があった点を考慮に入れてしかるべきだろう。ちなみに、令子斎院は優雅な文化的サロンをも形成していた。

神の斎垣・斎院と芸能との関係は、むろん王権とも深く関わる。賀茂斎院（ならびに伊勢斎宮）と王権との関わりは、もはやいうまでもない。斎院令子には、五節の淵酔を行い、神の斎垣・斎院空間に、新たな相貌で興ってきた野卑な力を持つ芸能を導き入れることで、新たに院政を行った父・白河院の、新たな形の王権を支えるという力学が働いていた側面を掬いとっておく。また、令子は弟の堀河天皇が死去した年、幼少の甥鳥羽天皇の准母として、非妻后の皇后に立てられ、白河院期後半を支えている。王権を支える令子の立場と、退下後も令子のいる空間で行われた五節の淵酔とは、密接に関わっていたのではなかったか。新興雑芸能の野卑な力強さで、新たな王権を賦活せんとし続けた側面を、令子から掬いとっておくべきだろう。潔斎中の野宮で五節の淵酔が行われたのも、令子の芸能好きが昂じてのものというより、むしろ芸能の神話的な力をたぐり寄せる行為だったと考えたい。神の斎垣・斎院と芸能、そして王権との関係を、令子の斎院空間で繰り広げられた五節の淵酔に見取っておく。

六　斎院ゆかりの『狭衣物語』と今様摂取

『狭衣物語』は、今様を奏でた今姫君の物語を烏滸物語に仕立て上げ、今様を排斥する力学を見せていた。しかし、にもかかわらず、今姫君の居住空間を間口に、時代の芸能・今様を摂取している。今姫君の居住空間が、今様を摂取すべく、今様を流入させうる空間としても組織されていた点については、次節に述べるとして、今様摂取の力学を、斎院ゆかりの物語という観点から考えたい。

『狭衣物語』の時代に目を向けてみると、いわゆる王朝国家体制は、どうにも立ち行かない状況に陥っていたようだ。たとえば、頼通の時代。天台宗寺門派の園城寺（三井寺）が戒壇院設立を朝廷に求めてきた。対立していた同天台宗山門派の延暦寺は強く反対し、あちらを立てれば、こちらが立たずになり、なかなか結論が出ない。その決裁をめぐって、御朱雀天皇と関白頼通とが、互いに責任をなすりつけ合う始末だった。似たような問題が積み重なり、朝廷と寺社との関係はぎくしゃくし、寺社が国家を守護するという信仰も揺らいで、天皇—摂関による王朝国家体制に、深い影が落とされる。

くだんの園城寺戒壇院設立問題は、頼通の次の関白教通の時代にまで尾を引いており、後三条天皇と教通も、どうやら押しつけあいをしたらしい。それに、教通が関白だといっても、後三条天皇の外戚ではなく、後三条天皇は、摂関の力を排除すべく、荘園整理令を出したりしていた。天皇—摂関による王朝国家体制は、ますます軋みを生じていたといえる。その間には、内裏の焼失といった事態も何度か起こり、『狭衣物語』の時代は、天皇—摂関による王朝国家体制はもとより、国家の存亡まで危ぶまれたという。(18)

『狭衣物語』の成立時期については諸説あるが、白河朝最初期あたりと見て、そう大きくなるいはないようだ。そして、『狭衣物語』は、斎院との関係が深いだけでなく、摂関との関係も深い。作者に目される宣旨の仕えた六条斎院禖子と頼通・師房（源氏で頼通の猶子）との関係もさりながら、主人公・狭衣の父である堀川大殿が関白職にあり、帝も「ただこの御心に世を任せ」て安寧な状態であった（参考三二頁）。『源氏物語』の影響なのか、禖子の家司・師房が頼通の猶子として源氏摂関になる可能性もあったからなのか、その双方なのか、源氏の摂関化が見られるものの、ともあれ、冒頭まずは天皇—摂関による安泰な王朝国家体制が象られており、それへの憧憬（幻想）が掬いとられる。狭衣の即位との関係については後述する。

さて、白河天皇のときの関白（内覧から関白）は、頼通の息・師実であった。白河天皇には、小一条院の血を引く皇太弟・実仁がおり、実仁即位までの中継ぎといった雰囲気があったらしく、白河天皇は妻・賢子の養父である師実を、即位する前から、頼りにしていたという。[19]少なくとも白河朝初期は、天皇と摂関との絆が結び直されている。とはいえ、即位した頃の白河天皇の立場は弱く、むろん、寺社の問題も片づいていない。

『狭衣物語』の時代が、白河朝以前であるなら、より幻想的に、白河朝初期であるなら、より期待を込めて、『狭衣物語』は、新興の芸能・今様の野卑な力を、芸能の神話的な力を、自身のなかに摂取し、文学の側から、文学行為を通じて、天皇―摂関による王朝国家体制を、文化的に復活・賦活せんとする力学をも働かせたのではないか。神の斎垣は、王権とも芸能とも、深い関わりを持つ。『狭衣物語』が、とりあえず時代の現実に向けて、文学行為を通じて、文化的に復活・賦活せんと幻想し期待しうる王権とは、天皇―摂関二人三脚の王朝国家体制でしかなかったのだろうが、神の斎垣・斎院ゆかりの『狭衣物語』であるがゆえに、そのような力学を働かせていたという視点を提示したいと思う。

しかしながら、天皇―摂関による王朝国家体制への幻想や期待は、もとより、それへの絶望と表裏する。『狭衣物語』が、虚構として、二世の源氏・狭衣を帝位につけてしまう破天荒な成り行きには、天皇―摂関二人三脚もへったくれもない。むしろ、絶望を読みとっていいだろう。かといって、ある種アナーキーな狭衣帝の王権に、諸手を挙げて価値を認めているわけでもない。狭衣自身のネガティブな内面が語られることによって、狭衣帝の王権の価値は、問われ続けるべく語られているのであった。冒頭の嵯峨帝―堀川関白による安寧な王権は、後一条帝、狭衣帝を通じて、遠ざかっていく。〈父〉に象徴される〈前〉の時代のものでしかない。そして、〈今〉あるいは〈未来〉に向かう王権の形は見出されていないのだろう。令子が白河院の新たな王権を支えようとしたのとは、事情を異にする点だ。ただ、そんな絶望こそが、文学の母体になると思うのだが、私的な理念は、今は措く。

ここでは、神の斎垣・斎院ゆかりの『狭衣物語』であるがゆえに、新興の芸能・今様の野卑な力を、芸能の神話的な力を、みずからの内に摂取して、文学の側から、文学行為を通じて、現実的には、天皇—摂関による安寧な王権を、文化的に復活・賦活せんとする力学をも働かせたのではないかとの視点を提示したい。

七　今姫君の空間と今様へのアンビバレンス

『狭衣物語』において、今姫君の居住空間および物語は、同時代までの今様評価とも歩調を合わせ、上流貴族文化から、時代の新興芸能・今様を排斥していく力学のもとに、組織されている旨、第四節で述べた。しかし一方、野卑だからこそ、神話的な力を期待しうる今様を、ともかくも受け入れていく空間として、今姫君の居住空間が組織されている点もとらえておきたい。そのうえで、〈空間／移動〉の観点から、今姫君のいわゆる烏滸物語をとらえ直し、『狭衣物語』の今様へのアンビバレンスを考えたいと思う。

流行の今様が移動し、今姫君の空間に流入してくるのには、堀川殿での今姫君の扱いが深く関わっている。今姫君には、母もいないし乳母もいない（参考八二頁）。そこで、「母のなまゆかりある人の、高きまじらひはしてあれど、人数ならぬことをわぶる人」（参考八二頁）とはあるが、どうもいかがわしげな母代が後見役となり、堀川殿に入り込んできたわけである。ところが、父かと目される堀川大殿は慎重で、今姫君をなかなか娘の員数に入れず、あまり関心もなく、距離を置いていた（参考八七頁）。また、堀川大殿の三夫人のなかで、ただひとり子を持たず、今姫君の養母となった洞院上は、「もの細かならぬ御心」（参考八三頁）で、母代や女房たちの有様も、あまり気にかけていない（参考八三頁）。堀川大殿の親身ではない扱いに加えて、養母・洞院上の大雑把な気性からくる扱いは、今姫君および母代や女房を、そして、今姫君の居住空間を、野放しにしてしまっている。

今姫君の居住空間は、堀川殿のいわばブラインド・スポットであるからこそ、琵琶の師とともに、今様が堀川殿に移動し、流入しえたのだといえる。しかし、このブラインド・スポットを構築しているのも、堀川大殿や洞院上のありようを語る『狭衣物語』の語りだ。野卑だからこそ、神話的な力を期待しうる新興の芸能・今様を、ただ貶め排斥するのではなく、むしろ物語の内に移動させんとする語りの論理が掬いとられる。『狭衣物語』において、今姫君の居住空間は、今様を摂取せんとする力学のもとに、組織されているのでもあった。

野卑にして、神話的な力を期待しうる新興の芸能・今様を、みずからの内に移動させ、摂取せんとする力学と、それを激しく排斥する力学と、ふたつの力学が作用する空間として、今姫君の空間は据え直されてくる。なお、今様排斥と今様摂取との、ふたつの力学が働きうる空間は、上流貴族文化の粋を集めた堀川殿のブラインド・スポット、すなわち今姫君の空間ならでは、であったろう。加えて、今姫君の空間は、童が今様を歌うような道空間から、排斥されつつも権門の堀川殿へと流入してくる新興芸能・今様の、移動の力を見せつけた空間でもある点は掬いとっておきたい。

今姫君の居住空間で語られた、今姫君のいわゆる烏滸物語も、二相でとらえ直される。たしかに、今様排斥の力学は、今姫君の物語を、いわゆる烏滸物語に仕立てあげていった。しかしまた、物語が表象するものであるなら、今姫君の烏滸物語とは、新興芸能・今様が、あの鬱々たる狭衣の哄笑を誘って、野卑の力の本領を発揮する空間を、表象したものでもある。今様摂取の力学もまた、今姫君の物語を、烏滸物語に仕立て上げていったのだといえる。今様をめぐり、反発しあうふたつの力学が作用しあう空間のなかで、一方では今様を排斥すべく、もう一方では今様の力を表象するかのように、今姫君のいわゆる烏滸物語は形象されていたととらえ直されてくるのであった。

さて、今様排斥と今様摂取との、ふたつの力学を生じさせたのは、今様に対する『狭衣物語』のアンビバレンスに外なるまい。そのアンビバレンスもまた、『狭衣物語』と縁の深い斎院に由来するのだろう。神の斎垣にして高貴な斎院。神の斎垣の斎院は、野卑な芸能をも受け入れる素地を持つ。一方、高貴な斎院は、野卑とは対極の優雅な文化サロンを形成していた。そんな斎院のありようこそが、斎院ゆかりの『狭衣物語』に、野卑な新興芸能・今様へのアンビバレンスを生じさせたのだといえよう。令子の時代とは、いささか事情が異なり、『狭衣物語』の時代は、いまだ、野卑は潜在させ、優雅を顕在させるのが斎院であり、そんな斎院の磁場にある『狭衣物語』という空間で、野卑な今様が語られたからこそ、生じたアンビバレンスであったと理解する。

八　『狭衣物語』に流入する芸能の〈空間／移動〉

あれこれと述べてしまった内容をまとめてみる。今姫君が琵琶で弾き、母代が歌った歌の曲節は、今様であったと読まれてしかるべきであり、『狭衣物語』には時代の芸能・今様が流入している。流入の間口は、今姫君の居住空間であった。そして、今様が物語内に移動するにあたり、『狭衣物語』は今様へのアンビバレンスを語っていた。それは、『狭衣物語』が斎院ゆかりの文学であることと、深く関わっているとおぼしい。また、今様へのアンビバレンスは、今様摂取と今様排斥との、ふたつの力学を生み出し、今姫君の空間は、このふたつの力学が作用する空間として据え直されてくる。今姫君の空間で語られた、今姫君のいわゆる烏滸物語も、今様を排斥しつつ、今様の力を表象するかのように、語られていたのだととらえ返される。以上の点を論じてきた。

最後に、今姫君に琵琶を教えた人物について、考えておきたい。時代の芸能・今様に対するアンビバレンスにより、今姫君および母代は烏滸に括られる。ふたりの延長線上で、琵琶の師も理解されてくるのだが、明確な姿は語られていない。今姫君や母代の、とりわけ母代の習い方が悪かっただけで、「琵琶をかしう弾く人」といわれる琵琶の師は、今様を達者に歌い、琵琶でも奏でる女性芸能者の遊女や傀儡だった可能性もある。

同時代の『更級日記』は、場所も場所、今様の大曲「足柄」ゆかりの足柄山で出会った「遊女」（傀儡）を、記しとどめている。野上や高浜の「遊女」（野上は傀儡）も記しとどめているのである。忘れえぬ思い出だったのだろう。『堤中納言物語』「虫めづる姫君」の姫君は、雑芸化し、遊女（傀儡を含むだろう）や白拍子などの女性芸能者たちも歌っていた朗詠を歌い、さらに珍妙な様子が際立つべく語られていた。

『狭衣物語』や「虫めづる姫君」と『更級日記』との、語り書くスタンスは違うが、平安後期という時代の文学は、いずれ遊女や傀儡といった女性芸能者が、視野に入っていたと思われる。今姫君の居住空間において、『狭衣物語』の今様に対するアンビバレンスにより、最も抑圧され排斥されたのは、今姫君の居住空間に今様を移動させたごとく、今様を携え空間を移動し、都に今様を運び流行らせた、遊女や傀儡といった女性芸能者であったかもしれない。

注

（1）引用本文は内閣文庫本に拠り、適宜、漢字を当て、仮名を歴史的仮名遣いに改め、送り仮名および句読点等を付した（音便かもしれない部分、たとえば「給て」など「給ひて」か「給うて」か判断しかねる部分はそのままにした）。引用本文のあとに、参考として、底本を同じくする日本古典文学大系当該頁数を示した。なお、同系統の西本願寺旧蔵本（巻四平出本）を底本とした新編日本古典文学全集、および流布本系本文を底本とした日本古典全書・日本古典文学集成で読んでも、論理に変化のない点は確認した。それにしても説明を要すると思われる異同には注を付すが、細かい異同はいちいち指摘しない。

(2)「蟋蟀《きりぎりす》は」の部分、内閣文庫本「きりうちきりす」。西本願寺旧蔵本等、同系統の他本により改めた大系に従うのが妥当と判断し、改めた。

(3)『日本芸能史2　古代—中世』(法政大学出版　一九八二年)、馬場光子全訳注『梁塵秘抄口伝集』(講談社学術文庫　二〇一〇年)などに指摘がある。

(4)引用本文は注(3)講談社学術文庫に拠り、その頁数を示した。

(5)田村良平「『狭衣物語』の音楽描写」(『源氏物語と平安文学』第3集　早稲田大学出版　一九九三年)も、「うばらこぎ」は、風俗歌から『梁塵秘抄』の今様にまで転生する息の長い流行歌謡だと指摘する。なお、土岐武治「狭衣における枕草子の再吟味」(『花園大学紀要』一九七七年三月→「狭衣物語に及ぼせる枕草子の影響」『平安文学研究』一九六五年六月と合体させ『狭衣物語の研究』　風間書房　一九八二年)は、『狭衣物語』の本文と変遷する今様の歌詞との関係を掬いとっている。

(6)本文は岩波文庫『梁塵秘抄』(口伝集巻第十一)により、その頁数を示した。

(7)注(5)田村論文は今姫君も歌ったと見る。沖本幸子「今様の身体」(『今様の時代』東京大学出版会　二〇〇六年)は、「弾く」とあるところに着目し、母代ひとりが歌ったと解釈している。

(8)注(3)馬場光子全訳注『梁塵秘抄口伝集』で、馬場が指摘している。なお、師長の話は『口伝集』巻十にある。

(9)引用本文は『新編枕草子』(おうふう　二〇一〇年)に拠り、その段数・頁数を示した。

(10)引用本文は新編日本古典文学全集『紫式部日記』により、その頁数を示した。

(11)注(3)『日本芸能史2　古代—中世』など。

(12)「遊女」は西国の川の宿所を拠点とし、「傀儡」は東国の街道沿いの宿所を拠点としていた。宇津木言行「古代中世クグツについて」(『日本歌謡研究』一九九九年十一月)参照。

(13)狭衣が嵯峨帝の女二宮と密通して生まれた子だが、女二宮の母・大宮とその周辺の謀りにより、嵯峨帝と大宮との皇子として成長。嵯峨帝退位後、狭衣が後見。後一条帝の後を襲う成り行きになっていたが、天照神の託宣で、狭衣との親子関係が明かされ、狭衣の即位を優先し、狭衣帝の「次々」の帝になるようにとされた（参考四二五頁）。この事実は、理解不能のこととして不問に付されており、今姫君も現東宮に入内するのではなく、この一の宮を婿取りたいといった意思を示しているのだが、今姫君の娘が、一の宮と結婚すれば、狭衣帝退位後に、今姫君の娘が、東宮となった一の宮に入内する可能性が視野に収まってくる。ただ、登場人物間では、狭衣と藤壺の皇子・二の宮が東宮になるのではないかとの噂もされている。その辺について、『狭衣物語』は明確な方向性を語っていない。神託が尊重されるのか、世の趨勢に委ねられるのか、不明。したがって、可能性とする。

（14）井上眞弓「『狭衣物語』における場所の記憶―今姫君と大宮の移動を中心に」（『狭衣物語を中心とした平安後期言語文化圏の研究』二〇〇七年四月）、「狭衣物語の転地―飛鳥井女君　今姫君　狭衣」（『狭衣物語が拓く言語文化の世界』翰林書房　二〇〇八年）。

（15）沖本幸子「散楽と今様」（注（7）前掲書所収）。

（16）青柳隆志『日本朗詠史研究編』（笠間書院　一九九一年）。

（17）注（15）沖本論文。

（18）坂本賞三『藤原頼通の時代』（平凡社選書　一九九一年）は、『春記』『江談抄』を例に、十一世紀中頃には、そうした意識が、中・下級官人から、上流貴族にも及んでいたとする。

（19）美川圭『白河法皇』（ＮＨＫブックス　二〇〇三年）。

『狭衣物語』における「飛鳥井」の位相——旅を基点として狭衣と対置させる——

野村倫子

はじめに

まず、ここでいう「飛鳥井」は生身の飛鳥井の女君一人を指すのではなく、亡きあとに追慕される存在、さらには飛鳥井の兄の山伏や縁者をも含めたものである。また、「位相」の語も解釈に幅を生じるものであるが、ここでは力学関係によって生じる、物語の内部において狭衣の人生・価値観を転換させる作用を発揮する存在としてどのように位置づけられるかを意味する。従って、実社会や社会制度下に於いて実体の「飛鳥井」がどのような位置（もしくは地位による上下関係など）にあるかは、全く意味しない。

飛鳥井は『無名草子』に「道芝、いとあはれなり」（新全集『松浦宮物語　無名草子』二二二）と評され、『物語二百番歌合』でも番わされるように、中の品に属し貴人との恋愛の最中に（未遂も含めて）短命に終わった夕顔や浮舟の面影を宿している。そして、「形見」の遺児、扇、絵日記などに拠って死後も継続して思慕され続ける存在である。その思慕は、そもそもは意図せざる結婚による「旅」の途での入水に起因し、さらに狭衣が粉河寺への「旅」で邂遁した飛鳥井の兄の山伏に導かれて、継続するものでもあった。「旅」は都を離れた非日常的の空間に移動してそこに身を置くものであるが、狭衣は山伏との出会いののち、現世離脱を求めて出家遁世を志向し、さらなる「旅」に出ようとする。結果的に、その試みは常に不発に終わり、不本意ながら神意に拠り帝位に就く。帝の位に就くことは、都はおろか宮中からの外出もままならぬ、いわば現世に取り込められる最たる存在になることにほかならない。狭衣の現世離脱の初発は源氏の宮への思慕が閉ざされたことによるが、仏道修行に諸国を行脚する山伏の誘いは実現可能な誘いとして狭衣の共感を得続ける。

『狭衣物語』に描かれた旅は、多い。計画のみで不発に終わったものも含めて、ほとんどが「飛鳥井」一族に関わる。以後の展開も視野に含めて、物語に見える旅・下向を人物ごとに整理しておく。

1、飛鳥井の両親平中納言夫妻　：　大宰帥として任国下向。在職中、夫婦相次いで客死。

2、飛鳥井の叔母　：　女院女房であったが、盗まれて筑前（「長門」とする系統もある）に下向。

3、飛鳥井の兄　：　両親客死後、山伏として修行のため諸処をまわる。

4、飛鳥井　：　幼少期に両親と大宰へ下向するが、両親の死後叔母に伴われて上京。
　生活不安から乳母の東国下向に同意（未遂）。

　乳母の計らいで道成の妻とされて、大宰へ下向。不本意な結婚により、道途入水をはかる。

　兄に助けられて、上京。

5、狭衣　：　粉河寺参詣（吉野川を経る）。
　飛鳥井の兄と修行同道を志す（未遂）。

6、狭衣の乳母一家　：　乳母の夫が大弐となり、夫妻で大宰下向。

7、狭衣乳母子道成　…　親の大宰下向を見送るために同行。のちに、三河守、大宰大弐となりそれぞれ下向
飛鳥井周辺の人物の九州下向への偏在については、拙稿「飛鳥井の九州」（『源氏物語』宇治十帖の継承と展開―女君流離の物語―』和泉書院　二〇一一年刊行予定）を参照のこと。

一　飛鳥井の旅―流離と西国下向と

そもそも飛鳥井の狭衣との出会いが、狭衣の異界への旅立ち（いわば現世離脱）の挫折と関わっている。五月五日、帝に責められて横笛を吹いた狭衣は星・月の奇瑞を呼び、さらに天稚御子の降下を招く。そのまま天稚御子と昇天しようとする狭衣をこの世に留めるために、帝は皇太后宮腹の女二の宮降嫁の勅を示唆する。しかし、狭衣は源氏の宮を思慕するあまり、降嫁を辞退する。源氏の宮への思いから降嫁の一件が膠着したまま、飛鳥井と出会い、物語はそのまま「飛鳥井の物語」へと展開し、宮と狭衣の物語は巻二へと持ち越される。

地方への下向という大きな旅ではないが、飛鳥井は仁和寺の威儀師に盗まれる不本意な移動の途で狭衣に出会ったのであり、以下流浪する女君の印象で物語に位置するに相応しい登場であった。そして、狭衣が契りを交わし、夜々通い始めた記事に続けるように、飛鳥井の出自と威儀師に盗まれるに至った経緯がかたられ、さらに畳みかけるように、威儀師の援助を失い生活が逼迫したと嘆く乳母の苦慮が描かれる。

はやはや源氏の宮の御内裏参りにとて、やんごとなき人々多く集まりたまふなり。御前の御容貌ばかりの人はおはせじ。参りたまひね。女が身一つの、ことにもはべらず。いづちもいづちもまかりなん。（巻一①八六）

源氏の宮への出仕を勧め、乳母自身は飛鳥井と別れてもよいと覚悟している。ここで出仕を拒絶したことで、の

ちまで狭衣に追慕されることを可能にし、さらに、遺児の姫君が一品の宮となる際に母親の出自が障害となることもなく展開する。『源氏物語』の浮舟が女君か女房かという「境界の女君」(1)であることで社会的地位が不安定であったように、母が出仕したか否かは『狭衣物語』でも女の運命を分ける主たる基準となっている。狭衣自身も飛鳥井を「殿にさぶらふ人々のつらにて、局などしてやあらせまし」(同 ①一一四)と思案するが、源氏の宮の不快を顧慮して、結果的に飛鳥井に局を与えることは断念している(2)。

狭衣との不安定な関係を続ける中、生活不安から乳母は陸奥の国の将軍の妻となり、東国に下向することを考えるが、この時の飛鳥井の「いづくなりとも、おはせん所へこそは」(巻一 ①八七)、「かくよろづにところせき身を、いかにも具しならひたまひてこそ」(同 ①八九)の発言は、精神的に乳母に従属していることを示唆するとともに、飛鳥井が生活の場を都にと拘ってはいないことを示す。その後、飛鳥井を見初めた道成に添わせて九州下向の旅に無理矢理同行させたのは、乳母の一方的な才覚である。

しかし、道成との成婚を忌避する飛鳥井は、蔵人少将と偽っていた通い人が狭衣大将であり、道成はその側近と知り、さらに強く拒絶する。この時道成から渡された狭衣の筆跡の残る扇に入水の際に書き留めた一首が、巡り廻って、のちまで狭衣の心をつなぎ止める縁となる。

早き瀬の底の水屑になりにきと扇の風よ吹きも伝へよ　(巻一 ①一五二)

「扇の風」に託された思いは狭衣にあてた自身の死を伝えること、翻っては最後まで狭衣だけを思い、死んだと伝えることであった。その思いは都に向けたものであった。入水した「虫明の瀬戸」(同 ①一五一)は畿内といわれた播磨の国をさらに西に出た備前の国の東部に位置する。光源氏が摂津の須磨から西下した播磨の明石よりも、さらに西である。光源氏は暴風雨に導かれて明石に移動したが、飛鳥井は狭衣の手跡を留めた「扇」に託し、「扇の風」に自分の入水を都に伝えさせようとする。「風」が瀬戸内を吹き抜けて都に届くのは、秋の除目を受けて九州下向する秋の季節風の西風に乗るからである。「風」によって都と旅の空間に身を置く自身を繋ぐ発想は、次の菅原道真の和歌が参考になる。讒言に逢い大宰府に左遷されたときに、都の自宅に残した梅樹に呼びかけた一首である。

ながされ侍りける時、家のむめの花を見侍りて　　贈太政大臣

こちふかばにほひおこせよ梅の花あるじなしとて春をわするな　（拾遺和歌集・十六・雑春・一〇〇六）

主人不在ではあるが、春の季節風の「東風《こち》」に香りを乗せて、九州まで開花を知らせよといい、「春」は梅の開花と東風の双方が揃う季節であることが前提として成立した詠歌である。飛鳥井の入水は「霜月の晦日」（巻二①二五〇）と冬のことで、西から吹く風に自分の最期を都に届けるのは、東風に乗って梅香を都から届けよという道真詠歌とは逆に吹く風に、狭衣への思いを乗せてのことである。ちなみに、勅撰集には採られなかったが、『大鏡』は右の一首に続けて次の歌を置く。

流れゆく我は水屑となりはてぬ君しがらみとなりてとどめよ　（新全集『大鏡』七五）

道真は流される身を「水屑」に喩え、飛鳥井は入水して果てる我が身を「水屑」という。ともに心ならずも大宰府に向かう点が共通する。

狭衣とは身分の不釣り合いな薄幸の女君は、「夕顔の宿」を思わせる「飛鳥井の宿り」に住み、入水という点で浮舟を連想させる。しかし、飛鳥井に足繁く通う狭衣を評した供人の言葉は、飛鳥井がただ「はかない」だけの存在ではないことを示す。

かかることはなかりつるを。いかばかりなる吉祥天女ならん。さるはいとものげなき男のけはひぞすめる。（巻一①八八）

「吉祥天女」は飛鳥井の身に引きつければ、比類なき美貌を言うだけでなく、海底に身を留められた女君が現世に復活する仏典の影響の可能性も示唆できる。(3) しかし、狭衣の側に立つと、別の意味が立ち上がってくる。飛鳥井と狭衣の出会いは、天稚御子降下の直後である。天稚御子は狭衣に「糸遊のやうなる薄き衣」(同 ①四四)を掛け、現世のことを忘れさせる。帝と東宮に引き留められて昇天を断念してもまだ天界に未練を残す狭衣は、御子の昇天後も「いとどこの世に心留るまじきにや」(同 ①四六)と、周囲が案じるほどであった。その延長での「吉祥天女」発言である。飛鳥井の美貌が狭衣の心を捉えたのは言うまでもないが、供人の発言は狭衣の心を捉えた「もう一人の天稚御子」ともいうべき存在であると指摘する。狭衣はしばしば天稚御子への思いを表出するが、飛鳥井との逢瀬の場面では一度も御子への追慕はなく、飛鳥井が狭衣の天稚御子への共感あるいは昇天願望を一時的にも阻止し、現世に引き留め、自身が天稚御子の位置にあるといえる。

しかし、飛鳥井は乳母に謀られて道成に同行させられるが、狭衣が道成の主人だと知る前にすでに「いかなる者の、いづれの世界に率て行くにかあらん」(巻一 ①一三五)と淀川での入水を思う。九州への下向を厭うのではなく、不本意な奸計による離京(あるいは飛鳥井の宿からの移動)を拒むのである。都から離れ、都を恋い巻一の飛鳥井の物語は閉じられる。結果的に、巻一で飛鳥井は自身が異界に流離し命を絶とうとするが、その後は「飛鳥井」のゆかりが狭衣を都の外部、すなわち異界へと誘い続けることになる。

二　兄の山伏の諸国遍歴―修行の旅

狭衣が山伏と出会ったのは巻二の終りに迫った粉河寺詣の折である。

粉河詣は、そもそも源氏の宮の入内の噂に起因する。入内は大嘗会の後にと聞いた狭衣は、九月の晦日となると「天降りたまへりし御子」（巻二 ①二七〇）すなわち天稚御子を思い出し、「などや、憂き世にとまりけん」（同前）と再び現世離脱を思い始める。折しも一条院の崩御で源氏の宮が新斎院に選ばれて入内が沙汰止みとなると一旦は安堵したものの、斎院の禁忌から結婚の可能性が再び閉ざされたことに「いまはとてもかくても同じさまにて世にはべるべきにもあらねば」（巻二 ①二八〇）と絶望し、「見えぬ山路にも隠れなまほしき」（同二八五）と出家志向を口にするようになる。純粋の信仰心からというよりも、源氏の宮喪失の痛手から逃れる方便ですらあった。ともかくも離京の際は殊勝らしく出家を本懐めかしている。

弘法大師の御姿常に見たてまつりて、なほ、この世をものがれん、弥勒の御世にだに少し思ふことなくて。

（同 二九二）

狭衣が吉野川に赴いた霜月の十日頃は、本来であれば源氏の宮の入内予定であった。しかし、狭衣は、吉野川の流れを眺めるあたりから飛鳥井追慕の念に捉われはじめる。

浮舟のたよりにも見んわたつ海のそこと教へよ跡の白波

（巻二 ①二九七）

この詠のあとは源氏の宮への思いに惹かれることなく読経を続け、一瞬、「御灯のほのかなるに、普賢の御光けざやかに見えたまひて、ほどなく失せたまふ」（同 ①二九九）うのを見る。狭衣は「この世も後の世も、人にはことなりける身」（同前）、つまりやがて帝王の位に就く我が身をここで自覚した。(4) その示現に引き続き読経する狭衣の声は「御堂の中しめじめとして、行ひの声々もやめ、各々の所作どももうち忘れつつ聞き入りたる」（巻二 ①二九九〜三〇〇）ほどであったが、その狭衣が心をひかれたのは「いみじう功入りたる声の少し嗄れたる」（巻二 ①三〇〇）声であった。声から声への繫がり。身近に接して聞く読経の声の「尊くあはれげ」（巻二 ①三〇一）なさま、薄い紙衣に麻袈裟のみをまとい、「京の方は見たまへじ」(同 三〇五)と言う道心堅固な姿に狭衣は急傾斜する。「御弟子にもならまほしく、あはれにおぼえたまふを、同じ心に思せ」(同前)と言う一方で、山伏が飛鳥井の兄と知って、「行方聞かせたまへと数珠押しすりたまふしるしもいかが」(同 三〇六)と飛鳥井の行方(ひいては遺児の行方も含むのであろう)を知りたいというきわめて現世的な欲望で巻を閉じる。

しかし、巻三の冒頭では、いきなり源氏の宮思慕が歌われる。重ねて、源氏の宮ゆえに出家できずに下山するという一首を詠む。そこに畳みかけるように、飛鳥井の兄の山伏が飛鳥井重態の報にすでに下山したと知らされる。飛鳥井との関係が繋がり掛けて、切れる。帰京後も粉河に使いを立てるが行方はつかめず、再会は飛鳥井の四十九日である。常盤に向かう狭衣の耳に「風につきて、念仏の声々ほのかに聞こゆるにや」(巻三 ②五四)と、まず飛鳥井の供養の為の念仏の声が届く。飛鳥井の動静は山伏よりも叔母の尼君が多く語り、さらに失踪前後の事情は女房たち同士のうわさ話を立ち聞きして了解する。それらの「語り」によって飛鳥井の狭衣への一途な思いを了解し、飛鳥井への追慕の念を深め、遺児を求める気持ちを深めていく。同時に出家への傾斜を語るのに応じて、山伏は「釈迦も九重を出でたまひけれ」(巻三 ②六四)と支持し、自らは和泉の滝や竹生島に修行に行く予定を語る。狭衣はそのまま同道したいと思うが、叶わない。この山伏の言も、後に狭衣が即位する展開から振り返れば、皮肉以外の何物でもない。狭衣は以後も山伏の修行に同道することを希望し、出家を遂げた女二の宮への未練も断ちがたく、宮への接近が未遂に終わった後思いが再燃する。それまでも再々出家願望は頭をもたげるが、女二の宮の形見ともいうべき若宮の存在が出家を引き留めてきた。しかし、「五濁悪世を、など疾く免れて、かの契りたまひし阿私仙に仕えん事をのみ人知れず思し続けけり」(巻三 ②一八八)と、相嘗祭ののち「春の光待つ」頃の行事の少ない頃に竹生島に阿私仙(=山伏)を追う決意を固める。そこで、出家の前に今一度と見た若宮の無心なさまに「なほ引き返さるる心地したまふ。」（巻三 ②二〇三）と、再び現世と出家の間で揺れる心情で巻を閉じる。そのような狭衣の道心を受けた巻四は、賀茂の明神の神告げの一首から父の堀河大臣が狭衣を現世に引き留めるくだりから始まる。狭衣の遁世は不発に終わるが、遺児ゆえに結婚した一品の宮との不仲の夜々、狭衣は山伏を慕い続ける。

余りにうちしきる夜の独り寝は、いとど目も合はず思ひ続けられたまふこと多かる中にも、阿私仙の待遠に思ひおこすらんぞ、なほいと本意なき心地して、枕も浮きぬべき。

この頃は苔のさむしろ片敷きて巌の枕ふしよからまし

など、やすげなくぞ思しやられける。（巻四 ②二一七）

飛鳥井の一周忌以後、山伏自身は物語世界から姿を消し、狭衣の心中に慕われるのみである。しかし、狭衣の現世離脱の一つの方法として、天稚御子との昇天の代償であるかのように出家遁世の思いは継続する。飛鳥井が巻一巻末で入水を企てて物語から姿を消してもなお狭衣に求められるように、山伏もまた、都から（あるいは物語の世界から）姿を消してからも遁世の同心者として狭衣の心の拠り所となり続ける。

山伏の旅は、信仰に根ざした主体的なものであり、狭衣に対しては、飛鳥井の消息や遺児の存在などの「語り」とともに常に新しい関係を生み出す原動力であった。と同時に、都から姿を消すことに拠って、狭衣の出家遁世を指示し続ける存在でもあった。

三　狭衣の旅――現世離脱・出家遁世への志向

狭衣が離京する旅は、二節で取り上げた飛鳥井の兄の山伏と邂逅した粉河詣でのみである。後に即位してからは、慣れ親しんだ嵯峨院への来訪も「行幸」（巻四 ②四〇四）と呼ばれるように、宮中にのみ閉じ込められる存在になるが、概ね狭衣の心を占めるのは出家願望と遁世の思いから発生する「旅」願望である。それは奈辺からおこり、どのように変遷しいったのか、まずそこから確認していく。

天稚御子の降下の際には降嫁を拒絶したものの、その後思いがけず女二の宮に接近した狭衣は、宮の手触りから源氏の宮の手を初めて取って恋を打ち明けた時を思いおこす。源氏の宮が東宮に入内した暁には「在処さだめでこそ、山のあなたへも入らめ」（巻二 ①一七四）と思ったが、女二の宮を目の当たりにして道心が「見えぬ山路へもとはおぼえずもやならんとすらん」（同前）と揺らぐ。これが狭衣の出家願望が記された、最初の場面である。ここでは先達もなく、ただ「山のあなたへも入らめ」と現世離脱の出家のみをいい、真摯な求道心というよりも源氏の宮喪失の痛みを伴う現実の生活からの逃亡を思い描いている。

その後は、源氏の宮の入内を前に琴を奏し空をながめて「天降りたまへりし御子の御ありさま」（巻二 ①二七〇）と天稚御子を思い出す。そのまま「などや、憂き世にとまりけん」（同前）との思いに続く、『古今和歌集』の「死出の山麓を見てぞ帰りにしつらき人よりまづ越えじとて」（十五・恋五、七八九、兵衛）からの引用「麓よりだにこそたち帰りけれ」（同前）の心中思惟より、天稚御子との昇天、現世離脱は、死と同義と了解される。その後、賀茂の神意により源氏の宮が齋院になり入内が沙汰止みになり安心するものの、今度は斎院という「標《しめ》の外」（巻二 ①二七八）に決定的に隔てられたことから出家願望が再び頭をもたげ、齋院御渡御の日に「やがて見えぬ山路にも隠れなまほしき」（同 ①二八五）、「心こそ、野にも山にも」（同 二八六）と繰り返して以後、「心ばかりは西の山もとに思しあくがれたれば」（同 ①二九一）と漠然とした思いから、その後も源氏の宮喪失からの出家願望は継続する（巻三 ②二一、同 一五八）。しかし、飛鳥井に対しては、その死去を知り、忌日の法要をしても喪失感から出家を望むことなどはなかった。また、一夜の契りから若宮を生ませた女二の宮への罪の意識から出家を思うのは遙か後で、若宮の将来を思いやり、生母の女二の宮の入内の機会をも奪ったことを「我ながら罪重き心地のみして」(巻三 ②一六五)と後悔するのが初出である。狭衣自身の出家願望は中納言典侍を通じて宮に伝えてはいた(同 九六)。ただ、それは執着心からであって、狭衣の一方的な勝手な物言いであった。その後、嵯峨院の法華曼荼羅供養に出席した狭衣は、入道した女二の宮に執拗に恋情を訴えるが、出家願望と愛欲の執着が同居した感があり(同 一八〇、一八五)、源氏の宮喪失からの出家志向よりももっと肉欲的でさえある。恋愛愛欲と表裏一体と見える狭衣の出家願望は、父に対しては「あるべきものと思したるこそあはれなれ」(同 二八六)と思いとどまり、女二の宮との間の若宮が絆であることも繰り返される(同 二九一、巻三 ②一八六、巻四 ②二二一、同 二二三)。

これらの出家願望と平行するように、一条院の一品の宮との結婚生活があり、さらに宮の中将からは妹の姫君を薦められ、女性との交渉はますます広まっていく。

その中で唯一異質なのが、正妻一品の宮(=一条院の女院腹の姫宮)である。あくまで言語表現のレベルであるが、非日常の空間へと移動する「旅」が例外的に使用されるのは、この宮との結婚の夜である。飛鳥井の遺児にひかれて不本意な結婚をするに至った一品の宮の居所を、母の堀川の上に対して「旅所」(巻三 ②一〇三)と言う。結婚に拠り以後の主たる新居となるはずの院を、結婚当日になっても受け入れがたく思い、非日常の空間と規定して、そこに落ち着くことを拒否するのである。「二条堀川のわたり」(巻一 ①二二)にある実家堀川院から一条院が距離的に遠いはずはなく、「旅」はあくまで心理的な距離感の表現である。

このように当初から一品の宮とは結婚回避の願望が強い狭衣は、源氏の宮とは全く別の方向性から出家を云々する。そもそもこの結婚は、飛鳥井の遺児ゆかしさに宮に侵入した所を権大納言に見つけられて噂を立てられ、帝や生母の女院の耳まで達したために、堀川大臣が降嫁を奏上したことに拠る。帝の裁可の後、狭衣は入道した女二の宮への執着を異常なまでに高ぶらせ、結婚をのがれる方法をさまざまに発願したものの叶うはずもなく、降嫁が不可避となった時にまず遁世の発想がよぎる。

さりとても、このことによりて、山林になん入りにけると、言ひ騒がれん世の音聞きももの狂ほしう、人の御為、むげにいと惜しかりぬべければ、ひたすらに思ふままにもえなりたまはで、まことに現し心なきやうにぞ思されける。（巻三　②一〇二）

結婚を回避する唯一の手段は、出家をして現世の生活を捨てることである。しかし、成婚目前の狭衣が出家をした場合、出家の原因は一品の宮との結婚忌避であると世間に知らせ、結果として宮の名誉を損なうこと必至である。さすがの狭衣も、不本意ながら出家を踏みとどまるほかなかった。

しかし、三日の夜の儀式が終わって正式に夫婦となるや、源氏の宮への思いがぬぐえない狭衣と盛りを過ぎた宮と双方の気持ちは寄り添わず、宮の隣に寄り臥しながら狭衣は出家を希求する。

来し方いと恋しう、いつまで、いとかく思ひ過ぐさんずらんと、さすがに行く末遠き心地する、いとわびしきを、年月の本意遂げつべきなめりと、ただ今朝の間に、多くのことを思ひ続けたまひて、かたはら臥したまへるも、いとすさまじげなり。（同　一一二）

前節との重複になるが、山伏との邂逅は、飛鳥井の消息を知るだけではなく、狭衣の出家願望をより具体的なものにするものでもあった。狭衣の聖性とも言うべき「普賢の御光」（巻二　①二九九）示現の直後に山伏と出会って出家願望を確信するが、天稚御子降下の後に女二の宮降嫁を拒絶したのちに飛鳥井と出会っている事情も勘案すれば、狭衣が異界と交渉した直後に、飛鳥井と兄の山伏に邂逅したことになり、「飛鳥井」の登場、狭衣の生活への介入は強い意味を持ってくる。仏道への傾斜を深める巻三は、飛鳥井の二つの「ゆかり」（遺児と山伏）を追う展開も一つの柱となる。何よりも、飛鳥井の兄である山伏との邂逅は、飛鳥井との出会いと同様に天稚御子ともリンクしてゆく。そして、それを強く意識させるのが、一品の宮との不和である。

ありし天稚御子に後れたまひけん悔しさも、このごろぞ思ひ出でたまふ。ありしやうにて試みましとも、おぼえたまふ。普賢の御光忘れがたきを、いかでとて、かの修行者を、人知れず思し立ちけり。

（巻三②二一四～二一五）

天稚御子に惹かれる現世離脱の願望と、山伏とともに出家遁世することが一本化されるが、先にも述べたように飛鳥井その人への思いからの発心は皆無である。源氏の宮への叶わぬ思いからの出家志望、女二の宮への贖罪意識からの出家が意識されるのに対して、飛鳥井は独自の位置にある。

結局巻三は、開巻で山伏の言に引かれ竹生島に出奔しようとする狭衣の意志に始まり、以後山伏を求め続ける気持ち（②二二、一八八、一九一、一九三）と、出家志望頓挫が繰り返される。その間、宮の中将に妹を薦められるが（②一六六）、巻末部で「背き果てぬべかんめる心のほどかな」（②二〇二）と自画自賛しながら、ついには若宮のために「なほ引き返さるる心地したまふ」（②二〇三）と擱筆される。巻四の巻頭、賀茂の神の示現によって出京は阻止され、父の説得を断念する。その後も「阿私仙の待遠に思ひおこすらんぞ、なほいと本意なき心地して、枕も浮きぬべき」（②二一七）と一首を詠じるが、これもまた一品の宮との疎遠が深まった「独り寝」（同前）の夜の思いである。巻三での狭衣の出家志願は、源氏の宮と結ばれない絶望感と連動しない形で、一品の宮との不本意な結婚生活からの逃避のみでも顕現するに至る。

その後の思わぬ即位により出家は阻止される。あれほどまでに現世離脱・出家を望んでいた狭衣が、現世どころか宮中に閉じ込められ、かつて親しんだ嵯峨の院への他出さえ「行幸」と呼ばれ、不自由をかこつに至る。即位の後、宮中入りを拒否して飛鳥井の遺児だけを送り出した一品の宮が出家を志すのと入れ違いに、宮の中将の妹が懐妊の身で藤壺女御として入内する。それでも、なお、狭衣の出家志望は継続する。

この世もあの世も、思ひし事どもは違い果てぬる代りには、かうながらも、さやうの乱りがはしう心を分くる方々だになうて、今二三年だに過ぐしては、いみじからん絆どもをもふり捨てて、世を背きなんとぞ、思しめしける。（巻四 ②三六一〜三六二）

新全集の注は「この世もあの世も」を源氏の宮との恋と出家と解し、「いみじからん絆」を特に堀川大臣夫妻としている。在位の短さを言い、退位後の出家の実現を示唆する。

狭衣の出家志望と周辺との関わりを整理すると次のようになる。

出家志願の理由　：　源氏の宮（叶わぬ恋）・一品の宮（結婚忌避）
出家志願の共感者：　山伏・（入道の宮）
出家の絆し　　　：　堀川大臣夫妻・入道の宮所生の若宮

右のような関係性のなか、飛鳥井と遺児の姫君は狭衣の出家志望とは無縁の存在に徹する。

四　「飛鳥井」の旅

飛鳥井とその兄は都に生活の基盤を置く狭衣にとっては「外部」の人間であり、「旅」という空間移動を運命として受け入れている。しかも、飛鳥井は光源氏の明石下向よりさらに西下して、虫明けで入水する。

狭衣は道成の話から飛鳥井の狭衣への普遍の情愛を知り、その愛は道成が持ち帰った「扇」に書かれた飛鳥井の和歌に象徴される。

早き瀬の底の水屑となりにきと扇の風よ吹きも伝えよ

（巻一 ①一五二）

この和歌に導かれて、粉河寺詣での道の途、吉野川の川底を見た狭衣は飛鳥井の行方を気に掛ける。狭衣が唯一都をはなれた「旅路」でのことである。飛鳥井が身投げをした虫明けの瀬戸とはまったく別の土地にいて入水した飛鳥井を思いやる発想は、「水底」という共通項以外にはない。「水底」への共感は都を離れた異空間に身を置くことで可能になったともいえる。

その一方で、「信仰」という理想の共通項をもって兄の山伏の存在感が、狭衣の中では大きくなり、継続的に呼び起こされる。それは修行の旅を目して、狭衣を都の外に連れだそうとするものである。飛鳥井兄妹が実質的な空間移動によってこの世を旅するのとは対置的に、狭衣の心中思惟はつねに別空間を求め続ける。飛鳥井の遺児の姫君が引き取られた一品の宮邸も、結婚したはずの狭衣には「旅所」であった。その遺児の姫君は、都で誕生し、生母飛鳥井の手元から一品の宮邸に譲られるが、これは「旅」とは呼ばれていない。宮から疎遠に扱われても、いずれを定めなき「旅」とは言わず、状況に応じて居所を替えても、不如意とはせずに、最後は宮中に落ち着く。都の内を転々とし、本来あるべき場所より上位の空間に身を置く遺児に対しては、誰も「流離」の意識をもたない。虫明けの瀬戸で命を失いかけた飛鳥井母子を引き取り都で世話をした常盤の尼君の死後、飛鳥井の絵日記に拠って狭衣は飛鳥井の思いを知り、姫君は自身の出生前からの過去を知る。しかし、絵日記が経紙に漉かれて飛鳥井の供養の為の金泥の涅槃経を狭衣が自ら記して、姫君の出生の事情は隠蔽される。

都に留まることなく、また不安から乳母を頼り、乳母の東国下向に自ら同行することを願った飛鳥井。修行を日常として、時には都を避けた日もある山伏。都にのみある狭衣とは対極の空間を生きる飛鳥井兄妹は、叶わぬ源氏の宮思慕から常に異界を志向する狭衣を突き動かす存在となる。旅の途で入水をはかる飛鳥井は直接的に狭衣を動かすことはない。しかし、残された遺児の姫君の存在が狭衣を不本意な結婚へと奔らせ、さらに不本意な結婚を忌避する狭衣は修行を続けて都から遠く離れた山伏を心中で追う。「飛鳥井」兄妹が狭衣と現実を共に過ごした時間は短いが、二人とも時空を越えて常に狭衣の心を捉えて離さない。狭衣を結婚に導いた遺児の姫君も含め、都の中だけにいて源氏の宮や嵯峨院の女宮姉妹との閉塞した人間関係にとらわれる生活からは生まれ得ないダイナミックな空間性を、「飛鳥井」は狭衣に与え、その意味に於いては狭衣と対等あるいはそれ以上の力学の作用を生じている。

五　巻末の旅、飛鳥井の「絵日記」の旅

ところで、『狭衣物語』の全ての巻が、異空間を舞台にした場面で閉じられているといっても過言ではない。

巻一は虫明けの瀬戸で飛鳥井が「早き瀬の」（①一五二）の一首を詠んで、「海の底」（①一五三）を覗いてわななきながら俯す所で閉じる。

巻二は、狭衣の粉河詣の場面。山伏が飛鳥井の兄であることが判明したことから、飛鳥井の「行方聞かせたまへ」（①三〇六）と数珠を押し擦る狭衣の姿で擱筆される。

巻三は「竹生島に参」（②一九一）ろうと堀川邸を出る狭衣の、若宮ゆえに決心がにぶり「なほ引き返さるる心地したまふ」（②二〇三）の語で閉じられる。結果は巻四で明かされるように、「馬ども鞍置きて、只今人の出づべきにやと見えたり」（②二〇八）と間一髪のところで父堀川大臣が行き着いて、出発を阻止したの

であるが、狭衣の心はすでに旅路に入っている。

巻四は、狭衣帝の嵯峨院行幸である。只人であった時は気軽に行けた嵯峨院も、即位した後の狭衣にとっては「行幸」という大掛かりな行事となる。その帰途、入道の宮とついに心通わなかった嘆きの一首と落胆の気持ちで幕が閉じる。

巻一と巻二は飛鳥井の運命を知りたがる読者を意識した閉じ方で、巻三は狭衣の出家の可否が気になるところであるが、巻四のみ次の展開を強引には予測させない筆法である。狭衣の旅は物語の展開を強く意識した手法の一つとなりえている。また、「飛鳥井」の旅で閉じられる巻一、二は都を遠く離れた、文字通り異空間で終わり、狭衣の旅で終わる巻三は離京しようという心が「旅」に身を置くが、行幸する巻四は身体は宮中から離れ移動することになるが、もはや「心」は外部を志向することなく終わることになる。

また、その場面の季節も巻一以外は共通している。

巻一、「虫の音しげき浅茅が原に」（①一四七）と狭衣は飛鳥井の失踪を嘆き、秋の末かともとれるが、上京した道成が狭衣に「霜月の晦日まで備前にまかりとまりて」（巻二①二五〇）と語っているので、晩秋の出立であったが、虫明け到着頃には冬も半ばを過ぎていたことになる。

巻二、粉河寺に入るために吉野川を渡ったのは「霜月の十日」（①二九六）。

巻三、霜月の「斎院の相嘗祭のほど」（②一八六）を過ぎた、「春の光待つほど」（②一九一）、出家のための出立を試みている。

右のように「飛鳥井」に関わった三つの巻はすべて「冬」で閉じる。唯一巻四の嵯峨院行幸のみが、「九月一日頃」（②四〇四）と晩秋に設定される。それに対する各巻の最初にも共通項がある。ただし巻一は、物語の開巻部でもあり、「少年の春惜しめども」(①一七)と「春」を歌い上げる。しかし、巻一から巻三が都を離れる、あるいは離れようとする空間に身を置く「冬」で巻を閉じ、それらの巻を受ける巻二以降は、次のように「冬」で始まる。

巻二、「水際隠れの冬草は、いずれともなくあるにもあらぬ中に、尾花の思ひ草はよすがと思さるるを、むげに霜枯れ果てぬるは」(①一五七)と、飛鳥井の行方を案じる狭衣の姿の描出。

巻三、山伏と出会った翌朝のことで、巻二の時間に接続する。また、巻頭に「夜のほどに、いとど閉ぢ重ねける氷の楔は、足もいみじう堪へがたくて」(②一七)と、都を離れた粉河の冬の厳しさに言及する。

巻四、賀茂明神の神詠に始まるが、時間は巻三の狭衣出奔の思いをそのままうける。

巻一の物語冒頭の「春」以外はすべて「冬」で各巻を閉じ、巻四の秋の行幸以外はその「冬」の時間を引き受けて開いてゆく。しかも、開始部の堀川院に於ける源氏の宮思慕と巻四の嵯峨院行幸の帰途以外は、すべて「飛鳥井」と関わって巻を閉じ、開く。物語の首尾は狭衣の源氏の宮への片恋と入道の宮となった嵯峨院の女二の宮への思いという叶わぬ恋情で枠取られるが、各巻を繋ぎ、狭衣を次々に導くのは「飛鳥井」の(都の安定した生活とは無縁の)力である。しかし、狭衣はその都度、都へ、現世の生活へと引き戻される。巻二の冒頭は、飛鳥井の行方を気に掛けつつ都の日常生活を送り、道成の弟道季からの伝聞情報によって飛鳥井と繋がり、巻三は山伏との明朝の再会を期すものの山伏下山という事態の急変に飛鳥井の生存情報も途切れ、自らの出家遁世の実現もあきらめて帰京するしかなかった。飛鳥井も心ならずも狭衣と引き離されるまでは離京を厭わず、山伏もむしろ京を忌避するかのような修行を続ける。日常とまでは言えないにしろ、「旅」を非日常的な忌むものとはしていない。しかも、彼ら「飛鳥井」の兄妹は都には不在となっても狭衣の心を捉えて離さない。もともと狭衣には不在の女君をつねに求める傾向があるが、「飛鳥井」の求心力は都の思い人の姫君たちより遙に強力である。空間移動である「旅」を肯定し、都に固定されることのない兄妹だからこそ、狭衣に「道芝の露」（巻二①一五七ほか）といわれる身分の低さに関わらず、他の皇親の女性たちとは別次元で狭衣の心を惹き続けていた。狭衣が帝位に着くと、そこに飛鳥井の絵日記が出現する。

この日記において「旅」に関する情報はわずかである。

よろづよりも、かの、御心にもあらず・筑紫へ下りたまひけるありさま、目のみ霧りふたがりて、はかばかしうだにもえ御覧じやらず。歌どもは扇に書かれたりしなど、同じことなればとどめつ。（巻四②三九八）

上は、ひとり起き臥し御覧ずるに、海・山・波・風のけしきよりはじめ、女のしわざとは見えず（下略）（巻四②四〇二）

右はいずれも狭衣の視点によって切り取られた「絵日記」である。先に示した九州下向の記事は、旅五首の和歌を含み新全集で四頁ほどの分量の「絵日記」のわずか三行にすぎない。後ろの引用分は前後の記事を欠いて引用されているが、狭衣と関わる記録であり、幼い頃に父の中納言とともに一家で下向した時の記事とは考えにくい。飛鳥井が具体的に「旅」をどう描いたかはわからない。扇に書き留められた絶唱は、狭衣への変わらぬ思いを伝える。自らは不在のまま狭衣を突き動かしてきた「飛鳥井」の力は、一条院の一品の宮の猶子であることに拠って遺児の姫君を一品の宮の位に置き、「絵日記」ですべてを語り尽くして尽きる。さらに、その絵日記は漉き直されて金泥の涅槃経の経紙となり、旅の記憶は女君が和歌を書き付けた扇ただ一つになる。絵日記の出現が、逆に、不在の飛鳥井の力を物語る。狭衣は飛鳥井の記憶に突き動かされてきたのである。都にとどまり、狭衣を待つだけの女性であれば、喪失感がここまで持続することはなかった。九州に下向する過去を持ち、兄は修験の旅を生きる山伏である。飛鳥井の失踪が尋常成らざるものであったために狭衣の関心を引き続け、兄の山伏の「語り」がさらに狭衣をして遺児の行方を求めさせた。

巻四の終わり、すなわち物語の終章に「飛鳥井」が関与しないのは、絵日記によって飛鳥井の女君が自らの流離を語り尽くしたからである。そして飛鳥井そっくりの「形見」の姫君を手元に置く狭衣に、以後「飛鳥井」の力学が作用する意味は消失している。宮中に取り込まれた狭衣には、出家願望を抱きつつもはや山伏の行方を追うこともならない。物語は、以後の展開性を求めず、霧の籬に咲く女郎花を歌に詠み込んで立ち尽くす狭衣の「今」の姿を描いて、擱筆する。

飛鳥井は表現のレベル、生身の作中人物である間は「はかなさ」を象徴するような存在であった。しかし、姿を消して兄の山伏が狭衣の出家遁世志向とリンクしてから、「飛鳥井」は権門・源氏の狭衣を力学的に引き合い、凌駕し、狭衣の運命を展開するものとなったといいえる。

注

（1）　原岡文子「境界の女君　浮舟」（『別冊国文学　人物より見た源氏物語』至文堂　一九九八年五月）
（2）　のちに「心かしこくて、ものしたたかなるさまにしなさんとて、参らせざりしほどに」（巻三②五一）と乳母が出仕させなかったということになっている。
（3）　『『狭衣物語』の吉祥天女」（『源氏物語』宇治十帖の継承と展開―女君流離の物語―』和泉書院　二〇一一年（予））
（4）　井上眞弓「メディアとしての旅」（『狭衣物語の語りと引用』笠間書院　二〇〇五年）

付記1　本文として、新編日本古典文学全集『狭衣物語①②』（小学館）を使用した。

付記2　本稿は二〇一〇年秋の中古文学会で発表したものである。発表当日及び懇親会の席上でご質問、ご意見を頂戴いたしました先生方にお礼申し上げます。

II

狭衣物語の和歌の〈空間／移動〉

『狭衣物語』の和歌的表現——意味空間の移動をめぐって——

乾　澄子

はじめに

主人公の内面に焦点があてられ、主人公の心に添う形で語りが展開され、主人公の関知しないことには、興味が示されない『狭衣物語』の世界は、閉鎖的な一面をもつ。独詠、独語あるいは成立しない贈答が目立ち、登場人物同士のコミュニケーションによって作品が展開されていくことは少ない。一方、その文章には多くの外部世界の引用が見られることもよく知られていることであろう。それらは和歌、物語、漢詩などの先行文学作品のみならず、歴史、仏典、俗謡、俗諺、はては天界からの使者、伊勢や賀茂の神託と多岐にわたり、質、量ともに『源氏物語』を凌ぐ。外部の作品世界の取り込みは、それらを媒介として物語世界が外部にも開かれていることにもつながり、作品の開放性を示しているといえよう。

本稿では、このような『狭衣物語』の表現を支える作中詠歌ならびに引歌・歌語などの和歌的表現、すなわち〈和歌〉が紡ぎ出す意味空間と『狭衣物語』の作品世界について考えてみたい。

一

『狭衣物語』は、臣籍降下された父を持ち、才能、容貌にも恵まれた二世源氏の男主人公が、最終的に伊勢の神託を得て即位するという運命をたどる作品であるが、その劇的な展開に対して、宮中での描写や政治的な動きは少なく、その作品世界の中心は、主人公狭衣の恋物語といえる（以下、「狭衣」と表記した場合は男主人公を指す）。思うにまかせない源氏宮への思いを抱えた狭衣と、女君たちの恋は、狭衣を基点として放射線状に繰り広げられ、女君同士での交流や葛藤は描かれないのが特徴である。すなわち一人ずつの女君との関係は、狭衣の中では同時並行的に進行し、交錯する。そしてその思いや関係を表象するのに重要な働きを担うのが、〈和歌〉である。〈和歌〉と一口に言っても、作品内で新たに創作される作中詠歌と、外部作品の引用である引歌は、おのずから表現を象っていくあり方が異なる。加えて『狭衣物語』には、作中内で新作された歌を原歌とする引歌表現が多いことがその特徴としてあげられる。

さて、『狭衣物語』の文章において、散文に対する和歌の比重の大きさについては早くに鈴木一雄氏(1)による調査がある。また、高野孝子氏(2)、竹川律子氏(3)、石埜敬子氏(4)、加藤睦氏(5)などによって、『狭衣物語』の和歌について、詳細な整理、検討がなされてきた。先学の研究を参考にすれば、『狭衣物語』の和歌の特徴として、独詠歌が増大し、他作品に比べて贈答歌が減少、その贈答歌も贈歌のみというように成立しないものも目立つことがあげられる。石埜氏が「代詠、半独詠、贈歌対手習、手習対答歌、二首重ね贈答、すれ違い贈答等々、作者は、従来の物語には見られなかった多様な歌の組み合わせを、この作品世界に取り込んでいるのである」と指摘されるように、さまざまな形式をもち、唱和歌にいたっては消滅してみられない。『源氏物語』で「物語の出来はじめの祖」とされた、『竹取物語』以降、物語の作中詠歌は贈答歌を基本としてきた。それは親和的と限らないものを含めて、登場人物の何らかの心の交流を示すものであった。贈答や唱和、すなわち他者との歌のやりとりは、場面を形成し、線状的に流れる散文の時間に、時に抵抗しながら、登場人物たちの心情や立場などを如実に表現するものである。他と共通の歌ことばで繋がりながら、孤の思いを表出する『古今集』が開拓した和歌という表現手段(6)は、物語においても複雑な世界展開を可能にしてきた。

一方、『狭衣物語』の引歌についても早くからさまざまな検討が加えられてきている。『平安後期物語引歌索引 狭衣・浜松・寝覚』の刊行(7)により、簡便に引歌を知ることが出来るようになった。これに先立って、引歌全体に関するものとして、前述の高野孝子氏、村川和子氏(8)、久下晴康（裕利）氏(9)などの論があり、さらに宮本祐子氏の詳細な分析がある。(10)その他、個々の場面分析と関わって論じられたものも多い。

このように『狭衣物語』において、形態の上からも独詠が増大し、贈答が成立しなくなってきているという現象は、和歌が登場人物同士のコミュニケーションの道具ではなくなっていることを示している。これは作品の〈閉鎖性〉とも関連していよう。和歌のみならず、登場人物同士の直接的な心情の交流が余り描かれないこの物語において、しかしながら、作品を動かす力となっているのも、実は作中詠歌、引歌、歌語などの〈和歌〉のことばである。「和歌」という三十一文字で形成される一つの作品世界がもたらす意味空間が、作品内で自由に移動することによって、物語世界が展開していく、そのことについて考えてみたい。

二

最初に、外部の作品世界の引用である引歌について考えてみたい。ここでは、その表現の背後に一定の原歌が想定されるものを引歌、類歌が多く見られ、発想が似ているものを和歌的表現あるいは歌語として、区別して考えていくこととする。特定の意味空間の取り込みに着目してみたいからである。引歌と認定されないまでも歌語や和歌の発想に基づく表現を含めると、『狭衣物語』の文章は『源氏物語』以上に和歌的表現で彩られているともいえる。

引歌という技法は物語文学史において『源氏物語』で飛躍的にその表現の可能性が開かれた。『源氏物語』の文章は情景描写を中心に和歌的な発想に支えられていることや、和歌の表現方法として開拓された修辞（縁語や掛詞など）による言葉の連関が表現を豊かにしていることなどについては、『源氏物語』研究史が教えるところである。(11)『源氏物語』に多くのものを学んだ『狭衣物語』においても、さらに豊富な引歌表現が見られる。その数は約二百ヵ所余り指摘されており、(12)またその頻度数は『源氏物語』の倍以上にあたることが報告されている。(13)周知のように引歌の認定には難しいところもあり、特に地の文と融合する形で用いられているものは、原歌となる歌と語形が異なるものもあり、判断が難しく、数値的に示すことには限界もあるが、一つの目安となろう。

さて、『狭衣物語』の引歌表現にはいくつかの特徴が見られる。すでに、いくつか論究されている特徴として、二句目をひく傾向や象徴的な体言化などがある。(14)それら先学の教えに導かれながら、さらなる特徴について考えてみたい。

まず、その一つめが、集中的な畳みかけるような引用である。著名な「少年の春は」で始まる物語冒頭は、引歌のみならず、漢詩や『源氏物語』の引用を含み、印象的であるが、ここでは、別の場面、一般の女性たちと狭衣の関係についての描写を取り上げてみよう。

Aまいて近きほどの御けはひなどをば、千夜を一夜になさまほしく、鳥の音つらき暁の別れに消え返り、入りぬる磯の嘆き、暇なく心をのみ尽す人々、高きも卑しきも、さまざまいかでおのづからなからん。それにつけつつは、いとど恨み所なく、すさまじさのみ増さりたまふべかめれど、いとなべてならぬあたりには、なだらかに情々しうもてなしたまひて、折につけたる花紅葉、霜雪、雨風につけても、あはれ増さりぬべき夕暮、暁の鴫の羽風などにつけても、思ひがけず、いづれにも訪れたまふことは、蜻蛉に劣らず、折々あるに、なかなかいな淵の滝も騒ぎ増さりて、磯の磯ぶりにもなりたまふめり。…まして菫摘みには野をなつかしみ、旅寝したまふ辺りもあるべし。　（巻一　①二四）

秋の夜の千夜を一夜になせりともことば残りて鳥や鳴きなむ　（『伊勢物語』二二段）

こひこひてまれにあふよのあかつきはとりのねつらきものにざりける　（『古今六帖』第五・二七三〇）

しほみてば入りぬるいその草なれや見らくすくなくこふらくのおほき　（『拾遺集』恋五・九六七・坂上郎女／『万葉集』巻七・一三九八）

夕暮のあはれはいたくまさりけりひひとひ物は思ひつれども　（『和泉式部集』・二六四）

暁のしぎのはねがきももはがき君がこぬ夜は我ぞかずかく　（『古今集』・恋五・七六一・よみ人しらず）

「としをふるなみだよいかにあふことはなほいなふちのたきまされとや〈参考〉(15)　（『続古今集』・恋二・一〇九九・源具氏）

はるののにすみれつみにとこしわれぞのをなつかしみひとよねにけり

（『続古今集』・春下・一六〇・赤人／『万葉集』・巻八・一四二八・五句「ねにける」）

物語の始発部分、主人公狭衣の出自と人柄が紹介される。両親に溺愛され、容姿、才能、世のおぼえ、何もかも不足なものがない狭衣は、「世の男のやうに、おしなべて乱りがはしくあはあはしき御心さへぞなかりける」（巻一①24）と女性にはあまり関心がなさそうな様子である。これ以前に従妹の源氏宮への密かな思いが語られているが、それを知らない世の女性たちが、そんな狭衣の様子を物足りなく思っていて、ちょっとした狭衣の振る舞いにも、心を動かされる場面の描写である。一文に引かれる引歌の数が多く、勅撰集の仮名序を思いおこさせるような、和歌的な修飾で彩られた美文となっているが、ここで用いられている引歌は、物語の具体的な情景と直接的に関連しているわけではない。散文の部分に引用された歌句は、点線部で示したような、引歌表現の原歌が持っている恋心を形象する歌意を引き出すためのものである。

もちろん『源氏物語』でも見られた和歌的表現に彩られた情景描写と心情が一体化した場面も見られる。

B西の山もとは、げに思ふことなき人だに、ものあはれなりぬべきを、雁さへ雲居遙かに鳴きわたりて、涙の露も、盛り過ぎたる帚木の上に、玉と置きわたしつつ、鳴き弱りたる虫の声々さへ、常よりもあはれげなるに、御前近き透垣のもとなる呉竹、荻の葉風など吹きなびかしたる木枯の音さへ、身にしみて心細げなれば、簾を少し巻き上げたまへるに、木々の梢も色づきわたりて、さと吹き入れたり。

堰く袖に漏りて涙や染めつらん梢色ます秋の夕暮れ

夕暮の露吹き結ぶ木枯や身にしむ秋の恋のつまなる

（巻一 ①一四七）

秋の夕暮れの中、失踪した飛鳥井女君を偲び、狭衣が詠出する場面である。ここでは、背後にどれか特定の歌を想定することができないほど、熟した表現となっているが、その発想は、まぎれもなく和歌の世界で開拓された景物などの配し方、感じ方によるものである。このようなあり方は既製の枠組み、すなわち和歌の意味空間を持ち込むことによって、自らの世界を表現しようとするものである。ただし、ここで詠出された狭衣の和歌は「色ます秋」や「恋のつま」など、目新しい歌語を用いており、詠歌においては印象的な歌語が用いられている。

ところで、『狭衣物語』における引歌は、実はこのような情景描写に関わるものが多いわけではない。むしろ、『狭衣物語』の引歌の最大の特徴は、そのほとんどが狭衣の心中表現に帰すものであることと言えよう。

Cさしもめでたき御身を、「室の八島の煙ならでは」と、立ち居思し焦がるるさまぞ、いと心苦しきや。（巻一　①一八）

いかでかはおもひありともしらすべきむろのやしまのけぶりならでは（『実方集』・九〇／『詞花集』・恋上・一八八）

されば よ、と心憂きに、今はた同じ難波なる、ともさらに思さるるまで。（巻一　①九一）

わびぬれば今はたおなじなにはなる身をつくしてもあはむとぞ思ふ（『後撰集』・恋五・九六〇・元良親王／『拾遺集』・恋二・七六六）

「小野の篠原」と心にもあらず言はれて涙ぐみたまへるけしき、（巻二　①二一四）

あさぢふのをののしの原忍ぶれどあまりてなどか人のこひしき（『後撰集』・恋一・五七七・源等）

生ける我が身の、と言ひ顔なる行く末は、例だになきに、（巻二　①二八一）

あひみんとおもふ心を命にていける我が身のたのもしげなき（『貫之集』・五八七）

いとゞ恋しうて、「垣生に生ふる」とぞ言はれたまひぬべき。（巻三　②一一二）

あなこひし今も見てしか山がつのかきほにさける山となでしこ　（『古今集』・恋四・六九五・よみ人しらず）

あなこひしいまも見てしか山がつのかきほにおふるやまとなでしこ　（『新撰和歌』・恋四・二七〇）

さりとても駒のつまづくばかりにはあらねば、　（巻三　②一九二）

みかりするこまのつまづくあをつづら君こそ我はほだしなりけれ　（『拾遺集』・雑恋・一二六四・よみ人しらず）

このような例は、枚挙に暇がない。主人公狭衣の心中は、引歌によって呼び出される原歌の心（点線部）を引いて表現される。和歌を引用することによってもたらされる意味空間には、歌意、美的感覚、イメージや選ばれた歌語がもつそれ以前の歌の言葉の意味の堆積などばかりではなく、詞書で表された状況、あるいは作者その人への共感（伊勢、実方など）も含まれる。古歌で象どられた感情の形を、『狭衣物語』の表現に取りこむことによって、すなわち外部の世界を借りた形で、心中は表現される。

それは

Dなほ思ふにも言ふにもあまる心地ぞしたまひける。　（巻二　①一五七）

おもふにもいふにもあまることなれやころものたまのあらはるる日は　（『後拾遺集』・雑三・一〇二八・伊勢大輔）

「逢ふにし換へば」とかや、いとかばかりなる人にしも言ひ置かざりけんかし、　（巻四　②三三五）

いのちやはなにぞはつゆのあだ物をあふにしかへばをしからなくに　（『古今集』・恋二・六一五・友則）

のように、心情を述べた部分をそのまま引く例も見られるが、原歌のうち、歌の心の部分ではなく、それらを引き出す物象、景物を引く例が目立つ。なかには、

Eこのごろはあやしうもせば、我が身も人の御身もいかがなるべからんと乱れまさりて、敷島の大和、立ち居に思されけり。（巻二 ①二六八）

敷島のやまとにはあらぬから衣ころも経ずして逢ふよしもがな
（『貫之集』・五八五・『古今集』・六九七・初句「しきしまや」）

の例のように、『狭衣物語』の文章の前後の文脈とは直接関わらない語句が、突然登場することもあり、原歌を知らない読者にとっては、文意が通じないこともあったであろう。

主人公狭衣は、引歌の原歌が示す心のあり方のように思ったり、感じたりするが、その中には散文に溶け込むような、従属するような引歌ではなく、あきらかに違和感、異物感を感じさせる形で引用し、そこに引歌があること、そしてその原歌を読者が知っていることを前提としたものがある。散文の文章が紡いでいく意味の流れに、障害になることによって、読者に立ち止まることを強要する文体だと言えよう。

原歌で象られた思いを再現し、他作品の作り出した意味空間を利用することで、自己の心の有り様を表現する。このことは、必ずしも和歌によるものばかりではなく、漢詩、仏典、あるいは先行物語の登場人物のように思ったり感じたりする用例もあるが、やはり和歌によるものが圧倒的に多い。

なぜ、狭衣の心中は先行作品の言葉の利用によって、表現されるのであろうか。オリジナルな言葉で表現しないことの意味を問うたとき、考えられるのは読者を一定の広がりのある、共通理解に基づいた意味空間へ誘導していくことであろう。作品外部の世界を取り込むことは、その歌句を媒介にして、作品外部に開かれていることでもある。読者の知識、想像力を喚起し続ける仕掛けでもあり、それまで散文で綴られてきた意味空間と、原歌となる和歌が本来持っていた意味空間が出会うことによって、空間が再構成され、新たな意味を生成していく。『狭衣物語』

はそのことにかなり意識的であったと考えられる。そして、それは作中詠歌を原歌とする引歌という『狭衣物語』の特徴とも関連してくるのである。

三

次に、作中詠歌について考えてみたい。作中詠歌は、引歌とは異なって、物語場面に応じて、新しく創作されたものである。したがって、作中人物たちの心情をその場にふさわしく表現していると考えられる。

ところで、『狭衣物語』には全部で二一八首の作中詠歌がある。(16) 作品分量からすると『源氏物語』より高い比率で、作中詠歌が見られることになる。(17) 中でも狭衣の詠歌が一三七首と突出して多く、飛鳥井女君二四首、源氏宮八首、女二宮七首、宰相中将妹六首となっている。その形態的な特徴は一節でとりあげたように、独詠歌が多いこと、成立しない贈答が多いことである。それらに端的に表れているように、ディスコミュニケーション前提の狭衣の思い、相手に伝えることを目的としない思いが、和歌という形式で表現されていて、長い散文による心中表現を持つ同時代作品、『夜の寝覚』とは表現方法がまったく異なっている。

その詠出された和歌の表現について着目すると、歌語の使い方に特徴が見られる。稿者はかつて、『狭衣物語』の作中詠歌について、その特徴的な歌語や歌枕に着目して考察を試みた。(18) 和歌六人党などの新しい歌人層の登場、好忠、和泉式部などの評価の動き、能因、相模など革新をもたらす新しい感性の歌人たちの台頭、頼通の後見による後宮サロンの活発化とそれに伴う女房たちの交流など、『後拾遺集』前夜ともいうべき文学的状況と、『狭衣物語』の詠歌の関係について、歌語という側面から考えてみた。頼通時代の文学的状況と『狭衣物語』については近年注目されている課題であり、倉田実氏は、『狭衣物語』と当代の社会的文化的な様々な接点について、和歌のみならず「天皇・上皇のあり方や政権状況などの政治的制度、受領階級や武士階級とかかわる地方制度、婚姻や養子などともかかわる家・家族制度、斎院斎宮や仏教・陰陽道などにかかわる宗教的制度、その他多様な社会的制度」、さらに和歌史との関連に加えて「音楽・美術・書道などの文学芸術にかかわる制度」「寝殿造とその庭園・年中行事・通過儀礼などの文化的制度」などをあげて、頼通の時代のありようとの連関性について整理され、その研究の重要性について、注意を喚起されている(19)。

前述の拙論の延長上の関心として、和歌のもたらす意味空間という視点から、今回も作中詠歌の歌語について取り上げて考えてみたい。作中詠歌は登場人物の思いを和歌という形式に当てはめて表出したものである。それは作品内の要請により、導き出されるものであり、散文では象れない思いを表出するものであり、引歌とは異なり、オリジナルな表現である。とはいえ、伝統に培われた和歌の約束事があり、それに縛られたり、逆手にとったりしながら、特別な言葉として機能する。約束事から外れず、しかし、心情の表出において、あるいは語の用い方において、感覚のとらえ方について、そこにいかに新味を演出するかが、和歌のいのちとなる。

『狭衣物語』の作中詠歌に用いられた歌語について、前稿でも取り上げたが、それまでの和歌史の伝統的なものとは異なるものが多々あることが特徴と言える。そして、それらには大きく二つの傾向がある。

一つは『源氏物語』で初めて用いられ、『狭衣物語』にも用いられたが、和歌の世界においては、すぐには着目されず、中世になってから、歌語として定着したものである。「草の原」「夕べの空」「小夜衣」「緒絶の橋」「霧の籬」「園原」「身にしむ秋」などがそれにあたる。『源氏物語』が発見、あるいは発掘した美意識、感覚、感情の型どりであるが、それが『狭衣物語』でも用いられることによって、より人々への興味や関心を引いたと考えられる。

その一つとして「小夜衣」の例を見たい。

F　「あひ見ねば袖濡れまさる小夜衣一夜ばかりも隔てずもがな

かくわりなき心焦られは、いつ習ひにけるぞとよ」などのたまへば、

いつまでか袖干しわびん小夜衣隔て多かる中と見ゆるを

また、ある本に、

夜な夜なを隔て果てては小夜衣身さへうきにやならんとすらん

（巻一①一二一）

飛鳥井女君と出会った狭衣は、彼女の乳母が道成と筑紫下向を画策しているとも知らず、野分に濡れながら、飛鳥井女君を訪問する。飛鳥井女君も本心を押し隠しての二人の贈答である。「小夜衣」とは夜着のこと。勅撰集では『千載集』以降に登場する歌語である。『狭衣物語』以前の歌集では『実方集』（二六三）の

人のもとにいひつかはしし、うちに候ひしよ

うちかへしおもへばあやしさよごろもここのへきつつたれをこふらむ

に見られるのみであり、同時代では、康資王母、紀伊の歌集にも見られる。康資王母は伊勢大輔の娘で、四条宮寛子（藤原頼通女　後冷泉皇后）に仕え、四条宮筑前と呼ばれていた人物。紀伊も母小弁とともに祐子内親王家に仕えていた女房で、ともに頼通文化圏で活躍した歌人であり、作者宣旨と近いところにいた人物と言える。

一方、この語は『源氏物語』総角巻で、匂宮と中の君の新婚三日目に薫が大君に贈った「小夜衣きてなれきとはいはずともかごとばかりはかけずしもあらじ」で、用いられていた語でもあった。恋歌、特に後朝の歌で、「夜の衣をかわす」という古代の風習に基づく表現は、時に見られるが、「小夜衣」という用語が使われることはこの後のこととなる。『源氏物語』では、つれなかった大君に対するおどしかけるような薫の贈歌に対して、大君は「小

夜衣」の語は用いずに返歌している。一方、『狭衣物語』では、野分を冒して、狭衣が飛鳥井女君に会いに行った場面で、「濡れたる袖を解き散らして、暇なくうち重ねて」詠み交わされた歌であり、ともに「小夜衣」の語を用い、恋の場面として印象的である。それまでは決して一般的な歌語とは言えなかった「小夜衣」は、中世になると西行、俊成、慈円、定家などに用いられ、また『とはずがたり』『言はでしのぶ』『我が身にたどる姫君』『恋路ゆかしき大将』『小夜衣』、散逸物語の『なると』(『風葉集』所収)など多くの物語文学に採り入れられた。「小夜衣」という語に関しては、『源氏物語』の影響と言うよりは、『狭衣物語』の影響が大きいと考えられよう。

『狭衣物語』の歌語のもう一つの特徴は、私家集では散見されたものの主流とはならなかった実験的な歌語が見られることで、勅撰集で用いられて、一般に認知されるのは『後拾遺集』以後のものである。「蓬が門」「岩垣沼」「秋の色」「秋の夕暮」「八重桜」「天の岩戸」「室の八島」「秋の寝覚」「虫明の瀬戸」「道芝の露」「寝覚の床」「底の玉藻」「苔のさむしろ」「葎の宿」「秋の月影」「賀茂の川波」「鶴の毛衣」「有栖川」「常磐の森」「末越す風」などである。これらの中には、「室の八島」「道芝の露」「常磐の森」など、『狭衣物語』の主要な女君を形象するものとなっている、重要な歌語も含まれ、まさしく『狭衣物語』によって、新しいイメージを付与され、和歌史に影響を与えていったものと言えよう。

その例として、「岩垣沼」を取り上げてみたい。

G一条院の姫宮の御けはひもほのかなりしかばにや、なべてあらぬ心地せしを、いかで御容貌よく見たてまつらんと、御心に離れねば、少将命婦のもとに、例のこまやかにて、中なるには、

思ひつつ岩垣沼の菖蒲草水隠りながら朽ち果てねとや　（巻一　①三四）

五月五日、狭衣はそれ相応の間柄の女性たちに挨拶の文を贈るが、そのうちの一条院の姫宮に贈った歌である。

この中で使われた「岩垣沼」という歌語は、『万葉集』にも出てくる語であるが、勅撰集では「おく山のいはかきぬまのみごもりにこひや渡らんあふよしをなみ」(『拾遺集』・恋一・六六一・人麿　なお、『万葉集』では初句が「青山の」)が初出である。『五代集歌枕』では、『万葉』歌を引いて、上野《かみつけ》にある歌枕とする。『狭衣物語』以前にはこの『万葉』歌(『拾遺』歌)以外では、『伊勢大輔集』に「おもひつつせかれければや山水のいはかきぬまに下よどみつる」(九六)があるが、それ以外にはほとんど詠まれることのなかった歌語である。しかし、この語は『夜の寝覚』(「思ひありとえもいはがきの沼水につつみかねてももらしつるかな」)、あるいは『風葉集』所収で、『六条斎院禖子内親王家物語合』にも名の見える『岩垣沼の中将』(「我が恋はいはかきぬまの水よただ色には出でずもるかたもなし」)、『玉藻に遊ぶ』(「いはかきやぬまのみごもりもらしわび心づからやくだけはてなん」)にも用例が見られる。知られるとおり、『玉藻に遊ぶ』は『狭衣物語』の作者とされる六条斎院宣旨の作であり、『岩垣沼の中将』の作者小弁は、『狭衣物語』作者が仕えた六条斎院禖子内親王の姉、祐子内親王家女房である。彼女は物語作者としても著名だったらしく、天喜三年の『六条斎院禖子内親王家物語合』において、彼女の作品提出が遅れても、実際の主催者であったと考えられる頼通が、周りのものを待たせたことが『後拾遺集』の詞書から知られている。[20]

『新編日本古典文学全集』頭注は、『岩垣沼』『玉藻に遊ぶ』に触れ、「禖子内親王家周辺で人気のあった歌語か」とするが、『夜の寝覚』にも同様の表現が見られる。[21]また、『風葉集』によると、鎌倉期の『石清水物語』にも『狭衣物語』の影響を受けたと思われる「思ひつついはかきぬまに袖ぬれてひけるあやめのねのみなかるる」が見られることなどから、顔色に出すことも言葉に漏らすこともできない、思うに任せない恋の嘆きを籠めたこの語は、物語の主題の一つとして好まれたといえよう。

「岩垣沼」は同時代の比較的仲間内での流通した語と見られるが、時代の空気、斎院周辺での流行を作品内に取り込み、後世のものが考える以上に洒落た表現に受け取られたのではないだろうか。そして、中世に入ると俊成、慈円、家隆、雅経、定家、式子内親王、後鳥羽院など新古今歌人たちも好んだ歌語であった。

以上、二つの代表的な例をあげたが、これらに加えて、歌語としては著名な、熟したものであっても、新たな景物との取り合わせによって、新鮮味を感じさせる例もある。たとえば、「安積の沼」は花かつみの名所として知られていたが、「水」との取り合わせは『狭衣物語』からであり、「武蔵野」と「霜枯れ」、「飛鳥川」と「ひるま」（昼・干る）なども同様である。他にも指摘できるものがあろう。個々の歌語、それぞれの問題もさることながら、このような新しい歌語への興味と実験は、実は時代の風でもあった。同時代との関わりも、『狭衣物語』の作中詠歌の大きな特徴の一つである。[22]『狭衣物語』の作者は、接した環境、歌人としての資質などから、大いに刺激され、新しい動きに呼応する形で『狭衣物語』の作中詠歌に取り組んだことが想定される。作者は同時代の歌人たちの動きに敏感に反応し、その空気を物語世界に反映させたのである。

これらの作中詠歌は、後代、特に藤原定家周辺で評価が高かった。藤原俊成は「六百番歌合」の判詞で、「源氏見ざる歌詠みは遺恨のことなり」と評して、物語の歌の価値を認めたが、その子定家は、『明月記』において、『狭衣物語』を「於レ歌者抜群」（天福元年三月二〇日条）と評し、『源氏狭衣歌合』（『物語二百番歌合』前半）の編纂も行っている。また、俊成卿女は『狭衣物語』にちなむ歌を詠む一方、その作とされる『無名草子』において、「狭衣こそ源氏に次ぎてようおぼえ侍れ」と評価している。さらに歌語という点に着目すると、定家の息子、為家撰とされる物語歌集『風葉集』に採歌された『狭衣物語』歌も興味深い。すなわち、『風葉集』には五六首の『狭衣物語』歌が入集しているが、うち四六首までが、『狭衣物語』以前にはほとんど用いられることがなく、『狭衣物語』によって発掘された歌語や、新しい景物との取り合わせのものが選ばれている。[23]『風葉集』が、後嵯峨院皇太后大宮院姞子の撰集下命であったこと、仮名序を持ち、勅撰集に准ずる形態と配列をもち、明らかに勅撰集を意識して編纂されたものであったことを思うと、当時の一流歌人たちの目から見て、それらの語が異端な歌語ではなかったことを示していよう。『狭衣物語』の時代には新奇であったと思われる歌語が和歌史のなかにも定着したことがうかがえる。

引歌の場合、古歌すなわち『狭衣物語』以前の既出の和歌作品の力を借りて、作品世界（主に主人公狭衣の心中）を表現していたが、作中詠歌は、物語の展開にあわせて、新たなまとまった意味空間を創出するものである。そのために工夫された歌語は、同時代の文学空間と呼応しつつも、更に、後代へ影響を与えていった。本節では、『狭衣物語』が築き上げた作品世界が、その作中詠歌の歌語を通して、作品内部と外部と呼応、あるいはそれの持つ意味空間が後世に広がる様子について考察した。

四

これまで述べてきたように、『狭衣物語』に頻出し、かつ主人公の内面を表現する引歌という技法は、外部作品の力を借りて、自己の思いを形象していくものであり、その際には歌意を示す心象部分ではなく、物象部分を引く傾向が強かった。一方、物語場面に応じて登場人物のその時間、空間における心情、立場、環境などを表現する作中詠歌においては、新味のある歌語への傾斜が目立ち、それは同時代の風潮への呼応であると同時に、物語世界に新たな意味空間を与えていくものでもあった。では、次に『狭衣物語』の和歌に関する表現における特徴である「作中詠歌を作品内部で引用していく」ということについて考えてみたい。

すでに多くの指摘があるとおり、『狭衣物語』は女君たちを同一歌句による繰り返しによって、表象するという傾向がある。(24)なかでも、作中で詠まれた和歌に基づくものが多くあり、女君たちの呼称にまで影響をしていることが表現の特色として知られている。このことについて、空間・移動の観点から考えてみたい。

結論的にいってしまえば、その歌句は、インデックス（指標記号）としての役割を持っていることが指摘できるといえよう。

まず、「吉野川」の例を考えてみたい。

中納言昇進の挨拶に洞院の上を訪れた狭衣は、洞院の上が引き取った今姫君のもとにも立ち寄る。貴公子の訪れに、とにもかくにも挨拶の歌を詠まねばと、母代が狭衣と贈答する。

H「めづらしき御けはひこそ。思しめし違へさせたまひたるにや」とて、

　吉野川何かは渡る妹背山人だのめなる名のみ流れて

と、げに、ぱぱと詠かけたる声、舌疾で、のど乾きたるを、若び、やさしだちて言ひなす。これぞ音に聞きつる母代なるべし、と聞きたまふ。

　恨むるに浅さぞ見ゆる吉野川深き心を汲みて知らねば

また、ある本に、

　知らせばや妹背の山の中に落つる吉野の川の深き心を

（巻一　①一〇八）

「ただ、恨み歌を、ぱぱと詠みかけよ」とささやく女房にこたえて、母代が詠んだ歌は、狭衣と今姫君が兄妹であることを「妹背山」の語に託したもので、妹背山の縁で吉野川も詠まれたのであろう。『古今集』の「流れては妹背の山のなかにおつるよしのの河のよしや世中」（恋五・八二八・読人しらず）を踏まえたものである。「吉野川」と「渡る」という縁語関係が新味ではあるが、特に問題のある歌ではない。

その後、洞院の上のたっての願いで、今姫君の入内の話が進み、後見を依頼された狭衣は久しぶりに今姫君のもとを訪れる。

I人々答へ遅く聞こえたりとて、母代が腹立ちののしりて、人々をはしたなく言ひしを、思ひ出でたまふに、またいかに言はれんと思すに、身もわななかれて、いとさらにいひ続くべくもなければ、かのぱぱと詠みかけし歌をこそ、母上聞きたまひて、よしとのたまひしかと、まれまれ思ひ出でて、おぼれしどけなき声にて、「吉野川何かは渡る」と、一文字も違へず言ひ出でたまへるを、忘れぬ端やありけん、聞きたまふも

（巻三　②四一）

今姫君は、Hの場面で、母代が女房たちに立腹していたことを思い出し、何とか応対せねばと、かつて母代が詠んだ歌を、洞院の上が褒めたことを思い出し、まったくそのまま口ずさみ、教養のないところをさらけ出す。それに対する狭衣の詠歌は

吉野川渡るよりまた渡れとやかへすがへすもなほ渡れとかや

といささかうんざりしたものであった。

その後もJ「大将殿も、かの「吉野川」の後は、帝の渡らせたまはんたびごとに、詠みかけたてまつりたまはんずらんと」（巻三　②六六）、K「かの吉野川あまたたび諫めたまひし今姫君の、御よすがとなりたまへりし宰相中将は」（巻四　②三八七）と何度がこの時のできごとが「吉野川」の一語に集約され、パッケージ化されて繰り返される。「吉野川」という語自体は歌語として珍しいものではなく、多くの歌に詠まれており、狭衣も粉河詣での際、吉野川を渡りながら、妹背山を目にし、源氏宮を思い出して詠出している。しかしながら、今姫君登場の場面で「吉野川」が持ち出されたときは、目の前の風景としての「吉野川」そのものを指すのでもなければ、引歌表現で

もなく、最初に母代が読んだ「吉野川何かは渡る妹背山人だのめなる名のみ流れて」の歌を直接引くのでもない。今姫君の「をこ」なる場面、すなわち作中詠歌を含めたIの空間がこの言葉によって呼び出されるのである。J、Kにおいて「吉野川」という語は、文脈上は唐突な、それ自体意味をなさないものであり、Iの場面を呼び起こすインデックスとして機能しているといえよう。これは「吉野川」が単なる地名を表す言葉ではなく、歌枕として和歌の歴史と伝統を背負った言葉であり、それが作中人物の歌の中で詠まれ、あらためて、一つの意味空間が構成されるという和歌の機能を負った言葉であって、初めて可能になった表現のあり方と言える。

もう一例、今度は「吉野川」のような、歌語として一般的なものではなく、『狭衣物語』の作中詠歌のところで、述べたように、従来の和歌の一般的な歌語とは異なる、特徴的な歌語を取り上げて、考えてみたい。

三節で述べたように、『狭衣物語』には、その作中詠歌に新味のある、印象的な歌語を用いたものが散見し、中でも女君を象徴するようなものがくり返し用いられる。そのうち、源氏宮との恋を表象するものとして、印象的な「室の八島（の煙）」を考察の対象としてみたい。この語も繰り返し五回、源氏宮への思いに関して登場する。

Lよしなしごとに、さしもめでたき御身を、室の八島の煙ならではと、立ち居思し焦がるるさまぞ、いと心苦しきや。（巻一　①一八）

冒頭部分、主人公狭衣が源氏宮への思いに悩む場面である。掲出の直前、山吹の花から、くちなし、さらに口に出して伝えられない思いが、「いかにせん言はぬ色なる花なれば心の中を知る人はなし」という詠歌へと結晶していく、和歌の縁語の機能による連想にくらべて、いかにも「室の八島の煙」は唐突である。実方の「いかでかは思ひありともしらすべきむろのやしまのけぶりならでは」を原歌とし、上句の「いかでかはおもひありともしらずべき」を言いたいがための引歌表現であるが、情景とは関わりがなく、原歌を知らないと、散文の意味の流れに乗らない表現である。さらに「室の八島」は歌枕として一般的だったとは言い難く、実方集に初出、その実方歌が『詞花集』に採用されて、勅撰集に取り上げられたという経緯をたどる語である。したがって、この文脈上の違和感は、原歌の知識を共有しているという前提があって初めて成り立つ表現である。

M「いはけなくものせさせたまひしより、心ざしことに思ひきこえさせて、ここらの年月積りぬるは、あまり知らせたまはざらんも誰も後の世までうしろめたうもなりぬべければ、いとかう世に知らぬ物思ふ人もありけりとばかりを、心得させたまへかし」とてなん、

かくばかり思ひ焦がれて年経やと室の八島の煙にも問へ　(巻一　①六〇)

源氏宮の手を取って、初めて狭衣が自らの思いを打ち明ける場面である。Aで、狭衣の心中を表すものであった「室の八島の煙」は、詠歌に採り入れられ、源氏宮に詠みかけられることによって、その表象する思いが、狭衣の心中から、表層に出て来た表現となる。

N中将の君、ありし室の八島の煙立ちそめて後は、宮のこよなう伏し目になりたまへるをいとどつらくて、いかにせまし、と嘆きの数添ひたまへり。　(巻一　①七二)

Oかの室の八島の煙立ちそめにし日の御手つき思ひ出でられて　(巻二　①一七四)

Pさしもえ飽かぬ所なく、らうたげにうつくしかりし御ありさまをだに、なほ室の八島にはえ立ち並びたまはざらんとせちに貶しめ思ひやりきこえたまひしも、　(巻三　②一一二)

N、O、Pにおける「室の八島(の煙)」は、実方歌の引歌表現ではなく、Mの歌を原歌とした引歌表現でもない。インデックスとして、Mの歌の詠まれた場面、すなわち狭衣が秘めた思いを告白したというその時間・空間を呼び出し、再現表象する記号である。繰り返される「室の八島(の煙)」は、Lにおける実方歌の引歌表現の繰り返しで

はなく、一度、Mの場面で、狭衣の詠歌に取り込まれ、定位され、意味を新たに付与されたものとして、このような働きを持つようになったと言えよう。すなわち、実方歌の引歌表現は、物語世界の外部の作品空間を呼び込んで、狭衣の心中を代弁したものであったが、その「室の八島の煙」が作中人物の詠歌の言葉として、再び据え直されることによって、その歌を含む物語世界内の意味空間を新たに生成していくものとなったのである。

このように、ある場面において、先の場面を呼び出すというインデックスとしての機能を、登場人物の作中詠歌の歌句に持たせたのは、『狭衣物語』の〈和歌〉の大きな特徴と言えよう。引歌という『源氏物語』でさまざまに展開された技法がすでにあり、それが『狭衣物語』では、引歌の原歌を作中詠歌に求めることで新たな可能性を見いだした。女君との関係性において重要な場面を、登場人物の作中詠歌の歌句で象徴的に表現できたのは、一語に意味を凝縮させることの出来る〈和歌〉の言葉だったからである。また、このインデックスとして働く歌句には「吉野川」のように特に目新しくないものもあるが、重要な女君たちを表象している「室の八島」や、「道芝の露」「底の水屑」、「常盤の森」、「寝覚の床」など、先に挙げた作中詠歌における、特殊な表現、印象的な歌語が担っている。既出の場面における時間、空間を喚起するインデックスは、散文に埋没する語であっては、その働きをなしえないであろう。語としての意外性と印象の強さが、〈インデックス＝指標〉として働くのである。物語空間の瞬時の移動を可能にするこの方法は、『狭衣物語』が編み出したもの、少なくとも意識的に物語世界の構築に利用したものであった。

五

以上、『狭衣物語』の作品世界を支える重要な表現方法である作中詠歌、引歌、歌語などの和歌的な表現、〈和歌〉について、考察をしてきた。物語において、〈和歌〉を取り込むことの有意性を存分に示したのは、『源氏物語』であった。その成果を吸収し、継承した『狭衣物語』の作者は、歌人でもあり、自らの物語世界形成に〈和歌〉の発想、修辞、感覚、感情の型どりなど、存分に取りこんだ。中でも、引歌に引かれる部分にしろ、作中詠歌における新味のあるものにしろ、「歌語」の扱いには特徴的なものがあった。

「歌語」はもともと多くの伝承歌や類歌を背景に、イメージ喚起力を持ち、掛詞、縁語などによる文脈構成力も持つ。日常的な意味を示す言葉とは異なる意味を、重層的に有し、記号と意味内容が一対一の対応としてではなく、多くの要素を発散させる働きを持った特殊な意味空間を構成する言葉である。引歌は古歌の世界、すなわち「歌語」に蓄積された記憶を呼び込む空間であり、狭衣の恋心を形象する表現方法であった。一方、作中詠歌で用いられた印象的な「歌語」は、当時の人々が共有していた〈和歌〉の言葉の記憶をずらすことによって生じる意外性を、〈物語〉の言葉として、作品世界を拓いていくものである。そして、繰り返される作中詠歌の「歌語」は、インデックスとして、既出の場面を呼び出し、心情の確認、イメージの増幅、あるいは変容を誘い、繰り返す作中での引用により、あらたな意味を生成するという表現構造を担う。しかし、それは一方で物語内だけで通じる意味空間でもある。

このような〈和歌〉の言葉をその表現方法の中核として展開される『狭衣物語』の世界は、編み目のように張りめぐらされた〈和歌〉の言葉のネットワークの中で、作品内外とさまざまにつながったり、広がったりしながら、展開していく。〈和歌〉の言葉が、主人公狭衣が思いもしない方向に物語を領導していく可能性を拓いていくのである。

注

（1）鈴木一雄「『源氏物語』の文章」（『解釈と鑑賞』三四号　一九六九年六月）
（2）高野孝子「狭衣物語の和歌」（『言語と文芸』四二号　一九六五年九月）
（3）竹川律子「狭衣物語の独詠歌」（お茶の水女子大『国文』五二号一九八〇年一月）
（4）石埜敬子「『狭衣物語』の和歌」（『和歌と物語』風間書房　一九九三年）
（5）加藤睦「『狭衣物語』の和歌について」（『立教大学大学院　日本文学論叢』二号　二〇〇二年九月）
（6）鈴木日出男「古今集とその周辺」（『国文学』一九七一年九月）他
（7）久下裕利・横井孝・堀口悟編『平安後期物語引歌索引　狭衣・寝覚・浜松』（新典社　一九九一年）
（8）村川和子「狭衣物語における引き歌の一考察」（『実践文学』四二号　一九七一年三月）
（9）久下晴康「『狭衣物語』の引歌―その爛熟性について―」（『平安後期物語の研究　狭衣・浜松』（新典社　一九八四年一二月）
（10）宮本祐子「『狭衣物語』の引き歌」（『香川大学国文研究』七　一九八二年二月）
（11）『源氏物語』の和歌に関する研究史は、引歌も含めて、田中初恵「『源氏物語』の和歌」（『源氏物語研究集成第九巻　源氏物語の和歌と漢詩文』（風間書房　二〇〇〇年九月）に詳しい。
（12）注（8）（9）（10）参照
（13）注（10）参照

（14）注（9）（10）参照
（15）「いな淵の瀧」に関しては、『狭衣物語』に二度引用され、『枕草子』にも見られるが、現在は出典未詳。
（16）『新編日本古典全集』本による。なお、『岩波古典文学大系』本では二一六首。
（17）注（1）参照
（18）拙稿「後冷泉朝の物語と和歌―『狭衣物語』『夜の寝覚』の作中詠歌―」（『和歌史論叢』和泉書院　二〇〇〇年二月）「『狭衣物語』の地名表現をめぐって」（『平成16〜18年度　科学研究費補助金（基盤研究（C））課題番号16520109『狭衣物語』を中心とした平安後期言語文化圏の研究・研究成果報告書』二〇〇七年二月）「『狭衣物語』の表現―歌枕をめぐって―」（『狭衣物語が拓く言語文化の世界』翰林書房　二〇〇八年）
（19）倉田実「頼通の時代と『狭衣物語』」（『日本古典文学史の課題と方法』和泉書院　二〇〇四年）
（20）五月五日六条前斎院にものがたりあはせしはべりけるに、小弁おそくいだすとてかたの人人こめてつぎのものがたりをいだしはべりければ、うぢの前太政大臣かの弁がものがたりはみどころやあらむとてことものがたりをとどめてまちはべりければ、いはかきぬまといふものがたりをいだすとてよみ侍ける

ひきすつるいはかきぬまのあやめぐさ思ひしらずもけふにあふかな　（『後拾遺集』・雑一・八七五・小弁）

（21）『夜の寝覚』の作者が、伝承の通り、菅原孝標女であるとするならば、彼女も一時期、祐子内親王家に出仕していた。
（22）小町谷照彦「狭衣物語の和歌の時代性」（『狭衣物語の新研究』新典社　二〇〇三年七月）　拙稿「『狭衣物語』の地名表現をめぐって」（『平成16〜18年度　科学研究費補助金（基盤研究（C））課題番号16520109『狭衣物語』を中心とした平安後期言語文化圏の研究・研究成果報告書』二〇〇七年二月）「『狭衣物語』の表現―歌枕をめぐって―」（『狭衣物語が拓く言語文化の世界』翰林書房　二〇〇八年）など。なお、六条斎院禖子内親王サロンや『物語合』との関係で論じたものに、久下晴康「『狭衣物語』の創作意識―六条斎院物語歌合に関連して」（『平安後期物語の研究　狭衣・浜松』（新典社　一九八四年一二月）、井上新子「『狭衣物語』における〈挨拶〉としての引用

表現」（『国文学攷』一四四　一九九四年一二月）、森下純昭「『狭衣物語』冒頭部「花こそ春の」引歌考」（『岐阜大学国語国文学』二六　一九九九年三月）、船引和香奈「六条斎院文学圏における「表現の共有」について―『狭衣物語』論序説―」（『実践国文学』五八　二〇〇〇年一〇月）など。

(23)　『風葉集』に採歌された『狭衣物語』の歌のうち、同時代に特徴的な歌語あるいは景物の取り合わせを持つものは以下の通り。（数字は『風葉集』の歌番号）

時しらぬさかきの枝にをりかへてよそにも花を思ひやるかな（八四）
をりみばやくちきのさくら行きずりにあかぬ名残のさかりなるかと（九二）
引きつれてけふはかざししあふひぐさ思ひもかけぬしめの外かな（一四六）
よもすがらものや思へる郭公あまの岩戸を明がたになく（一五二）
しらぬまのあやめはそれとみえずともよもぎが門をすぎずあらなん（一六〇）
見もわかで過ぎにけるかなおしなべて軒のあやめのひましなければ（一六一）
わが心かねて空にやみちぬらんゆくへもしらぬやどのかやり火（一九三）
をれかへりおきふしわぶる下荻の末こす風を人のとへかし（二二六）
下をぎの露きえわびしよなよなもとふべき物とまたれやはせし（二二七）
うき身には秋ぞしられし荻原や末こす風の音ならねども（二二八）
立ちかへりをらで過ぎうき女郎花はなのさかりを誰にみせまし（二三八）
ふる郷は浅ぢが末に成りはてて虫のねしげき秋にやあらまし（二九三）
せく袖にもりて涙や染めつらむ梢色ますあきの夕ぐれ（三四九）
たづぬべきくさの原さへ霜がれて誰にとはまし道芝の露（三八五）
われぱかり思ひしもせじ冬のよにつがはぬをしのうきねなりとも（三九六）
わきかへり氷のしたはむせびつつさもわびまさるよし野河かな（四〇八）

たのめつついくよへぬらん竹のはにふる白雪のきえかへりつつ（四三五）
末のよもなにたのむらん竹のはにかかれる雪のきえも果てなで（四三六）
人しれずわがしめさししさか木ばををらんといかで思ひよるらん（四四九）
かたらはば神もききなん郭公思はんかぎり声なをしみそ（四六三）
神がきは杉の梢にあらねどももみぢの色もしるくみえけり（四六八）
みそぎするやほ万よの神もきけもとより誰か思ひそめてし（四八〇）
神も猶もとの心をかへりみよこの世とのみは思はざらなん（四八一）
くらきよりくらきにまどふしでの山とふにぞかかる光をぞみる（五一九）
かたしきにかさねのころもうちかへし思へば何をこふる心ぞ（七八八）
もえわたるわが身ぞふじの山よただゆきつもれども煙たちつつ（八〇五）
われればかり思ひこがれて年ふやとむろのやしまの煙にもとへ（八〇六）
あひみては袖ぬれまさるさよ衣一よばかりもへだてずもがな（八六三）
へだつれば袖ほしわぶるさよ衣つひには身さへくちや果てなん（八六四）
命さへつきせず物を思ふかなわかれし程にたえも果てなで（九六三）
あまのとをやすらひにこそ出でしかとゆふつけ鳥よとはばこたへよ（九七二）
思ひやる心いづくにあひぬらんうみ山とだにしらぬ別に（一〇二五）
ながらへてあらばあふよをまつべきに命はつきぬ人はとひこず（一〇三四）
かぢをたえ命もたゆとしらせばや涙の海にしづむ舟人（一〇四五）
早きせのそこのみくづになりにきとあふぎの風よ吹きもつたへよ（一〇四六）
うきふねの便にゆかんわたつみのそことをしへよ跡のしら浪（一〇四九）
いかにせんいはぬ色なる花なれば心のうちをしる人ぞなき（一〇六五）

思ひつついはかきぬまのあやめ草みごもりながらくちはてねとや（一〇七四）
こゑたてでなかぬばかりぞ物思ふ身はうつせみにおとりやはする（一〇八四）
おしなべてしめゆひわたす秋ののに小萩が露をかけじとぞ思ふ（一〇九八）
しきたへの枕ぞうきてながれける君なきとこの秋のね覚に（一一二〇）
秋の色はさもこそみえめたのめしをまたぬ命のつらくも有るかな（一一三〇）
ふきはらふよものこがらし心あらばうきよをかくすくまもあらせよ（一二四〇）
ことわりのとしのくれとはみえながらつもるに消えぬ雪も有りけり（一二五二）
まてしばし山のはめぐる月だにもうき世にひとりとどめざらなん（一二六六）
なほたのむ常盤のもりのまき柱忘れなはてそ朽ちはしぬとも（一三七八）

（24）　前出注（2）、注（8）、注（9）、注（10）論文、伊藤博「狭衣物語の方法―歌句の引用と女君の呼称―」（『平安時代の和歌と物語』桜楓社　一九八三年）、堀口悟「『狭衣物語』内部引歌論―内部引歌の認定を軸に―」（『論集　源氏物語とその前後2』新典社　一九九一年）など

付記　本文として、新編日本古典文学全集『狭衣物語①②』（小学館）を使用した。和歌の引用は『新編国歌大観』（角川書店）による。

「うしろの岡」「うしやの岡」、あるいは「むかひの岡」か
――京都大学文学研究科蔵『さころも』（五冊本）の和歌の異文と空間――

須藤　圭

はじめに

歌ことばの類いを思えば当然のことであるが、あることばは、それが語られると同時に内包する何かしらの要素を読者に与えることになる。読者は、物語が作り出す特別な空間を想起させられるのである。殊に三十一音に全てが託された和歌に含まれることばであれば、それはなおさらのことであろう。

京都大学文学研究科には、五冊本の狭衣物語（函架番号・国文学 Nil2）が収蔵されている。以下、中田剛直氏『校本狭衣物語』[1]などに倣って京大五冊本と称すことにする。まずは、この京大五冊本の一部を引用したい。影印や翻刻として簡便に利用できるものではないことから、まとまった範囲を引用し、その様相を提示することも目的としておきたい。巻四、春宮のもとに参上した狭衣が権大納言と戯れる場面である。[2]

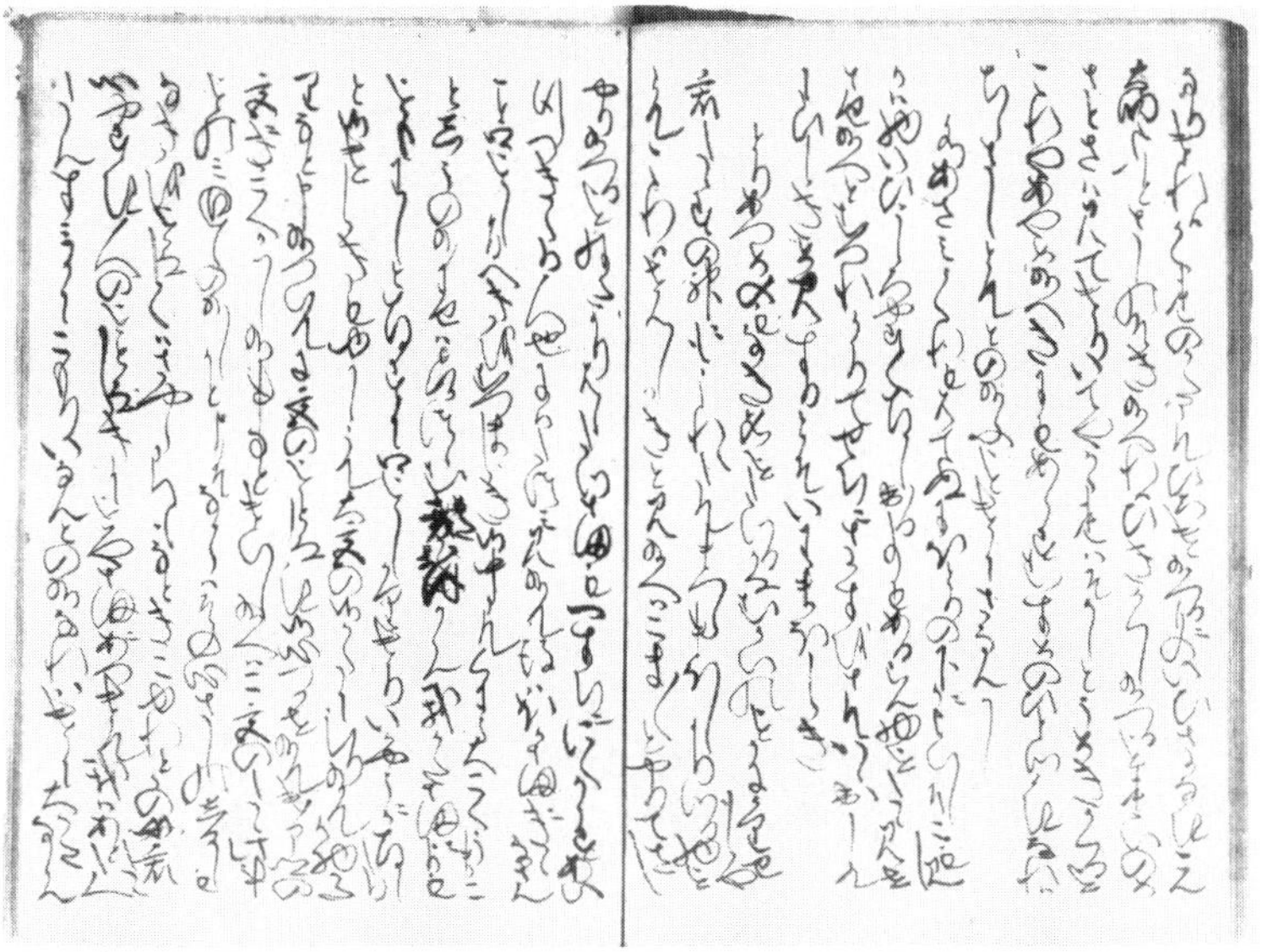

図、京大五冊本巻四（二十五丁ウラ―二十六丁オモテ）

かく参り給をり〱は、さるへきのしとけなき所〱なをさせ、心えす思すもしともなと、いひしらせたてまつりなとし給ふも、あまたの文ともとりちらし給つゝ、所〱うちすんして、ならはしくらし給ふ。くら人参りて、けしきたつは、ありし御かへりにやと思して、たち給へるに、それなりけれは、かくれのかたにてひろけ給へるに、ものいひさかなきこん大納言、ふとさしのそき給へれは、ひきかくし給へるを、れいのめさとさは見てけり。いてや、かゝれはそかし、とうめきかくるを、これや、あやめ給へきにもあらす。むすめのひとつかきなれは、ちらさしとて、との給ふを、けにさなんかし。

水あさみかくれもはてぬにほとりの下にかよひし
そこも見しかは

物いひこゝろやすく思し出る事もあるらん物を、たゝ見せさせ給へとむつれかかりて、せちにさかすを、さて、いゝ出して、わひしきめ見するとそ、いはまほしき。

とりあつめ又もなき名をたつるかなむかいのをか

にかりせしや君

たゝすの神にもうれえたてまつらまほしかりつる物を、とて、これはせんしかき、と見給へは、こま〳〵とやりてさしやり給へるを、ねたかりはらたつさまも、一すちにくからす、あい行つきたる人也。

あれこれと詮索好きな権大納言は、狭衣が飛鳥井姫君を探すために一条院へ忍び込んだところを目撃したことから、無実であるにもかかわらず、一品宮との仲を噂し、結果として両者の結婚を余儀なくした人物である。ここでも、宰相中将妹君のもとに贈った和歌の返事を受けとる狭衣に、誰とは知らないながらも女君との関係を疑っている。「水あさみ」と詠みかける権大納言に対して、狭衣は「とりあつめ」とかつての恨みを込めて返していると捉えられよう。

狭衣物語に多くの異文が存在していることは今更述べるまでもなく、引用した場面を見ても、それをうかがい知ることができる。試みに、巻一から巻三までを深川本、巻四は平出本を底本とする新編日本古典文学全集を併記してみたい。(3)

かう参るだに、折々は、さるべき文どもを取り出でさせたまひつつ、文字どもなどの、しどけなく習はしきこえさせたる所々、直したまふ。心えず思したる文字なども、こまかに言ひ知らせたまへば、今日も、あまたの文ども取り散らしつつ、おもしろくうち誦じつつ、習はしきこえさせたまふに、蔵人参りてけしき立つは、ありつる返り事にやと思して、立ちたまへるに、それなりければ、隠れの方にてひき広げたまへるに、物言ひさがなの権大納言は、ふとさし覗きたまへれば、ひき隠したまふを、例の目ざとくは見てけり。「いでや、今さへ、かかればぞかし」とうめきかかるを、「これぞ、あやめたまふべきにもあらず。女の一つ書きなれば、散らさじとて」とのたまふを、

「水浅みかくれもはてぬ鳰鳥の下に通ひし跡も見しかば

物言ひの心やすさは、思し出づることもあらんを。ただやは、見えさせたまはぬ」とむつれよりて、せちに探すを、「さて、言ひ出だして、侘しき目は誰が見するぞ」と、言はまほし。

「とりあつめまたもなき名を立てんとやうしろの岡に狩せしや君

糺の神にも憂へたてまつらまほしかりしものかな」とて、「これは例の宣旨書と見たまへば、あながちにもゆかしからで、細々と破りてさし遣りたまへるを、ねたがり腹立つさまもひとへに花やかなる人ざまにて憎からず。

（②二五九頁―二六〇頁）

両者を比較してみると、助詞のわずかな違いに留まらず異同は多く、他の諸本を参照しても同様といえる。しかし、その中でも、京大五冊本の本文はとりわけて奇異に映る。すなわち、狭衣の返歌である「とりあつめ」歌に見える「むかひの岡」は、私見の限りではあるが、諸本において「うしろの岡」や「うしやの岡」「うらやの岡」「みしよの岡」が確認されるのみであり、京大五冊本に独自な異文と見なすことができるのである。(4) もちろん、ある一本に特異な本文が存在することはそれほど珍しくはないのであるが、この箇所に限っては古来よりその典拠を未詳とされてきたものでもあり、看過できない異文のように思うのである。

一　諸本の様相

例えば、承応三年（一六五四）刊行の狭衣物語に合冊された狭衣下紐を引くと、(5)

一とり《哥さ衣》あつめ又も　後岡《うしろのおか》如何うらやの岡　名所なるべし国末勘

と相当に苦心していることが知れる。新編日本古典文学全集の底本である平出本をはじめ、多くの諸本に描かれる「うしろの岡」は、「如何」とされるように、確かに『新編国歌大観』や『新編私家集大成』、索引類を引いてみても見当たらない。

類似の表現であれば、源氏物語須磨巻にある「煙のいと近く時々立ち来るを、これや海人の塩焼くならむと思しわたるは、おはします背後（うしろ）の山に、柴といふものふすぶるなりけり。」（②一九九頁）[6]が挙げられる。源氏の見た煙は「海人の塩焼く」ものではなく、それとは対比されるように示された「背後（うしろ）の山」で「柴といふものふすぶる」ものであったという。閑居な須磨の情景とともに後代に広く受け入れられたようで、『夫木和歌抄』（一四三七五番歌）には次のようにある。

すまのいほり

御集　　同（稿者注—後九条内大臣）

月出づるうしろの山は雲はれてすまのいほりにかへるうら風[7]

万治三年（一六六〇）刊の『松葉名所和歌集』（五一八五番歌・五一八六番歌）[8]では「後山（うしろのやま）」を摂津の歌枕と認定しているが、いずれの和歌であっても、源氏物語をふまえて表立つことのない場所を描出しえている。「うしろの岡」が源氏物語に見える「背後（うしろ）の山」からの影響であるかは定かでないが、両者ともに、「うしろ」が内包する要素に影響された語であることに間違いはない。「うしろ」が本来見ることのないもの、隠れているものを指すことは明確であり、「うしろの岡」もそうした意を表現するものであると思われる。「私（狭衣）がとりわけて見ることのない「うしろの岡」に」といった程度に解されよう。[9]

承応三年版本の狭衣下紐が提起する「うらやの岡」とした場合はどうであろうか。元斎本や祐範本、寛佐本、紅梅文庫本（巻四の伝筆者は中院亜相通純卿）、平野本、加えて、承応三年版本や飛鳥井雅章筆本の異本注記に見られる本文でもあり、比較的新しい伝本に表れるともいえようが、紹巴自筆本の狭衣下紐を引くと、次のように見える。

一とりあつめ又も　うしやうらや如何　うらやの岡名所なる也(10)

川崎佐知子氏「紹巴所用『狭衣物語』とその意義」(11)によれば、紹巴は狭衣下紐によって依拠すべき本文を提示しようとしたというから、「うらや如何」とする態度からは、その源泉をここに見出されようか。先に挙げたどの伝本であっても、紹巴以後の書写と考えられることを併せて指摘しておきたい。

平安期や鎌倉期に「うらや」の例は見出せないが、近世になると、例えば、江戸初期に成立した『信長公記』に「丹羽兵蔵をめし列彼宿のうら屋へつつと入皆〳〵に対面候て」（巻首）(12)と用いられるようになり、裏通りや町並みの後ろにある建物を指していう。「うらやの岡」とする表現は見当たらず、また、「名所なるべし」「名所なる也」とする理由も歌学書等には挙げられていないために不明である。ただし、「うしろの岡」と同じように背後にあるものを示す語ということができ、そうした要素が要因となって発生した異文と推測することは可能である。

一方、先に引いた紹巴自筆本狭衣下紐は、承応三年版本と同じく「うらやの岡」を挙げていたが、その前には「うしや」とも書かれている。すなわち、紹巴自筆本の狭衣下紐が依拠した物語本文には、「うしやの岡」とあったことになる。「うしやの岡」は他にも、伝為定筆本に見ることができ、これをとれば、古今和歌六帖の「あはぬみようしやの岡にかりはすれどなをだにたえぬ鳥にもあるかな」（二〇四五番歌）(13)が極めて参考になる。契沖による古今和歌六帖の書入本を見ると、

同〔あはぬ身を〕〔うしやの岡に〕山城といへり。狭衣に、とりあつめ又もなき名をたてんとやうしやの岡にかりせしや君　うしろの岡とあるは誤也(14)

とあるようで、山本明清の著になる『古今和歌六帖標注』[15]もこれを継承して山城の地名と見なしている。また、静嘉堂文庫などに清水浜臣の書き入れを有する承応三年版本が所蔵されているが、これにも、「契沖云うしろの岡とあるは誤也六帖ニ岡あはぬ身をうしやの岡にかりはすれとなをたにたてぬとりにも有哉　うしやの岡山城にありといへり[16]」と示されている。正徳元年（一七一一）に刊行された『山城名勝志』を引けば、「牛屋ノ岡　按栗前野辺歟」（巻十八、久世郡部）[17]と見える。ただし、山城の地名とする要因は必ずしも明らかではなく、石塚龍麿による『校証古今歌六帖』を見てみると、狭衣物語との一致を引くに留まっている。

　あはぬ身をうしやの岡にかりはすれとなをだにたてぬとりにもある哉

〇未考〇（朱）狭衣四ノ上四十二丁　とりあつめ又もなき名をたてんとやうしやの岡にかりせしや君　うしろの岡とあるは誤なり[18]

名所と認められるかは判然としないが、「うしやの岡」とする場合、古今和歌六帖の和歌をふまえて、「私の浮名を又もや立てようと貴方はするのか、ある事ない事『とり（鳥）集め』ようとするところを見ると、貴方は一品宮に対する失恋の憂さばらしに、うしやの岡で狩でも試みたのですか。古歌の通りだと、あいにくあんまり獲物は飛び立つてくれなかつた筈ですがね。」という日本古典全書[19]の解釈が首肯されよう。権大納言に対して、強い恨み言を詠みかけることになっているのである。なお、続群書類従本の狭衣下紐を引いてみれば、諸本に比すると特異な記載であって何らかの誤りを疑うべきではあるが、「一とりあつめ又も　うしや。うらやめ如何。岡名所なるべし。[20]」とあることにも注目されようか。

さらに、日本古典全書にも指摘されているが、清水浜臣書入本には、契沖説の書き入れとは別に、「古」「イ」、無表記の書き入れが墨や朱で見られ、「古本」に「取あつめ又もなき名をたつるかなみしよのおかにかりせしやたれ」とあることが読みとれる。巻頭の書き入れによると、「古本」は松平周防守家に所蔵されていた一本で、巻四は後土御門勾当内侍の筆になるらしい。ここに挙げられている「みしよの岡」とすれば、同じ歌句を用いる例は見出せず、類型表現として定まっているわけではなさそうであるが、例えば、「うつつともおもひわかれですぐる世にみしよの夢を何かたりけん」（赤染衛門集・三二六番歌、千載和歌集・五六七番歌）や、源氏物語賢木巻の「月かげは見し世の秋にかはらぬをへだつる霧のつらくもあるかな」（②一一八頁）などが挙げられ、昔の、かつて見た景色の意を示すと考えられる。「またも無実の噂を集めようとしてかつて見た「みしよの岡」に狩りでもなさったのでしょうか。」と詠むことになり、「みしよの岡」は一品宮との噂を流した当時を指す。権大納言に対する痛烈な恨み言にはなりえていないが、狭衣の心中は十分に表現されているように思われる。[21]

「うしろの岡」「うらやの岡」「うしやの岡」「みしよの岡」と様々な異文が発生しているように、どの語であっても、類例は少なく、難しい解釈であることに違いはない。しかしながら、それらは相応の意図があって生じた異文であることも確からしい。

こうした中にあって、京大五冊本においては、唯一、「むかひの岡」と描かれているのである。

二　京大五冊本巻四の本文

ところで、京大五冊本とはどのような一本なのであろうか。近世初期の書写と考えられており、全五冊本であるが、参考までにそれぞれの冒頭と末尾を挙げると、第一冊「せうねんの春はをしめともとまらぬ物なりけれは、」「をち入なんとて、うみをのそきたるに、いみしうをそろしとそ。」、第二冊「物思の花のみさきまさりて、みきはかくれの冬草は、」「仏にも、此行へたしかにきかさせ給へと、すゝをしもみ給ふしるしいかゝとそ。」、第三冊「み山のさとのさひしさは、けに、さをしかのあとよりほかのかよひちもまれなるを、」「身をはなるゝをりあるましく、猶、ひきかへさるゝ心ちし給とそ。」、第四冊「ひかりうする心ちこそすれてる月のくもかくれゆく程をしらすは、」「末はいゝけち給へと、弁のめのとはめてたしときゝけり。」、第五冊「女君は月ころの御物思に、いとゝしき心まとひさへたゑかたうて、」「いとゝ思しとちめぬるは、いかなるへき事にやとそ。」となっており、巻四を二分冊していることが知れる。

本稿が問題とする「むかひの岡」は巻四にあった。これについて詳述しておくと、中田剛直氏『校本狭衣物語』(22)は巻四を欠くため、同氏「狭衣物語巻四伝本考」(23)によれば、第一類第一種〔A〕に分類される。第一類第一種〔A〕は京大五冊本のみであるが、「このAB本は、他諸本に対し近い交渉関係にあることが知られるのである。」という第一類第一種〔B〕には、鈴鹿乙本と書陵部四冊本が該当する。鈴鹿乙本の所在は明らかでないが、同類に飛鳥井雅章筆本も報告されている。(24)現在のところでは、書陵部四冊本と飛鳥井雅章筆本のみを対照せざるをえないが、第一類第一種〔A〕〔B〕ともに、第一類第一種の根幹をなすものとして位置づけられているのである。

また、片岡利博氏「狭衣物語巻四本文系統再考―かたしきにかさねぬ衣―」(25)では、「片敷きに重ねし衣うちかへし思へば何を恋ふる心ぞ」(②二九〇頁)の前後を考察するに及び、次のように諸本の本文を整理する(（ ）内は中田剛直氏による分類と同じ)。

○基本本文

・流布本系本文（第一類本系統第二種ABCEおよび第一類本系統第一種CDEGHの諸本。他に、中田氏不採用の慈鎮本・九大細川本もこれに属する）

・異本系本文（第一類本系統第一種Aの京大五冊本）

○混合・混態本文

・神宮文庫本グループの本文（第一類本系統第一種F）〔異本系本文に、流布本系本文を混入したもの〕

・為秀本グループの本文（第二類本）〔異本系の末流本文に流布本の異文を混入したもの〕

・雅章本グループの本文（第一類本系統第一種B）〔流布本系本文をベースにして（ア）（イ）の部分だけを異本系統に差し替えたもの〕

・黒川本の本文（第一類本系統第二種D）〔流布本系本文に異本系本文の（b）を混入したもの〕

○所属が定かでない本文

・為定本本文（中田氏不採用）〔流布本系本文と近似するが、未発見の第三系統からの混入の可能性をもつ特殊異文を有するもの〕

また、同氏「狭衣物語巻四本文系統再考（二）―なぐさの浜―」[26]では、「おほかたは身をや投げまし見るからになぐさの浜も袖ぬらしけり」（②三三八頁）の前後をとり上げて、次のように結論づける（先と異なる体裁であるが、名称の相違も見られるため、そのままに引用する。〈 〉内は中田剛直氏による分類と同じ）。

【基幹本文】

○為家本〈1一C〉の本文〔原態を保っているとおぼしき本文〕……為相本〈1一E〉・中山本・蓮空本〈1一H〉・鎌倉本・為定本（但し、為相本は（G）に若干の脱文がある）

【混合本文】

○京大五冊本〈1一A〉の本文〔為家本のような本文を大幅に改作してできた本文〕……雅章本

○流布本の本文〔為家本本文の（e）の部分だけを京大五冊本の（E）に差し替えたもの〕……前田本〈1一D〉・龍谷本〈1一F〉・神宮文庫本〈1一F〉・内閣文庫本〈1二A〉・宝玲本〈1二A〉・東大平野本〈1二B〉・新宮城本〈1二B〉・慈鎮本・黒川本〈1二D〉・古活字本〈1二E〉・版本〈1二E〉・刈屋図書館村上本・保坂本・國學院大学藤樹

○為秀本〈2〉の本文〔京大五冊本本文をベースにしつつも、宰相中将妹をまったくの出来損ないとする（i）を排し、その代わりに他本から（G）（I）を取り込んできたもの〕……大島本〈2〉

なお、「京大五冊本は、全巻通じて他本との間に多くの小異を有し、概して書写の精密さに欠ける本といわねばならない」と述べられている通り、私に確認した限りでも細かな異同は多い。しかしながら、諸氏が指摘しているように、注目されるべき一本であることは疑いようがないと思われる。その京大五冊本の和歌を諸本に比較すると、巻一から巻三とは異なり、特に巻四に限っては独自の異文をいくらか見出しうるのである。「むかひの岡」に加えて、例えば、一五一番歌第三句「山桜」（他本「八重桜」など）、一六九番歌第四句「ますたの水も」（他本「ますたの池も」など）、二二五番歌第二句「かはねはこけに」（他本「かはねははひに」など）などが挙げられよう。[27]

京大五冊本に見られるこうした異文は、果たして、何故、描かれることになったのであろうか。特定の場面がどのような異文を受け入れ、また、要請していたかにも通じようが、京大五冊本やその親本における書写者に、この場面や物語を通観する意識があったことはもちろんであろう。そして、それらを考えていくことは、ひいては狭衣物語の位相や受容史を捉えることにもなると思われる。[28] 前掲したいくつかの異文については稿を改めることにし、「むかひの岡」の問題に立ち戻ることにしたい。

三　「むかひの岡」という表現

狭衣が詠む「とりあつめ又もなき名をたつるかなむかいのをかにかりせしや君」は、権大納言の「かくれもはてぬにほとりの下にかよひしそこも見しかは」に返されたものである。「私（狭衣）の噂をとり集めて、またもや無実の名を立てようというのか。「むかひの岡」に噂を集めるための狩りをなさったのでしょうか、あなた（権大納言）は。」と訳せようが、ここに詠み込まれる「むかひの岡」の意味するところを考える。先に見たように、「うしろの岡」「うらやの岡」「うしやの岡」「みしやの岡」が、それぞれに意図のある異文として読みうるのであれば、京大五冊本にある「むかひの岡」もまた、何らかの要因を読みとることができるはずである。

歌ことばである「むかひの岡」は、「むさしのゝむかひの岡の草なれはねを尋てもあはれとそ思」（小町集・八四番歌、新勅撰和歌集・一三〇〇番歌）を引き歌とする表現であり、愛しく思う人と血縁であること、つまり、「ゆかり」の関係にあることを示唆することばになっている。

では、「むかひの岡」が血縁を示唆するものであるならば、具体的に誰を指しているのであろうか。まず考えられることは、狭衣の血縁でも、権大納言の血縁でもある一品宮である。すなわち、この場面は狭衣と権大納言しか居合わせないのであるから、詠者である狭衣か、あるいは権大納言の血縁と見るべきなのであり、さらに、「むかひの岡」は単なる血縁を指すのではなく、小町集の例歌を再び述べるまでもなく、恋心が介在していることもやはりふまえられていなければならない。つまり、「あなたは「むかひの岡」（私（狭衣）／あなた（権大納言）が想いを寄せている血縁の間）に噂を集める狩りをなさったのでしょうか。」と解されるべきなのである。ここに、狭衣の血縁として、源氏宮、女二宮を考えてみてもよいが、しかし、権大納言との贈答に詠み込むことは随分と唐突なように思われる。そこで、狭衣はもとから想いを寄せていなかったが、権大納言が以前手に入れようとした人物でもあり、その恋の対象として見なされてもいたはずである一品宮と捉え、かつてと同じように今は私の妻である一品宮辺りで噂を集めているのか、と問いかけることはありえよう。もっとも、一品宮はすでに狭衣の妻となってしまっているのだから、そこで噂を集めることが無意味であることは互いに承知していたはずである。全く意味のないことを、と狭衣は切り返したことになる。

ところが、この和歌が詠まれるのは、代筆ではあったものの、狭衣が宰相中将妹君からの返事を受けとる場面であった。直前には、春宮のもとで、狭衣がどれだけ待ち焦がれても贈られることのなかった自筆の和歌を見て、宰相中将妹君に和歌を贈ってもいる。狭衣の心中には、宰相中将妹君に対する想いがどれほど深く満たされていたことであろう。そうであるとすれば、単に一品宮のみではなく、「むかひの岡」に相応な女君として、宰相中将妹君を想定することはできないだろうか。

もちろん、現在では、宰相中将妹君は狭衣の血縁とは見なされていない。源氏物語に倣えば、「形代」である宰相中将妹君を源氏宮の「ゆかり」と見なし、従って、狭衣の血縁となることも、もっともなことであるかのように思う。しかし、関根慶子氏「狭衣物語人物考―系図をめぐって―」(29)によって詳細に検討されているように、物語に血縁であることを示す描写は全く見当たらない。源氏物語からの脱却を試みる狭衣物語の手法と見れば、源氏宮の「ゆかり」としてだけでなく、単なる「形代」としても存在してはいないと捉えるべきでもある。(30)ただし、狭衣系図に見える次の系図を見過ごすことはできない。

（前略）

堀川大臣

母同后、院と四巻にみえたり

一条院、さかの院のひとつ后腹なり、たゝ人に成て、御後見つかうまつり給ふ、さ衣の大将の父也、

今上

○今上《御母先帝斎宮也》とはさ衣大将の御事也

一巻に中将、二巻に中納言、三巻に大納言大将、四巻に五月五日笛吹給ひしに、天若御子天下り給、其夜、御門女二宮給はせんとの給しかと、後に一条院一品宮を三巻にたまはり給、御心さし浅くしてなけき給、二巻に高野にて普賢菩薩あらはれ給、三巻に賀茂にて琴引給ひしを、賀茂大明神大にかんし給、四まきに　○《賀茂明神》御夢のつけともにて、御位につき給ふ、

（後略）

先帝

円融帝

式部卿宮

をくれ給へるよし一巻にみえたり、

後式部卿宮

かくれたまへるよしこれも一巻にみえたり、

宰相中将―（中略）

廿《ニ》巻にさ衣と高野へ参り給し人、其折は三位中将と侍り、四巻に宰相とみえたり、

姫君

○《藤壺の后也》さ衣の御位の時一宮うみ給ふ、

（中略）

源氏宮

御母中納言佐

御末に生れ給ひて、やかて父御門にをくれ給、母宮す所もうちつゝきうせ給て、堀川おとゝの上斎宮は御おはにおはせしか、御子にしてむかへとりてかしつき給ひしを、さ衣の大将おさなきより心にかけ給ひし、この故におほくの人非《を》いたつらになし給ひき、その御こゝろをしり給はて、おとゝ、うへは、春宮にまいらせんとかしつき給ひし、かもの斎院にたゝせ給ふへき　○《夢の》しるし有て廿《ニ》巻に斎院にたち給。

┣堀川大臣上
　　四巻には皇太后宮と申、先帝の御いもうと伊勢斎宮
　　にておはせしを、おとゝ下位の御後給り給、さ衣の
　　大将の御母也、

（後略）

川崎佐知子氏「三条西実隆『狭衣系図』の諸本と特色」[31]によれば、狭衣系図には二系統の伝本と、それに類さない数本が知られるようであるが、第一系統とされる陽明文庫蔵近衛尚嗣筆本を挙げた。[32]第二系統とされる東京大学総合資料館南葵文庫蔵本やそれを大幅に増補した承応三年版本も同様に、ここでは、宰相中将妹君と源氏宮、そして狭衣を血縁と解しているのである。その要因は、やはり、源氏宮の「形代」としての必然性からであるように思われる。京大五冊本においても、宰相中将妹君は源氏宮の「形代」として登場する。[33]

月かけに女君いとゝはしたなうわひしくてひきかつき給へるを、とかくひきあらはしつゝ見給へは、さひゝんにに給へるときゝしは、玉のをのひめ君のやうなるかはねの中にてもかの御さまにすこしも思たるひかりたにかよはゝ袖につゝみても見まほしうねかひつるに、かくをときゝ物むつかしからぬわたりに、すこしのなくさめ所のありけるも、たゝあなかちなる心の内をあはれみ給てかゝるかた代をつくり出給へるにや、と思しよるにあちきなう涙そこほれける。月かけなれはにやかの御ありさまには、猶よるへうもなけれとなとかは此ころのめうつりにはなくさめさらん。

　　なけきわひねぬ夜のそらににたるかな心つくしのありあけの月

ときこへ給へと、いらへもきこへ給はぬそ口をしかりける。

宰相中将妹君と源氏宮を「ゆかり」の関係とする理解は、藤岡作太郎氏(34)や池田亀鑑氏(35)も示していたが、狭衣系図を除く解釈は分からない。京大五冊本のそれも、不明といわざるをえないのである。だからこそ、「むかひの岡」が宰相中将妹君を指すと捉える余地は十分に残されているのではないか。

従って、この「むかひの岡」からは前述したように一品宮を想起しうることに加えて、宰相中将妹君も思い起こしうると考えてみたい。権大納言に宰相中将妹君への恋を易々と知られることは避けなければならない状況のもとで詠まれたことを思えば、表面上は権大納言がまずは思い起こすであろう一品宮にたとえながらも、内実は宰相中将妹君への想いを吐露したものであったと想定できよう。

さて、このような詠歌のあり様は、巻一、「むらさきの身の代衣」と女二宮を詠むかのように見せて、実は避けるべき源氏宮への恋を告白した場面に極めて類似していることも指摘できるように思われる。京大五冊本から引用する。

中将は、かくこちたき御あそひのなこり、物むつかしうあやまちしたる心ちして、さふらひ給を、上、めしよせて、御さか付給とて、

身の代も我ぬきゝせん返しつと思なわひそあまのは衣

と思せらるゝ御けしきさにやと、心うる事もあれと、いてや、むさし野ゝ夜の衣ならましかは、けに、かへまさりにや、思えましと、思くまなき心ちすれと、うちかしこまりて、

むらさきの身の代衣それならはをとめの袖にまさりこそせめ

とそゝうし給。むかへのをか、はなれぬ御中ともなれは、つねよりは物あわれなるけしきにて、しつまりまさ

し給つるよういかたちなと、おほろけの女は御かとの御むすめなりとも、ならひにくけなるを、二の宮はけうはをわせしと、思しめす。なく一こゑにあくる心ちすれは、人々もまかて給ぬ。殿も、中将と一つくるまにて出給ふ。

天稚御子降下に起因して、女二宮を狭衣の妻にしようと計画する帝は「身の代も」と詠みかけ、降嫁を約束する。対して、狭衣は「むらさきの」と返歌するのであるが、ここに詠まれる「むらきの身の代衣」には、古今和歌集の「紫のひともとゆゑにむさしの の草はみながらあはれとぞ見る」（八六七番歌）などをふまえて「ゆかり」の意が込められ、表面では、帝が示唆し、狭衣にとって父方の従妹である女二宮を詠みつつも、実際は、母方の従妹であり、強く恋い焦がれる源氏宮を重ねているのである。

さらに、「むらさきの」歌の直後にある「むかへのをか」にも注目しておきたい。ここには複数の異文が知られており、例えば、内閣文庫本や平出本が直接的に「むかしの御ゆかり」と表現していることを見ておきたいが、これについては、『狭衣物語全注釈Ⅰ巻一（上）』[36]において、井上眞弓氏が次のように述べられていることを挙げておきたい。

異本文学論から当段の「いづれも、向かひの岡は離れぬ御仲どもなれば、いとよかりけり」の表現には、第一系統本内の異文が認められる。第二、三、四系統本とも「向かひの岡」であるけれども、第一系統の内閣文庫本は「昔の、御ゆかり」と引き歌表現ではなく、平明な文に改変されている。引き歌は時代が下るにつれて省かれたり、他の歌語に変えられることが多い。ここもその一つであろう。「向かひの岡」の歌語は、勅撰集では『続古今集』『新勅撰集』『玉葉集』、私家集では『拾遺愚草』『壬二集』に出ており、平安末期から鎌倉時代にかけて多出していることがわかる。それによったための改変ではないかと思われる。

この他に京大五冊本にも異同があり、「むかへのをか」としているのであるが、その意は判然としない。中田剛直氏『校本狭衣物語』[37]が、巻一において京大五冊本と近似する本文をもつと指摘する書陵部三冊本や松井三冊本、あるいは、これらの親本とされる伝為明筆本[38]も同様であるが、しかし、同じく近似する三条西家旧蔵本や伝清範筆本には、「むかひの岡」とある。参考として、伝清範筆本を挙げておく。

中将のきみは、いとかうこちたき御あそひのゝちは、ものむつかしくあやまちしたるこゝちして、候給を、うゐ、めしよせて、御さかつき給はするに、

みのしろもわれぬきゝせんかへしつと思ひなわひそあまのはころも

とおほせらるゝけしきさにやと、こゝろうることあれと、いてや、むさしのゝわたりのよるのころもならましかは、かへまさりにもおほへましと、おもふくまなき心ちすれと、いたふかしこまりて、

むらさきのみのしろころもそれならはをとめのそてにまさりこそせめ

といはれ給を、なにとかはきゝわけ給はん。いつれも、むかひのをかは、はなれぬ御なかともなれは、つねよりもあはれなるけしきにて、しつまりまさり給へるよういかたちなんと、おほろけのおうなはみかとの御むすめなりとも、ならへにくきに二のみやはけしくはおはせしと、おほしめす。なく人こゑにあくる心ちすれは、人〳〵もまかて給ふ。とのも、中将も、ひとつくるまにていて給ぬ。

京大五冊本と比すれば、異同は多いが、中田剛直氏『校本狭衣物語』[39]に「京」と示される異同が多く見られるように、京大五冊本のみが特異な本文を多く有する場面でもある。しかし、文意や、他にも「むかひの岡」とする諸本が多いことを鑑みれば、京大五冊本の「むかへのをか」とする本文は誤写であり、もとは「むかひの岡」とあった可能性が極めて高いと考えられる。そうだとするならば、巻一の場面で用いられた「むかひの岡」が、巻四でも

再び描出されることになり、なおさらに両者の接近が読者には感じられてくるのではないだろうか。(40)「むらさきの」歌においては、狭衣と帝の理解のずれが生じており、「とりあつめ」歌では、その場面をふまえた空間が描かれており、狭衣と権大納言のずれを見出すことができるのである。権大納言との戯れの場面でさえも、狭衣が宰相中将妹君のことをどれほど想い、また、代筆の返事であった悲しみの程度を表現していると見なすことができるのであって、京大五冊本における「とりあつめ」歌は、「私（狭衣）の噂をとり集めて、またもや無実の名を立てようというのか。「むかひの岡」（私／あなた（権大納言）の血縁であり、今は私の妻でもある一品宮（実は今恋焦がれている宰相中将妹君）の辺り）に、噂を集めるための狩りをなさったのでしょうか、あなたは。」とでも訳せよう。

四　おわりに

「とりあつめ」歌は諸本によって様々な異文が発生し、古来より難解な和歌とされているが、その中にあって、京大五冊本にはとりわけて特異な本文を見ることができる。そこには場面や物語を通観する解釈がかかわっているとの憶測のもと、異なりが発生する要因を考えてきた。

「うしろの岡」や「うしやの岡」「うらやの岡」、そして「みしよの岡」といった異文は、誤写と考えられることもあったが、ひとつとして、単なる誤りとして退けることのできるものは見出しえない。それは、京大五冊本に見える「むかひの岡」も同様である。「むかひの岡」は「ゆかり」を示唆するが、狭衣の血縁である源氏宮や女二宮のことを唐突に詠み込むことは自然なことではない。その一方で、かつて噂を流されたことが要因になって今は自身の妻となった一品宮辺りでありもしない噂を集めているのか、と詠むことはもっともである。しかし、和歌が詠まれたとき、狭衣は、自筆ではない定型通りの返事が届いたにしても、宰相中将妹君を想っていたはずである。だからこそ、一品宮辺りを想定させて隠しながらも、実は今恋する宰相中将妹君を想って和歌を詠む狭衣の姿を考えてみたいのである。女二宮を思わせながら源氏宮を詠む「むらさきの身の代衣」をふまえれば、「むかひの岡」に詠み込まれた宰相中将妹君は、源氏宮と対照され、狭衣の思慕の強さがより示されることにもなりはしないだろうか。「うしろの岡」や「うしやの岡」とあって権大納言への恨み言を返す狭衣の姿ではなく、「むかひの岡」と詠み宰相中将妹君に対する想いの深さを表す姿を垣間見ることができるのである。

ひとつの場面には、ひとつの固定化した読みのみが許されているのではない。巻四、権大納言の追及に狭衣が「とりあつめ」と返歌する場面には、少なくとも、五つの異文と解釈が存在し、個々に異なった空間を作りあげているのである。「とりあつめ」歌を含むこの場面が、これらの異文を受け入れることを許したともいえる。それは、受容の過程で発生したものであったとしても、場面や物語に内在する何らかの要素を示しているに違いはあるまい。異文はそうした側面を伝えてくれると同時に、狭衣物語がもつ多様な様相を示しているのである。京大五冊本の巻四の和歌に見られる異文を端緒として、特定の場面に表れた諸相を垣間見た。京大五冊本の本文系統や総体的な位相については後考を俟ちたい。

注

（1）桜楓社　一九七六年―一九八〇年

（2）引用に際しては、漢字・仮名の別は本のままとし、通読の便を考えて私に句読点などを施す。なお、京大五冊本の翻刻は諸氏によって部分的になされているが、これら各氏間でも、また、私によるそれとも若干の差異があるが、これは逐一示さなかった。以下同じ。

（3）新編日本古典文学全集（29—30）『狭衣物語（①—②）』（小学館　一九九九年—二〇〇一年）に依る。引用に際しては、末尾に冊数・頁数を（　）に示す。以下同じ。

（4）比較の対象とした伝本（巻四）は次の通りである。影印・翻刻のあるものはそれにより、その他はマイクロフィルム・原本に依る。内閣文庫本、紅梅文庫本、伝為家筆本、伝為相筆本、伝為秀筆本、九条家旧蔵本、蓮空本、伝為明筆本、書陵部三冊本、松井三冊本、飛鳥井雅章筆本、書陵部四冊本、保坂本、伝慈鎮筆本、宝玲本、神宮文庫本、龍谷大学甲本、陽明文庫本、鷹司本、黒川本、鎌倉市図書館蔵本、平野本、元和九年古活字本、承応三年版本、永青本、寛佐本、九大細川本、元斎本、新宮城本、書陵部桂宮本、建顕本、祐範本。

（5）三谷榮一氏編『平安朝物語板本叢書　狭衣物語（上—下）』有精堂　一九八六年

（6）日本古典文学全集（12—17）『源氏物語（①—⑥）』（小学館　一九七〇年—一九七六年）に依る。引用に際しては、末尾に冊数・頁数を（　）に示す。以下同じ。

なお、「背後（うしろ）の山」は池田亀鑑氏編『源氏物語大成2』（普及版　中央公論社　一九八四年）、加藤洋介氏編『河内本源氏物語校異集成』（風間書房　二〇〇一年）、源氏物語別本集成刊行会編『源氏物語別本集成3』（おうふう　一九九〇年）、同編『源氏物語別本集成　続3』（おうふう　二〇〇六年）によっても、異同は確認されない。

（7）勅撰集・私撰集の引用は『新編国歌大観』、私家集の引用は『新編私家集大成』に依る。以下同じ。

（8）神作光一氏・村田秋男氏編『松葉名所和歌集　本文及び索引』（笠間書院　一九七七年）に依る。『夫木和歌抄』の一首に加えて、『為尹千首』「とふ人の思ひよらしと柴の庵うしろの山に道つけてけり」を挙げる。

（9）最近の研究では、『『狭衣物語』を中心とした平安後期言語文化圏の研究』（科学研究費補助金研究成果報告書　研究代表者三谷邦明氏　二〇〇九年）の添付ＣＤに、望月長孝の家集『広沢輯藻』にある「わぎへの園うしろの岡に咲きつづきて」（八八一番歌・詞書）を『新編国歌大観』における唯一の用例として参考に掲出されている。ただし、「わぎへの園」と対比されて単に方向としての後ろ側を意味しており、源氏物語や狭衣物語に用いられる「うしろ」とは異なっている。

(10) 大東急記念文庫善本叢刊中古中世篇1『物語』汲古書院　二〇〇七年

(11) 『『狭衣物語』享受史論究』思文閣出版　二〇一〇年・「紹巴所用『狭衣物語』とその意義—伝本研究への一階梯として—」（『中古文学』六七　二〇〇一年五月）

(12) 改定史籍集覧19『新加通記類2』近藤活版所　一九〇一年

(13) 図書寮叢刊『古今和歌六帖（上—下）』（養徳社　一九六七年—一九六九年）によれば、細川家永青文庫蔵本「うしやの岡の《に》」、内閣文庫蔵江雲渭樹印本や島原松平文庫蔵本「こしやのをかに」の異同が見られる。後者の場合は意味が通じないため、「う」（字母「宇」）と「こ」（字母「己」）の誤写であろう。

(14) 契沖全集15『雑抄　書入1』岩波書店　一九七五年

(15) 伊藤一男氏「『古今和歌六帖標注』翻刻（八）」（『北海道教育大学紀要　人文科学・社会科学編』五二—二　二〇〇二年二月）

(16) 静嘉堂文庫所蔵物語文学書集成『古物語』雄松堂フィルム出版　一九八一年

(17) 新修京都叢書（13—14）『山城名勝志（乾—坤）』臨川書店　一九六八年—一九七一年

(18) 田林義信氏編　覆刻　有精堂出版　一九八四年

(19) 日本古典全書『狭衣物語（上—下）』朝日新聞社　一九六五年—一九六七年

(20) 塙保己一氏編『続群書類従18下』訂正三版　続群書類従完成会　一九五七年

(21) 他にも、松風巻「ふる里に見しよのともを恋ひわびてさへづることをたれかわくらん」（②三九八頁）、若菜上巻「ひかり出でん暁ちかくなりにけり今ぞ見し世のゆめがたりする」（④一〇七頁）がある。

(22) 注1に同じ。なお、巻一は第一類第二種〔G〕、巻二は第一類第二種〔F〕、巻三は第二類に分類されている。

(23) 『国文学論集』四　一九七〇年十一月

(24) 吉田幸一氏編『狭衣物語諸本集成6』（笠間書院　一九九八年）に、飛鳥井雅章筆本は「本文は、鈴鹿本（建長八年識語有）及び書陵部四冊本と同系。どちらかというに、鈴鹿本に近きも、詳細に検するに、共に小異同あり、三本兄弟本というべし。（深川本が巻四を欠く今は、貴重な一本）」という中田剛直氏の見解が述べられている。

(25)『文林』四二　二〇〇八年三月

(26)『文林』四四　二〇一〇年三月

(27) 歌番号は久曾神昇氏・樋口芳麻呂氏・藤井隆氏編『物語和歌総覧　本文編』（風間書房　一九七四年）に依る。「とりあつめ」歌は一六二番歌になる。

(28) 井上眞弓氏「「みくりや」をめぐる引歌事情」（『狭衣物語の語りと引用』笠間書院　二〇〇五年・「『狭衣物語』の引歌事情—内閣文庫本「みくりや」表現より—」（『立教大学日本文学』六八　一九九二年七月）や片岡利博氏『物語文学の本文と構造』（和泉書院　一九九七年）なども、諸本の異同を受容史の側面から捉えようとする。

(29)『季刊　文学・語学』三八　一九六五年十二月
　さらに、野村倫子氏「『狭衣物語』の形見・ゆかり考—女性追慕の手法として—」（『平安文学研究』七三　一九八五年六月）においても、論拠を付け加えて疑義を示している。

(30) 鈴木泰恵氏「恋の物語の終焉—式部卿宮の姫君をめぐって」（『狭衣物語／批評』翰林書房　二〇〇七年・「狭衣物語後半の方法—宰相中将妹君導入をめぐって—」（『国文学研究』九三　一九八七年十月））は、宰相中将妹君が飛鳥井女君、女二宮に通いつつ、「形代」として認識されるに至ることを指摘する。

(31)『『狭衣物語』享受史論究』（注11）・「『狭衣下紐』の基礎的背景」（『詞林』十七　一九九五年四月）

(32) 川崎佐知子氏「翻刻・陽明文庫蔵近衞尚嗣筆『狭衣系図』」（『『狭衣物語』享受史論究』（注11））。以下同じ。

(33) 片岡利博氏「狭衣物語巻四本文系統再考（二）—なぐさの浜—」（注26）には、「京大五冊本の狭衣は、形代は出来損ないであって、源氏宮にはまったく似ていない、と断言しているのである。」といい、「狭衣が宰相中将妹を源氏宮に似ていると考えるか、似ていないと考えるか、という相違は、今回採り上げた箇所以外のところでも同様の異文を発生させている。」と述べられており、首肯すべき見解と思われる。本稿においては、似ているか否かは別にして、宰相中将妹君が源氏宮の「形代」であり、「ゆかり」の要素をもちうることを捉えておきたい。

(34)『国文学全史　平安朝篇』平凡社　一九七四年・東京開成堂　一九〇五年

(35)日本国民文学全集『王朝物語集（一）』河出書房　一九五六年

(36)狭衣物語研究会編　おうふう　一九九九年

(37)注1に同じ。

(38)吉田幸一氏編『狭衣物語諸本集成1』笠間書院　一九九三年

(39)注1に同じ。

(40)京大五冊本の誤写とは見なさずに、「むかへのをか」とした場合でも両者の類似に相違はない。「むかへのをか」とすれば、狭衣物語以前の用例を見出すことはできないが、「おはりなむゝかへのくものうれしさも月よとならはいかゝとそおもふ」（有房中将集（二類本）・一九五番歌）や「西に行あはちの島のしまおろしむかへの雲を吹はらふなよ」（拾玉集・二八一六番歌）をふまえておき、浄土に迎えるために天人が降下する場所と捉えられようか。今、浄土に迎えるために天人が降下するという「むかへのをか」にはいるけれども、そこから離れて天上へ行くことはできないほど親密な御仲であると解釈できる。直前にある狭衣の演奏に天稚御子が招かれる場面をふまえておきたくもなるが、源氏宮や女二宮にそうした要素はなく、単に離れることのできない比喩として用いられていることになろう。

付記　末筆ながら、貴重な典籍の閲覧・影印・翻刻をご許可いただきました京都大学文学研究科に心よりお礼申し上げます。

「恋の道」の物語――『狭衣物語』における恋心の形象と〈道〉及び〈土地〉に関わる表現をめぐって――

井上新子

はじめに

『狭衣物語』には、「恋の道」もしくはこれに類する表現が散見する。ちなみに「恋の道」は、『狭衣物語』以前の『源氏物語』をはじめとする平安の物語や『狭衣物語』と同時代の平安後期物語、平安の仮名日記等では用いられていない。そうした「恋の道」が『狭衣物語』において少なからず使用されることは、表現上注目される。よって本論は、この「恋の道」というキーワードに着目し、物語世界を考察する。

『狭衣物語』の「恋の道」表現が先行するいかなる文学の思念や表現の蓄積の中から生成されたものなのか、当該物語の場面形成にいかに関与しているのか、さらには「恋の道」表現が核となって複数の場面を連接し狭衣の恋心の形象をいかに彩っているのか、それらの具体的様相を追跡したい。また、「恋の道」表現と、物語に鏤められた地名表現(1)や道の風景、そこを行き来する足に関わる表現とが、密接に連携しながら特色ある言語世界を構築している『狭衣物語』の有り様についても記述したい。

一　『狭衣物語』の「恋の道」と平安文学の土壌

『狭衣物語』の「恋の道」を考察する前提として、当該物語における「恋の道」表現の出現に関与したと考えられる平安文学の土壌についてながめておきたい。

「恋の道」は先に述べたように、『狭衣物語』以前及び同時期の王朝物語や平安の仮名日記の世界では管見に入る限り用いられていない。一方、「恋の道」が以下の曾禰好忠歌に用いられた表現であることは広く知られている。[2]

ゆらのとをわたるふな人かぢをたえ行へもしらぬこひのみちかな　（『好忠集』四一〇番・「こひ十」）

この好忠歌は、『狭衣物語』巻一巻末近くの、

移り香のなつかしさは、ただ袖うちかはしたまひたりし匂ひ変らず、仮名など書きまぜられたるを、泣く泣く見れば、渡る船人楫を絶え、と返す返す書かれたるは、我を思して書きたまふらんにもあらじを、只今見るには、ことしもこそあれ、いかでかはいみじうおぼえざらん。　（巻一　①一四〇）

に引かれた歌でもある。後に『新古今和歌集』（巻第十一・恋歌一・一〇七一番）に入集し、「百人一首」にも加えられ、人口に膾炙した。ただし、『狭衣物語』成立以前の勅撰集に採歌されているわけではなく、『源氏物語』や『夜の寝覚』・『浜松中納言物語』に引かれた歌ではない[3]ので、『狭衣物語』が注目し光りをあて後世の享受を引き出した側面が存するのではないかと考える。平安和歌における「恋の道」の用例としては、他に以下の数首が見出されるのみである。

ひとしれぬこひのみちなるせきもりはしのびにといひしことにぞありける

よのなかをおもひすててしみなれどもこひのみちにはなほまどふかな

（『能宣集』（西本願寺本）三二七番[4]・「和歌合、こひ」）

われにてはげにたへがたしこひのみち人にかはるもくるしかりけり

（『江師集』二五〇番・「（ある女のもとに）」）

きみとわれかよふこころの行きもあはであやしくまよふこひのみちかな

（『二条太皇太后宮大弐集』一八三番・「人の、こひのうたよみてと申ししに」）

あくがるる恋の道こそはるかなれあふよりほかのとまりなければ

（『待賢門院堀河集』一〇一番・「かたみにこふ」）

（『出観集』六六七番・「恋のこころを」）

先に掲げた好忠歌やこれらの歌における「恋の道」は、移動する先を意識させる「行へ」・「とまり」、移動の途中に配置された「せきもり」、移動する通路としての「道」に迷うことをも意味する「行へもしらぬ」・「まどふ」・「まよふ」といった語ともに用いられている。歌のことばとしての「恋の道」は、場所と場所とを繋ぐ、移動する通路としての「道」を具象化する物言いでもあったことがうかがわれる。「恋の道」は、平安期成立の勅撰集に載る和歌の中では用いられておらず、掲げたように私家集に所収された和歌数首に用いられているのみである。『狭衣物語』よりも明らかに先行する用例としては、管見に入る限り好忠歌と能宣歌が確認されるのみなので、『狭衣物語』成立当時、歌のことばとして熟し広く用いられていたものではなかったと推定される。

ちなみに、「恋の道」に類似する歌のことばとして、「こひぢ（恋路・泥）」があげられる。周知のように、こちらは広く散見する歌のことばであり、例えば、以下のごとく用いられている。

をとこのはじめて女のもとにまかりてあしたに、雨のふるにかへりてつかはしける

今ぞしるあかぬ別の暁は君をこひぢにぬるる物とは

（『後撰和歌集』巻第九・恋一・五六七番）

雨によってできた泥を、女を恋い慕っての涙でできた泥土と言い、「こひぢ」に「恋路」と「泥」とを響かせている。「こひぢ」に人を恋い慕う「恋路」とぬかるみの「泥」とを重ねるこうした詠みぶりは、平安和歌の中に数多く見出される。もっとも平安後期以降になると、それまでは見られなかった「こひぢ」に「まどふ」とする発想も見られるようになる。

陽明門院皇后宮とまうしけるときひさしくうちにまゐらせたまはざりければ五月五日うちよりたてまつらせ給ける　後朱雀院御製

あやめぐさかけしたもとのねをたえてさらにこひぢにまどふころかな

（『後拾遺和歌集』第十三・恋三・七一五番）

通路としての「道」をより意識した詠み方であろう。当該の後朱雀院歌は『栄花物語』にも載り、同物語では上の句が「もろともにかけし菖蒲をひき別れ」（巻第三十四「暮まつほし」③二九一）となっている。(5)詠歌年次は長暦元年（一〇三七）と考えられる。(6)当該歌とほぼ同時代もしくは以後の詠歌として、以下の源頼実歌や藤原頼業歌、源頼家歌があげられる。

いかにせん恋ぢにまよふほととぎすしのびになきてすごすころかな

（『故侍中左金吾家集』一〇二番）

こひぢにはきりやたつらん草まくらたびゆく人もまどひぬるかな

（「関白殿蔵人所歌合」二一番・山家紅葉・前相模守藤頼業）

いとどしくこひぢにまどふわがみかなごのつぎはしとだえのみして

（「越中守頼家歌合」一八番・恋二首名子続橋・右）

こうした、「こひぢ」に「まどふ」あるいは「まよふ」とする詠み方は、平安後期以降盛んになった。それは、「こひぢ」と「恋の道」の用いられ方がある部分では重なるところがかなり大きくなったことを物語っていよう。『狭衣物語』は、歌のことばとして定着していた「こひぢ」ではなく、比較的目新しいことばであったと推定される「恋の道」を選択し、物語の重要な局面で活用した。この点に、『狭衣物語』の新趣向の一つを見ておきたい。

ところで、『狭衣物語』以前及び同時期の王朝物語や平安の仮名日記の世界では、「恋の道」という表現自体は用いられていないものの、男女の仲、男女の恋の道といったものを対象化する観念は見出される。例えば、以下のごとくである。

a おとど、「いとどかしこく思ひ静むれど、それしもぞしるきかし。男はさこそはあれば。かくても候ひけれど、むかし御ことを思ひ初めまだししほどは、何心地かせし。かのぬし、有職なれど、この道になればかくこそはあれ。その道、人目つつまるるものかは。これを思へばこそ、このことどもをのたまふ人々には、え惜しみ申さざれ」などのたまふほどに、（略）（『うつほ物語』菊の宴　②二四）[7]

b これはいと似げなきことなり、恐ろしう罪深き方は多うまさりけめど、いにしへのすきは、思ひやり少なきほどの過ちに仏神もゆるしたまひけん、と思しさますも、なほこの道はうしろやすく深き方のまさりけるかな、と思し知られたまふ。（『源氏物語』薄雲　②四六四）[8]

aの『うつほ物語』は、源正頼と大宮が娘・あて宮の将来について語り合う場面である。あて宮の求婚者たちの、人目もはばからず恋に惑う姿を、正頼が引用文のように評した。「この道」・「その道」は男女の恋の道を指し、その「道」の中では否応なく人は惑うものだと認識している。bの『源氏物語』薄雲巻は、藤壺崩御ののちの秋、斎宮女御を訪れ彼女に恋情を訴えつつも自制し、その後紫の上の居所へやって来た光源氏が、自身の好色について過去から現在へと思いを巡らす場面である。「この道」も男女の恋の道といった意味合いで用いられ、恋の「道」におけるこれまでの有り様の変遷が光源氏自身によって述懐されている。このように、「道」という語が文脈によっては男女の恋の道を表す例が仮名の散文世界に散見される。こうした、男女の恋を「道」として捉え、その「道」の機構を捉えようとする思念が、『狭衣物語』の「恋の道」表現へと繋がっていったのではないか。『狭衣物語』の「恋の道」表現は、男女の恋において生起する事象を対象化し抽象的な「道」と捉える観念と、そうした観念に立脚しながら移動する通路としての具象的な「道」をも意識した歌のことば「恋の道」とが、文学的背景となって出てきた表現であると考える。

二　『狭衣物語』における「恋の道」

次に、『狭衣物語』において形成された、「恋の道」表現を含むいくつかの場面を検討する。はじめに現れるのは、巻一の前半部分、狭衣が源氏の宮へ愛情を告白する場面である。

例の、涙も落ちぬべきに、紛らはしに絵どもを取り寄せて見たまへば、在五中将の日記をいとめでたう書きたるなりけりと見るに、あぢきなく、一つ心なる人に向ひたる心地して、目留まるところに忍びあへで、「これはいかが御覧ずる」とて、さし寄せたまふままに、

よしさらば昔の跡を尋ね見よ我のみ惑ふ恋の道かは(9)

ともえ言ひやらず、涙のほろほろとこぼるるを、あやしと思す。

（巻一　①五八～五九）

源氏の宮へはじめて愛情を告白した詠歌において、狭衣は自身の恋心に囚われたさまを「我のみ惑ふ恋の道かは」と表現した。[10]「恋の道」は具象的な実際の「道」をも一方で連想させ、その「道」の中で狭衣が惑う姿を想起させる。また、「昔の跡を尋ね見よ」からは、過去から現在へと続く抽象的な「道」が意識され、先人の惑った「恋の道」を今また狭衣も惑いすすんで行くのだと理解される。狭衣の源氏の宮への恋は、いにしえより続く「恋の道」につらなるものとして形象された一面があると言えよう。ところで当該場面は、実の妹に恋心を抱き歌を贈った男の物語である『伊勢物語』四九段を踏まえており、「昔の跡」はこれを直接に指すと考えられている。井上眞弓氏は、

昔男と「ひとつ心なる人に向かひたる心地」のした狭衣の心理を勘案すれば、歌に「迷ふ（深川本は「まどふ」）恋の道」とあり、昔男のさまざまな言動の跡という意味かと思うが、特に『伊勢物語』初段の、昔男が「心地まどひにけり」とあった女はらからへの「いちはやきみやび」の恋、言い換えれば「しのぶもぢずり」の恋へも通じる狭衣の心の回路を想定できはしないだろうか。初冠した昔男の「いちはやきみやび」の行為が、青年期の春が終わり、夏を迎えた狭衣の一途な恋の告白へと移し替え、読み替えられた可能性を問いたい。[11]

と述べ、『伊勢物語』初段との関わりも同時に指摘している。愛情告白の出発点として、これらの引用は相応しいと思う。そうした昔男の物語を引き寄せつつ、「恋の道」という表現が用いられ、はじめての告白という恋愛の新たな一歩を踏み出した狭衣を演出している点も留意しておきたい。

次の「恋の道」表現は、同じく巻一の、狭衣と東宮の対話場面に現れる。

「世と共にもの嘆かしげなるけしきこそ心得たれ。何事のさはあるべきぞ。いみじからんかぐや姫なりとも、そこの思はんことは避るべきやうなし。仲澄の侍従の真似するなめり。人もさぞ言ふなる。大臣もかかれば思

ひ嘆きてつれなきなめり」とのたまへば、人の問ふまでなりにけるよ、と苦しけれど、つれなきけしきにて、「さらぬすきずきしさだに好みはべらぬに、など、さあまりかたき恋の道にしもはべらん」と言葉少なるけしきやしるからん、「いで、あなにくや。あるやうあらん」と、ただおし込めて言ひなさせたまへども、（略）

（巻一　①七三）

東宮のもとへ参上した狭衣。東宮は狭衣の源氏の宮への思慕にうすうす気づいており、談笑の途中でこれを話題とする。求婚者たちを尽く退けて月へ帰還した「かぐや姫」でさえも狭衣の魅力には抗することができないとする東宮の言からは、物憂げな様子を見せる狭衣の現在の恋の深刻さが浮き彫りになる。東宮はさらに、狭衣が「仲澄の侍従」の真似をしていると指摘する。実の妹へ恋心を抱いた仲澄への言及は、狭衣の源氏の宮への恋心を直截に言い当てたものであり、狭衣の内心の動揺を引き出すものであったにちがいない。狭衣はつとめて「つれなきけしき」を装い、そのような「かたき恋の道」に入り込んでおりましょうかと否定した。この「恋の道」表現は、先に検討した源氏の宮への告白場面では自身の恋を形容することばとして用いられていた。その「恋の道」を用いての恋心の否定は、ある種逆説的な趣を持つと言えよう。もちろん東宮は、先に狭衣が決行した告白を知らないので、「恋の道」表現の発信する微妙な陰翳にまでは思い至らない。しかし狭衣は、自らの発したことばに自身の源氏の宮への抜き差しならぬ思慕の念を否応なく確認することになったのではないか。そして読者もまた、そうした狭衣の内面の秘密を彼とともに共有することになるのである。「恋の道」表現は先の告白場面と当該場面とを連接し、隠蔽する狭衣の恋を形象することに寄与していると言えよう。ところで『竹取物語』や『うつほ物語』への言及は、狭衣の「恋の道」の成就の困難さや禁忌性をも演出する。現実の源氏の宮は、狭衣の実の妹ではなく、狭衣と真の意味で禁忌の間柄にあるというわけではない。しかし、先行の物語の男君たちの苦難に満ちた恋の世界が呼び込まれることで、そうした「恋の道」を狭衣もまた歩いていく、といったイメージが物語の中に醸成されることになろう。

続く「恋の道」表現は、巻二の典侍から狭衣へ宛てた文の中に現れる。

「今朝のは参らせはべりぬれど、いさや、心も得ぬことどもに思うたまへ乱れてなん。うしろめたき御心のほどこそ、懈怠なからん御行ひのしるしも甲斐なくやと見えはんべるめれ」とて、

恋の道知らずと言ひし人やさは逢坂まではたづね入りける(13)

とあるを、ひとり笑みせられたまふものから、「いと罪得がましきことのさま」などひとりごちて、「返りては、当来世々転法輪の縁とせん」とうち誦じたまふ御声、なほおもしろくめでたし。（巻二 ①一九〇〜一九二）

秘密裡に女二の宮との逢瀬を持った狭衣は、その事実を知らせぬままに典侍へ女二の宮宛ての手紙の取り次ぎを頼む。典侍は女二の宮周辺の異変から、狭衣と女二の宮との関係にうすうす気づく。彼女は狭衣の言動に不可解さを覚えつつも、狭衣と女二の宮との結婚は近いと楽観してもいた。引用部分は、先に渡した女二の宮宛ての手紙に対する反応を尋ねた狭衣の手紙への典侍の返事と、これに接した狭衣の反応を語る箇所である。添えられた典侍の「恋の道」の歌は、女二の宮との関係を狭衣へ問いかけるものとなっている。当該歌において典侍は、「逢坂まではたづね入りける」と狭衣と女二の宮との逢瀬を問題にしており、これに付随する「恋の道」は狭衣と女二の宮との関係を念頭に発せられたものであることが知られる。一方、これまでの物語の叙述の中の「恋の道」は、狭衣の源氏の宮への恋心に関わるものとしてあった。狭衣は「恋の道」に惑うことを源氏の宮へ告白したり、これを念頭に置きながら表面ではあえてその恋心を否定したりもした。よって、典侍によって発せられた「恋の道」は、彼女の意図とは異なる文脈をもそれを受け取る狭衣の内面に呼び込むことになるのではないか。「恋の道知らずと言ひし」

は、源氏の宮への諦めきれぬ思いのために女二の宮との結婚に踏み切れず、こうして不誠実な態度に出るしかない自身の現状を狭衣に突きつけることばとしても機能していよう。ここにおいて狭衣は、またさらに錯綜してしまった自身の「恋の道」をひとり反芻することになるのである。ところで当該歌直前の、仏道修行に励む狭衣に言及する典侍の文のくだりを勘案すると、「恋の道知らず」とおっしゃっていたのにとする典侍の口吻からは、「仏の道」に一途なために「恋の道」とは縁遠いとする発想が垣間見られる。「恋の道」は「仏の道」と対になる物言いでもあった。

次に「恋の道」表現が現れるのは、巻三においてである。

「まことにや、思ひかけぬ人の御文持ちてはべりし」と言へば、「おぼろけにては散らさぬものを。よに侍らじ」とのたまへば、「げに世の常の御こととは見えはべらざりき」と思はせて心したるが憎ければ、「虚言をしける人なり」と、ことの外に言ひなしたまへば、いと高やかにうち笑ひて、「今日のひる間はなほぞ恋しき」など、やさしだちたるさま、心づきなきぞ堪へがたけれど、「まいてさまでは、いつ習ひける恋の道にかは。なほ確かにのたまへ」とあるにぞ、「大宮のわたりにて御秣隠れさせたまはざりきや。よろづ推し量らるる、御口づよさかな。いとよく知りてはべるものを」と言ふに、耳留りて、何となく胸騒ぎて、（略）

（巻三　②五〇）

狭衣が今姫君を尋ねた際の、今姫君の母代と狭衣との会話場面である。母代は「まことにや」と話題を転換し、狭衣の手紙を持っている人を知っていると語りはじめる。当初母代の様子を確かな情報に裏打ちされたものだとは認識していなかった狭衣は、思わせぶりな発言を重ねて探りを入れる母代に対して不快感をつのらせ、彼女を内心見下しながら手紙の件を強く否定し続けた。そんな狭衣の様子を一変させたのが、母代の発した「今日のひる間はなほぞ恋しき」という歌句である。これは周知のように、狭衣が失踪直前の飛鳥井の君に贈った歌の下の句であった。風流めかして口ずさむ母代への嫌悪感は甚だしかったものの、飛鳥井の君周辺と自身しか知り得ない情報を母代が握っているという意外な事実に接し、狭衣は完全に見下していた母代への応対を微妙に変化させはじめる。狭衣は母代の掌握する情報の内実を知ろうと、「なほ確かにのたまへ」とはたらきかける。これまで母代の言を素っ気なく退けてきた狭衣が、積極的に母代へことばを投げかけていく。この狭衣の言は、母代の応答のあと再度繰り返されるので、彼のあせりが読み取れよう。そして、この依頼のことばの直前に置かれたのが、「まいてさまでは、いつ習ひける恋の道にかは。」であった。いつ経験した「恋の道」というのでしょうか、と母代に対してあくまで狭衣はそらとぼけている。しかし、これまで検討してきたように、「恋の道」は狭衣の辿ってきた恋愛を象徴することばでもあった。母代に対しては男女の間柄に疎い自らを演出するために発信されたことばであったけれども、一方で物語の過去の空間、狭衣の恋にまつわる空間を引き寄せることばでもあった。「いつ習ひける恋の道にかは」は、母代へ向かっては「恋の道」についての無知を単純に表明する文言でありつつも、実は源氏の宮への思慕に囚われ、女二の宮や飛鳥井の君と関係を持ちながらも彼女たちを見失っていくという、錯綜した「恋の道」を歩んできた自身を密かに暴きつつひた隠す文言ともなっているのである。それは逆説的に狭衣を追いつめることばとなっているのではないか。このように「恋の道」表現は、それが用いられた空間と空間とを繋ぎ響きあいながらその内包する世界を増殖させ、隠蔽を重ねる狭衣の恋愛を形象している。また、源氏の宮への告白場面をのぞく、いずれの場面においても、狭衣と対話する人物には狭衣の歩む「恋の道」の全容が知らされず、狭衣と読者とがその秘密を共有するという構図になっている。

『狭衣物語』における「恋の道」の用例は、以上である。ただし、巻四にこれに準じる表現が見出されるので触れておきたい。以下は、故式部卿宮の姫君とついに逢瀬を持ち、翌朝彼女を自邸に迎えた狭衣と、大弐の乳母との会話場面である。

大弐の乳母参りて、「昨夜も、いづくにおはしますぞと、問はせたまふに、知りはべらぬよし申ししかば、おろかなりと、さいなみたまひしこそ、わりなく侍りしか。なほ、歩かせたまはん所、知らせたまへ」と申せば、笑ひたまひて、「入りと入りぬる人のまどふなる山道なれば、知らせきこゆとも、尋ねたまはんこと、難うこそあらめ。同じうは、随身して歩きたまへ」など、言ひ戯れたまふけはひの、聞かまほしうてめでたければ、弁の乳母、ひとり笑みせられて、几帳のほころびよりのぞけば、（略）　（巻四　②三〇九）

大弐の乳母が、昨夜行方をくらましていた狭衣へ小言を言う。これからは外出先を知らせて欲しいと訴える大弐の乳母へ、狭衣は「入りと入りぬる人のまどふなる山道なれば、知らせきこゆとも、尋ねたまはんこと、難うこそあらめ。」と余裕の冗談で応じた。源氏の宮に似る故式部卿宮の姫君を得て、昂揚した面持ちの狭衣のことばである。「入りと入りぬる人のまどふなる山道」は、「いかばかりこひてふやまのふかければいりといりぬるひとまどふらむ」（『古今和歌六帖』第四・一九八〇番・「こひ」）を踏まえた表現であり、ここでの「山道」は「こひてふやま」の「道」であると知られる。当該場面において、狭衣は深い恋の「山道」に迷う人となったことを自ら表明している。それは自邸に招いた故式部卿宮の姫君に対する自身の愛情を表しているとも言えよう。「入りと入りぬる人のまどふなる」と伝聞推定の「なり」が用いられたこの物言いは、先人の顰みに倣って今はじめて自身も「恋の道」に惑うことになったといった趣を醸し出しているのではないか。しかしながら物語の過去を振り返ってみれば、狭衣がとうの昔から「恋の道」に惑ってきたのは自明のことである。大弐の乳母に対して演出する自身の像と、「恋の道」表現が繋ぐ狭衣の実像とはかけ離れている。その齟齬が狭衣の歩んできた「恋の道」の複雑さを照らし出していよう。

以上、『狭衣物語』の「恋の道」をとりあげ、検討してきた。『狭衣物語』の「恋の道」表現は狭衣の「恋の道」を形象するものとなっており、源氏の宮・女二の宮・飛鳥井の君・故式部卿宮の姫君という四人の女君たちとの間柄にかかわって用いられている。(14)「恋の道」は抽象的な「道」を一方で指し示すことばであることから、「仏の道」と対になることばでもあり、「仏の道」を志向しつつも「恋の道」に踏み迷う狭衣の姿を如実に表していよう。(15)また、通路としての「道」に関連して「まどふ」・「入る」・「逢坂」といったことばが用いられることもあり、具象的な「道」を惑いすすむ狭衣の像も一方で物語の中に結ばれるであろう。「恋の道」表現を用いながら形成されるおのおのの場面をながめると、「恋の道」表現の出発点となった源氏の宮への告白場面をのぞき、自身の恋の真相を第三者に向かって偽る狭衣の姿が演出されていること、「恋の道」表現が過去に「恋の道」表現の用いられた空間を呼び込むことで、ことばの上では否定された狭衣の恋の遍歴をかえって意識化させ、狭衣の恋の形象に複雑な陰翳を齎らしていくことが確認された。「恋の道」表現は、隠蔽と密やかな暴露とを繰り返しながら、物語の中の個々の場面を繋ぎあわせ、複雑に錯綜していく狭衣の恋を紡いでいったと言えよう。

三　地名表現、道の風景と恋心の形象

これまでに検討してきた「恋の道」表現は、物語の中に現れる地名表現や道の風景と密接に関わりながら『狭衣物語』の表現世界を特色あるものにしているのではないかと考えている。(16)以下、この点について述べたい。『狭衣物語』に地名表現が頻出することは、すでに指摘されている。これらの中には、狭衣をはじめとする登場

人物たちの恋心を形象するために用いられているものが少なくない。
例えば、飛鳥井の君に対して発した狭衣のことば、

「さても、なほざりの道行き人と思して、止みたまひなんとする。ありつる法の師の覚えにこそひとしからずとも、思し捨つなよ。安達の真弓はいかが」（巻一　①八二）

の中に出てくる「安達の真弓はいかが[17]」は、『古今和歌集』の「みちのくのあだちのまゆみわがひかばすゑさへよりこしのびしのびに」（巻第二十・神あそびのうた・一〇七八番）を踏まえた物言いで、末まで変わらぬ愛情を求める文言となっている。また同歌の第五句「しのびしのびに」は、のちの二人の忍ぶ恋の関係を暗示していると解される[18]。『狭衣物語』の当該表現は本歌の下の句の意味合いを特に意識して成立した表現であるが、「安達」という地名が提示されることに注目したい。また別の箇所では、飛鳥井の君に傾斜してゆく狭衣の心情が、

まだ慣らひたまはぬことなれど、梨原の、とまでぞ思しける。（巻一　①九二）

と表現されている。「梨原の[19]」は、「きみばかりおぼゆるひとはなしばらのむまやいでこむたぐひなきかな」（『俊頼髄脳』、『夫木和歌抄』巻三十一・雑部十三・一四八八四番）を踏まえた文言で、「きみばかりおぼゆるひとはなし」、あなたほど愛する人はいないという意味合いを引き出すために引かれたものである。狭衣の、飛鳥井の君に強く惹かれてゆく心情を端的に表したことばと言えるが、ここで「梨原」という地名が現れたことに注目したい。こうした具合に、思いを表現する際に地名表現が付随することが少なくないのは、『源氏物語』とは異なる『狭衣物語』の特色であると思われる[20]。

さらに、こうして物語の中に立ち現れる地名表現が、その場面において登場人物たちの存在している実際の場所とは無関係に物語の場に呼び込まれることが少なくないことも留意される。そもそも歌枕を物語世界へ取り込む場

合、そのように突然に物語世界へ物語の場とは異なる別の空間を持ち込むことにより表現効果をあげることは、特に珍しい現象ではないだろう。しかしながら、『狭衣物語』においてそれが多用され、しかも恋心の形象と深く結びつくことが多い点に注目しておきたい。その場所に赴く赴かないにかかわらず、提示された場所は物語の中に刻まれる。狭衣は高野・粉河詣で以外、物語の中で実際のあちらこちらの土地を訪ね彷徨うことはない。しかし、彼の心情が地名表現によって形象される時、彼の心内ではさまざまな土地の名が立ち現れ、ある時はそこを目指し、ある時はそこと一体化することになる。物語世界において、歌枕の持ち込む空間を狭衣が移動するような錯覚を与えるのである。『狭衣物語』では、そうした地名表現の有り様が先に検討した「恋の道」表現と相俟って、狭衣の魂の彷徨を演出しているのではないかと考える。

次に、道の風景をとりあげたい。『狭衣物語』の中では、道の風景が描写され、それをながめる狭衣やそこで足を止める狭衣が語られている。こうした道の風景への注視も、『狭衣物語』の表現の特色の一つとして留意されよう。まず、以下の道の風景を検討したい。

四月も過ぎぬ。五月四日にもなりぬ。中将の君、内裏よりまかり出たまふに、道すがら見たまへば、菖蒲引き掛けぬ賤の男なく行きちがひつつ、もてあつかふさまども、げに、かく深かりける十市の里のこひぢなるらんと見ゆる、足もとどものいみじげなるも知らず、いと多く持ちたるを、いかに苦しかるらんと、目留まりて、

うき沈みねのみなかるる菖蒲草かかるこひぢと人も知らぬに

と思さる。玉の台の軒端に掛けて見たまふは、をかしうのみこそあるを、御車のさきに、顔なども見えぬまで行きやらぬを、御随身ども、おどろおどろしく声々に追ひ留むれば、身のならんやうも知らず、かがまり居たるを見たまひて、「さしも苦しげなるものを、かくな言ひそ」と制せさせたまへば、「慣らひにてはべれば、さ

ばかりのものは何か苦しくさぶらはん」と申すを、心憂くも言ふかな、と聞きたまふ。恋の持夫は、我が御身にて慣らひたまへればなるべし。（巻一　①三〇～三一）

当該場面は、物語の冒頭近くに配置されている。源氏の宮を訪ねる狭衣を描写した印象的な冒頭場面に続いて一通りの人物紹介がなされたあと、物語の時間が本格的に動きはじめる、その最初の場面である。「菖蒲」を背負う「賤の男」たちの行き来する道の風景と、彼らの姿を見て述懐する狭衣の姿とが語りとられている。狭衣は、「足もと」の泥のひどい汚れも気にせず多くの「菖蒲」を背負い苦しげに行く男たちの姿に、「恋」の重荷を背負い密かに苦しむ自らの姿を重ねた。狭衣の「御随身ども」が「賤の男」たちを他者として見下し、彼らの苦しみを「慣らひにてはべれば、さばかりのものは何か苦しくさぶらはん」とものともしないのに対し、狭衣は自身が「恋の持夫」(21)に慣れっこになっていることから彼らに同情を寄せている。狭衣のこの同情は「こひぢ」ということばの持つ意味の二重性によって引き出されたものでもあった。「こひぢ」は、「賤の男」たちが「菖蒲」を探す「泥」と、狭衣が踏み込んでゆく「恋路」とを重ねることばであり、それが「げに、かく深かりける十市の里のこひぢ」と認識されることで、その深さと遠さとが強調されている。(22)こうした「こひぢ」の焦点化は、のちの「恋の道」表現が担うモチーフとも繋がってこよう。この時点で狭衣の念頭にあったのは、源氏の宮への「こひぢ」である。このの ち他の女君たちとの交渉をも重ね、狭衣は「こひぢ」の深さと遠さとを身をもっていっそう厳しく認識することとなる。狭衣が道を往来する「賤の男」たちの姿に共感するというかたちで道の風景を語りとった当該場面は、以下に語られる物語の要諦を提示し、展開を予告するような機能を担う場面であるとも言えよう。

続いて、物語の半ばに現れる道の風景を見る。

み山の里のさびしさは、げに、さ牡鹿の跡よりほかの通ひ路もまれなるを、夜のほどに、いとど閉じ重ねてける氷の楔は、足もいみじう堪へがたくて、歩みもやられたまはず、底ひも知らず深き谷より生ひ出でたる木どもの、根に苔がちに、うちもの古りたるけしき、枝さしなどうとましげなるに、苦しうて寄りゐさせたまへる御顔の色合ひ、けしき、山の中にも目留めきこゆる物やあらむと、ゆゆしきまで見えたまふ。

谷深く立つ苧環は我なれや思ふ心の朽ちて止みぬる

例の、事にふれてはまづ思し出でらるれば、これより山深くも入りなまほしけれど、うしろめたなうわりなしと思したりし御けしきの思ひ出でられて、いつしかと思すらんに、行方なく聞きなしたまひて、いかばかり思し惑はんと、思ひやらるるあらましごとに、あぢきなく涙も落ちぬべきに、またうち添へて、思はずに憂しと思したりし折々の御けしきはおしあけがたの月ならねど、よろづにすぐれて恋しう思ひ出でられたまふに、いとど道も見えずかきくらされたまふ。

恋しさもつらさも同じ絆にて泣く泣くもなほ帰る山かな

など、異事なき御心の中ながら、からうじて山に歩み着きたまへるにぞ、いつしかと奉りたまへる御迎への人々参り集まりたる。（巻三　③一七～一八）

当該場面は、巻三冒頭に配置されている。飛鳥井の君の失踪、女二の宮の出家、源氏の宮の斎院決定といった事態に直面し、女君たちとの関係に絶望した狭衣は、高野・粉河詣でを敢行し仏の道を目指した。だがその粉河で、狭衣は、偶然来合わせた飛鳥井の君の兄僧によって彼女の消息を知らされた。この巻二巻末の展開を受け、現世への未練が再び呼び覚まされ、身動きのとれなくなった狭衣の姿を語りとる場面である。「氷の楔」が打ち込まれたような凍てついた山道で、狭衣は「足もいみじう堪へがたくて、歩みもやられたまはず」といった有様であった。狭衣のこの身体の様子は、彼の渋滞した心の有り様を象徴してもいよう。また、源氏の宮への諦めきれぬ恋心を再認識し、自身の恋情の訴えを疎ましく思っていた源氏の宮の折々の姿を恋しく思い出す狭衣は、「いとど道も見えずかきくらされたまふ」と涙にくれることとなった。このように、道の風景や「足」の運びがたさとともに恋をめぐる心の状態が形象されている点に留意しておきたい。

最後に、物語の終わり近くに配置された道の風景を見る。

恋草積むべき料にやと見ゆる力車どもも、あまた遣りつつ行き違ふを、車などもいたうやつしたまひて、人少ななればにや、憚るけしきもなう、け近きほどに乗りながら過ぐるも、おそろしきまで思さるれど、思ふ方ざまへと御覧ずれば、目とまりたまひてなほ見送らるるに、何の姿とも見えず物狂ほしげなるさまどもを、さしも思ひ知らぬにや、安らかに乗りなして、この頃、童べの口の端にかけたるあやしの今様歌どもを、いとおどろおどろしき声どもに歌ひ過ぐるけしき、心をやりてないがしろに、思ふことなげなるにつけても、

七車積むとも尽きじ思ふにも言ふにもあまるわが恋草は

とぞ思しける。　（巻四　②三五〇）

巻四、斎院からの帰途に狭衣が目にした道の風景である。この直後狭衣は帝位につくので、自由に行き来する狭衣を語りとった最後の場面である。道で、「恋草」を積むための道具と見える「力車」の賤男たちと「行き違」う。この場面は、巻一に配置された道の風景（「菖蒲引き掛けぬ賤の男なく行きちがひつつ」）と対になるのではないか。両者とも、多くの荷とともに往来する賤男たちと狭衣が道で遭遇するという設定になっている。ただし両者は微妙に異なる叙述にもなっていて、巻一から巻四への狭衣の変遷を物語っているように思う。巻一の狭衣は、多くの荷を背負い行く賤男たちの姿を「いかに苦しかるらん」と「目留まり」て、自身の「こひぢ」の苦しさを嘆く歌を詠んだ。賤男たちの苦しみに一方的に共感する狭衣の姿がそこにあった。これに対し巻四の狭衣は、多くの荷を「力車」に

乗せ行く賤男たちの姿に恐ろしささえ覚えるものの、彼らがいとしい斎院の方向へ向かうのに心惹かれて「目とまり」てその様子を見送る。賤男たちは、自分たちの「何の姿とも見えず物狂ほしげなるさま」にも気づかず「思ふことなげ」である、と語られる。そんな彼らとは異なり、七つの「力車」にも積みきれぬほどの「恋草」を抱える我が身の苦しさを思い、狭衣は歌を詠じた。(23) 狭衣は、賤男たちへかつて抱いた一方的な共感さえも抱くことができず、孤独に道の風景をながめている。それは、思うにまかせなかった恋の果てに獲得された心の世界であったと言えよう。

ところで狭衣の「七車」の歌は、周知のように「恋草をちからぐるまに七車つみてもあまるわがこころかな」（『古今和歌六帖』第二・一四二一番）を引く。「七車積む」・「〜あまるわが恋草」といった表現が本歌からとられ、狭衣のあふれる恋の思いをかたどっている。本歌で「〜つみてもあまる」として恋心の大きさを表したものが、狭衣の歌では「思ふにも言ふにもあまる」とされている。この「思ふにも言ふにもあまる」という表現が用いられた、『狭衣物語』以前あるいは同時代の和歌の用例を探すと、以下の和歌が見出される。

おもふにもいふにもあまるふかさにてことも心も及ばれぬかな　（『発心和歌集』七番）

おもふにもいふにもあまることなれやころものたまのあらはるる日は　（『後拾遺和歌集』第十七・雑三・一〇二八番・いせたいふ）

両歌において「おもふにもいふにもあまる」は、仏の道との出会いや仏の道に入ることへの感動を表す表現として用いられている。こうした歌の表現を念頭に置くと、狭衣の歌の「思ふにも言ふにもあまる」は、仏の道の言語に絶するさまを恋のそれへと変換した表現として捉えられる。当該表現は、仏の道を一方で目指しつつも叶わず、恋の深みにはまってしまった狭衣を端的に示していよう。

以上ながめてきた、地名表現や道の風景と恋心の形象との結びつきは、はじめに検討した「恋の道」表現と密接に繋がりながら『狭衣物語』の表現世界を構築していると考える。狭衣の抱く恋心が多くの地名表現によって形象されることによって、彼の恋の遍歴が歌枕の地を経巡ることと重ねあわされる。道の風景は、物語の要所において道を行く狭衣の姿と心とを映し出した。「恋の道」表現は、具象的な「道」のイメージを一方で負いながら、いにしえより続く「恋の道」を生きる狭衣の姿を形象した。さらに狭衣自身による「恋の道」の隠蔽をも語ることで、錯綜した人間関係を描き出していった。道と土地に関わることばが連携することで、「恋の道」を行く狭衣の姿が彩られていると言えよう。こうして、『狭衣物語』の中に特色ある言語空間が形成されているのではないかと思量する。

おわりに

「恋の道」というキーワードに着目しながら、物語世界をながめた。物語の中に繰り返し現れる「恋の道」表現、地名表現や道の風景は、「恋の道」を彷徨し惑いと孤独を深める狭衣の姿を演出するものでもあった。ついには帝となる狭衣の心の風景が、歌枕の地を経巡り「恋の道」に惑うという〈さすらい〉によって表現されたことは注目される。『狭衣物語』は「恋の道」という当時比較的目新しかったであろう歌のことばを取り込み、これに狭衣の真情や韜晦を盛りながら狭衣をめぐる四人の女君たちとの間柄を反映させ語っていくことで、(24)『狭衣物語』の「恋の道」を形象していった。加えて、地名表現や道の風景を鏤め、表現世界を有機的に組織化した。(25)ここに、『源氏物語』とは異なる『狭衣物語』の拓いた新しい言語空間の一端を見ておきたい。

注

（1）地名表現をめぐっては、すでに先学による多くの研究の蓄積がある（小町谷照彦「狭衣物語の地名表現」（『講座平安文学論究　一三』風間書房　一九九八年）、同「狭衣物語の和歌の時代性」（『狭衣物語の新研究』新典社　二〇〇三年）、乾澄子「『狭衣物語』の地名表現をめぐって」（『平成16～18年度　科学研究費補助金（基盤研究（C））課題番号16520109『狭衣物語』を中心とした平安後期言語文化圏の研究・研究成果報告書』）、同「『狭衣物語』の表現─歌枕をめぐって─」（『狭衣物語が拓く言語文化の世界』翰林書房　二〇〇八年）、他）。物語内における象徴性や連関性といった物語の表現の形成に関する問題、和歌をはじめとする他作品からの影響や『狭衣物語』の趣向、後世への影響といった伝統と享受に関する問題が主に論じられている。本論では、別の観点からながめてみたい。

（2）歌集及び歌合の引用は、新編国歌大観（角川書店）に拠る。

（3）伊井春樹編『源氏物語引歌索引』（笠間書院　一九七七年）、及び久下裕利・横井孝・堀口悟編『平安後期物語引歌索引』（新典社　一九九一年）に拠った。

（4）書陵部蔵本では七五番で、第四句が「しのびにいひし」となっている。冷泉家本には所収されていない。

（5）『栄花物語』の本文は、新編日本古典文学全集（小学館）に拠る。

（6）犬養廉・平野由紀子・いさら会著『後拾遺和歌集新釈』下巻（笠間書院　一九九七年）他に拠る。

（7）『うつほ物語』の本文は、新編日本古典文学全集（小学館）に拠る。

（8）『源氏物語』の本文は、新編日本古典文学全集（小学館）に拠る。

（9）深川本の「恋の道」の「道」の箇所には、「山とも」という異文注記があり、「山」とする伝本もいくつかある（新編全集・頭注）。なお、大系及び集成では、狭衣歌の下の句は「我のみ迷ふ恋の道かは」となっている。

（10）『源氏物語』藤袴巻に、柏木の贈歌「妹背山ふかき道をばたづねずてをだえの橋にふみまどひける」と、この歌への玉鬘の返歌「まどひける道をば知らで妹背山たどたどしくぞたれもふみみし」（③三四一）とが載る。玉鬘歌の「まどひける道」は柏木の恋の迷いを表している。「妹」への恋が話題となっていることからも、当該例は『狭衣物語』の表現へと繋がっていく要素が存するのではないかと思量する。
(11) 井上眞弓「書物―「行為」と「記憶」のメディア―」(『狭衣物語の語りと引用』笠間書院 二〇〇五年)
(12) 「など」以下、諸本により少しずつ本文が異なる。大系「など、さは、あまり難き恋の道に入り侍らん」、集成「などありがたき恋の山にしもまどひはべらむ」。
(13) 「恋の道」歌は、大系・集成では「恋の道知らずといひし人やさは逢坂までも尋ね入りけん」となっている。
(14) ただし先に述べたように、故式部卿宮の姫君をめぐっては「山道」という表現が用いられている。担う意味から「恋の道」に準じるものとして扱った。
(15) 鈴木泰恵氏は『狭衣物語』の乗り物に着目して物語世界を論じ、狭衣における「恋」と「法」の関係について「恋の車にとらわれつつ法の車を追い求め、狭衣はふたつの車とかかわるのだが、法の車には乗りそこない、恋の車に乗っては恋の苦悩を深めるばかりで、いずれの車にもうまく乗れず乗りこなせず、挫折している」と指摘する(鈴木泰恵「浮舟から狭衣へ―乗り物という視点から」(『狭衣物語/批評』翰林書房 二〇〇七年))。
(16) 注(1)参照。
(17) 大系では同文。集成にはこの文言は見られない。
(18) 「末まで変らない愛情を求めたものだが、一方で二人の関係が世間に忍ぶ恋になることも示すか。」(新編全集頭注)。
(19) 大系では同文。集成にはこの文言は見られない。
(20) もちろん、『狭衣物語』以外の物語にもこうした表現は見られ、特異な現象ではない。それが『狭衣物語』において頻出することを問題としたい。以下、参考として巻一における狭衣の恋心を形象する地名表現の例を掲げた(前掲例は除外する)。

・室の八島の煙ならではと、立ち居思し焦がるる(巻一 ①一八 対源氏の宮)
・飛鳥井に影見まほしき宿りしてみまくさ隠れ人や咎めん(巻一 ①八四 対飛鳥井の君)

・今はた同じ難波なる、ともさらに思さるるまで（巻一　①九一　対源氏の宮）
・年経とも思ふ心し深ければ安積の沼の水は絶えせじ（巻一　①九九　対飛鳥井の君）
・音無の里、尋ね出でたらば、いざたまへよ（巻一　①一一五　対飛鳥井の君）
・飛鳥川明日渡らんと思ふにも今日のひる間はなほぞ恋しき（巻一　①一二四　対飛鳥井の君）

(21)　大系では同文。集成では「こひぢ」となっている。

(22)　『十市』は『遠とお』を掛けて用いられることが多い。」（新編全集　頭注）。

(23)　鈴木泰恵氏は注（15）に掲げた論文において、当該場面を詳しく分析している。狭衣の「七車」の歌をめぐって、「狭衣の苦しい恋心と、到底それを乗せきれない車という乗り物の間に、微妙な不協和音が響いている」とし「恋の車に対する狭衣の総合的な挫折感をにじませた歌」と論じている。

(24)　注（14）参照。

(25)　こうしたあり方は、和歌において縁語を鏤め一首の姿をととのえる手法と、あるいは通じているのではないかと思量する。

付記　本文として、新編日本古典文学全集『狭衣物語』（小学館）を使用した。

III

物語の〈空間／移動〉

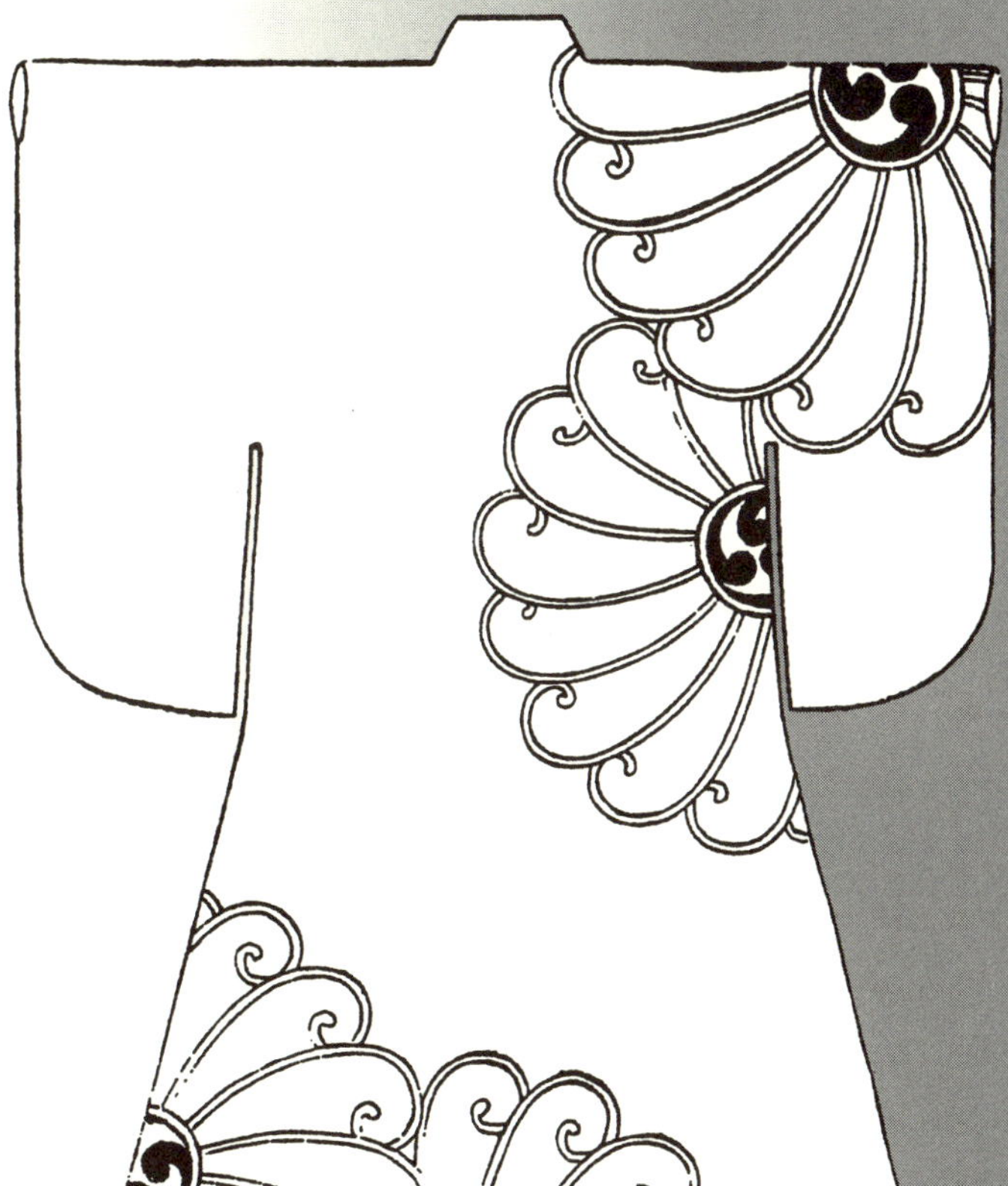

〈移動〉からみる中古王朝物語文学史・粗描

萩野敦子

はじめに、そして『竹取物語』『伊勢物語』における〈移動〉

稿者は近時、中古王朝物語文学の行き着いた地点—それは言うまでもなく中世王朝物語文学の始発点でもある—を見きわめることで王朝物語文学そのものの足跡を確認するため、〈身〉と〈心〉の力関係の変化、および、男女間における〈見る〉力関係の逆転、という視点から複数の物語文学作品を分析する論をおおやけにした。(1)それらに続く視点をこのたびは本論集のテーマである〈空間／移動〉に求め、いささか大風呂敷を広げることになるかもしれないが、現存する中古成立の物語文学諸作品を〈移動〉—後述するようにそれは大きく〈縦の移動〉と〈横の移動〉に分類される—という観点から把捉することを通して、中古王朝物語文学史を素描／粗描してみたい。その結論は恐らく目新しいものにはならないだろうが、少なくとも、中古王朝物語文学が成長・成熟し、やがて変容—それは過去の研究史において多く「退潮」とみなされてきた—していくさまをかたどるための、ひとつの視点を提供できるものと考える。

まず、〈移動〉という幾らでも包括する意味合いを広げていけそうな術語について、本稿では、日常（的）空間と非日常（的）空間を往来する動きに限定して用いることとしたい。すなわちここでは、遊びに出かけるとか仕事に出かけるとか恋人のもとに忍ぶとかいうような日常空間内の動きについては取り上げない。私見によれば王朝物語文学には必ずどこかで、ストーリーに一大展開をもたらす〈移動〉、より具体的に言えば、何らかの物理的・精神的障壁に直面している主人公に未来を切り開かせる契機となる〈移動〉が、描かれる。本稿で取り上げる〈移動〉は、そのような物語展開上のポイントとして機能するものに限定する。論の拡散を防いで中古期の王朝物語文学を見通すためではあるが、それゆえ、題目に記したように「粗描」の域を出ないだろうことをあらかじめ断っておく。

さて、移動には基本的に垂直運動による縦の移動と水平運動による横の移動とがある。そして、王朝物語文学の〈移動〉を考えるに際しても、この〈縦の移動〉と〈横の移動〉の分類は意味を持つようである。それについては抽象的な説明をするよりも、王朝物語文学初発時の、ごく一般的な文学史的説明としてそれぞれ「作り物語」「歌物語」の嚆矢とされる『竹取物語』および『伊勢物語』において描かれる〈移動〉の実例を確認することによって、具体的に考えるほうがよかろう。なぜなら、『竹取物語』は〈縦の移動〉を、『伊勢物語』（一二五段本）は〈横の移動〉を物語の核心部分に位置づけており、両者はそれぞれ後続する王朝物語文学における〈縦の移動〉〈横の移動〉の原型となっていると見なせるからである。

『竹取物語』の全体構造における軸となっているのは言うまでもなく、「天人女房譚」の話型を背景にもつ、天上世界（月の都）＝非日常空間と地上世界＝日常空間を往来するかぐや姫の〈縦の移動〉である。物語内にかぐや姫の降下＝下向きの〈移動〉＝往路は描かれていないが、終盤にかぐや姫の昇天＝上向きの〈移動〉＝復路が描かれることで、物語はクライマックスを迎える。そして〈移動〉の直前に、天王の言によりかぐや姫の往来が「かぐや姫は罪をつくりたまへりければ」(七二頁)課されたものであったこと、すなわち罰／贖罪としての〈移動〉であったことが、明かされる。天上世界の論理に則り地上世界に降りたかぐや姫は、やはり天上世界の論理に則って昇天するのであり、そこにはいっさい、翁・媼と姫との間をつなぐ親子の愛や帝と姫との間をつなぐ男女の愛に立脚した地上世界の情理が介入する余地はない。天上世界の約束事は地上世界のそれに優先するものとして描かれており、たとえば時間ひとつとっても、天上世界の時間は地上世界の時間を包摂してあり、それを容易に伸縮しうるのであった。すなわち天上世界は本来的に地上世界に対して〈支配〉性を有しているといえよう。(2)

ところでこの『竹取物語』は、大きな物語の中に五人の求婚者たちを主役とする五つの小さな物語を含み持つ、入れ子型構造をなしていると捉えることができる。そして、それらの小さな物語のうち中納言石上麿足のエピソードを除く四つまでは、それぞれの求婚者たちが真っ当な手段で所望の品を手に入れようとするならば、その在処を海彼という非日常空間に求める、すなわち〈横の移動〉を軸とするエピソードとなる可能性を持っていた。しかしながら、石作の皇子には初めから仏の石の鉢を求めて〈移動〉する気はなかったし、やはり〈移動〉の意思を持たないくらもちの皇子が蓬萊の珠の枝を求めて〈横の移動〉をしたと滔々と語ったのは虚言にすぎなかった。財力にものを言わせる右大臣阿倍御主人は火鼠の皮衣を求めて〈移動〉する役を部下に命じるのみであり、ただひとり自ら竜の頸の珠を求めて海彼への〈移動〉を試みた大納言大伴御行には国内の領海すら実は出ていなかったという落ちがつく。というわけで、『竹取物語』において〈横の移動〉は、可能性はあったものの実現されなかったということになるのだが、ここで注意しておきたいのは、〈横の移動〉が探索や探求の行為を踏まえた〈克服〉―ここではかぐや姫が与えた難題の克服―を目的としてなされるべきものであったという点である。

〈横の移動〉には〈克服〉への意思が伴うのではないか。このことは、『竹取物語』と並んで後続の物語文学に多大な影響を与えた、もじって言うならば「歌物語の出で来はじめの祖」である『伊勢物語』に描かれる〈移動〉によって、確認することができる。この物語で「男」にとっての最大の〈横の移動〉として顕在化しているのは、言うまでもなく「東下り」のエピソードである。

『伊勢物語』では、「身をえうなきものに思ひなし」（一二〇頁）た「男」は「すむべき国もとめに」（同頁）という目的のもと東方＝非日常空間に向かったと書かれており、彼にとっての〈横の移動〉が、「すむべき国」の探索・探求を通して「身をえうなきものに思ひなし」てしまう欠脱感を〈克服〉しようとするものであったことが、明示されている。「男」は伊勢・尾張・三河・駿河そして武蔵・下総と〈移動〉し、ついには陸奥にまで至るものの、「すむべき国」を手に入れられず、〈克服〉に失敗する。(3) 陸奥には「男」の欠脱感を〈克服〉できるような世界は存在せず、「男」は結局「すむべき国」とせざるをえない京へと戻っていくのであった。なお、そもそも「男」が京ではない世界に「すむべき国」を求めた理由を一二五段本の流れにしたがって解釈すれば、帝および帝に分かちがたく結びついた藤原氏を頂点とする王朝貴族社会のヒエラルヒーという〈支配〉―帝妃となるべく育てられた女との恋愛を許さない力―に対して葛藤したからにほかならない。(4)

口幅ったい物言いとなってしまうが、人の生とは探索・探求を繰り返しながら何かを〈克服〉しようとする努力の積み重ねで成り立つものである。ゆえに人の生の全体あるいは一部をかたどる物語もまた、古今東西、たとえば現代人を時として夢中にさせるロールプレイング型ゲームでもそうであるように、基本的に〈克服〉をテーマとしてきた。よって王朝物語文学が探索・探求行為を通して何かを〈克服〉しようとする人のありようを語るのは当然のことであり、それは成功することもあれば失敗することもある。〈縦の移動〉を基軸とする『竹取物語』において〈克服〉の物語＝〈横の移動〉は脇役にすぎない求婚者たちの挿話としてしか語られなかったが、『伊勢物語』の「男」が示した〈克服〉への願いを契機として、後続する王朝物語文学の多くは、何らかの形でそれを語ることになる。

ここでいま一度、王朝物語文学の世界を拓いた『竹取物語』ならびに『伊勢物語』から見えてきた〈移動〉について確認しておく。『竹取物語』は〈縦の移動〉を骨格とする物語であり、『伊勢物語』は〈横の移動〉を主人公の人生の分岐点に据える物語であった。そしてどうやら、〈縦の移動〉には天上世界からの、文字どおり圧力としての〈支配〉的な力が伴い、〈横の移動〉には何らかの〈支配〉を受けている者・〈支配〉に対して葛藤している者による〈克服〉への期待や願望、渇望、熱情……が伴うものであるらしい。結局のところ、それらは記紀神話から萌されていたといえようが、(5)王朝物語文学は〈支配〉に抗う「人」や〈克服〉を志す「人」を語るために、〈移動〉にこだわりつづけたのだった。

次節以降、個々の物語文学作品を取り上げながら、〈横の移動〉を通して〈克服〉されようとするものがいったい何であるのか、彼あるいは彼女が〈克服〉しようとする〈支配〉的な力はいったい何であるのか、またその〈克服〉が果たされているのかいないのか、といった観点を意識しながら分析を加えていく。その結果を見通すことにより、中古期の王朝物語文学がたどってきた歩みを俯瞰することができるはずである。

なお本稿では分析の対象を、中古期の成立であると考えられ、かつ現存する、中・長編の作り物語に絞る。『在明の別』と『松浦宮物語』については、「成立」年代を基準にすれば中世期の作品であるともされようが、作品を発想し展開させていく創造力・想像力は中古期に産まれたものであると見なし、中古最末期の物語に位置づけることとする。(6)また、本節の冒頭でも述べたように、本稿で取り上げるのは物語展開上のポイントとして機能する〈移動〉であるので、おのずと主人公またはそれに準ずるクラスの登場人物による〈移動〉に絞られるはずである。

一　『うつほ物語』『落窪物語』における〈移動〉

本節では、『竹取物語』に後続するいわゆる初期物語二作品を取り上げる。『うつほ物語』ではなんといっても、主人公一族にまつわる音楽奇瑞の物語の核心となる、俊蔭巻に描かれた清原俊蔭の〈移動〉に焦点を当てねばなるまい。

幼少期から天賦の学才を発揮していた俊蔭は、「おほやけ」[7]による遣唐使任命という現実社会の〈支配〉システムからの命に従うかたちで唐国に向かった。愛する両親と別れて向かう唐国も俊蔭にとって非日常空間にほかならないが、天の意思による攪乱とでもいうべき「あたの風」に吹かれて遭難した彼は、想定もしなかった非日常空間「波斯国」に漂着する。そこで出会った「三人の人」の弾琴により、「もとの国なりしときも、心に入れしものは琴なりし」（①二二頁）と、「おほやけ」の意思に左右されない本能の欲するところを呼び覚まされた俊蔭は、やがて自らの〈克服〉すべき課題は音楽の世界にこそあるものと自覚し、望んで西を目指す。

そのとき、俊蔭思ふほどに、ここら四つの隅、四つの面を見めぐらすに、ここより離れて山見えず、天地一つに見ゆるまで、また世界なきに、琴の音にかよへる響きのするは、いかなるぞ。この木のあらむところ尋ねて、いかで琴一つ造るばかり得む、と思ひて、俊蔭、三人の人にいとまを乞ひて、斧の声の聞こゆる方に、疾き足をいたして、強き力をはげみて、海河峰谷を越えて、その年暮れぬ。また明くる年も暮れぬ。（①二三頁）

すなわち、遣唐使船を襲った「あたの風」が契機となって俊蔭の〈横の移動〉は、「おほやけ」の〈支配〉に従っての受身のそれから、秘琴を求めるという課題を〈克服〉するための意志的なそれへと、意味づけを変換させられたのであった。俊蔭の意思が二十三年間という長期にわたる非日常空間での彷徨の日々すら物ともせず、やがて〈克服〉を果たしたことは、その後の物語に描かれるごとくである。帰国後の俊蔭は帝を尊崇し「おほやけ」に対して一定の礼儀は尽くすものの、やがて「おほやけにもかなはず」（①四四頁）・「おほやけにもかなひ仕うまつらでほど経れば」（①四六頁）とあるように、現実の〈支配〉システムに左右されない自身固有の論理に基づく生をまっとうすることになる。かくして、俊蔭が〈横の移動〉により〈克服〉したものは、「おほやけ」の〈支配〉システムに対して独自の立ち位置を確保する一族固有の論理として物語のなかで特権化され、紆余曲折を経ながらも最終的には、俊蔭に始まる一族四代の栄華に結び付けられるのであった。

『落窪物語』の核心をなす〈移動〉といえば、まずはヒロインの姫君が閉じこめられた「落窪」なる非日常空間(8)から男君道頼と築く家庭という日常空間への脱却の過程が想起されよう。道頼との出会いにより姫君は、それまで抗うことのかなわぬ運命として甘受していた継母からの〈支配〉を〈克服〉したものと読めるからである。

しかしながら、〈克服〉が意志的な行為であるという前提に立てば、むしろこの〈横の移動〉の主体は男君道頼と捉えるべきであろう。道頼に焦点を当てれば(9)『落窪物語』は、彼が恋した姫君を継母の魔手から救い自らのものとするという難題を〈克服〉すべく、日常空間から非日常空間に〈移動〉し、みごと目的を達して帰還した物語ということになる。なお、先ほど「落窪」なる非日常空間という言い方をしたが、実際に道頼が侵入し姫君を連れ出したのは、「落窪」よりもさらにひどい「枢戸の廂二間ある部屋の酢、酒、魚など、まさなくしたる部屋」（二〇三頁）、「物の臭き部屋」（二〇七頁）であり、それは王朝貴族にとって非日常性の極みというべき空間であったことにも注意しておきたい。しかしながら、そのような部屋に姫君が閉じ込められることにより少将の継母に対する怒りと姫君に対する愛情はいやまさりになり、「ただ今もはひ入りて、北の方を打ち殺さばや」（二一〇頁・内話）、「率て出でたてまつらむ折を告げよ。いかに苦しう思すらむ」（同頁・あこぎへの発話）、「なほ便宜あらば、告げられよ」（二一三頁・あこぎへの手紙）、「いかでこれ盗み出でて後に、北の方に、心惑はするばかりに、ねたき目見せむ」（二一七頁・内話）というように、彼の〈克服〉への意思は膨らんでいく。

この道頼の冒険的な〈横の移動〉が、姫君を幸せにしたばかりでなく、彼自身の行く末に栄華の日々をもたらすものであったことは言うまでもない。スサノヲやオホナムヂといった神々が勇気や知恵をもって難題を〈克服〉して女を手に入れ、それが彼らの力を増大させたのと同様で、神話世界に源流をもつ話型の約束に適う筋書きではある。これを予定調和と評してしまえばそれまでだが、道頼の愛情や怒りが極めて人間的なものとして描かれていることにより、『落窪物語』は現実的な世界にしっかりと根を下ろしてもいるのである。

二　『源氏物語』における〈移動〉

『源氏物語』の正編が「光源氏の物語」であることは言うまでもないが、続編については「薫の物語」と「浮舟の物語」が並立的に存在するものとみなし、本節ではこれら三つの物語の核心となっている〈移動〉に着目する。具体的には、光源氏による須磨・明石退居と帰京、薫による宇治と京の往来、浮舟の人生における流浪を〈横の移動〉として取り上げる。

光源氏は、敵方である右大臣・弘徽殿大后一派の〈支配〉を〈克服〉する手段として須磨に退くという〈横の移動〉を自ら選択する。「かの須磨は、昔こそ人の住み処などもありけれ、今はいと里ばなれ心すごくて、海人の家だにまれに、など聞きたまへど」（②一六一頁）と紹介される須磨は、光源氏にとって非日常空間に他ならない。この非日常空間への〈移動〉は同時に、というよりも深層にある第一義としては、光源氏自身が藤壺に「かく思ひかけぬ罪に当たりはべるも、思うたまへあはすることの一ふしになむ、空も恐ろしうはべる」（②一七九頁）と述べているように、彼女と犯した密通の罪を父帝に対して贖う、すなわち過去の罪を〈克服〉する〈移動〉でもあった。それは夙に論じられてきたように光源氏にとっての通過儀礼という意味を持つものであり[10]、彼はそれを経ずしては公にも私にも先に進むことはできないのであった。ゆえに、「須磨」において「澄ま」す日々を耐え抜き、その極みに与えられた暴風雨＝非日常的事象による試練を通過したとき、当初の目的であった贖罪という〈克服〉はひとまず完了したといえる。光源氏に「これはただいささかなる物の報いなり」（②二二九頁）の言をもって贖罪完了証書を渡し人生の次なるステージへ進む赦しを与えたのは、誰ならぬ、密通の被害者というべき父帝であった。

須磨の日々の完了は光源氏を、これもまた父帝の「住吉の神の導きたまふままに、はや舟出してこの浦を去りね」（②二二九頁）の言に保証された明石へのさらなる〈横の移動〉へと導くことになる。罪の〈克服〉を終えた光源氏は明石において、わが血を引く姫君を手に入れ、政治家として邁進するうえで持ち駒（＝姫君）がないという欠陥をも〈克服〉してみせた。

すでに述べたように光源氏が自らの人生を先に進ませるために、この時点での須磨・明石退居による罪の〈克服〉は、物語にとって欠くべからざる要素であったといえる。『源氏物語』正編の一応の到達点を藤裏葉巻とすれば、光源氏は〈横の移動〉によって〈克服〉を果たしたということになろう。ただし、若菜巻以降のいわゆる第二部まで見通せば、光源氏が犯した密通の罪が決してゼロになったわけでなかったことは周知のとおりである。〈克服〉は、物語のある位相においては果たされ、別の位相においては果たされなかったのだった[11]。

では、続編の薫はどうであろうか。彼が通うことになる宇治は、八の宮の見聞と経験を通して「網代のけはひ近く、耳かしがましき川のわたり」「かく絶え籠りぬる野山の末」「いとど、山重なれる御住み処」（いずれも⑤一二六頁）と描かれており、王朝貴族にとっては遊覧等で馴染まれた地ではあるものの、やはり非日常性を有する地だといえる。よって宇治行きは、非日常空間と日常空間（京）とを往来する〈移動〉と捉えてよかろう。そして、この〈横の移動〉は薫にとって、「親王（＝八の宮）の思ひすましたまへらん御心ばへを対面して見たてまつらばや」（⑤一二九頁）とあるように「思ひすま」すため、すなわち出生への疑いに端を発する自分という存在についての漠たる不安を〈克服〉するため、「世」に生きるうえでの欠陥を自分なりに〈克服〉するための、ものなのであった。逆に言えば、そうせざるをえない彼の生は、未生の過去・見えざる運命からの〈支配〉に否応なしに呪縛されているということである。

この薫の宇治行き＝〈横の移動〉は、『落窪物語』の道頼のそれや光源氏のそれと違い、一回的なものではない。宇治で八の宮と交流することで「思ひすま」す手がかりを得ても、京に戻れば高位の王朝貴族という身には鬱々とした日常が待っており、しかも往来を繰り返すうちにやがて彼は、八の宮・大君の相次ぐ死に直面することになる。その結果、宇治の癒しの空間としての意味は薄れ、願望されていた薫の〈克服〉は挫折してしまう。そして最後の砦ともいうべき中の君も宇治を去り、入れ違うようにそこに浮舟という「なでもの」を据えて単なる通い所としてしまったとき、完全に宇治は〈克服〉をもたらしてくれる非日常空間としての意味を失ったといえよう。彼自身が物語において最後に詠む「法の師とたづぬる道をしるべにて思はぬ山にふみまどふかな」（⑥三九二頁）が厳しく象徴するように、薫は当初の目的であったはずの〈克服〉を成し遂げることなく、出口なき迷妄に陥って物語空間に取り残されることになる。そして中古王朝物語文学の流れにこだわってやや性急に意味づけするならば、薫の〈克服〉の挫折は、次なる「後期物語」の季節の物語たちにも影響を及ぼしていくことになるだろう。

さて、『源氏物語』からもう一人取り上げるべき浮舟もまた、未生の過去・見えざる運命からの〈支配〉に呪縛された主人公である。八の宮の落とし胤として宇治で生をうけた浮舟は、宇治に輪をかけた非日常の地である常陸で成長する。母中将の君の思惑により異母姉中の君を頼って上京し、いったんは二条院に落ち着くも、匂宮の接近を回避して三条の小家に移り、さらに薫の思惑により宇治へと導かれる。その繰り返される〈移動〉は、非日常空間に生まれ育った浮舟が、零落したとはいえ宮の血を引くという本来の出自にふさわしい日常空間での生活を求めながら、ついに日常空間を手に入れることのかなわなかった流浪の軌跡として物語にかたどられる。浮舟の場合、先述した運命からの〈支配〉を受けるのみならず、上昇志向にとらわれた母中将の君による〈支配〉、加えて男の思惑という薫や匂宮による〈支配〉をも蒙っており、〈克服〉すべきものがあまりにも多すぎる生を生きざるをえなかったといえる。

それらの〈支配〉から浮舟を解放したのは、言うまでもなく入水を決意しての宇治からの失踪だった。そして彼女が最後の落ち着き所とした小野の地は次のように描かれる。

昔の山里よりは水の音もなごやかなり。造りざまゆゑある所の、木立おもしろく、前栽などもをかしく、ゆゑを尽くしたり。秋になりゆけば、空のけしきもあはれなるを、門田の稲刈るとて、所につけたるものまねびしつつ、若き女どもは歌うたひ興じあへり。引板ひき鳴らす音もをかし。見し東国路のことなども思ひ出でられて。かの夕霧の御息所のおはせし山里よりはいますこし入りて、山に片かけたる家なれば、松蔭しげく、風の音もいと心細きに、つれづれに行ひをのみしつつ、いつともなくしめやかなり。（⑥三〇一頁）

浮舟の〈移動〉遍歴をかたちづくった「東国路」常陸や「昔の山里」宇治と比べられ、女がうたい引板の鳴る小野は、王朝貴族の日常から切り離された非日常空間である。ただし出家後の浮舟は、この小野という空間に自らの定位置を見出だしたのではない。彼女は手習すなわち「書く」営為を通して、精神世界のうちに自らの定位置を見出だすことに努めたのであった。[12] 現に在る小野という空間に身を置くかぎり、薫が求めたように彼女を再び〈支配〉しようとする他者の欲望は付いてまわるだろうが、精神的世界のうちにありさえすれば、〈支配〉を拒むことはできる。それは浮舟が最終的な解答として得た〈克服〉の手段だったといえようが、それが成功したか否かについて物語られることは、ついになかった。[13]

こうして見てくると、『源氏物語』という物語は主人公たちに、彼らの生に与えられた課題を容易には〈克服〉させなかったことが、あらためて確認できる。中古王朝物語文学はその登場から一世紀余にして早くも、現実の人生を厳しく主人公たちに突き付ける作品を生んだのである。

三　『浜松中納言物語』『夜の寝覚』『狭衣物語』における〈移動〉

本節では「後期物語」という括りで『浜松中納言物語』『夜の寝覚』『狭衣物語』の三作品における〈移動〉を取り上げる。

『浜松中納言物語』は恐らくは『うつほ物語』の俊蔭に倣って、主人公中納言に渡唐という〈横の移動〉を用意した。それは、非日常空間たる唐国において中納言が、転生した亡父を探索・探求するためのものであった。さほど困難もなく再会を果たした父はしかし、唐帝の第三皇子という少年の姿をしていたのであり、中納言の〈克服〉が確かに果たされたと判断できるか否かは微妙なところである。[14] しかしながら、非日常空間たる唐国において中納言の身に、唐后との恋愛という新たな〈克服〉すべきテーマが生じたことにより、父の異様な姿が彼の葛藤の因となることはない。

しかも、渡唐前にすでに左大将大君との恋愛を経験している中納言は、出家して尼となった彼女との関係が帰国後も持続することもあってか、唐后との恋愛という新たな課題に対して終始〈克服〉しようとする意思が薄いように見える。帰国して日常空間に収まった中納言は、恋しい人を求めて再びの渡唐を具体的積極的に画策することはなく、その代償行為とするかのように、京から見れば非日常空間である吉野の地に唐后ゆかりの人々を求めることで、擬似的な〈克服〉に臨む。つまり中納言は、擬似的な唐国というべき「吉野」(15)において、擬似的な唐后「吉野の姫君」と、擬似的な恋愛をするのみである。果たして姫君は中納言に心を寄せるようになったようではあるものの、それはあくまでも擬似的な〈克服〉に過ぎず、そうこうするうちに、痺れを切らしたかのように物語の最終局面において、唐后自身が死を経た転生によって中納言との再会に乗り出すのである。

この物語において、亡父との再会であるとか唐后との恋愛であるとかいった中納言が直面する課題は、次なる課題に巧みにすり替えられつづけ、いっこうに〈克服〉されることがない。吉野の姫君の腹に転生するはずの唐后との再会がどのようなものであったのかを伝えることもない物語は、中納言の〈横の移動〉による〈克服〉をついに語らずじまいであった。

『浜松中納言物語』と同じ作者の手になるとされる『夜の寝覚』の主人公女君は、高家の姫君という身であるがゆえにもとより行動範囲は広くない。しかしながら、その彼女が男君とのあいだにもうけた秘密の子を出産する地として選ばれているのが石山であることに、まずは注目したい。そこは、「関(=逢坂の関)より遠に籠りたまふ」(一二八頁)と物語でもことさらに表現されるほど日常空間から離れた地ではあるが、同時に、石山観音の護りというこのうえなきパワーを得ることのできる地であった。そもそも石山はこの物語において、女君の兄の乳母だった女性が暮らしているという縁故により話題に上ったのであるが、その女性の兄が石山寺の別当であると語られることから、女君も彼女が生む姫君も石山観音に守護される将来を暗黙のうちに約束されていると読むことができる。すなわち、秘密裏の出産という緊急事態を〈克服〉するのに相応しい非日常空間として石山は選ばれているといえよう。

石山での出産が無事終わったからといって女君に平穏が訪れるわけではなく、男君の妻である姉大君との関係や男君に降嫁する女一の宮の存在に葛藤しながら、また三人の娘をもつ老関白との結婚と死別による諸々の日常的苦労を経験しながら、それでも女君と男君との運命的な関係は継続していく。そして、絶ゆることなき辛苦の日々において女君はしばしば、入道後の父親が住まう広沢―物語では広沢とも西山とも呼ばれる―の地に逃れている。広沢は非日常空間と呼ぶには京に近すぎる観なきにしもあらずだが、物語において「世にありわびては、まづ思ひ入る吉野の山もはかなう」（四一二頁）と、そこが吉野に擬えられていることに注意しておきたい。物語は広沢＝西山を擬似的な吉野としており、「物語の局面の打開、収拾に、女君の広沢行きが常に用意されている点にも注意したい」（同頁）とする新全集本（旧全集本も同じ）頭注の指摘にしたがえば、男君とのあやにくな関係の〈克服〉のために非日常空間としての広沢は存在しているのである。

しかしながら、女君の広沢行きがいたずらに繰り返されていることは看過すべきではあるまい。『源氏物語』続編における薫の宇治行きもそうであったが、日常空間と非日常空間の頻繁にすぎる往来はやがて両者の境界線を曖昧にし、〈移動〉の効果を薄めさせてしまうように思われる。男君をはじめとする周囲の人々との関係に行き詰まるたびに父入道の隠棲する広沢に身を寄せる女君は、目の前の悩みを一時的に解消できたとしても、根源的な苦悩からは解放されえないのではあるまいか。また同時に、広沢に身を寄せるとはすなわち父入道の〈支配〉下に置かれることでもあるため、少なくとも現存する巻五までの物語において、女君は真の〈克服〉を果たしているとは言いがたいのである。

もちろん、末尾欠巻部において「広沢の准后」とまで称されたらしい女君が、悩みつづけた男君との仲を彼女なりに〈克服〉した可能性は排除できないものの、現存する物語の末尾が「夜の寝覚絶ゆる世なくとぞ」（五四六頁）との文言で締め括られている事実に鑑みれば、物語が成立し享受され伝播してゆくいずれかの段階において、彼女の〈克服〉を物語るまいとする意思が発生していることもまた、確かなのである。少なくとも現存本の範囲内では、物語は女君の〈克服〉を語り収めることはない。

なお、彼女が〈克服〉しようとしていた男女のあやにくな仲らいには、少女だった女君に天人が与えた予言「あはれ、あたら、人のいたく物を思ひ、心を乱したまふべき宿世のおはするかな」（二〇頁）が運命的に、いな〈支配〉的に、関わっていることにも注意しておきたい。

さて、『狭衣物語』の狭衣も『夜の寝覚』の女君と同様に、物語全編を通して常に悩ましき思いにとらわれている主人公である。といっても、性差ゆえというべきか、読み手もともに手に汗握るような危機的状況には乏しく、狭衣が〈克服〉しようとするのは一貫して、源氏の宮に対する秘めたる恋心、彼女への執着心である。

巻二巻末では源氏の宮の斎院卜定を受け、また巻三巻末では源氏の宮の本院渡御を受けて―ただし巻三においては女二の宮から受けた厳しく激しい拒絶も少なからず影響している―、いずれも狭衣は日常空間から非日常空間への〈横の移動〉＝出奔を試みている。しかし、巻二巻末における高野・粉河詣は、亡きものと諦めていた飛鳥井女君が存命しているという情報をはからずも得てしまうことにより日常世界への執着を呼び起こされて頓挫し、また、巻三巻末で志した竹生島行は、巻四冒頭において父堀川関白が賀茂神の夢告に接することによって未然に防がれてしまう。

そもそも狭衣は、源氏の宮に恋してしまう自分を「世」にありつかぬものだと強く自覚するがゆえに、[16] 彼女に執着しない自分を取り戻すことで、自己の欠陥を修復しようとしていた。本来は従兄妹の関係ながら—ただし伝本によっては異なる血縁関係を示すものもある—、幼時に父母と死別した源氏の宮は狭衣の両親に引き取られ、二人は兄妹同然に育てられた。かかる環境のなかで狭衣は、気付いたときにはすでに源氏の宮に恋していたのであり、彼女に恋しない自分を手に入れるというのは〈克服〉と表現するに価する、相応の困難を伴うものなのであった。[17] それゆえに彼は出奔という強硬手段を志すのであるが、結局いつも〈克服〉は挫折して先延ばしされ、そうこうするうちに天の意思により帝位に導かれてしまう。稿者自身すでに説いたところであるが、[18] 狭衣を帝位に導く天の意思は、物語開巻まもなく語られた天稚御子降下の一件において示されていたのであり、狭衣自身のもがきにもかかわらず〈支配〉的に彼の生を規定していたのであった。

ここまで見てきたように、『浜松中納言物語』『夜の寝覚』『狭衣物語』の後期物語三作品は、〈横の移動〉による〈克服〉の物語を用意しつつも、それらが挫折ないしは差延されるという点において共通しているといえよう。その、挫折ないしは差延という言葉で説明される結果だけからすれば、〈克服〉の物語を容易ならざるものとして主人公たちに突き付けた『源氏物語』と同じスタンスを取っているようにも見えなくはない。とりわけ、女の身ゆえの生きがたさに対峙するという点において浮舟と『夜の寝覚』の女君が、また「世」に生きる者としての自己の欠陥に対峙するという点において薫と狭衣が、それぞれ相似形としてあることは確かであろう。しかしながら、『夜の寝覚』と『狭衣物語』がそれぞれ、天人の予言あるいは天稚御子の降下や神託といった天の〈支配〉的な意思を前提としながら展開しているのに対して、浮舟や薫の物語が天の意思の介在を語ることなく、あくまでも彼らの親の世代に端を発する未生の過去を前提として語られていたという違いについては、軽からざるものとして認めておく必要がある。

天の意思の介在という要素は『浜松中納言物語』においても、繰り返される夢告によって確認できるところであった。したがって後期物語は、〈克服〉をめざす人々のリアルな心のありようを〈横の移動〉において描く一方で、『源氏物語』続編では極力切り捨てられていた天上世界との交渉すなわち〈縦の移動〉の物語を、背後に秘め抱えているといえるだろう。『竹取物語』という記憶により潜在・伏流していた〈縦の移動〉の要素がいずれ顕在化してくる可能性を、王朝物語文学史は胚胎していたのである(19)。

四　『とりかへばや物語』における〈移動〉

本節では、前節で考察対象とした三作品から成立年代的に下り、内容的にも中古王朝物語文学の終焉が見通せる位置にある作品ということで、「後期物語」とは一線を画す「末期物語」という枠組みにおいて『とりかへばや物語』を取り上げる。そのうえで、実質的に唯一の主人公であると見なせる女君に絞って〈移動〉を考える。

男装していた女君は、過去の物語作品において非日常空間とされていた吉野と宇治の両方に足を運んでいる。吉野行は、「妻」四の君の懐妊――二人は女同士の形だけの夫婦であるゆえ、懐妊の事実はそのまま彼女の裏切りの動かぬ証拠となる――を知って、夫婦仲の脆さ定めがたさに厭世的な思いを抱くとともに、それ以上に正体は女でありながら男であると偽って生きる自身の存在性への不安を高じさせた女君が、心の拠りどころを求めて決意したものであった。宇治の八の宮を師と仰いだ薫よろしく女君が頼りとした吉野の宮は、かつて留学生として渡唐し、かの地の女性と結ばれて生した姫君二人を連れて帰国したものの、人々の悪意の渦に巻き込まれた末に、「にはかに御髪おろしたまひて、吉野山の麓におもしろき御領ありけるに、この君たち引き具し、いづちともなく人にも見え知られで入りたまひにしより後、鳥の音だになつかしく聞きなされしは、訪るる人なき吉野山の峰の雪に埋もれて過ぐしたまふ」（二三〇頁）人であった。『浜松中納言物語』における吉野と同様に、ここでも吉野は擬似的な唐国として機能しており、非日常空間としての性格を十分に兼ね備えているのである。そして、透徹したまなざしに貫かれながらも慈愛に満ちた宮の助言により、女君は払いがたい憂いを〈克服〉しないまでも、何とかそれと折り合っていけるだけの冷静な「心」を取り戻しえた。

また宇治は、宰相中将と結ばれ身ごもってしまった女君が本来あるべき女姿に戻り、秘密裏の出産を行う地である。そもそも宰相中将が父宮の所領を利用して女君を囲うべく連れ出したのだったが、そこは結果的に、彼女が我が子を置き去りにして新たな人生を歩み出す決意をする地となる。年を重ねるにつれどうしようもなく綻んできた「女の身でありながら男として生きる」状態を完全な女姿に戻って解消し、過去の我が「身」を宇治川ならぬ水に流し、行き詰まっていた運命を〈克服〉するために用意された非日常空間なのであった。宇治で「身」の問題を〈克服〉した女君は、男君と再び吉野に向かい、今度は内面の入れ替えすなわち「心」の〈克服〉に勤しむのである。

『とりかへばや物語』では、非日常空間たる吉野と宇治が女君の「心」「身」の〈克服〉にそれぞれ寄与して〈横の移動〉の典型的な効果をもたらしており、後期物語に見られたような〈克服〉の挫折や差延は確認できない。物語文学が積み重ねてきたものを知る屈折した読み手には、〈克服〉後の女君が「女」として生きている姿に必ずしもまったき幸福を感じ取れないかもしれないが、少なくとも〈横の移動〉による〈克服〉は初期物語『うつほ物語』『落窪物語』以来の鮮やかな成功を見せている。女君自身、「男」として生きた経験があるために「女」としての生に若干の違和を覚えずにはいられないものの、『夜の寝覚』の女主人公のように懐疑や葛藤に苦しみつづけてはいない。

そして物語は、奇妙な「とりかへ」状態が「天狗」の「業」によるものだったこと、加えて女君の一族が「思ひのごと栄えたまはん」(三七七頁)ことを、天の意思として父大臣への夢告で示しつつ、いささか予定調和的に収束に向かう。そこには、地上世界に対して〈支配〉性を有する天上世界の存在が透けて見える。王朝物語文学史に再び〈縦の移動〉が顕在化してくる前夜に『とりかへばや物語』は、あった。

五　『在明の別』『松浦宮物語』における〈移動〉

すでに述べたことを繰り返すが、成立年代上は中世最初期の産物ともいえる『在明の別』『松浦宮物語』について本稿では、中古最末期に形成された文学的精神の所産であるとみなし、それらにおける〈移動〉も取り上げるべきものと判断する。

『在明の別』の主人公である男装の女君は物語開巻の時点から、継承すべき男子がいないという家の事情で性を偽って生きている自分に代わる後嗣の種を探索しているが、そのために非日常空間と日常空間を往来することはない。「神の御しるべにや、げにいみじかりけん、そぞろに身を隠すことなんおはする。隠れ蓑など言ひけんやうに、至らぬ里なく紛れありきたまふままに、世にゆかしき所なく、見ぬ人のかたちおはせぬも、げに鏡の影にたぐふばかりの御身ながらも、えぞ見出でたまはぬ。」（三一二頁）と語られるように、神意に護られて隠身の術をほしいままにする彼女はひたすら日常空間に身を潜ませながら「ありく」ことで、目的のものを見出そうとする。また女姿に戻るに際しても、男姿の自分を「死」したものとしてこの世から消滅させるだけでよいため、『とりかへばや物語』の女主人公のように過去を〈克服〉すべく非日常空間へ〈横の移動〉をする必要はないのだった。

というのも、クライマックスとなる巻三終盤において明かされるように、そもそも『在明の別』は、天女である女君がかりそめに地上に降りてきたという〈縦の移動〉を核心とする物語なのであった。帝の寵愛をうけ女院と呼ばれるようになっている女君自身、天より降りてきた七人の天女との交感によってはじめて自己の正体を自覚し、「花の香は忘れぬ袖にとどめ置けなれし雲居にたちかへるまで」（四三五頁）と、地上での生をまっとうしたあかつきには「かぐや姫」よろしく昇天を果たすであろうことを予感するに至る。すなわちこの物語は、後嗣に恵まれない左大臣（＝女君の父である、物語開巻時点での左大臣）のため「神の御しるべ」により降臨した天女が、地上世界にある人々の情理を暴き、天の視点からそれを相対化することを骨子としているのである。[20]女の身でありながら男を生きる主人公という点で一見『とりかへばや物語』の趣向を踏襲する物語のように見えて実は、根本的な目論見を違える物語なのであった。

なお『在明の別』巻二・巻三は、新左大臣（＝巻一で女君が探し出してきた後嗣）を見かけ上の主人公として展開しており、彼は宇治から田上、瀬田そして粟津へと足を伸ばす非日常空間への〈移動〉をきっかけに、巻一で伏線を張られていた複雑きわまりない人間関係を解きほぐす糸口をつかむことになるのだが、この〈横の移動〉は物語にとってあくまでも、〈縦の移動〉を基軸とする女君の物語に奉仕する下位のエピソードにすぎない。[21]

もうひとつの最末期物語『松浦宮物語』は、遣唐使に任命された主人公氏忠の〈横の移動〉を語る。この渡唐自体は本人の意思に関係ないものであるが、やがて〈移動〉後の唐国において氏忠は、華陽公主との恋愛・唐帝の死により勃発した内乱の収拾・鄧皇后との恋愛と、次々に〈克服〉すべき課題に直面することになる。これらの課題を〈克服〉して氏忠は主人公として成長していくのか、あるいは〈克服〉できず挫折や差延が待ち受けるのか——従来の中古王朝物語文学であれば、そのいずれかの物語展開が描かれたはずである——、それを読者は想像しながら読み進めるはずだが、この物語はみごとに肩透かしを食らわす。氏忠は、これらの課題に対してほとんど主体的な行動を起こすことができない。いな、起こす必要がなかった。というのも実は彼は、物語の最終盤で鄧皇后の告白を通して明らかにされるように、天帝の意思によって地上に〈縦の移動〉をしてきた天童なのであり、内乱を収拾させる大活躍も二つの恋愛の行方も、天の意思からすれば予定調和の範囲内にあるものだからである。

物語には二つの恋愛の結末までは描かれない——むしろ鄧皇后と氏忠の関係をいぶかしむ華陽公主の様子に苦慮する氏忠の姿が末尾に描かれるという、なんとも思わせぶりな閉じようである——のだが、華陽公主と地上での恋愛をまっとうした後に天上世界に還った氏忠が、これまた本来は天人である鄧皇后と再会するであろう未来を想像するのは、実に容易だ。『松浦宮物語』は、唐国なる非日常空間への〈横の移動〉の物語を核心として展開するように見せながら、最後にまるごと天上世界の者たちによる〈縦の移動〉の物語として語り直して——作者みずから「空言の中の空言」（一三九頁）と韜晦して——読み手を煙に巻く、なんともふしぎな物語なのである。

しかしここで注目しておきたいのは、鄧皇后も氏忠も、『竹取物語』のかぐや姫とは異なり、地上世界に降り立つと地上世界の迷妄に巻き込まれてしまう点である。鄧皇后はそれを「おろかなる人の身を享けて、悪しき道にまどひぬれば、正見のまことは曇り隠れて、魔界の闇に暮らされにしかば」（一二四頁）と自嘲気味に氏忠に語り、氏忠は「我も人に異なるゆゑを聞きしかど（中略）なほ心にしみて物思ふべくも生まれ来にけるかな」（一三八頁）と内省する。この点において『松浦宮物語』という物語からは、奇想天外なエンターテイメント性ばかりでなく、地上に生きることに伴う愚かしさをあぶり出すかのような、「地上観」とでもいうべき思想性を抽出できそうに思われる。

本節で取り上げた『在明の別』『松浦宮物語』はともに、女主人公の男装であったり渡唐であったりと、既存の中古王朝物語文学がかたどった設定や舞台を、まずは踏襲している。しかしそうでありながら、ともに読み手の予想を裏切って、天上世界というルーツを呈示し天の意思に〈支配〉される地上世界を描いて、〈縦の移動〉の物語のうちに回収していく。それはつまり、天上世界による地上世界の批判的な相対化だといえよう。物語の筋という表層だけを見れば『竹取物語』への回帰現象のようにも受け取られかねないし、天上世界による地上世界の相対化と説明してしまえば『竹取物語』もそうではないかという反論があるかもしれない。が、しかし、『竹取物語』では天人たちの「非人」ぶりが地上世界に生きる「人」の血の通った情理を、皮肉を交えてはいるものの最終的には肯定的に浮かび上がらせていたのに対し、中古最末期物語においては、天人たちが「人」化して地上世界の混迷混乱の渦中に身を置くことで、「人」の情理を否定的に浮かび上がらせているように思われる。その厳しさについて本稿がたどってきた中古王朝物語文学の歩みを踏まえつつ評するならば、〈横の移動〉の物語が模索された果てに、それを相対化する切り口として〈縦の移動〉の物語が再び立ち上がってきたのだといえよう。

おわりに

前節まで、中古王朝物語文学諸作品において主人公ないし主人公クラスの登場人物の〈移動〉がそれぞれどのように描かれ、彼らの〈克服〉をいかにかたどったかを、個別に見てきた。王朝物語文学の嚆矢たる二つの物語↓初期物語↓『源氏物語』↓後期物語↓末期物語↓最末期物語と、ほぼ成立年代に沿って追ってきただけに、あらためて振り返らずとも「流れ」は見えてきたようにも思われるが、王朝物語文学史を一個の運動体として捉えようとする立場から、特に天上世界と地上世界との関係性に焦点を合わせつつ、いま一度通観しておきたい。

中古期の王朝物語文学が人の生を語るうえで核心に据えた〈移動〉の多くは、「人」を描く物語としての『伊勢物語』の影響力の大きさもあってか、『竹取物語』が全体構造の軸とした〈縦の移動〉よりもむしろ、人が誰でも経験する〈克服〉に関わる〈横の移動〉であった。しかしながら『うつほ物語』も『落窪物語』も、地上に生きる人としての欲求に端を発する〈克服〉を目指す〈横の移動〉を語る一方で、『竹取物語』を「祖」とする作り物語であるがゆえに天上世界や異界性と無縁ではいられなかった。それが『源氏物語』正編になると、光源氏が赴いた須磨・明石は異界性を兆してはいるものの、人の意思がそれを凌駕していると捉えることができるし、続編に至っては、薫の〈横の移動〉の物語も浮舟の〈横の移動〉の物語もその因果を親の世代に求めうる、きわめて現実性の濃いものとなっていた。そして『源氏物語』では初期物語とは異なり、〈克服〉が容易ならざるものとして主人公たちに突きつけられていた。

後期物語三作品では、物語に潜在・伏流するものとして天の意思が隠然たる〈支配〉性を担っており、そのなかにあっては〈横の移動〉も際立った効果を果たせず、主人公たちの〈克服〉は挫折や差延にぶつからざるをえない。しかし続く末期物語『とりかへばや物語』では、天の意思の後押しを得ながら〈横の移動〉が極めて有益に機能して、主人公は〈克服〉を果たすことになる。

そして『在明の別』と『松浦宮物語』はともに、『竹取物語』以来の〈縦の移動〉に基軸をもつ作品として登場し、天上世界による地上世界の批判を物語のうちに構造化した。末世的ともいえる人の世のモラルの低下や戦乱による混迷は、恐らく両作品が生まれた当時の時代性を反映したものであり、単なる『竹取物語』回帰ではない、まさに中古最末期にふさわしい物語を現出せしめたのではなかろうか。中古王朝物語を相対化するまなざしを孕む両作品の登場が、同時に中世王朝物語への扉を開く道筋を示したことは言うまでもない。

作り物語の流れにありながら極限まで超常性を排除した『源氏物語』は、物語られる内容のほぼすべてを現世における因果に拠るものとして、古代にあって信じがたいほどの現実味を王朝物語文学にもたらした。そのような評価軸からは、中古王朝物語文学史は『源氏物語』を頂点とする山型の曲線で説明されてしまうことになろうが、たとえそうであっても、それぞれの作品が曲線の各地点においてそれぞれに個性を発揮したことは十分に認めてしかるべきであろうし、わけても最末期の二作品が地上世界の批判的な相対化を目論んだことは、いま少し評価されてもよかろう。粗描ゆえさまざまな論じ落としがあることは自覚するところであるが、それらの克服については今後の課題としたい。

注

（1）前者については萩野「〈身〉を〈心〉とする女君たち―『浜松中納言物語』『松浦宮物語』の転生と影―」（『日本文学』五七巻五号　二〇〇八年五月）、後者については萩野「中古最末期物語における女と男の〈見る〉力―『在明の別』『松浦宮物語』をめぐって―」（『国語と国文学』八六巻五号　二〇〇九年五月）を、それぞれ参照されたい。

（2）地上の時間を伸縮させる〈移動〉といえば、本邦最初の小説であるとの評価もされる「浦島子の物語」が当然想起されてくる。浦島子の〈移動〉は一見〈横の移動〉にみえるが、常世との往来であることと時間の〈支配〉性からはむしろ〈縦の移動〉に類するとすべきであろう。

（3）第十五段の幕切れ「さるさがなきえびす心を見ては、いかがはせんは」（一二七頁）は男の探索・探求にもかかわらず、そこが彼の「すむべき国」ではなかったことを宣告したものと読むことができる。

（4）なお、伊勢＝非日常空間と京＝日常空間とを往来するという点では、第六十九段を中心とする伊勢斎宮関係の章段も〈横の移動〉の物語であるようにみえる。が、この場合、「狩の使」である「男」はそもそも帝の〈支配〉下において〈移動〉したのであり、斎宮との恋愛を成就させようという〈克服〉の意思が生ずるのは事後のことにすぎない。そして結局「男」が再びの逢瀬のために伊勢に向かうことはなかった。

（5）『古事記』の神代でいえば〈縦の移動〉の典型としてはニニギの天孫降臨、〈横の移動〉の典型としてはスサノヲの八岐大蛇退治やオホナムヂ＝オホクニヌシの国づくりといったエピソードがあげられよう。

（6）注（1）萩野二〇〇九年五月論文でも「中古最末期」という語を用いたが、これは価値判断を含むものではなく、単純に成立時期を指定するために便宜的に使用したにすぎない。

（7）「七歳になる年、父が高麗人にあふに、この七歳なる子、父をもどきて、高麗人と詩を作り交はしければ、おほやけ聞こしめして、あやしうめづらしきことなり。いかで試みむと思すほどに、十二歳にてかうぶりしつ」（①一九頁）とある。この「おほやけ」は帝を指すものと解されそうだが、一方でこの引用箇所の直後に「帝、ありがたき才なり、年の若きほどに試みむ、と思して」ともある。また俊蔭帰国時の記事には、「おほやけに事のよしを申さすれば、帝、『いとうるせかりしものの帰りまうで来たれること』と喜びたまひて」（①四〇頁）とある。後述するように帰国後宮廷社会に背を向ける俊蔭が「おほやけにもかはなず」「おほやけにもかなひ仕うまつらでほど経れば」と記されることに鑑みれば、『うつほ物語』において「おほやけ」は「帝」を含む王朝貴族社会の〈支配〉システムの最上位層を全体的に指しているようである。俊蔭そして彼の一族は物語全般を通じて、「帝」に対しては尊崇の念を確かに抱いていながら「おほやけ」に対しては独自の立ち位置を確保しているのであり、この物語における「おほやけ」表現と「帝」表現との位相差には注目すべきものがあろう。

（8）例えば新日本古典文学大系『落窪物語　住吉物語』（岩波書店　一九八九年）の「解説」において藤井貞和が、「原イメージの『落ち窪んだ所』は明らかに一般生活空間の水準に対し低く区別された空間であった。とは、物語のヒロインの住むのにふさわしい、神聖な空間でもある、ということになるかと思う。（中略）それは裏返せばそれだけ彼女の女主人公らしさを保証する、神聖な位相にあったということであろう」（四一二頁）と指摘するごとくである。

（9）『落窪物語』の主人公を男君道頼とする先行研究は枚挙にいとまがない。一方でこの物語に関しては、「あこぎ」が主人公であるとも読めるのであり、「主人公」なるものをどう捉えるかによって主人公が誰であるかの判断も相対的に揺れ動く。

（10）貴種流離譚との関わりもあってこの点については多くの指摘がある。端的な例としてひとつだけ引用すれば、三田村雅子『源氏物語―物語空間を読む』（ちくま新書　一九九七年）では「ある意味で言えば、須磨の嵐はその水と火の激しい荒れ狂いによって、光源氏の罪と穢れを祓う洗礼・禊となっていたのであり、別の意味で言えば、そのような光源氏の苦難こそ、光源氏が再生・復活の手がかりを摑む重要な通過儀礼となっていた」（七五頁）という指摘がされている。三田村が続けて須磨と明石の間の海について「古来『境界』の海として、他界への通路をかき開くものとして受けとめられていた」「異次元の他界に、裂目を開く場所でもあった」（七六・七七頁）と述べている点も、須磨・明石の非日常空間性を考えるうえで参考になる。

（11）ここでいう「ある位相」「別の位相」を具体的に述べるのは容易ではないが、仮に、「ある位相」とは「政治家としての光源氏の物語」、「別の位相」とは「人間としての光源氏の物語」であるとでもしておきたい。

（12）浮舟の手習に関する論は多くあるが、井野葉子「研究史」（『人物で読む『源氏物語』第二十巻―浮舟』勉誠出版　二〇〇六年）による概括が要を得ている。井野自身は「散文で語られるように浮舟の本心は俗世を捨て切れていないからこそ、『俗世を捨てきって未練のない理想の私』を虚構として創り上げて歌に書き、それを見ることによって、崩壊しそうな現実の自分をかろうじて支え、励まし、建て直そうとしている」（三〇五頁）と浮舟の手習を把捉する。この「虚構」の「私」づくりに、浮舟の〈克服〉への意思を見取ることができよう。

(13) このような見方に立てば、宇治十帖の後日談として偽作された『山路の露』は、浮舟の〈克服〉が結局果たされなかったという結果を描いた物語であると捉えられよう。

(14) 神田龍身「転生と形代―『浜松中納言』『松浦宮』―」(『物語文学、その解体―『源氏物語』「宇治十帖」以降―』有精堂　一九九二年)はこの再会を、「何かここにはうそさむい白けた気分があることも否めない」と評し、「心が同じで形が違うことのズレを物語したのが転生」であるからにはこの結果は当然のものであり、再会に至る「艱難辛苦の物語」「叙述の引き延ばし」にこそ物語の意味があるのだとする(一七〇〜一七四頁)。なお稿者自身は、唐国において中納言の〈克服〉すべき課題は父との再会から唐后との恋愛へと変容しており、そのすり替えのためにかような奇妙な再会が用意されたものと考えている。

(15) 注(14)神田論文において中納言の吉野入りは「一種の疑似渡唐体験」(一七五頁)と呼ばれる。なお唐国と吉野の関係については、藤原時平の詠「もろこしのよしのの山にこもるともおくれむと思ふ我ならなくに」(『古今和歌集』雑躰・一〇四九)が参考になる。桜井宏徳「『狭衣物語』における〈ことば〉としての地名―「唐泊」を中心として―」(狭衣物語研究会編『狭衣物語が拓く言語文化の世界』翰林書房　二〇〇八年)は、やはり当該歌を引用しながら『狭衣物語』でも「吉野(の山)」が、「いわば「大和」の内なる「唐国」とも称すべき、異国に異ならない「はるか彼方」の地として位置づけられて」(六二頁)いるとする。

(16) 「いとかくやる方なき御心の中を世に忍び過したまへば、世を経て晴々しからぬ御けしき」(①二九頁)、「中将の君、うち出でたまひては、いとど忍びがたうのみなりまさりつつ、すべてうつし心にても世に長らふべしともあらぬに、ただ、つくづくとながめのみせられて、いかさまにせんと、沈み臥したまへるに」(①六二頁)など、それに関わる叙述は物語に多く見られる。

(17) この点については、第一節で述べた『伊勢物語』の〈横の移動〉の物語や同第六十五段を参照しつつ論ずるべきであるが、別の機会に譲りたい。

（18） 萩野「狭衣物語の発端」（『国語国文研究』九四号　一九九三年七月）。また鈴木泰恵も「天稚御子のいたずら—「紫のゆかり」の謎へ—」（『狭衣物語／批評』翰林書房　二〇〇七年。ただし初出論文は一九九三年五月）において、狭衣の「天上的聖性」を顕現させた天稚御子降下事件と後の狭衣即位との対応を説いている。

（19） なお、『源氏物語』正編の光源氏の〈克服〉の物語に現れた暴風雨や父帝の亡霊、住吉の神の導きといった要素もまた、天の意思と切り離せないと見ることもできよう。が、稿者としては、それらに異界性を認めることには吝かではないものの、それらは天の意思というよりは人—光源氏、桐壺院そして明石入道—の意思に根付いており、位相を異にするものと判断している。

（20） 『在明の別』で男装時代の女君が「人の世のさまざまなるを見聞くにつけても」（三一四頁）と語られているのが、『夜の寝覚』の冒頭「人の世のさまざまなるを見聞きつもるに」（一五頁）に呼応していることも、偶然ではあるまい。『夜の寝覚』のそれは、地上に生きる者たちを相対化する語り手からの言であったが、『在明の別』では天女という素姓をもつ女君に、地上に生きる者たちを相対化する資格が与えられているのである。

（21） 注（1）萩野二〇〇九年五月論文を参照されたい。

付記　本稿で取り上げたうち、新編日本古典文学全集（小学館）に収載されている十の作品については、これをテキストとする。本文の引用に際しては頁数を示すが、分冊されている作品については分冊番号も同時に示す。『狭衣物語』に新全集本を用いることについては本文批判の観点からは問題が残るものの、本稿の論旨には影響しない。また『在明の別』については鎌倉時代物語集成第一巻を底本とし、新全集本のテキスト本文に近い形を意識しながら私に表記を改め、句読点を施した。なお各作品の題号については、それぞれのテキストが採用するものに拠った。多くの作品を取り上げた本稿において、当然ながら作品分析や解釈は個々の作品における現在までの研究の蓄積に拠るところが大きい。が、紙幅の都合上、先行研究については最小限の言及にとどめ、逐一取り上げることはしなかったことを諒とされたい。

『浜松中納言物語』吉野の姫君の〈衣〉空間——「あらぬところ」を求めて——

三村友希

一　引き籠もる吉野の姫君

『浜松中納言物語』のヒロイン吉野の姫君に居場所があるとすれば、それは〈衣〉の中ということになる。吉野の姫君の〈衣〉に籠もる描写がまず見出されるのは、母吉野の尼君が急死し、悲しみと驚きのあまりに失神してしまい、中納言らの懸命の介抱によって蘇生した、そのときであった。

①宵もやや過ぎぬらむと思ふほどに、やうやうあたたまりゆく。けしきもすこしなほりぬるやうなるに、いみじううれしくて、いよいよ仏を念じたてまつりてまぼるに、つゆばかりうち身じろき、目ほのかに見上げて、火のいたう近きに、例ならぬ人のつと添ひ臥して、顔に顔をあてて、涙を落としかけ給ふも、やうやう思ひ知るべかめれば、顔を、やはらほかざまに向けて、ひき入りつるにぞ、ことごとものおぼえて、生きかへりぬるなりけりと、うれしきことかぎりなし。（巻第四　三〇一～三〇二）

ようやく身体が体温を取り戻し、回復した吉野の姫君は、思いがけない事態に驚愕する。かすかに目を開けて見上げると、灯火が近くにともされているだけでなく、「例ならぬ人」が添い寝をしている。自分の顔に顔を当てて、その涙が顔にかかっているではないか。そのことがしだいに理解されると、吉野の姫君はおもむろに顔を背け、夜具の中に「ひき入」ってしまうのである。中納言にとっては、その驚きと恥じらいの行動こそが、吉野の姫君の意識が回復し、蘇生したことの証拠と確信された。この〈衣〉の中に逃避する行動は、吉野の姫君の生存証明のように受けとめられているのである。

②ものおぼゆるなめりと見えてのちは、顔もいとどひき入れて、涙のみ流れ出づるさま、なほ、消えとまるべうも見えぬ人のさまかなと、あはれにうしろめたければ、立ちも退き給はず、　　（巻四　三〇二）

吉野の姫君は、意識がはっきりしていくにしたがって羞恥の気持ちも強くなり、いよいよ〈衣〉の中に引き籠もってしまう。その〈衣〉の中から、「涙」だけが流れ出ているという。吉野の姫君の沈黙を代弁して余りある「涙」であった。さらに〈衣〉からはみだしているのは、美しい髪である。

③つくづくと見つつ、かたはらにたたなはりたる髪、かき出で給へれば、いただきより末まで、つゆおくれたる筋なく、まことに金の漆なんどのやうに、影見ゆばかりつやつやとして、七八尺ばかりうちやられたる末は、五重の扇を広げたらむやうに、世に知らずめでたう、顔ひき入れながら臥い給へるありさまの、めでたうらうたげにをかしきけしき、かぎりなき人ざまなるに、同じ人生み出でたりとも、唐国の后は、さる、さまことなる契りおはする人にて、すぐれ給へるにこそありけめ、これは何ばかりのことかあらむと、思ふやうになずらひ寄ることあらじと思ひあなづりしを、ただうち見るがあはれにいみじうおぼえて、立ち離れむともおぼえず。　　（巻四　三〇三〜三〇四）

ここには、〈衣〉空間に引き籠もる吉野の姫君の身体性に二つの方向性が浮上している。すなわち、〈衣〉から零れ出た「涙」というメディアは「消えとまるべうも見えぬ人のさま」を物語っていたのに対し、やはり〈衣〉の中に収まりきれずに「かたはらにたたなはりたる髪」は「つやつや」と光り、長く豊かな量感をたたえており、〈衣〉の中の身体が隠されているだけに、魅惑的な女の身体の象徴として映るのである。中納言は畳って重なった長い髪を「かき出で」てさえいる。唐后の「ゆかり」としては期待できまいと侮っていたのに(1)、中納言はすっかり魅了されている。

吉野の姫君が〈衣〉の中に引き籠もる場面は、ここだけではない。吉野の姫君はいつも恥じらってばかりで、〈衣〉にくるまりがちなのである。

④いらへ聞こゆべき言葉などもおぼえず、はづかしうて、うち泣きて、顔ひき入るるほかのこともなきも、いとらうたげなるを、ことわりかな。知らぬ男の、にはかに一つになりて、隔てなく、さすがに、何の筋となく、かく添ひゐたらむは、いかでか女の、ふとうちいらへ、さはやかにおはせむと、あはれにおぼえ給ひて、
（巻四　三一一〜三一二）

⑤袖に顔をおし当ててそばみ給へるが、かしらつき、やうだい、髪のかかれる、髪のつや、さがりば、世に知らずをかしげにて、ほのかなるけはひなども、かぎりなう若く、なつかしげなるこそ、まだ見馴れぬ心地するや。
（巻四　三一七）

⑥さまよきほどに扇にまぎらはして、すこしそばみ給へる、今日はつねよりもひきつくろひ給へるに、いとど目もおよばずをかしげに、ほどのいとささやかにらうたげなるに、かかれる髪の髪ざしよりして、言ふかぎりなう清げにかをるばかりに、にほひのいみじううつくしげなるほど、
（巻四　三四七〜三四八）

吉野の姫君は、④⑤でいずれも「顔」を隠している。④では、中納言自身、引き籠もる吉野の姫君の内向的なあ

り方に同情的であるらしい。吉野の姫君の泣き顔を隠す姿は可憐で、知らない男が突然「隔て」もなくともに暮らし、そうは言っても契りを結ぶわけでもなく付き添っているのだから、女がどうして気軽に振る舞えようか、といとおしく感じている。⑤では、「顔」に袖を押し当てて隠していても、③の場面と同様に美しい髪が中納言の視線にさらされており、頭のかたち、髪のかかり具合、髪のつや、垂れ髪の端といった細部が注目されている。この後、中納言はさらに吉野の姫君の美しい髪をつくづくと見ている。(2) ⑥は上京後の新年、吉野の姫君が几帳の内側に「隠れ」(巻四　三四七)ていたところを、中納言が「今年だにありつかせ給へ」(巻四　三四七)と言って几帳を退けてしまう場面である。吉野の姫君は扇で「顔」を隠しつつ、横を向いている。容貌が隠されていれば、女の身体の象徴としての髪に目が向くのも当然であろう。

実は、中納言は、失神した吉野の姫君の身体を無遠慮に見つめていた。

⑦火近う取り寄せたれども、ものおぼえぬさまにて、うち身じろき、顔ひき入れなどもせで、まことに亡き人のやうにて臥し給へる、顔くまなう白うをかしげに、ここもとぞ、すこしおくれたりけれと見ゆるところなう、あざあざとうつくしげに、分け目、髪ざし、額のきはなどにいたるまでめでたきを、あさましうあはれとまぼるに、涙さらにとどまらず。(巻四　三〇〇〜三〇一)

意識を失っている吉野の姫君は、中納言が近寄っても、〈衣〉の内側に手を入れて肌に触れても、「顔ひき入れなども」しない。ここでも、「衣のかぎり見えて臥し給へるかたはらに、髪ぞいとこちたくたたなはりたる」(巻四　二九九)髪が特に注目されていた。しかも、髪の分け目や生え具合、額際といった細部の美しさに、中納言の視線は及んでいる。(3)

女主人公が〈衣〉に籠もる例としては、たとえば、『源氏物語』に次のような例がある。いずれも浮舟が〈衣〉

の中に「顔」を「引き入れ」る例である。

衣をとりて引けば、顔をひき入れていよいよ泣く。（手習⑥二八四）

顔も引き入れて臥したまへり。（夢浮橋⑥三九三）

手習巻、横川の僧都一行に発見された浮舟は、僧によって〈衣〉を引っ張られると、〈衣〉の中に「顔」を埋めて泣く。正体不明の女を鬼か狐かと怪しむ僧たちは、「え隠れたてまつらじ」「まさに隠れなんや」（手習⑥二八四）と責め立てる。夢浮橋巻、小君が薫の使者として小野にやってきた際にも、頑なに弟と認めようとしない浮舟は、ただ〈衣〉の中に引き籠もって臥してしまう。浮舟にとっては、自分を守ってくれる唯一のもの、隠してくれるものが〈衣〉であったというわけであろう。〈衣〉は自己と他者を隔てる、かすかな防御の、抵抗の鎧であった(4)。吉野の姫君の〈衣〉空間に引き籠もる問題を考えるために、『源氏物語』の最後にこのような例が見出されることは興味深い。

そして、『浜松中納言物語』と同じく菅原孝標女の作であるとされる『夜の寝覚』の中の君もまた、〈衣〉の中に引き籠もることを常とする女主人公であった。中の君が「顔を引き入れる」態度は現存部分だけで七例を数えるという。「女主人公は耐え難い運命や世間の指弾、周囲の視線から身を護るように、〈衣〉の中に逃避し、〈衣〉にもぐり、〈衣〉に立てこもって、衝撃をやり過そうとする(5)」のである。このような〈衣〉の表現が、『夜の寝覚』では巻一から巻五まで長期にわたって繰り返されるのに対して、『浜松中納言物語』では、吉野の姫君の恥じらいを強調して局所的に限定されて用いられることが指摘されている。では、吉野の姫君の〈衣〉空間はどのように描かれるのであろうか。

二　変質する〈衣〉空間

ところで、『夜の寝覚』においても、中の君の髪は〈衣〉からはみ出していた。

御衣の限り、身もなくて見えたるに、うちやられたる御髪の裾は、ふさやかにこちたくて、顔を引き入れて臥したまへるがいみじくあはれげなるに、　（巻一　一一四）

ただ〈衣〉だけがあって「身」もないように見えるというのに、中の君の髪は「ふさやかにこちたくて」と描写され、量感が感じられる。〈衣〉空間に立て籠もる姿勢は重要であるが、このようにそこから零れ出てしまう髪の問題もまた重要であろう。『浜松中納言物語』の前掲③の場面では、中納言は〈衣〉にくるまって臥している吉野の姫君の「かたはらにたたなはりたる髪」を「かき出で」ていたのである。

髪を「かき出」だす例としては、『源氏物語』には次のような例を見出すことができる。

なほいとひたぶるにそぎ棄てまほしう思さるる御髪をかき出でて見たまへば、　（夕霧④四六三）

几帳の帷子の綻びより、御髪をかき出だしたまへるが、いとあたらしくをかしげなるになむ、しばし鋏をもてやすらひける。　（手習⑥三三八）

前者の落葉の宮は、みずからの手で髪を「かき出でて」いる。女房たちは落葉の宮と夕霧の結婚に浮かれているが、落葉の宮自身は再婚する気などない。女房は「かたはにも見たてまつら」ない髪が、落葉の宮本人には「いみじの衰へや、人に見ゆべきにもあらず」（夕霧④四六三）と感じられる。落葉の宮はその後、塗籠に立て籠もったところを夕霧に侵入されて、最後の砦として「単衣の御衣を御髪籠めひきくくみて、たけきこととは音を泣きたまふ」（夕霧④四七九）のであった。そのたった一枚の衣は、夕霧に引きはがされ、髪に触れられてしまうことになる（「埋もれたる御衣ひきやり、いとうたて乱れたる御髪かきやりなどして」夕霧④四八〇）。ここには、女の髪をめぐる、男女の支配・被支配の関係性が浮き彫りになるのである。

また、後者は浮舟の剃髪場面である。浮舟の髪を「かき出だし」ているのは阿闍梨である。浮舟の髪を下ろす阿闍梨は、その髪があまりに美しくもったいないので、しばらく「鋏」を持ったまま躊躇している。実は、前者の落葉の宮の場面にも「鋏」が登場する。落葉の宮が思いあまって自分の手で髪を切って尼になろうとすることができないよう、女房たちは「御鋏などやうのものはみなとり隠して」（夕霧④四六四）いるという。女の身体の表象である髪は、確かに身体の一部でありながら、「鋏」によって切り離すことも可能なのだ、と突きつけているように感じられる。(6)

一人では管理できない長い髪を、吉野の姫君は、中納言が世話役にと呼び寄せた乳母の妹母娘に委ねる決心をする。

⑧中納言の、日ごろ添ひ給へりつるには、涙に沈むよりほかのことおぼえで過ごし給へるを、さのみひきかづき、この人々をさし放ちてえあるまじきがはづかしさに、かまへて、おぼしためらひ、かしら、ときどきもたげ、御髪解きくださせ給ひ、ひきつくろひなどして、（巻四　三一五）

中納言が帰京するのに際し、〈衣〉を引き被ってばかりいて、母娘を無視してはいられまいと思い、髪を解きほぐさせるのである。ここでは、吉野の姫君が引き籠もっていた〈衣〉から出ているのである。上京が迫り、吉野の姫君をめぐる状況が変化していることによるのであろう。普段は「奥深ううづもれて、あながちに几帳に、はた隠れそばみなどまぎれ過ぐ」（巻四　三三二～三三三）してばかりの吉野の姫君も、車から降りるときは、「扇に顔ばかりをまぎらはして」（巻四　三三三）いながらもすべてを隠し通せるわけもない。道中の宿では、中納言と「袖ばかりは引きかはし添ひ臥」（巻四　三三四）す。上京すると、唐后の生んだ若君を懐に抱いて眠るのであった（巻四　三三九）。吉野の姫君の〈衣〉空間は、状況の変化、心境の変化によって変質していく。無理矢理に引きはがされる、乱暴な変質でないことに注意すべきであろう。

次にあげる場面では、若君を抱いて眠る吉野の姫君の傍らに、中納言までもが横になっている。

⑨若君ふところに臥せて、みな寝給ひにけり。少将は御かたはらなる。みなおどろきてゐざり出でぬれば、臥しかはり給ひて、世のつねにうち語らひ給ひつつ臥し給ひぬ。何ごともいますこし面馴れて、はじめのころのやうに、いとわりなくもおぼえず、うち添ひたる手あたりの、近まさりのかぎりなさに、（巻四　三五五）

上京して新年を迎え、吉野の姫君もしだいに中納言に対する思慕を募らせていたころのこと。中納言が入ってきたので、世話役の少将などが遠慮して退出してしまったところに、中納言はするりと「臥しかは」った。男女の契りを交わすことはないものの、「うち語らひ」ながら寄り添って横になり、(7)中納言は吉野の姫君の「うち添ひたる手あたり」に「近まさり」を感じる。翌朝は日が高くなるまで寝過ごして、式部卿宮からの吉野の姫君宛の消息を見せる中納言に対し、吉野の姫君は、「言ひ知らずうつくしげなる寝くたれ髪」で「しり目に見おこせ」（巻四　三五七〜三五八）るという、これまでにない表情も見せている。ここにはもはや、吉野の姫君の以前のような拒絶の態度は見られない。

やがて、中納言は夜毎に唐后の夢を見、天の声によってその昇天の事実を知る。その悲しみを共有してくれるのは、ほかならぬ吉野の姫君であった。

⑩例ならぬ御けしきいとほしうて、寄りかかり、そばみ給へるかたはらめ、髪のかかりなど、いみじううつくし

げなるを見るにも、いとど涙せきやるかたなく流れ出づるを、いかなれば、けしきもうち変り、思ひおどろき給へるさまの、いとらうたげなるに、忍びがたくて、かたはらにかき寄せ聞こえ給ひて、「夜な夜なもろこしの御ことの、つゆもまどろめば夢に見えつつ、あやしう心騒ぎのみしておぼえつるに、かかる声をなむ、今宵聞きつる。いかなることぞと思ふに、いといみじう」とて泣き給ふに、いらへはせで、顔をひき入れて、涙の落つるけしきも、同じ心にあはれなることかぎりなし。

思ひやるかたもなくなくまどはましこのひともとをたづねざりせば　（巻四　三六二〜三六三）

この場面では、いつもとちがう様子の中納言を気の毒に思って「寄りかか」る吉野の姫君の、これまでと異なる、中納言に対する積極性が窺える。その吉野の姫君の横顔や髪のかかり具合などがあまりに愛らしいので、中納言は我慢できずに「かたはらにかき寄せ」るのである。吉野の姫君は、この場面でも相変わらず沈黙して、「顔をひき入れて」泣いている。しかし、その涙が中納言と「同じ心」で流されていることに注意すべきだろう。式部卿の宮によって奪われる直前には、「几帳ばかりの隔てだになく」「ひとつ涙に浮かみ給ひて明かし暮ら」（巻四　三六六）している、中納言と吉野の姫君の関係性の変化なのである。吉野の姫君の引き籠もる〈衣〉空間は、以前に比べて閉ざされてはいない。

巻四に集中する、吉野の姫君の〈衣〉に引き籠もる態度は、瘧病みを患って参籠した清水寺における場面が最後となる。それまで付き添っていた中納言が泣きながら恋しさを述べて帰ろうとすると、吉野の姫君も涙に暮れてしまう。

⑪知らぬ人のはづかしうおはするに、思ひもかけず見ゆるかなと、あさましながらも、言ふかひなく、また頼むかたなく、見馴れたてまつりぬる心地して、げに、日ごろのおぼつかなさ、わが心細う思ひつづけられつるに、

同じ心なるもいとあはれにて、顔に袖をまぎらはしてうち泣き給へるさま、いみじからむ荒蝦夷も泣きぬばかりに、あくまでなつかしう、心苦しきけしきを添へ給へる人ざまなり。（巻四　三七五〜三七六）

吉野の姫君にとって、この参籠は、中納言に導かれて吉野を出てからはじめて中納言のもとを離れた機会となった。「知らぬ人」がいる中で、中納言が「同じ心」で不安を共有してくれることが、吉野の姫君にはたまらなく嬉しい。⑩の場面に続き、ここでも二人は「同じ心」を共有できている。「同じ心」であることを中納言が感動するのが⑩の場面であったのに対して、ここでは吉野の姫君その人が「同じ心」でいてくれる中納言に親しみを感じ、感謝し、慕わしく思っているのである。結局、中納言は「日暮らし添ひ臥して、よろづに語らひあつかひ暮らして」（巻四　三七六）から寺を出た。巻四の巻末、吉野の姫君失踪の直前のこの段階において、格段に心を通じ合わせた二人の関係性が読み取られよう。

さて、吉野の姫君が式部卿宮によって誘拐された経緯は、巻第五になって明かされることになる。式部卿宮は眠っていた吉野の姫君のもとに忍び込み、「衣を顔に押しくくみて率て出で」（巻五　四〇一）たのだという。吉野の姫君の自己防衛の砦であったはずの〈衣〉なのに。中納言がようやく再会したときには、衰弱した吉野の姫君は「身もなく、ただ衣のかぎりして臥し」（巻五　四二〇）ていた。臨終間際の宇治大君が「中に身もなき雛を臥せたらむ心地して」（総角⑤三二六）いたのを想起させる、憔悴した姿である。中納言が「寄りて顔をひきあけ」（巻五　四二〇）ると、まさに瀕死の状態であった。巻五になると、誘拐、懐妊といったドラマの中で、〈衣〉は吉野の姫君を守ってくれるものではもはやなくなってしまうのである。

三　「いづこなるらむあらぬところは」

吉野の姫君の詠歌の中にも、吉野の姫君の居場所空間を考えるためのヒントが見出される。見られることの怯えからひたすら〈衣〉空間に閉じ籠もろうとした問題とは視点は異なるが、確認しておきたい。

1たれもなほ憂き世のうちの山なるをいづこなるらむあらぬところは（巻三　二二九）
2奥山の木の間の月は見るままに心細さのまさりこそすれ（巻三　二八三）
3立ちのぼるけぶりの中にくらされて月となりけむ空も知られず（巻四　三一七）
4み吉野の雪の中にも住みわびぬいづれの山をいまはたづねむ（巻四　三二〇）
5かきくらし晴れせぬ雪の中にただ明けぬ暮れぬとながめてぞふる（巻四　三二二）
6ふるままにかなしさまさる吉野山うき世いとふとたれたづねけむ（巻四　三二七）
7涙さへいづちとさきにすすむらむわれだにゆくへ知らぬところに（巻四　三三二）
8聞くままにはかなきことぞ知られける夢のゆかりのまぼろしの身は（巻四　三三七）
9見も果てで別れやしなむと思ふかなかたみにかかるかたみと思ふに（巻四　三六七）
10住み馴れし峰の松風それとただ聞きわたすにもものぞかなしき（巻四　三七六）
11ふるかとぞ花の都の花を見る吉野の山の雪にならひて（巻五　三九五）
12はるかにも思ひやるかなみ吉野の山路の雪も今は消ゆらむ（巻五　三九五）
13憂き世なりあらじとなどて思ひけむ心とどまる折もありけり（巻五　三九五）

14鳥辺野のけぶりとならむ雲居にも君を心にいつか忘れむ（巻五　三九五〜三九六）

15死出の山越えわびつつぞ帰り来したづねぬ人を待つとせしまに（巻五　四三二）

16ことの葉やながき世までもとどまらむ身は消えぬべき道芝の露（巻五　四三五）

全十六首の中で「憂き世」が三度（1・6・13）、「ながき世」が一度（16）用いられている。2「奥山の……」は、中納言の和歌「住みなるる人はいかにかながむらむ深く身にしむ山の端の月」（巻三　二八三）に対する返歌で、吉野でひっそりと暮らす思いを尋ねられ、その「心細さ」を答えたのであった。同じく「月」を詠む3「立ちのぼる……」は、母吉野の尼君の死を哀悼した和歌。吉野の生活を詠んだ4「み吉野の……」にも、その心細い暮らしぶりが窺える。

5「かきくらし……」には、雪深い吉野における「ながめてぞふる」日常がうたわれている。新編全集本・頭注には、参考歌として浮舟の和歌「かきくらし晴れせぬ峰の雨雲に浮きて世をふる身をもなさばや」（浮舟⑥一六〇）があげられる。これは浮舟の和歌「降りみだれみぎはにこほる雪よりも中空にてぞわれは消ぬべき」（浮舟⑥一五四）と同趣向の詠みぶりであるが、浮舟は、「雪」よりもはかなく消えてしまうであろう、「浮きて世をふる身」を「峰の雨雲」に変えて消えてしまいたい、と詠んだわけである。[8] 吉野の姫君は、中納言の消息に対する返信6「ふるままに……」でも、吉野で日々を送る鬱屈した思いを吐露している。

吉野の地の「雪」は和歌によく詠まれる景物であるが、吉野の姫君も、4・5のほか、上京後に桜が散ったのを詠んだ和歌で、失踪の後に回想されている11「ふるかとぞ……」、12「はるかにも……」でも「雪」を詠む。失踪後であるだけに、12「雪」が「消ゆらむ」とあるのは不吉な印象を残してしまう。「消ゆ」は、16「ことの葉や……」にも「身は消えぬべき道芝の露」と見え、ここにも死の影さえちらつくし、8「夢のゆかりのまぼろしの身」である私は「はかな」い者だ、と認識する。吉野の姫君の我が「身」に対する正体不明の不安感は、9「かたみにかかるかたみ」と思っているのに、中納言と別れてしまう気がする、という予感として表出されているのであった。それが、16「ことの葉や……」では更に生命の危機にまで発想が及んでいる。

しかし、13「憂き世なり……」では、吉野の姫君にわずかな心境の変化も見られるようだ。今まで「憂き世」などと思っていたのはどうしてか、あなた（中納言）のことを思うと「心とどまる折」もあったのでした……。中納言に対する思慕は、14「鳥辺野の……」でも、たとえ死んでも「君を心にいつか忘れむ」と表現されている。吉野の姫君の「心」の中に、中納言への愛情が芽生え、根づいていると解してよいのであろう。ただし、13の和歌に続いて「身は露ばかり」（巻五　三九五）と言い添えていることから、吉野の姫君の存在の不安は、ここでも感じられている。この二首は、10・11と同様に、中納言が吉野の姫君の失踪後に発見した手習いであり、中納言は「ことにわれをば、あはれと深く思ひ知り給へりけり」（巻五　三九六）といっそう悲嘆する。

そこで注目したいのが、1「憂き世」でない場所を求める、「いづこなるらむあらぬところは」という表現である。上京する道中で詠まれた7「涙さへ……」の「われだにゆくへ知らぬところに」とある思いとも関わって、吉野の姫君の流離するイメージが結ばれてくるのではないか。それは、〈衣〉の中に居場所を求める行為とも繋がってくる問題であると思われるのである。またさらに、「消ゆ」や「身」といった表現で詠まれていた、死の予感めいた不安とおのずと関わるのではないか。とりわけ1「たれもなほ……」は、吉野の姫君が物語において最初に詠んだ和歌として重視される。

御心なぐさめに人の見るなる絵物語などだに、かかる山奥には、いづこのかは見えむ。行きかはり、時に従ひたる花の色、鳥の声をも、わが身同じ心に見はやす人もなく、ただ心一つに起き臥しながめつつ、手習ひを友にて明かし暮らし給ふ。母宮の教へ給へる琴を、教へたてまつり給ふよりも過ぎて弾き取り給へる、聞く人もなき世界なれば、ながめわびてはかき鳴らしつつ、明かし暮らし給ふことよりほかのこともなきに、中納言たづね入りおはしたりしを、世のつねの人だに絶えたる世界に、あさましうめでたうものし給ふ人の、都の人の住みかは、思ふにかうはあらじを、いかに見給ふらむと、はづかしう、人々の思ひよろこびたるを見給ひて、心のうちには、

　たれもなほ憂き世のうちの山なるをいづこなるらむあらぬところは

これより奥へもたづねまほしううちながめて、琴をいみじうをかしう弾きてゐ給へる夕映え、人々めでたしと見たてまつりて、「年ごろは、この御琴の音うけたまはりつるは、そぞろ寒く、すさまじくはべりつるを、今はしも、いとおもしろくはべり」と心地よげに興じあへるもことわりながら、あな心憂と、わが身一つのみ、はづかしくあらま憂くおぼす。（巻三　二二八〜二二九）

ここには、生い育った吉野という土地に対する、吉野の姫君の違和感が語られている。吉野という「かかる山奥」には風流をともに楽しむ相手もおらず、「ただ心一つ」にもの思いに耽りつつ、「手習ひを友に」して暮らしていた。琴を奏でても、「聞く人もなき世界」なのである。そこに突然、中納言が現れた。日頃から鬱屈を抱えていた吉野の姫君は、中納言ほどの「あさましうめでたうものし給ふ人」の目に「世のつねの人だに絶えたる世界」がどのように映るであろうか、と恥ずかしく思う。人々が中納言の訪れを喜んでいるのを見るにつけても、吉野の姫君の苦悩は深まっていく。「これより奥へもたづねまほしう」思っては、「わが身一つのみ」が恥ずかしく感じられ、生きているのがつらいとまで思うのであった。しかし、吉野の姫君には、ほかに行くあてもない(9)。

1の和歌をめぐっては、新編全集本・頭注が「世の中にあらぬ所も得てしがな年ふりにたる形隠さむ」（拾遺集・

雑上・五〇六　よみ人知らず）とともに、『源氏物語』の女三の宮の和歌を引く。

うき世にはあらぬところのゆかしくてそむく山路に思ひこそ入れ　（横笛④三四八）

女三の宮の和歌は、不義の子薫を出産して出家した後、父朱雀院の「世をわかれ入りなむ道はおくるとも同じところを君もたづねよ」（横笛④三四七）に返歌したものである。「同じところ」とは極楽浄土のことで、新大系本・脚注には、「死後の一蓮托生は本来なら夫婦の関係。ここは父が来世で一緒になろうと言っているように読まれる」とある。光源氏は後に、女三の宮に対して「はちす葉をおなじ台と契りおきて露のわかるる今日ぞ悲しき」（鈴虫④三七六）と詠みかけることになる。(10) しかし、女三の宮は「へだてなくはちすの宿を契りても君が心やすまじとすらむ」（鈴虫④三七六～三七七）と返して、光源氏の誘いを拒絶するのであった。

そして、さらに思い起こされるのは、浮舟と母中将の君の贈答歌である。(11)

浮舟　ひたぶるにうれしからまし世の中にあらぬところと思はましかば

中将の君　うき世にはあらぬところをもとめても君がさかりを見るよしもがな　（東屋⑥八四）

これもまた、浮舟が物語において最初に詠んだ和歌であった。やはり『拾遺集』「世の中にあらぬ所も得てしがな……」からの引歌ともされている。浮舟は、和歌を詠じる前、三条の小家に移ってきて、「世にあらんこととところせげなる身」（東屋⑥七七～七八）を嘆いていた。反実仮想の用法が、この世にどこも居場所がないからこそ「世の中にあらぬところ」を求める、浮舟の切迫した、それでいて根源的な思いを強調する。対する母中将の君は、浮舟に結婚による栄達を求めることにこだわっており、浮舟は唯一の庇護者である母とも気持ちがすれちがっている。(12)

女三の宮の和歌が浮舟や吉野の姫君と異なるのは、仏教的な背景があろうとも、女三の宮の求める「うき世にはあらぬところ」には、父朱雀院が来世を願った「おなじ台」の発想が根底にあることであろう。光源氏を疎外するかのように、父と娘の心は確かに向かい合っていた。宗教を建て前とし、仏道修行することで来世での再会を願いながら、この父と娘はただ「おなじ」ところ、「うき世にはあらぬところ」を求めているだけなのかもしれない。根源的に故郷のない浮舟[13]とは異質の「あらぬところ」ではないか。そのように考えれば、吉野の姫君の「あらぬところ」に対する希求も、故郷のない者のそれであるにちがいない。女三の宮よりもさらに漠然とした、浮遊するような存在の不安であり、孤独である。

結びにかえて

吉野の姫君の和歌7「涙さへいづちとさきにすすむらむわれだにゆくへ知らぬところに」は、吉野を出立する際、涙に暮れて車に乗れずに詠んだ。この日も雪が降っていた。この「ゆくへ知らぬ」という表現からも、浮舟の和歌がやはり想起される。

橘の小島の色はかはらじをこのうき舟ぞゆくへ知られぬ（浮舟⑥一五一）

心こそうき世の岸をはなるれど行く方も知らぬあまのうき木を（手習⑥三四二）

前者は匂宮、後者は中将に対する返歌である。特に後者は、尼となって「うき世」を棄てたはずであるのに、それでも「行く方も知らぬ」感覚を持ち続けていることが窺えて意味深長だ。紫の上もまた、死の直前、「まづ我独り行く方知らずなりなむを思しつづ」（御法④四九九）けていたのであった。『源氏物語』における「ゆくへ」は三十五例が見られ、その殆どが「行く方知らず」「行く方なし」などのように否定の語をともなって用いられており、行方不明、生死不明を意味する成句的な表現法であるという[14]。これを吉野の姫君の「ゆくへ知らぬ」にも応用して考えれば、和歌7「涙さへ……」に表された、吉野の姫君の不安のほどが確かに理解されるであろう。「あらぬところ」を求める心境と合わせ、その流離する感覚、居場所の定まらない意識が浮き彫りになる。そうした浮遊感の中で、吉野の姫君がかろうじて自身の身体をつなぎとめ、守ろうとした精一杯の行為が、〈衣〉に引き籠もることではなかったか。

吉野の姫君が〈衣〉空間から出る契機となったのは、式部卿宮による誘拐であった。吉野の姫君は男によって移動させられる、隠される女なのである。それがまた、吉野の姫君の流離する感覚を増幅させずにはおかない。そもそも中納言は、吉野から吉野の姫君を連れ出して「隠し据ゑて」(巻四　三七〇)いたわけである。そのことじたいが、式部卿宮の欲望を刺激した。山奥から探し出した美女を隠している中納言を羨んだ式部卿宮は、吉野の姫君をつけ狙い、清水寺に参籠した際に「ぬすみ隠してむとおぼしたばかるる」(巻四　三七四)ことになる。中納言もそうした事態を警戒していたものの、「今宵かならず率て隠してむ」(巻四　三七七)と決意した式部卿宮は、吉野の姫君誘拐に成功する。吉野の姫君の失踪を知った中納言は、「わが心と逃げ隠れ給へるにはよもあらじ。ほのかにこの人のありさまを見聞きたらむ人の、取り隠したらむかし」(巻五　三八二)と思うが、三位の中将を疑ったりして、行く方はなかなか判明しない。式部卿宮は、吉野の姫君を梅壺に「隠し据ゑ」(巻五　四〇一)ていた。吉野の姫君自身も、用心するようにと注意されていたのにさらわれてしまい、中納言が「心通はして誘ひ隠されたてまつりにける」(巻五　四〇五)と誤解しているのではないかと思っていた。

古典には男が女を盗み出す話型は多く見られるが、このような吉野の姫君の隠される物語のありようは、浮舟の「隠す／隠れる」物語にも似ている。(15) もっとも、吉野の姫君をめぐる人物関係や欲望構造は浮舟物語ほどには複雑ではないと言えようし、ついに薫のもとに戻らなかった浮舟とはちがって、吉野の姫君は中納言のところに帰ってくる。吉野の姫君が食事もとらずに衰弱する一方なので、困り果てた式部卿宮が「だれにお知らせしたらよいか」と尋ねたのに対して、吉野の姫君自身が「中納言に告げさせ給へ」(巻五　四一〇)と息も絶え絶えに願い出たからである。吉野の姫君は、最後まで、みずから隠れる女とはならない。それでよいのであろう。吉野の姫君は、確かに中納言を慕い、「いまひとたびは見えたてまつりもし、見もせばや」(巻五　四〇九)という気持ちを抑えきれなかったのだから。「あらぬところ」を求めていた吉野の姫君が帰り着く場所は、中納言のもとであった。浮舟のイメージを継承しつつも、吉野の姫君は浮舟とはちがう女の人生を生きるのである。

その一方で、中納言が吉野をはじめて訪問する前、尼姫君は、吉野は出家者にとって理想の住まいであると言っていた。

そむきては吉野の山にあと絶えてうき世を見じと思ひしものを　(巻二　一九三)

思うに、尼姫君のこの和歌と吉野の姫君の1の和歌は響き合っていないであろうか。中納言とともに暮らす尼姫君にとっては、「吉野の山」は俗世を棄てた者にふさわしい異郷であり、そこでならば「うき世」を見ないでいられるような、消息不明になっても行ってしまいたい、憧憬の空間なのである。しかしながら、そこに暮らす吉野の姫君は、さらに奥地の、「憂き世」でない「あらぬところ」を求めている。また、尼姫君は、唐土から帰国する中納言と別居を望んでいた。

憂き世を見ず聞かず、思ひ離れなむわが身ながらも、さばかり思ひ離れしかひなう、ところも替へずかくてあらむよ。(中略)あらぬところはなきものから、出で離れ逃げ隠れなむも、いとどけしからず、うとまれ果てられたてまつらむも、かぎりあらむ命のほどは、わりなうおぼさるれば、「山梨の花」の心憂さをおぼし入るに、　(巻二　一三二〜一三三)

尼姫君は、「出で離れ逃げ隠れ」たい、という願望を抱いていたのである。「憂き世」を見ないように、聞かないようにしたい、と思って出家したのにもかかわらず、別の場所に移り住むこともなく、「あらぬところ」に逃避して隠れることもできるわけがない。「山梨の花」とは、「世の中を憂しと言ひてもいづこにか身をば隠さむ山梨の花」（古今六帖・第六）を引く。身を隠し、「憂き世を見ず聞かず」にいられる空間こそが「あらぬところ」なのだと改めて了解される。隠される吉野の姫君と隠れたい尼姫君。しかしながら、二人ともが「あらぬところ」を求めていた。

ここではない、どこか……。別世界を求める女たちの思いは、どこかで重なっている。なお、物語最後の和歌は、五の君が詠んだ「この世にもあらぬ人こそ恋ひしけれ玉の簪何にかはせむ」（巻五　四五一）である。唐土にいない中納言を思慕するあまり、五の君は入内を拒んで尼になった。この五の君の「この世にもあらぬ人」を恋う気持ちもまた、吉野の姫君や尼姫君の「あらぬところ」を希求する思いと表裏している。このような共鳴し、重層する関係構造それじたいにこそ、『浜松中納言物語』の問題意識が見出されるように思われるのである。

注

（1）吉野の姫君の「ゆかり」性の問題をめぐっては、本論で考察することはできないが、八島由香「『浜松中納言物語』における〈ゆかり〉―吉野姫の存在と形代物語への可能性―」（『駒沢大学大学院国文学会論輯』第二十七号　一九九九年五月）など参照。

（2）横溝博「『浜松中納言物語』吉野姫の〈内〉と〈外〉―吉野姫をつなぎとめるものとの関わりから―」（『平安朝文学研究』第五号　一九九六年十二月）は、中納言が内面を捨象した吉野の姫君の身体を「見る」人物であることを指摘する。

（3）　中納言の視線がまず髪に注がれることは、助川幸逸郎「浜松中納言物語における〈言語〉と〈身体〉―浮舟物語批判としての観点にもとづいて―」（河添房江ほか編『叢書想像する平安文学　第四巻　交渉することば』勉誠出版　一九九九年）に詳しい。また、『浜松中納言物語』の髪描写への執着は、木村公子「『寝覚』と『浜松』―女性の装束と髪について―」（『名古屋大学国語国文学』第四十四号　一九七九年七月）が指摘する。

（4）　三田村雅子「『夜の寝覚』の〈衣〉と〈身体〉―「引き入る」衣空間から―」（永井和子編『源氏物語へ　源氏物語から』笠間書院　二〇〇七年）。また、浮舟と〈衣〉の物語については、三田村雅子「浮舟物語の〈衣〉―贈与と放棄―」（『源氏物語　感覚の論理』有精堂　一九九六年）参照。『狭衣物語』の〈衣〉に関しては、拙稿「狭衣物語における女二の宮―衣と暑さ、そして身体―」（フェリス女学院大学国文学会『玉藻』第三十八号　二〇〇二年十一月）で考えたことがある。

（5）　注4・三田村雅子「『夜の寝覚』の〈衣〉と〈身体〉―「引き入る」衣空間から―」（永井和子編『源氏物語へ　源氏物語から』笠間書院　二〇〇七年）三七一～三七二頁。

（6）　落葉の宮と浮舟の「髪」の問題に関しては、三田村雅子「黒髪の源氏物語―まなざしと手触りから―」（『源氏研究』第一号　翰林書房　一九九六年四月）など参照。

（7）　式部卿宮に誘拐された後、「かたはらに中納言のおはする心地」がして目覚めると、「それにはあらぬ人の、泣く泣く添ひ臥し」（巻五　四〇六）て絶望した、とあるほど、それは自然なことだったのであろう

（8）　女三の宮もまた、「はかなくてうはの空にぞ消えぬべき風にただよふ春のあは雪」（若菜上④七二）と詠んでいる。あるいは、夕顔には「山の端に心もしらでゆく月はうはのそらにて影や絶えなむ」（夕顔①一六〇）がある。

（9）　吉野の姫君の孤独感やどこにも居場所のない思いをこの和歌に見ることは、大原理恵「吉野姫君―『浜松中納言物語』における存在の不安について―」（『東北大学附属図書館研究年報』第二十九号　一九九六年十二月）がすでに触れている。

（10）西原志保「『源氏物語』における「おなじところ」と「同じ蓮」―女三宮と朱雀院を中心に―」（『古代文学研究第二次』第十四号　二〇〇五年十月）に詳しい。また、光源氏は紫の上にも一蓮托生を誓うが、紫の上の返事は語られない。拙稿「紫の上の死―露やどる庭―」（『姫君たちの源氏物語―二人の紫の上―』翰林書房　二〇〇八年）参照。

（11）浮舟の和歌は、女三の宮の和歌の引用・変奏と指摘されている（池田和臣「引用表現と構造連関をめぐって―第三部の表現構造―」『源氏物語　表現構造と水脈』武蔵野書院　二〇〇一年）。

（12）鈴木裕子「〈母と娘〉の物語―その崩壊と再生」（『『源氏物語』を〈母と子〉から読み解く』角川叢書　二〇〇五年）。「あらぬところ」表現をめぐっては、中西智子「浮舟と隠棲願望―「世の中にあらぬところ」考―」（『平安朝文学研究』復刊第十三号　二〇〇五年三月）。

（13）高橋亨「存在感覚の思想―〈浮舟〉について」（『源氏物語の対位法』東京大学出版会　一九八二年）。

（14）鈴木日出男「紫の上の孤心」（『源氏物語虚構論』東京大学出版会　二〇〇三年）。

（15）井野葉子「〈隠す／隠れる〉浮舟物語」（『源氏研究』第六号　翰林書房　二〇〇一年四月）。

付記　『浜松中納言物語』『源氏物語』『夜の寝覚』の本文は、小学館・新編日本古典文学全集による。

『浜松中納言物語』と物語の彼岸——反物語空間としての唐土／吉野——

助川幸逸郎

一 「人間の条件」と『源氏物語』

あらゆる人間は、この世ではいるべき場所をもたない（そして、多くの「正常な人間」は、その事実に蓋をして生きている）—その認識が、ジャック・ラカンの理論の根幹にある（だからこそ、ラカンの理論において主体は、斜線をひかれた「$」であらわされる）。

ジジェクによれば、ラカン的な「いるべき場所をもたない人間」の姿を、系統立てて描きだしたのはカントが最初である。(1) しかし、『源氏物語』以降の王朝物語の主人公は、ことごとく「いるべき場所をもたない人間」なのではなかろうか？

たとえば、光源氏である。彼は、母親と祖母に幼くして死別する。平安時代の皇子は、ほんらいは母親の実家で養われる。その「母方の実家」が、光源氏にはない。居場所がないゆえに、彼は父帝によって宮中でそだてられる。光源氏の「いるべき場所のなさ」を、物語の主人公一般の条件に還元してしまってはならない。たしかに、古今東西の物語のなかで、主人公は「ストレンジャー性」をもっている。が、たとえば『竹取物語』のかぐや姫は、月の世界の住人だ。彼女は、地上にあってはストレンジャーだが、月というほんらいの居場所がある。(2) おさない光源氏は、そうした別世界にすら居場所がないのである。

続編の主人公である薫については、いうまでもない。柏木と女三宮との密通の子として生まれた彼は、生まれついての「いるべき場所をもたない存在」だ。ものごころついた薫が最初に詠む歌、

「おほつかな誰にとはましいかにしてはじめもはてもしらぬ我身ぞ」

は、彼の「いるべき場所のなさ」を象徴している。

しかし、『源氏物語』は、光源氏や薫の「いるべき場所のなさ」をつきつめられなかった。ラカンをふまえつつジジェクはいう。

象徴的ネットワークにおける主体の位置を決めるのは父の隠喩、つまり〈父―の―名〉である。したがって、〈承認拒否〉の最も基本的な形は「父に対する裏切り」、すなわち、象徴的契約から、つまりわれわれを父の〈名〉と結びつけているもっとも基本的な同盟から、身を引くことである。(3)

「いるべき場所のない」存在である人間に、かりそめの居場所を指定するのは、父親的存在である。この父親的存在を裏切ったとき、ひとは社会における居場所をうしなう。

「いるべき場所のない人間」であった光源氏は、藤壺と密通することで父を裏切った。ところが彼は、この密通によって男児を得、その男児が帝位につくことになって栄華をきわめる。光源氏は、藤壺とかかわることで、居場所をなくすどころか社会的基盤をつくりあげた。ここで光源氏の身におこったことは、つぎのジジェクの言葉が解きあかしてくれる。

女は「〈父—の—名〉のひとつ」であるというラカンのテーゼは、ノワール的宇宙に登場する運命の女にぴったり当てはまる。彼女が担う役割は〈父—の—名〉の役割と同じだ。つまり彼女は、主体が自分をふたたび象徴的運命というテクスチュアの中に位置づけるのを可能にするのである。(4)

運命の女（ファムファタール）とは、謎めいた美しい悪女である。この運命の女が、〈父〉にかわって、主人公にかりそめの居場所をあたえる場合がある、とジジェクはいう。

藤壺を「悪女」と呼ぶことには、多くの人が抵抗を感じるかもしれない。しかし、桐壺帝の皇統をみだすことをねらって、藤壺は光源氏と密通したと稿者はかんがえている。そうすることで、桐壺帝に帝位を奪われた、先帝一族の無念を晴らそうとしたのだ。(5)

光源氏は、〈父〉のかわりに、藤壺という運命の女とかかわることで居場所を得た。物語は結局、「いるべき場所のない人間」としてではなく、「変わった方法で地位を手に入れた人間」として、光源氏をえがきだした。

紫上の母は、按察使大納言の娘であり、夫の正妻からうとまれている。三谷邦明もいうように、こうした境遇は、桐壺更衣を彷彿とさせる。(6)紫上は、その母と死にわかれ、病のあつい祖母と北山に住んでいる。おさない光源氏とおなじく、彼女もまた「いるべき場所をもたない人間」であった。

紫上と光源氏は、双生児のように似ている。(7)しかし、紫上が成人後、女三宮降嫁によって、居場所のなさとあらためてむきあうのに対し、光源氏は、いるべき場所をほんらいもたないことに無自覚でおわる。

薫の場合はどうだろうか。おさない彼の容貌に、光源氏と夕霧は、実父・柏木に通う「かをり」がやどっているのをみとめる。この「見えるかをり」は、ラカン理論でいう対象aである。

言語や社会システムは、象徴をなかだちとして構築されている。象徴によるこうしたネットワークは、原理上、絶対に内部にとりこめない要素をもつ。その「内部化できないもの」の痕跡が、対象aである。システムを統御する父親的存在も、対象aを自由にはできない[8]。

象徴ネットワークに開いた穴である対象aは、世界の外にむかって開いた窓でもある。人間という「いるべき場所をもたない」存在は、対象aというこの窓の彼方に、じぶんがいるべき場所を幻視する[9]。

幼い薫の存在そのものが、源氏物語世界の亀裂であった。薫のそうしたありようを凝縮したものが、「見えるかをり」なのだといえる[10]。そして、この「見えるかをり」は、成人後の薫からはうしなわれる。それにかわって、彼のからだには、芳香―「匂うかをり」―があたえられた。この変化は、大人になった薫を、誰も罪の子としてあつかわないこととつながっている（光源氏は亡くなっており、夕霧は記憶をなくしたかのごとく、「実兄」として薫に接しつづける）。続編の薫は、純粋に「いるべき場所のない」存在ではない。

それでも、薫の不安定さはつづいている。精神的な意味でも、社会的立場においてもそれはかわらない。冷泉院の庇護も、薫が光源氏の実子だという誤認にもとづく。こんな守られかたをしても、不安とやましさを増すばかりだったろう。

薫はやがて、あししげく宇治にかようようになる。俗世にありながら聖のように生きている、と評される八宮にあうためであった。「いるべき場所のない」ことに気づきながら、居場所のあるふりをして生きるすべを、薫は八宮にもとめたのである。

しかし、薫の期待にこたえきらないまま八宮は死ぬ。いっぽう、八宮家の女房・弁をつうじて、実父が柏木である証拠を薫はみせられる。いるべき場所がないはずなのに、居場所があるかにみえる―薫のそんなひき裂かれは、ますます大きくなっていく。

そうしたなか、八宮家の長女・大君を薫は愛するようになる。が、「軽々しく結婚するな」という父の遺言に呪縛された大君は、愛をうけいれない。そんな大君のことを、薫はこうとらえている。

いかなれば、かくしも世を思ひ離れたまふらむ。聖だちたまへりしあたりにて、常なきものに思ひ知りたまへるにや、とおぼすに、いとどわが心通ひておぼゆれば、さかしだち憎くもおぼえず。（総角 ⑦三七）

大君は、「世を思ひ離れ」ている（「いるべき場所」をもとめないでいる）。そのような志向を、薫は、「わが心通」う―じぶんと共通する―ものととらえ、感動している。

ひき裂かれに苦しむ薫にとって、「〈父〉である八宮の指令をまもり、社会から撤退する」というのは、生きていくうえでひとつのこたえであった。(11) 大君は、薫の「理想自我（じぶんがこうありたいとのぞむ人間像）」だったのである。

大君の顔を初めてまじかに見たとき、薫はつぎのように感じている。

心にくきくほどなる火影に、（大君の）御髪のこぼれかかりたるをかきやりつつ見たまへば、人の御けはひ、思ふやうにかをりおかしげなり。（総角 ⑦二一〜二二）

薫の目にうつる大君は、「見えるかをり」をたたえていた。じぶんが失った「この世には存在しえないもののまがまがしさ」を、愛する人にみとめたのである（ジジェクによれば、理想自我を体現している相手が、欲望の対象としてとらえられるとき、相手のなかに対象aが見いだされる）。(12)

大君は、薫を拒みとおしたままこの世を去る。それからまもなく、薫は、今上帝の女二宮を正妻として得る。在位中の帝の娘と結婚することで、かりそめであれ、居場所らしきものを薫は得た。岳父である今上帝の引きたてが見こめるとなれば、冷泉院の庇護をなくすことはさほど脅威ではない。(13) じっさい、今上女一宮の降嫁以後に、薫が出生の秘密に悩むくだりは存在しない。冷泉院と薫の交流も二度と語られなくなる。

その後の薫も、大君の面影をもとめて中君にせまり、浮舟を追う。だが、「いるべき場所をもたない」存在でなくなった薫にとって、大君はもはや「理想自我」ではない。薫がまなざす中君や浮舟の姿に、「見えるかをり」はあらわれない。彼女たちのなかに、「この世には存在しえないもののまがましさ＝対象ａ」を、薫がみとめることはないのである。

二 「王権獲得」空間としての唐土・あるいは『浜松』が『パルジファル』にならなかった理由

『源氏物語』は、主人公の「いるべき場所のなさ」の追及を途中でやめている。それでは、『源氏』につづく平安後期物語はどうか。

『狭衣物語』の狭衣は、時代の寵児として物語に登場する。しかし、開巻まもなく、宮中で笛を演奏しているところに天稚御子が降臨する。天界にいざなわれた狭衣は、帝に手をとって哀願され、昇天を思いとどまる。この段階で狭衣には「いるべき場所」はなくなっている。地上の最高権威である帝をひざまづかせた彼は、この世を超えた存在（＝この世にふさわしい居場所のない人間）だ。だが、天稚御子のさそいをことわった以上、天界にむかう道もとざされている。(14)

「いるべき場所をもたない」人間となったあとの、狭衣のありようは奇怪である。この世になじめないつらさを嘆きながら、恋の機会はのがさない。何ひとつもとめていないにもかかわらず、女を得るために多大な危険をおかす。

何も欲するものがない、何を欲すればいいのかわからない―そういう人間は時として、「こういう場合には、こんなふうに行動するものだ」という型を、律儀になぞる（ある種の精神疾患には、こうした態度があらわれる）。恋にのぞんで、狭衣が奇妙に積極的なのは、おそらくこの種の律儀さゆえである。

この物語のなかで、ただひとり、狭衣が本気でもとめている（つもり）の相手がいる。いうまでもなく、源氏宮である。その源氏宮に、無理にいいよることは禁忌だと狭衣は感じている。しかしその禁忌とは、「おなじ邸で育った妹のような相手である」とか、「狭衣の親が源氏宮との結婚に同意していない」とかという程度のものだ。[15] ほかの女君との恋で乗りこえたのにくらべ、はるかに小さい障害しか、源氏宮とのあいだには存在しない。

源氏宮への愛は、この世に何もとめるべきものがない、という事実に直面しないために、狭衣がつくりあげた虚構である―そう見なすのが自然だろう。源氏宮は、狭衣の「症候」なのだ。[16]

『狭衣物語』は、『源氏』と違って、主人公の「いるべき場所のなさ」に剝きだしにしたままにする。この点は、女性を主人公とする『寝覚』もおなじである。

『寝覚』のヒロインは、典型的なヒステリー者である。[17] ラカン理論にいうヒステリー者は、じぶんが何ものかわからないと感じている。そこで、それをおしえてくれる全能の他者をもとめているが、そのような他者は―原理的に―存在しない。このためヒステリー者は、じぶんに関する知をいつまでも得られない。じぶんはこういう人間だ、という自覚をもてない彼ら／彼女らは、目前の相手にあわせてその都度じぶんの像を作りだす。その結果、さまざまな相手から「じぶんが他者にのぞむ理想を体現している存在」と見なされる（このためヒステリー者は、女であれ男であれ、異常なほどもてることが多い）。[18]

右のようにかんがえるなら、『源氏物語』の浮舟もヒステリー者といえる。彼女は、中君から見ればかつてのじぶんに、[19]薫には大君に、小野の妹尼には亡くなった妹尼の娘に見える。そんな彼女に、落ちつき先は最後まであたえられない。[20]

多くの指摘があるとおり、『寝覚』のヒロインの造型は、浮舟に影響されている。いいかえるなら、ヒステリー者としての運命を、浮舟から引きついだということである。彼女は物語の冒頭で、「苦しみつづける運命」を天人につげられる。生きているかぎり、ヒロインに「いるべき場所」はないのだ。予言のとおり彼女は苦しみつづけ、現存部分の末尾は、「よるのねざめ絶ゆる世なくとぞ（下巻　三三〇）」という叙述でおわる。

「いるべき場所をもたない人間」が、それでもこの世にとどまりつづけることを強いられたらどうなるか―そのようなときに仮構される欲望の構造を、『狭衣物語』はあきらかにしている。『寝覚』は、「いるべき場所をもたない人間」のつらさを、当人に寄りそってえがいた作品といえる。それでは、平安後期に書かれたもうひとつの長編、『浜松中納言物語』はどうか。

『浜松』の現存巻一の以前、主人公の中納言は、〈父〉にとらわれて生きていた。母の再婚相手である大将の連れ子で、父とおなじ「式部卿宮」の呼び名をもつ皇子の許婚（のちの尼姫君）と、中納言は密通する。あきらかにこれは、大将と式部卿宮、ふたりの「にせの父」への反逆である。[21]そして、いまは亡き「ほんものの父」が、唐の第三皇子に生まれかわったと知ると、決死の覚悟で唐土にむかう。

この段階での中納言は、「いるべき場所をもたない人間」ではない。亡き父を崇拝し、生まれかわったその父に会うことに、人生の意義をみいだしている。渡唐するまでの中納言にとって、亡父は、この人にこそじぶんの価値をみとめてほしいとおもう相手、すなわち、じぶんの居場所をあたえてくれる存在（自我理想）であった。

巻一冒頭時点での『浜松』をかんがえるうえで、モーツァルトの『魔笛』とワーグナーの『パルジファル』の相似についての、ジジェクの指摘は参考になる。

『魔笛』と『パルジファル』の並行性はよく知られている。（中略）どちらの作品においても、当初は無知であった若い主人公が、試練を経たのち、老いた城主に取って替わる（タミーノはアムフォルタスに、パルジファルはアムフォルタに取って替わる）。ジャック・シャイエは、適当な変数さえ代入すれば『魔笛』か『パルジファル』の筋書ができるという、ユニークな物語を構成した。その物語は以下のとおり──〈東方〉より来る（パルジファル／タミーノ）という貴公子は、未知の（騎士／王国）を探し求めて彼の（母親／父親）と別れを告げる。(22)

中納言渡唐のくだりを要約すれば、「〈東方〉より来る中納言という貴公子は、未知の皇子（転生した父）を探し求めて彼の母親に別れを告げる」(23)となるだろう。唐土にむかう中納言の物語と、『魔笛』や『パルジファル』との、話型的類似はあきらかだ。

ならばなぜ、タミーノやパルジファルのように、おとずれた異国で中納言は王にならなかったのか。「日本の中納言が唐の皇帝になる」という展開が荒唐無稽すぎるなら、唐后との密通でできた子が、皇帝になるのでもよかったろう。「じぶんが王になる」から「王の父になる」という物語コードのずらしには、『源氏物語』という先例がある。

『浜松』の場合、中納言自身や中納言の子にかわって、中納言の転生した父が唐土の王になる。しかもそれは、中納言ゆえに実現される。中納言の帰国に際し、唐土にもすぐれた人物がいることをしめしたいと皇帝はのぞんだ。そこで唐后に、素性をかくし、中納言のまえで琴を弾くよう懇願した。このとき、交換条件として、唐后が生んだ第三皇子の立坊が持ちだされる。

中納言が唐に渡るにあたって、転生した父からの招きがあったと推測されている。(24) わざわざ呼びよせたにもかかわらず、この〈父〉は、息子に何もしてやらない。彼は、息子がやってきたことがもたらす幸運―立坊―を享受しているだけなのだ。

このことをかんがえあわせると、第三皇子が、今生の母である唐后に素性をうちあけるくだりは、不気味な相貌をおびてくる。

　みづからは日本の人にてなむはべりし。この中納言、前の世の子にてはべりき。ただひとりはべりしかば、たぐひなくかなしく思ひはべりしにより、九品の思ひもこの思ひに引かされて、まうで来たるとなむおぼえはべる。（中略）つねに見まほしく、あはれにおぼえはべるを、御心にもうとくなおぼしめしなさせ給ひそ。帰りなむのちの名残りの多さなむ、かねて思ひはべる。　（巻一　四九～五〇）

唐后と中納言が密通したとき、唐后は相手がだれなのかをわかっていた（後述するように、中納言は、相手を唐后と知らずに契った）。しのびこんできた男をその人と見ぬきながら、唐后はほとんど抵抗していない。密通の段階ですでに、中納言を憎からずおもっていたのはたしかだろう。中納言にたいする唐后のそうした感情に、「御心にもうとくなおぼしめしなさせ給ひそ」という第三皇子のことばが無関係だったとはおもえない。(25)

ここで第三皇子が口にしているせりふは、光源氏にやさしく接するように藤壺にすすめた、桐壺帝のことばを彷彿とさせる。

　な疎みたまひそ。あやしくよそへきこえつべき心地なむする。なめしと思さで、らうたくしたまへ。つらつき、まみなどは、いとよう似たりしゆゑ、かよひて見えたまふも、似げなからずなむ　（桐壺　①三五）

息子をおもう桐壺帝のことばから、藤壺と光源氏の密通ははじまった。それをなぞるかのように、密通へのいとぐちとなるひとことを、第三皇子は口にする。ちがっているのは、桐壺帝のことばによっておきたのは、息子とじぶんの妃の密通だが、第三皇子のことばが招来したのは、息子とじぶんの母の情事である。

話型的にいえば、中納言当人か中納言の息子がたどるべき栄誉を、第三皇子は横どりしたことになる。中納言と唐后が通じることで、第三皇子は中納言の息子の位置にまわった。そのことが、物語のコードという点からみると、第三皇子による横どりを可能にしている。中納言に親しむよう、第三皇子がすすめたことは、物語のすすみゆきをねじまげることにつながったのである。

中納言の側でも、生まれかわった父が恃むにたりないと、ある程度は感じていたようだ。唐土をはなれるにあたって、えがかれるのは唐后との離別のつらさばかりで、第三皇子との別れはさほど惜しんでいない。帰国したのちも、唐后のことはしきりと気にかけるが、第三皇子との再会を切望していたようすはない。父を慕って渡唐した中納言であることをかんがえるなら、これは自然ななりゆきとはいえない。(26)

ラカンは、〈父〉の機能について次のようにいっている。

父に偉大さを与えることは根底的問題を解決するものではありません。(中略)父なるものとは、われわれを承認したもののことです。(中略)何度も申しあげたように、父親の機能はまさにここにあります。われわれの理論において、父なるものの唯一の機能は、神話であること、つねに単なる〈父—の—名〉であること、いいかえると、フロイトが『トーテムとタブー』で説明しているように、死んだ父に過ぎないことです。(27)

中納言の父は、「死んだ父」であり、「神話」であったときには、「父なるもの」の役目をはたしていた。しかし、転生した父は、中納言を「承認するもの」となることはなく、かえって中納言の運命(じぶんか、じぶんの息子が唐土の王となる)をかすめとる。唐の第三皇子は、つぎのジジェクのことばにいう「詐欺行為をおこなう〈原初的父〉」なのではないだろうか。

〈父—の—名〉は、禁止という抑圧的な審級として経験され、主体の反抗への欲望を掻きたてる。いっぽう、破廉恥な〈原初的父〉は、主体を空っぽにし、主体の欲望を萎えさせる。父の権威を削ぎ、十全に生きようとする息子にかわり、父の破廉恥な詐欺行為を恥じて、禁欲的な純潔のなかに撤退する息子があらわれる。(28)

光源氏は、父を裏切り、「象徴的運命というテクスチュアの中に位置づける」役割を、父にかわって運命の女(=藤壺)に託した。中納言は逆に、危険をおかして唐土におもむいて、父に裏切られた。このため、唐后という運命の女に、じぶんの居場所を指定する役目を託したのではないか。(29) すでにのべたとおり、帰国後の中納言は、唐后とその縁者のことばかり気にかけ、父のことはおもい出さない。そのことはおそらく、中納言に居場所をあたえる役割が、父から唐后に「移動」したためなのである。

三　運命の女としての唐后

中納言にとっての唐后は、光源氏にとっての藤壺に相当する存在であった。

ただし、中納言と唐后の恋には、光源氏と藤壺のかかわりとことなる点がある。何度も指摘されているように、唐后をその人だとわかって抱く機会が、中納言には一度もあたえられない。

中納言は、つごう三回、唐后の姿を目にしている。

一度目は、第三皇子に面会するため、河陽県の離宮をおとずれた際のことである。中納言は、唐后の姿をかいまみし、感動をおぼえる。このときは、相手が唐后だと中納言はわかっている。

二度目は、王子猷の故事にひかれて足をのばした山陰で、唐后とよく似た女をみかけた折である。中納言は女と契るが、さきにのべたように、このひとはほんものの唐后だった。そのことにはしかし、帰国がせまるまで中納言は気づかない。

三度目は、これもさきにふれた、中納言のまえで唐后が琴を演奏するくだりである。未央宮で催された、中納言を惜別する宴でのできごとであった。このときも中納言は、じぶんが目にしたひとが、唐后であると気づかない。それを知るのは、山陰で契った女の正体を、唐后につかえる女王の君におしえられるのと同時であった。

このようにみると、中納言の唐后思慕は、あとから仮構されたものであることがはっきりわかる。

帰国後、中納言は、唐土の女のようすを日本の帝にたずねられる。中納言はまず、唐の大臣の五の君―恋わずらいをするほど中納言を慕うが、契るにはいたらなかった女性―の話をする。ついで、河陽県で見た女と山陰で目にした女、それから未央宮で琴を弾いていた女、この三人がそれぞれすばらしかったと語る。中納言としては、「三人のすばらしい女にあった」というのは、もちろん嘘のつもりである。しかし、唐后を三度目にした、それぞれの折の実感としては、「三人のべつの女を見た」という「偽証」が真実である。

この「偽証」について、松浦あゆみが興味ぶかいことをいっている。(30)唐后について日本のだれかに語るべきか、中納言はながらく葛藤したすえ、帝の前でそれを決行する。この過程をとおして、唐后のおもい出が掘りかえされ、中納言の思慕はたかまる。この結果、吉野姫は唐后のゆかりとして、中納言にとってかけがえのない存在となる。逆に尼姫君への情愛は、唐后とのことを話せる相手でないことからうすらいでいく。総じて、中納言の唐后思慕は「たえず話す行為・話そうとする欲求と関らずには済まされないという一面を持っている。」

松浦にしたがうなら、中納言の唐后思慕は、この「偽証」によって確立されたことになる。「三人のべつべつの女の像」であったものを、おもい出し、語りなおすことで、ひとりの唐后の像がむすばれる。その唐后の像が、吉野姫というゆかりとつなげられることで、中納言の恋の原点としてとらえなおされる。

じつは光源氏の藤壺思慕も、中納言の唐后思慕とおなじく、「あとになって仮構されたもの」という側面をもつ。光源氏には、母である桐壺更衣の記憶はない。藤壺入内を仲介した典侍が、母と藤壺が似ていると彼におしえた。光源氏のなかに、母と藤壺をむすびつける回路が生まれる根拠はそこにしかないのである。(31)

主人公に「いるべき場所」をあたえる〈父〉は、「死んだ父」でなければならなかった。それとおなじように、運命の女もまた、つねに仮構されたものでなくてはならない。主人公にかりそめの居場所を指定しうるのは、存在しない〈女〉だけなのである。(32)

そのことはむろん、『源氏物語』もみぬいていた。だからこそ、「みたことのない母の身がわり」として、光源氏に藤壺を慕わせたわけである。ただ、『浜松』のようにはあからさまにはそれを描かなかった。主人公の「いるべき場所のなさ」に対するのとおなじ中途半端さが、ここでも『源氏物語』にはみとめられる。

運命の女について、ほかの女に話そうとする傾向も、光源氏にもそなわっていた性癖である。朝顔巻や梅枝巻で光源氏は、これまでかかわってきた女たちのことを紫上を前にかえりみる。むろん、紫上にむかってかたられる女のなかには、藤壺もふくまれている。藤壺のゆかりである紫上に藤壺を語る、という構図は、唐后のゆかりである吉野姫に唐后を語る、という、中納言がこのんだふるまいと変わらない。

光源氏も中納言も、運命の女のことを、その女の「ゆかり」にむかって口にすることで、「いるべき場所」の確認をしていたようにおもわれる。そしてこの確認作業は、『源氏物語』においてすでに挫折している。

朝顔巻、藤壺を紫上にむかって語った夜、光源氏の夢に藤壺があらわれる。

いみじく恨みたまへる御気色にて、「漏らさじとのたまひしかど、うき名の隠れなかりければ、恥づかしう。

苦しき目を見るにつけても、つらくなむ」とのたまふ。御答へ聞ゆと思すに、おそはるる心地して、女君（＝紫上）の「こは。などかくは」とのたまふにおどろきて、いみじく口惜しく、胸のおきどころなく騒げば、おさへて、涙も流れ出にけり。（朝顔 ③三三）

この夢のくだりの直前、藤壺と紫上が似ていることを、光源氏はあらためて確認している。紫上を藤壺のゆかりとしてとらえること、藤壺の身がわりに堪える容姿のもち主として紫上をながめること—これらは、藤壺を支点とするネットワークのなかに紫上を位置づけるいとなみである。藤壺を紫上の前で語るのと、おなじ方角を向いた所作といえるだろう。

だが、さきにふれたように紫上には、光源氏からみて「もうひとりのじぶん」といえる側面があった。光源氏にとっての紫上が、薫にとっての大君に相当する存在—自我理想（じぶんのこうありたいという人間像）—になる可能性もあったわけだ。ということは、光源氏が、藤壺を支点とするネットワークに亀裂をはしらせるもの—対象ａ—を、紫上にみる展開もありえた。紫上は、藤壺のゆかりや形代からずれていく要素を、秘めている。

斉藤昭子は、光源氏の夢にあらわれた藤壺を、「光源氏の理想を投影する鏡としてしかなかった藤壺の、決して出会われなかった他性」のあらわれだといっている。(33) 本稿の文脈でいいかえるなら、藤壺のなかの、仮構された「運命の女の像」に回収しきれない部分がかたちをなしたのが、このときの藤壺だ。それは、運命の女と藤壺とのずれであるとともに、藤壺と紫上のずれでもある。

そのようなものが、藤壺を支点とするネットワークに、紫上をとりこむいとなみがつづいたあとにあらわれた。『源氏物語』はあきらかに、運命の女に「いるべき場所」をもとめる営為の限界に気づいている。

こうした限界をあばくことにおいても、『浜松』は『源氏』より徹底している。

唐后のゆかりであり、唐后を語りうるただひとりの相手である吉野姫と、中納言は最後まで契ることがない。はじめは、「二十がうちに妊じ給はば、過ぐしとほしがたうおはします人と見え給ふ（巻四　三三二）」という、聖の予言をはばかって、中納言は実事におよばなかった。やがて吉野姫は、尼姫君の夫になるはずであった式部卿宮にうばわれる。中納言が彼女のゆくえを知ったとき、そのからだには式部卿宮の子がやどっていた。

その直後、中納言の夢に唐后があらわれ、いったんは昇天したものの、中納言を慕って吉野姫の娘として生まれかわるつもりだ、とつげる。吉野姫は、出産が近づくにつれ衰弱し、中納言や式部卿宮が案ずるなか、物語の幕は閉じられる。

吉野姫が結局、どうなるのかについては、さまざまな議論がある。しかし、王朝物語において、予言や夢告は基本的にあたるものであり、この物語でもそれらがはずれた例はない[34]。とすれば、聖の予言と唐后転生の夢告が両立する結末、すなわち、唐后の生まれかわりを産んで死ぬという運命が、吉野姫をまっていたとおもわれる[35]。

そのような事態の到来は、中納言にとって恐怖でしかない。さきにみたとおり、運命の女が「いるべき場所」をあたえることができるのは、彼女が存在しない〈女〉であるかぎりであった。唐土や天上という、はるかな場所にいるからこそ、中納言のありようを決める役割を、唐后はまっとうできたのだ[36]。その唐后が、ちかくに生身の赤子としてうまれてくる―中納言は、唐の第三皇子とじかにかかわりあい、居場所をきめてくれる〈父〉をうしなった悪夢をおもいおこしたろう。

しかも、その赤子の誕生とひきかえに、吉野姫の生命はおそらくうしなわれる。中納言をまちうけているのは、唐后を支点とするネットワークが、一撃で破壊される瞬間なのだ。物語の末尾で、中納言が唐后の転生を期待するようすもなく、吉野姫の心配ばかりをしているのも当然である。

運命の女の「枠からはみでる部分」、ゆかりの始発とそれにつらなるものとのずれは、『源氏』では、夢にあらわれた藤壺というかたちでほのめかされた。『浜松』ではいわば、夢にあらわれた藤壺が、紫上の生命とひきかえに生まれて来ようとする。運命の女を支点とするネットワークは、『浜松』では解体に瀕するのである。

四　物語の彼岸

中納言は、唐土にいくことで〈父〉に居場所をあたえられる生きかたに破綻をきたした。それからのちは、唐后という運命の女にさされられたシステムがよりどころとなる。

しかしそのシステムも、吉野姫が唐后の生まれかわりを産んで死ねば解体される。そうなったあとの中納言には、かりそめの居場所すらもつすべはない。源氏宮のような「症候」となるべき女性も、中納言の周囲にはいない。彼は女性ではないので、『寝覚』のヒロインのように、身体的な苦痛によって「いるべき場所のない痛み」をあらわすことも困難である。(37)

「いるべき場所がないこと」を、物語のなかで表象する手段さえないような居場所のなさ—吉野姫がいなくなったあとの中納言をまちうけるのは、おそらくそういう境涯である。社会における居場所を指定する存在—ラカンのいう「大文字の他者」—といっさい関係をもたない存在は、狂気におちいるしかない。(38)物語が、吉野姫の出産の場面までことばをつむいでいたとしたら、中納言の狂気がかかれることになったろう。そこにくりひろげられるのは、まさしく、物語が蒸発したそのあとの光景、物語の彼岸である。(39)

以上、みてきたように『浜松』は、王朝物語文学の主人公たちの「いるべき場所のなさ」を、極限までつきつめたテクストであった。『源氏』や『狭衣』や『寝覚』が、ぎりぎりのところで確保してきた主人公の居場所を、『浜松』は徹底して剝奪する。この意味で『浜松』は、王朝物語の極北である。

『浜松』の主人公は、皇位につくことも絶対的な権力をにぎることもない。唐土や吉野など、日本の都のそとの空間にいることもおおい。これらを根拠に、伊藤守幸は『浜松』を、反中心的な物語といっている(40)。

しかし、『パルジファル』や『魔笛』と話型的な共通性があったことからもわかるように、『浜松』にも王権物語の性格はふくまれる。むしろ中納言は、唐土や吉野といった「異空間」に移動することで、じぶんにいるべき場所をあたえてくれるもの―「中心＝大文字の他者」―を得ようとしていた。そのようなかたちでの中心の希求にすら挫折するところに、この物語の意義はある。

『狭衣』・『浜松』・『寝覚』のあと、主人公の「いるべき場所のなさ」を、この三作とはべつのかたちでえがくにはどうしたらいいか―この問いかけから、たとえば『とりかへばや』のような物語が生まれたのだろう。居場所のなさ、というみかたをとることで、中世までも視野におさめた、王朝物語史のとらえなおしができるのではないか。そんな期待を以って、本稿はここでしめくくることにしたい。

注

（1）スラヴォイ・ジジェク『汝の症候を楽しめ』（鈴木晶訳　筑摩書房　二〇〇一年）

（2）かぐや姫は、昇天の段において、人間と天人のどちらにも属さない立場におかれる。このときかぐや姫は、光源氏のように、「どこにもいるべき場所をもたない存在」になったといえる（ただしかぐや姫は、まもなく天の羽衣を着せられて地上の記憶をうしない、天人の側にくみ込まれてしまう）。

『伊勢物語』の昔男は、二条后との恋にやぶれ、「身をえうなきものに思ひなして」東国に居場所をもとめる。しかし昔男は、じぶんの行為によって居場所をうしなったのであり、居場所のない存在として生まれてきたわけではない。また、昔男にはいっぽうで、ホモソーシャル的なネットワークをきずこうとする志向がある（近藤さやか「『伊勢物語』における「友」・「友どち」」『学習院大学国語国文学会誌』五二号　二〇〇九年三月）。『うつほ物語』の俊蔭も、波斯国から帰還したのち、自邸にひきこもる。彼が社会に居場所をもたないのは、みずからのひきこもりの意思ゆえである。

このように、生まれついての条件として「いるべき場所」をもたない主人公は、『源氏』以前の王朝物語には登場しない。

(3) 注（1）におなじ。ただし訳文は、原書にもとづいて私にあらためた。

(4) 注（3）におなじ。

(5) 拙稿「源氏物語の「呪われた部分」」（三田村雅子編『源氏物語のことばと身体』青簡舎　二〇一〇年）

(6) 三谷邦明「源氏物語における言説の方法」（『物語文学の言説』有精堂　一九九二年）

(7) 拙稿「藤壺と紫上の差異について」（『中古文学論攷』一一号　一九九〇年一二月）

(8) このため、対象ａは「大文字の他者の欠如」をしめすものとされる。大文字の他者――秩序をささえるもの――の力がおよばない対象ａは、大文字の他者に欠けているものがあること（もしくは、大文字の他者に何が欠けているか）をあらわすのである。

(9) 対象ａは、「すでにうしなわれてしまった、じぶんにとってかけがえなのないもの」をうつしだすスクリーンとなる。対象ａについては、ジャック・ラカン『精神分析の四基本概念』（ジャック＝アラン・ミレール編　小出浩之他訳　岩波書店　二〇〇〇年）にくわしい。

(10) 拙稿「「見える〈かをり〉／匂う〈かをり〉」（河添房江・三田村雅子編『薫りの源氏物語』翰林書房　二〇〇八年）

（11）もうひとつのこたえは、「社会的身分を完全に保証され、出生の秘密になやまないですむようになる」である。矛盾するふたつのこたえに引きさかれているのが、宇治十帖前半の薫である。注10の拙稿を参照。

（12）注（1）におなじ。なお、大君じしんは、鏡のなかのじぶんの姿に、対象aをみていたとおもわれる。この点については別稿を用意しているが、既発表のものでは、三村友希「鏡の中の大君」（三田村雅子編『源氏物語のことばと身体』青簡舎　二〇一〇年）が参考になる。

（13）拙稿「匂宮の社会的地位と語りの戦略」（『物語研究』四号　二〇〇四年三月）

（14）天稚御子事件後の狭衣が、「天にもどれないかぐや姫」であることは、鈴木泰恵「天人五衰の〈かぐや姫〉」（『狭衣物語／批評』翰林書房　二〇〇七年）にくわしい。

（15）狭衣が源氏宮にたいしていだく禁忌の意識が幻想でしかないことと、そうした幻想としての禁忌が設定されていることの意義については、鈴木泰恵「〈知〉のたわむれ」（『狭衣物語／批評』翰林書房　二〇〇七年）を参照。

（16）「症候」という用語を、ラカン自身、時期によって微妙にちがう意味でつかっている。ここでは、「精神的な秩序の崩壊をふせぐうめあわせとして導入されたもの」というふうに定義しておく。

（17）拙稿「ヒステリー者としてのヒロイン」（狭衣物語研究会編『『狭衣物語』が拓く言語文化の世界』翰林書房　二〇〇八年）

（18）ヒステリー者のありようについては、拙稿「夜神月は死んで新世紀の神になった」（『文学理論の冒険』東海大学出版会　二〇〇八年）で詳述した。

（19）拙稿「浮舟の〈欲望〉と読者の〈願望〉」（上原作和編『人物で読む源氏物語　浮舟』勉誠出版　二〇〇六年）

（20）「いるべき場所をもたない存在」という意味で、この物語の主人公にふさわしい境遇にあるのは、宇治十帖の巻末においては浮舟しかいない。この意味で、浮舟を光源氏のかたちをかえた回帰ととらえる神田龍身『源氏物語〈性〉の迷宮へ』（講談社　二〇〇一年）は正鵠を得ている。

（21）金治幸子「『浜松中納言物語』論　上」（『日本文芸学』三七号　二〇〇一年二月）も、尼姫君との密通に継父への復讐の意識がからんでいたことを指摘する。

(22) スラヴォイ・ジジェク『否定的なもののもとへの滞留』(酒井隆史他訳　筑摩書房　二〇〇六年) ただし訳文は、原書にもとづいて私にあらためた。

(23) 中納言は、渡唐することを母への不孝と意識していた。この問題については、八島由香「『浜松中納言物語』における〈不幸〉」(『駒澤大学国文学会　論輯』三一号　二〇〇三年六月) にくわしい。

(24) 伊井春樹「浜松中納言物語の方法」(『源氏物語論考』風間書房　一九八一年)

(25) 菊地仁「浜松中納言物語試論」(『日本文學論究』四五号　一九八六年三月)

(26) 伊井春樹「吉野の姫君の運命」(『源氏物語論考』風間書房　一九八一月) でもこのことは指摘されている。

(27) ジャック・ラカン『精神分析の倫理　下』(ジャック=アラン・ミレール編　小出浩之他訳　岩波書店　二〇〇二年) ただし訳文は、英訳によって私にあらためた。

(28) 注(3)におなじ。ちなみに、竹河巻や橋姫巻の好色ぶりからみて、薫にとっての冷泉院もこの「破廉恥な〈原初的父〉」であったとおもわれる。

(29) 野口元大は、唐后と中納言の恋の背後に、后の母尼君と異父妹吉野姫君を救う仏の方便がはたらいていたと物語が語ることについて、「もはや物語的主題として恋愛は存立しえないことになろう」と疑念を呈している(「浜松中納言物語論」『上智大学国文科紀要』七号　一九九〇年一月)。しかし、唐后を支点とするネットワークのなかにみずからの居場所をさぐる、というありかたとしてみれば、唐后への思慕と、吉野尼君母子の庇護者になることは、矛盾なく両立する。

なお、唐后が母のために中納言と密通した、という側面があることは、彼女に藤壺につうじる「悪女性」がそなわっていることのあかしといえるだろう。

(30) 松浦あゆみ「浜松中納言物語巻三考」(『日本文藝学』二七号　一九九〇年一月)

(31) 土方洋一「源氏物語・反転するテクスト」(『源氏物語のテクスト生成論』笠間書院　二〇〇〇年)

（32）スラヴォイ・ジジェク「『めまい』における対象の昇華と失墜」（スラヴォイ・ジジェク編『ヒッチコックによるラカン』トレヴィル　一九九四年）
（33）斉藤昭子「女を語ること・桐壺巻の「恋」と紫のゆかりの方法」（鈴木泰恵・高木信・助川幸逸郎・黒木朋興編『〈国語教育〉とテクスト論』ひつじ書房　二〇〇九年）
（34）有松陽子「『浜松中納言物語』、『夜の寝覚』における「運命前定」」（『新樹』一四号　二〇〇〇年一月）
（35）石川徹「『浜松中納言物語』の登場人物とこの物語の主題」（『帝京大学文学部紀要　国語国文学』十五号　一九八三年一〇月）も、吉野姫の運命をこのように推定している。
（36）唐后への思慕が「距離の遠さ」によってささえられていることは、神田龍身「浜松中納言物語　幻視行」（『文藝と批評』五巻五号　一九八〇年一二月）が指摘している。
（37）注（17）の拙稿を参照。
（38）ジャック・ラカン『精神病　上・下』（ジャック＝アラン・ミレール編　小出浩之他訳　岩波書店　一九八七年）
（39）王朝物語において、狂気におちいった主人公をえがくことはおそらく禁忌である。このため、物語は吉野姫出産後の中納言をかくことをさけ、現在のようなおわりかたをしたのだとかんがえられる。
（40）伊藤守幸「『浜松中納言物語』の反中心性」（『文芸研究』九七号　一九八一年五月）

付記　『浜松中納言物語』の引用は小学館新編日本古典文学全集、『源氏物語』の引用は新潮日本古典集成、『夜の寝覚』の引用は講談社学術文庫版（関根慶子校注）のテクストによる。

『あさぢが露』の冒頭場面をめぐって

下鳥朝代

一

中世王朝物語の一つである『あさぢが露』は

語り起こされた時点よりはるか以前に起こった出来事が、作者によって意図的に語られないままに作品全体を貫き、登場人物たちは、物語の現在と同時に、それぞれに物語前史を内包した世界を生きる…(1)

と評される。物語は「ナゾ解き式」(2)、あるいは「種明かし的な筋の運び」(3)で語られており、その特徴的な物語のあり方は「図式として捉えるなら、王朝恋物語の主人公を演ずるのはもっぱら二位中将であり、対する三位中将は、物語前史とそこから導かれる出家譚に関わる世界の主人公として存在し」「その二つの世界の接点に位置するのが女主人公の姫君」であるという「時間と主題の二層性」のための「独自の方法」となっていると石埜敬子氏は論じられている。『あさぢが露』研究史は右のような石埜氏の見解にその一つの達成を見るといえるだろう。

本稿はこのような『あさぢが露』の研究史に掉さしながら、その冒頭場面について考えていくものである。特に冒頭場面が宮中の合奏場面を主としていること、そこにおいて登場する「雲居」という空間を意味する語に注目することで、『あさぢが露』の冒頭場面が極めて方法的な意味を持つ場面となりえていることを明らかにしていきたい。

冒頭場面については「狭衣」型の起筆表現であること、『源氏物語』「桐壺」における桐壺更衣死後の桐壺帝の悲嘆の場面との類似性が高いこと(4)、『源氏物語』「幻」の紫上の死後の光源氏を描く中の七夕の一節との類似性がみられることなどが論じられてきた(5)。

さらに、「狭衣」型の起筆でありながら、場面において語られるのが「もっぱら帝の心中」であることに注目し、『狭衣物語』冒頭には物語の主題である狭衣の憂愁が描かれていた。『あさぢが露』の帝は物語の主人公ではない。とすると、『狭衣物語』の形式を借りながら作者がここで語ろうとしたものがほの見えてくる。物語の前史として存在した過去の出来事と、それに関わったであろう影の人々の存在である。

と石埜氏は論じている(6)。すなわち、冒頭場面の特徴は、「狭衣」型の起筆でありながら、主人公ではない帝の心中、愛する女性の死を悲しむ帝の心情に寄り添い、そこから帝たちの過去の物語をほの見えさせようとするところにあるのだといえる。冒頭場面が物語に過去の時間を取り込む役目を果たし、それが『あさぢが露』独自の方法として受け止められるということである。

『あさぢが露』の冒頭場面は確かにそのような性格をもつといえるが、本稿においては改めて、冒頭場面を見直していくことでその方法的性格を明らかにしていきたい。

二

春過ぎ、夏もたけしかば、織姫、彦星の心もとなく待ちわたる七日の宵も過ぎぬる頃、月さし出でて、影涼しき夕暮れのほどに、上は清涼殿に一人たたずませ給ひて、あはれに御覧じめぐらす。降り居なんの御心もあれば、雲の上もそぞろにながめられさせ給へば、

1　見むたびにおも変はりすな秋の月雲居のほかにかけ離るとも

など、ひとりごちおはするに、(7)

（『あさぢが露』一七二）

退位を望む帝の秋の憂愁に沈む姿から物語は語り始められる。中世王朝物語全集の現代語訳にもあるようにここでの「雲の上」、和歌中の「雲居」は実景である月澄む夕暮れの空を指すとともに、「宮中」を指すことは明らかである。帝の心中に寄り添い、「雲居」の憂愁から語り起こされた物語は続いて、二位中将、三位中将を物語に呼び込む。帝は二人に藤壺へ来るように申しつけると自らも渡御する。そこでは中宮と姫宮が「ながめ」ているところだった。姫宮の御前の箏の琴を引き寄せて弾いてみると、折に合わせてよく調弦されている。そこで帝は次のような思いを吐露する。

「久しくこそうけたまはらね。あはれ、故大納言の典侍のいみじかりし上手を。えこそそれほど弾き伝へ給はざらめ」など、なにの折にも、まづ忘れがたく思さるべし。

（『あさぢが露』一七三）

意味深長に語られる「故大納言の典侍」の語が帝の憂愁の内実を想像させる箇所である。物語の背後には失われた「故大納言の典侍」の物語が潜むであろうこと、その悲しみが帝の退位への思いにもつながっているであろうこと

を想像させる表現となっている。注目したいのは帝が姫宮に「えこそそれほど弾き伝へ給はざらめ」といっていることである。むろん、この言葉は「大納言の典侍」が姫宮の母親であることを思わせるための表現であると考えられ、母亡き娘である姫宮への帝の愛憐の情がこめられた表現としてとらえることができる。

しかし、それにしても十分には「弾き伝」えることができないであろうことを帝が言明することの意味は思いのほか深いのではないだろうか。

主人公である二位中将、三位中将が物語に姿をあらわす前のここまでの冒頭場面に関して、二つの疑問を提示しておきたい。一つは、物語が「雲居」における帝の憂愁を語る所から語り始められているのはなぜか、ということである。漢詩文の引用（『和漢朗詠集』「丞相付執政」の菅三品）によって起筆され、物語の主題にかかわる場面描写から始まる『あさぢが露』はまさに「狭衣」型起筆と分類されるにふさわしい作品であるが、だからこそ、冒頭場面において語り手が主に帝に寄り添い(8)、その心中が場面の主調となっていることの意味は十分に問われるべきであろう。冒頭場面以後しばらくの間、物語は二位中将を中心に語られることを考えると、複数主人公にふさわしい語りとして第三者である帝が選ばれたからだけとは考え難い。前代の物語を呼び込むため、しかもその物語を謎とし続けるためであることは確かであるが、そのあり方を十分に問う必要がまだあるのではないか。

二つ目の疑問は帝の姫宮への「えこそそれほど弾き伝へ給はざらめ」という言葉についてである。この言葉は母亡き娘への憐憫の情や種明かし的な物語手法ゆえのほのめかしだけのためではない本質的な意味をもち得ないだろうか。冒頭場面においては、『狭衣物語』冒頭からの類推などからしても女主人公格であることが予想される（実際には姫宮は斎宮となり、物語からは早々に退場する）姫宮に対してその限界を言明することの意味はどう考えられるだろうか。

「弾き伝ふ」という表現の例を他の物語に見ると、

①…入道はあいなくうち笑みて、「遊ばすよりなつかしきさまなるは、いづこのかはべらむ。なにがし、延喜の御手より弾き伝へたること四代になむなりはべりぬるを、かうつたなき身にて、この世のことは捨て忘れはべりぬるを、もののせちにいぶせきをりをりは、かき鳴らしはべりしを、あやしうまねぶ者のはべるこそ、自然にかの先大王の御手に通ひてはべれ。山伏のひが耳に松風を聞きわたしはべるにやあらむ。いかで、これも忍びてきこしめさせてしかな」と聞こゆるままに、うちわななきて涙落とすべかめり。（『源氏物語』「明石」〈10〉）

②この国に弾き伝ふる初めつかたまで、深くこのことを心得たる人は、多くの年を知らぬ国に過ごし、身をなきになして、この琴をまねびとらむとまどひてだに、し得るはかたくなむありける。（『源氏物語』「若菜下」〈24〉）

③かずをかしきほどに、さるおほどかなるものの音がらに、旧き人の心しめて弾き伝へける、同じ調べのものと言へど、あはれに心すごきものの、かたはしをかき鳴らしてやみたまひぬれば、恨めしきまでおぼゆれど、（『源氏物語』「横笛」〈6〉）

④（今姫君は大君に）「琵琶の音、弾き伝へてやあらむ」と思ひやらせたまふは、ひとり笑みせられさせたまひて、…（『狭衣物語』巻四　三五四）

⑤…小姫君の御夢に、いとめでたくきよらに、髪上げうるはしき、唐絵の様したる人、琵琶を持て来て、「今宵の御箏の琴の音、雲の上まであはれに響き聞こえつるを、訪ね参で来つるなり。おのが琵琶の音弾き伝ふべき人、天の下には君一人なむものしたまひける。これもさるべき昔の契りなり。これ弾きとどめたまひて、国王まで伝へたてまつりたまふばかり」とて、教ふるを、いとうれしと思ひて、あまたの手を、片時の間に弾きとりつ。（『夜の寝覚』巻一　二〇）

のように、例えば①では明石一族の琵琶の伝承、②では琴の日本への伝来となっているように、時間・空間を越えての琴の技術の伝授において用いられることがわかる。④の『狭衣物語』の例は今姫君のあの珍妙な琵琶の腕前が娘の大君に伝えられるであろうことを思い、思わず苦笑する狭衣の心内描写においてで、母娘の間での「弾き伝ふ」例となっている。注目したいのは、⑤の『夜の寝覚』の天人降下時に見られる「弾き伝ふ」で、天人からただ一人手を「弾き伝ふ」べき存在であるとして、寝覚の君に「弾き伝」えられたその手はしかし天人自身の「この手どもを聞き知る人は、えしもやなからむ」の言葉が「逆予言」(9)となって、地上において何者にも理解されはしないであろうことが示される。物語冒頭の「弾き伝ふ」ことに対する他者の言葉がその限界を知らせる役割を担うという点で趣を同じくするということができる。しかし、『夜の寝覚』では天人から寝覚の君への「弾き伝」えは行われており、空間（異界である天上から地上への）を越えた「弾き伝」えであることによって、彼女の天上性の証となっている。その結果として、地上に「聞き知る」者をもちえないであろう限界が示されているのである。『あさぢが露』の姫宮が母であろう大納言の典侍を失っているが故に「弾き伝」えられないであろう、とその限界を示されることとはやはり性格を異にする。この『夜の寝覚』の天人降下場面とのかかわりはさらに本質的な問題をもつと考えられるのだが、それについては後で取り上げることにしよう。

「弾き伝ふ」は時間・空間を越えて琴の技術が伝授されることを示す。とすると、『あさぢが露』の「えこそそれほど弾き伝へ給はざらめ」は時間を越えての伝授の不可能性の表明として理解することができるだろう。それは意味深長な「故大納言の典侍のいみじかりし上手を。」によって、弾き伝えるべき人が鬼籍に入ってしまっているが故だとわかるのだが、同時に繰り返しほのめかされる帝たちの過去の物語に対して、直接引き受けることができない姫宮のあり方を照らし出す言葉となっているのではないか。過去に規定されながらも、決してその過去を乗り越えることができないことを予言するかのような表現になっているのではないか。過去と断絶させられているのではなく、過去とのつながりを明示されながらも、十分には「弾き伝」えられないであろうことが予言される、というのは前代による「呪縛」と言い換えることができる。

そして、その「呪縛」は別の形で、続いて登場する主人公二位中将においてもみられる。場面をさらに追っていくことにしよう。姫宮の箏の琴を調べながら、大納言の典侍を「忘れがたく」思う帝、そこへ二位中将・三位中将が参上する。帝は琴を弾きならしながら、

「空夜窓閑かなり」とうち出でさせ給ふに、中将、「深更に軒白し」とうち添へ給へる、御声は鈴虫のふり出でたる心地するに、三位の中将、またとりどりに劣り給はず。（『あさぢが露』一七三）

『和漢朗詠集』巻上の「夏夜」に載る「空夜窓閑蛍度後　深更軒白月明初」の句を帝は朗唱する。それに二位中将は句を打ち添える。季節にあわない「夏夜」の句を朗唱する帝に「深更に軒白し」と二位中将が打ち添えることで、季節外れの「蛍」は隠され、「月」の光に照らされる「軒」の白さが浮かび上がり、二位中将の「鈴虫」を思わせる声が秋にそぐうことで折に合わない不具合は解消される、という表現の流れだと思われるのだが、ここで帝に応唱する姿が語られるのが二位中将だけであり、「三位の中将、またとりどりに劣り給はず」と三位中将に関しては二位中将との「とりどり」の素晴らしさに力点が置かれてしまっていることが注目される。二位中将は帝に応唱するのみならず、季節外れという窮地をもその機知において救い、月への感興において同調しているのに対し、三位中将はあくまでも二位中将との「とりどり」なるあり方のみが物語においては問題とされているのだといえよう。

この管弦の遊びの後、姫宮のもとを立ち去りがたくする中将は次のような歌を詠みかける。

西に傾く月も隅なくさし入りて、御直衣にうつれるも、げにぞ濡るる顔なるや。

「2　数ならぬ袂も露の深きには雲居の月も影宿しけり

かかる例なくやは侍る」とのたまへば、宰相の君、

3　大空の月の光を宿してもかこち顔なる露とこそ見れ

と聞こゆれば、　（『あさぢが露』一七五）

この二位中将の和歌は「雲居の月」を詠み込んでいるとともに先の帝の歌では掛詞として詠み込まれていた月の縁語「影」をも表現として含んでいる。二位中将の歌への宰相の君の返歌は「雲居」を「大空」と読み替えてしまっている。二位中将の歌の「雲居」には、姫宮への思いを宰相の君へと訴える趣があるため、「雲居」には「宮中」の意が隠し含まれているといえよう。宰相の君はそれを「大空の月の光」と切り返すことで「かこちかからせ給ふ折々のわづらはしさ」を二位中将に伝えようとするものとなっている。二位中将の和歌は表現において帝の和歌に共通する。冒頭場面における二位中将は、取り返すことのできない過去故の憂愁に沈む帝に、過去を共有することがないにも関わらず同調するかのごとく描かれる。そして、そのキーワードが「雲居」となっているのである。

帝が二位中将・三位中将を藤壺へ呼び寄せたのは二人の「笛を吹き合はする声」に気付いたからであった。そして、この朗唱の後、場面は合奏へと移る。笛の音に心ひかれた「雲居」の人と主人公が管弦の場で漢詩句において応答するとこの場面をまとめた時、起筆の「狭衣」型表現と相まって帝と二位中将のあり方が『狭衣物語』巻一の物語の始発に位置する天稚御子降下事件における天稚御子と狭衣とのあり方と構図を同じくしながらもその内実を違えてあらわれていることに気づかされる。

『狭衣物語』の天人降下では、帝に心を入れて笛を吹くことを求められた狭衣が笛を吹くと、その笛の音は「雲の上まで澄み昇」り、「雲のはたてまでもあやしう、そぞろ寒くものかなし」い天変の中、天稚御子が降下してく

る。狭衣は帝に「九重の雲の上まで昇りなば天つ空をや形見とは見ん」との歌を残し、天へと向かおうとするが、泣く泣く引きとどめられることとなる。[10] 天稚御子は帝の引き留めを受け入れて狭衣を地上に残して去る、その思いを「文に作り給う」て朗唱し、その素晴らしさに泣く泣く狭衣もまた文をうち誦じるのだった。『狭衣物語』の天人降下においては、「雲の上」の住人である天稚御子と狭衣はそれぞれの世界の違いを受け入れ、ともに行くことができないことを文を作り交わすことで改めて確認している。天上と地上、異界と此界との差異が天稚御子と狭衣の運命を分かつことを物語ははっきりと示しているともいえる。文の贈答はどんなに狭衣が天稚御子を慕わしく思おうと天稚御子は狭衣とは別の世界の住人であることを明示する。

翻って、『あさぢが露』の冒頭場面を見るとき、「雲の上」「雲居」が「宮中」に同定されてしまっていること、「文の贈答」ではなく、帝への応唱となっているために他者性が喪失し、どこまでも同調する関係になってしまっていることがわかるだろう。ここで『夜の寝覚』の天人降下の件を思い合わせるとそれはより鮮明になる。「夢」の中で天人は寝覚の君の琴の音が「雲の上まであはれに響き聞こえ」ために「昔の契り」を知り、琵琶の音を「弾き伝ふべき」人である寝覚の君のもとを訪れたことを語り、彼女に手を教える。次の年にも「夢」に訪れた天人はしかし三年目には訪れなかった。それを残念に思う寝覚の君は「天の原雲のかよひ路とぢてけり月の都のひとも問ひ来ず」と和歌を詠む。『狭衣物語』においても『夜の寝覚』においても物語の始発に位置するとともに主人公の本質を語る重要な場面としてこれらの天人降下事件がある。[11] そこでは「雲居」「雲の上」は異界として存在し、主人公の抜きんでた資質を語るとともにその「かぐや姫の裔」としてあり方を如実に伝えるものとなっている。

ところが、『あさぢが露』は『狭衣物語』の起筆表現にならって作りだされた場面の「雲居」を女を失った悲しみに沈む帝のいる「宮中」へと置き換え、文の贈答や音楽の伝授という個人と個人が向き合う関係ではなく、帝の朗唱に応じ、輔ける二位中将を描いている。地上と対立する天上はあらわれず、異界は喪失され、二位中将は失った過去を嘆く帝の憂愁に同調して生きることを宣言される。

深沢徹氏が「狭衣物語を竹取物語の終息したところから始まる物語[12]」だと言ったのにならうならば、『あさぢが露』は「狭衣物語の終息したところから始まる物語」であり、愛する女を失い、秋の夕暮れに憂愁に沈む『あさぢが露』の帝は狭衣帝その人に重ねられる存在となっている。『狭衣物語』が『竹取物語』のかぐや姫の昇天を〈即位〉に、「月の都」を〈帝位〉とする言説をもちつつ、さらにはそれを内部から批評し、相対化する[13]と鈴木泰恵氏は言われるが、「月の都」を「帝位」へと収斂させ、しかし、その昇天の意味そのものを問い直すという物語のあり方を『あさぢが露』の冒頭は語り取ってしまってはいないだろうか。その上で物語の主人公たちにはすでに帰るべき「月の都」を希求する力の源となりえる異界さえもが失われていて、天人降下なき物語、前代（親たちの世代の過去の物語）につながるしかない主人公たちの姿が浮かび上がる冒頭となっているのである。

そう考えてきたとき、二位中将と帝との同調は「呪縛」にほかならないことが見えてくる。帝は姫宮に彼の失われた恋人の忘れ形見に他ならないとして彼女の琴の腕前を予言するかのように「呪縛」する。「故大納言の典侍」が「いみじかりし上手」であったことを前提とし、姫宮が母を失ったが故に技量が及ぶことは難しいだろうと嘆息するのは形を変えた「呪縛」に他ならない。「夜の寝覚」の天人降下においても「月の都」は効果的に語られていたのだが、姫宮は父帝によって「月の都」ではなく、母の運命に「呪縛」される。実際には斎宮となって伊勢下向する姫宮は形を変えた「昇天」をしているともいえるのであるが、その物語はそれ以上に展開されない。冒頭場面が語り取るのは親の世代の物語に「呪縛」され、地上の「かぐや姫」たちの物語ではなく、「狭衣」の子どもたちの物語を生きなければならない彼らのあり方なのではないだろうか。

さらに考えを巡らせるならば、起筆において「春過ぎ、夏もたけしかば」と春から夏への時間が表現された上で、七夕をも過ごした秋の夕べを語り出すことにも、『狭衣物語』を意識しての側面を見ることができる。秋の場面から始まるにも関わらず、「春」の語を起筆とするのは、「春から秋」への「ながめ」の物語としての『狭衣物語』理解が背景にあると言えよう。

その秋の場面において、帝は「蛍」の出てくる「夏夜」の詩句を朗唱し、二位中将は「蛍」が表にあらわれないように次句を応唱した。隠された「蛍」は七夕も過ぎてしまったという表現とともに、退位への思いにふけり、失った過去への思いに悩む帝の姿と相まって、『源氏物語』の「桐壺」における桐壺帝の悲しみや「幻」の光源氏の悲しみを想起させる。「あさぢが露」の冒頭場面が「桐壺」「幻」の表現に類似することが指摘されていることについては先に述べたが、隠された「蛍」に注目すると、さらには「長恨歌」までを視野に入れて帝の像は形成されているとすることもできるかもしれない。物語はそうした前代の物語を生きた帝を冒頭に呼び出し、「呪縛」させる。後に問題とするように、実は、その小出しにされながらも正面からは語られない過去とは最も縁の薄い二位中将が逆説的に最も過去にとらわれた道を歩むことになるのだが、それは彼が冒頭場面において帝と同調し、狭衣や寝覚の君が天上への思慕故の地上への違和感の中でその道を歩むように、過去へとつながれてしまった道を歩むからにほかならない。

『あさぢが露』の「雲居」は、平安後期物語の『狭衣物語』や『夜の寝覚』の物語始発に位置する天人降下の物語における「雲の上」の表現を踏まえながらも、それを帝の居所たる「宮中」へと着地させる。そして、その「雲居」において天人ならぬ帝よって予言ならぬ呪縛がなされ、過去に色濃くつながれた物語を語り出すにふさわしい冒頭場面が形成されているのであった。

それでは『あさぢが露』は「狭衣」の子どもたちの物語をただ語ろうとする物語なのであろうか。冒頭場面はそれに対する答えをも示しているようである。

先の帝と二位中将の朗唱場面の後、「三位中将、またとりどりに劣り給はず。」とした物語は続いて合奏へと展開する。

春宮も渡らせ給ふ。御前に琵琶、二位の中将笛、三位の中将篳篥、上は拍子打ち鳴らして唱歌せさせ給ふ。

（『あさぢが露』一七二）

春宮の渡御の後、始まる合奏において、「御前」は琵琶を、二位中将は笛を、三位中将は篳篥、帝は拍子と唱歌を担当する。「御前」はこの場の主宰者と思しき中宮の「御前」と解することもできようが、春宮渡御をきっかけにして合奏が始まることから考えて、中世王朝物語全集が注するように「春宮」の御前と解してよいところだろう。注目されるのは、帝の前で笛の奏者となるのはあくまでも二位中将であり、合奏場面の後、帝の眼前を離れたときに三位中将は笛を吹き、その笛の音に帝は改めて自分たちの過去の出来事へと思いをいたし、「中頃、ものの上手に言はれけん三位の中将」を今の三位中将に重ねて思い出すことになる。その帝のことばで冒頭場面は閉じられることになる。

帝の前での笛の奏者が二位中将であるのに対して、三位中将はここでは「篳篥」の奏者となる。物語の合奏場面において主人公格が篳篥を奏するのは類例がないようである。篳篥は『枕草子』における評価や『御遊抄』などを参照する限り、王朝的美意識から逸脱する楽器であり、楽器としての卓越性はあるものの、物語の主人公にふさわしい楽器とは目されなかったと思われる。ここでは、その合奏の支柱とはなっても華とはなりえない楽器を三位中将が担当することが重要だろう。篳篥を奏する三位中将は、二位中将のように帝と同調する様子は描かれない。

それどころか就寝後の帝の目を覚ました三位中将の笛の音に帝は次のように語る。

「聞くままに、ゆゆしくもなりゆく笛の音かな。いかにこの人々よろづにかくすぐれたるらん。父大殿、とりどりにものの上手に言はれしかど、かく何事にもすぐるることはなかめる。これはその伝へにもたちまさりたるほどにぞ聞こゆる。中頃、ものの上手に言はれけん三位の中将こそ、声けはひなどもおぼゆる折々侍り。あまりに、色をも香をも思ひ知りすぎためりしあまりに、人をも身をもいたづらになししぞかし」とのたまはす。

（『あさぢが露』一七六）

姫宮へと告げられた「あはれ、故大納言の典侍のいみじかりし上手を。えこそそれほど弾き伝へ給はざらめ。」と重なる表現（「上手」、「伝へ」）をもちながらも、父である大臣たちを越えて「ものの上手」ともなっている笛の音に感じ入る内容となってしまっている。そして、そこから帝の過去の物語のキーパーソンであるかつての「三位の中将」（源中将）へと連想がつながり、その「人をも身をもいたづらになし」た人柄が語られ、冒頭場面は閉じられるのである。

呪縛となった姫宮へのことばに対して、離れたところで笛の音を耳にするだけの三位中将に対してなされる評は逆に三位中将がすでに父親を越えた笛の技量をもつことと、「人をも身をもいたづらになし」た源中将に「声けはひなど」も似通っていることを語るものとなっている。三位中将が帝、ひいては過去の物語の呪縛から無縁なところにあることが理会される表現となっているのである。

三位中将の笛の音への帝の感懐に先だって物語は三位中将の「あやしくまめなる名をのみ立つ人」ぶりを語る。

下人にて、正身の心ばかりは、花紅葉につけて雨風の荒き迷ひにも、人よりもすぐれたる御心、浅からぬほどを見せ知らせ奉り、気遠からぬほどの人には、くるしき心のほどながら、うち出でてややみなんことをも、あはれと思し知るばかり聞こえ知らせ給ひて、大方に焦られがましう恨み給ふことはなければ、今宵もなほ、殿上の方にて吹きたて給ふ笛の音は、空に響きて、言ひ知らず聞こゆるに、

（『あさぢが露』一七五）

この、身分の高くない相手にも高貴な相手にも配慮を見せつつも自らは言い寄ることもない「まめ」なあり方は、故帝によって「声けはひなども」似ていると思い出される源中将の「あまりに、色をも香をも思ひ知りすぎ」たが故に我が身と女の身をも滅ぼしたあり方と対照的に仕組まれていることは明らかである。いわゆる薫型の造形を思わせるこの「まめ」な人柄が「人をも身をもいたづらになし」た源中将の運命に三位中将が呪縛されえないであろうことを予見させる。

物語は二位中将と彼の恋する姫宮が前代の物語に呪縛される様を語るとともに、そこから離れ、父親たちの「伝への「まめ」において際立つ三位中将のあり方を語って、冒頭場面を閉じるのである。

へにもたちまさりたるほど」の笛の技量をもち、「人をも身をもいたづらになし」た源中将に似通いながらも、その「まめ」において際立つ三位中将のあり方を語って、冒頭場面を閉じるのである。

合奏場面に立ち戻ってみると、ここでこの合奏に、同調する帝と二位中将の間に三位中将とともに春宮が加わっていることに目を引かれる。春宮はこの冒頭場面では藤壺へと渡り、琵琶を奏して、合奏に加わったことしか語られないが、冒頭場面に続いて次のように二人の中将との「おなじさまに一つに」育ったことが語られてくる。

この君達、二所ながら、いたくく振り分けのほどより殿上し給ひて、なべてならぬ稚児ざまにおはせましかば、

上も、春宮もおなじさまに一つに生ひたたせ給て、夜昼候はせ給ひしを、姫宮の、母君のおはせずなり給ひたるを、中宮にも、春宮の御類またもおはしまさぬに、さうざうしくとて、迎へとり奉らせ給ひたるに、世に知らずうつくしき御有様を、思しめしかしづき奉らせ給ふに、おのづから生ひたたせ給へば、

（『あさぢが露』一七六）

現存する『あさぢが露』において、春宮が即位後も大きく活躍してくることはない。しかし、春宮と「おなじさまに一つ」のように二人の中将が育てられたという語りは姫宮への思いを生じさせるためだけではなく、帝と二位中将の同調に隠された春宮と三位中将の組み合わせ、前代の物語の呪縛を超克するために必要な組み合わせを秘めていると考える必要があるだろう。

『あさぢが露』の物語展開において、二位中将から三位中将へと比重が移っていくことについては多くの論者が指摘している。辛島正雄氏が「三位中将に焦点をあてて物語のありようを見直すならば、『ナゾ解き』『種明かし』は、もはや「筆法」や「筋の運び」にとどまるものではなく、三位が自家の系譜とそこにまつわる秘密を知り、自分自身の存在を確認してゆくといった、いわば自己同一性獲得の足どりと一体になったものであることが確認されよう。（略）かかる三位が、二位との悲恋の果てに傷ついているたったひとりのいとこを保護し、その平穏な（かどうかはいまひとつはっきりしないが）余生を見守ってやる、というところで、〈悲運の女性の物語〉と〈自己探索の物語〉から展開する〈出家得道の物語〉とは、はじめてひとつのものとして合流したといえるのではなかろうか。[14]」といわれるように、物語はやがて三位中将において女主人公の物語を閉じることになるのであり、物語の行方を担うのは三位中将に他ならない。「宮中」という「雲居」から始まった物語はやがて多くの登場人物が中心たる都を離れてい[15]く展開となり、さらには書写山という異界を物語に呼び込むことになるが、人々が行きつく先も書写山も

かつて『狭衣物語』や『夜の寝覚』にあった「雲の上」である「月の都」という異界とは性格を異にする。「月の都」の変奏を幾重にも試みながら、この穢れた地上に生きる人の運命に様々な形で挑んだ多くの物語に対して、『あさぢが露』はそれらの物語に呪縛された運命とその超克を中世王朝物語の典型でもある二人の主人公においてかなえようとしたのではないだろうか。(16)

合奏場面に立ち返れば、物語全体における春宮の役割については推測の域を出ないが、帝と二位中将の同調に対して、三位中将がそこから外れた存在であることを春宮の琵琶が保障する構図になっていることは認められるだろう。実は三位中将は帝が源中将との相似を口にするように源中将とは叔父・甥の関係にあり、「過去」とは深い因縁をもっている。そして、物語後半においてはその「過去」の因縁を解き明かすように動き、おそらくは女主人公（源中将と故大納言の典侍の子）を助け、「家」の回復を果たすことになるらしい。逆に、二位中将は系譜的には「過去」から最も縁の薄い存在だともいえるのだが、大納言の典侍の残した二人の娘を愛し、失うことによって、最も「過去」にとらわれた道を歩むともいえる。類型であるがためか、三位中将を支えるのが仏道であることは冒頭場面では明示されないが、中世王朝物語の一つの型である「出家得道の物語」がやがて物語に救いをもたらすことになるのだと予想される。愛する女を失う悲恋物語の主人公を二位中将が、「家」の回復にいたる「出家得道の物語」の主人公を三位中将が務めることは二人の性格設定や物語類型から明らかである。前代の物語の呪縛と超克をそれぞれが担うという意味を場面の仕組みとして顕在化した点で『あさぢが露』の冒頭場面は、物語の主題と狙いとを示す、すぐれて方法的な冒頭となっているとすることができるのである。

「雲居」を天上から宮中へと置き換えることには先鋭的な『狭衣物語』理解と批評が込められていると考えられることは先に述べた。方法的な冒頭はこの「雲居」の変容において作り出されたものなのだといえよう。

注

（1）石埜敬子「『あさぢが露』の構造―重層する物語世界―」（『論集　日記文学の地平』新典社　二〇〇〇年）

（2）大槻修「解説」（『あさぢが露の研究』桜楓社　一九七四年）

（3）石埜敬子「『あさぢが露』私註（一）」（『跡見学園短期大学紀要』十四号　一九七八年三月）なお、以後の石埜氏の引用は注（1）による。

（4）安永悦子「「あさぢが露」の独自性について」『平安文学研究』21・一九五八年・六月

（5）大槻注（2）前掲書。

（6）石埜注（1）前掲論文。

（7）『あさぢが露』の現存する写本は零本である天理図書館蔵本のみであり、本文の書写状況も決してよいとはいえず、本文状況には多分に問題があるといえる。比較的丁寧に書写されたと思しい冒頭においても読解の難しい箇所が散見し、当該引用部分においても、帝の和歌の第三句「秋の月」の「の月」、その歌を受ける「など」の「ど」を中世王朝文学全集では□として傍らにそれぞれ「の月」「ど」と添えている。本稿においてはそれらの校訂を確認したうえで本文に取り入れる形で掲載した。

（8）『狭衣物語』の冒頭場面に顕著であるとともに『狭衣物語』の語りの質を大きく決定づける「寄り添う語り手」（井上眞弓「「わたくし」語りと語り手の諸相」（『狭衣物語の語りと引用』笠間書院　二〇〇五年）、萩野敦子「『狭衣物語』における主人公と語り手の距離―独詠歌を取り巻く語り、そして作者を取り巻く環境―」（王朝物語研究会編『論叢狭衣物語』2　新典社　二〇〇一年）など）に比して、帝への語り手の「寄り添い」方は顕著であるとはいえない。しかし、冒頭場面においては帝の視点に添い、その心情を多く語るとともに、帝の視点から離れた場合は心情についての語りがないというあり方は冒頭場面においての語り手の姿勢を物語るものといえよう。

（9）宮下雅恵「『夜の寝覚』冒頭の〈解釈の空白〉をめぐって」（『国語国文研究』一一五号　二〇〇〇年三月）

（10）『狭衣物語』の他の本文と同様、天稚御子降下の件においても本文は大きく多様な展開を見せるが、天上をも揺るがす笛の音を描く際に「雲」を問題とすることにおいては共通する。「九重の雲の上まで」の歌は流布本系統には見られないが、御子に伴われて行く先は「雲のはたて」と表現されている。

(11) 関根賢司「かぐや姫とその裔」(『物語文学論―源氏物語前後』桜楓社　一九八〇年)
(12) 深沢徹「往還の構図もしくは『狭衣物語』の論理構造(上)―陰画(ネガ)としての『無名草子』論―上・下」(『文芸と批評』5―3、5―4　一九七九年一二月、一九八〇年五月)
(13) 鈴木泰恵「天人五衰の〈かぐや姫〉―貴種流離譚の隘路と新生」(『狭衣物語/批評』翰林書房　二〇〇七年)
(14) 辛島正雄「『あさぢが露』管見―主題性と物語史的位置―」(『中世王朝物語史論』下　笠間書院　二〇〇〇年)
(15) 神田龍身「京都逃亡変身譚、もしくは道の発見―『浅茅が露』」(『物語文学、その解体―『源氏物語』「宇治十帖」以降』有精堂　一九九二年)
(16) 多くの指摘があるが、『夜の寝覚』については特に、鈴木泰恵「『夜の寝覚』における救済といやし―貴種の「物語」へのまなざし」注13前掲書。

付記

＊『あさぢが露』の本文として、中世王朝物語全集『あきぎり　浅茅が露』(『浅茅が露』の校訂・訳は鈴木一雄・伊藤博・石埜敬子)(笠間書院　一九九九年)を使用した。ただし、作品名については孤本である底本の表記に従い「あさぢが露」としている。
＊『狭衣物語』の本文として、日本古典文学大系『狭衣物語』(岩波書店)を使用した。
＊『夜の寝覚』の本文として、新編日本古典文学全集『夜の寝覚』(小学館)を使用した。
＊『源氏物語』の本文としてCD-ROM版『源氏物語』(角川書店)を用いた。私に句読点などを変更した箇所がある。
※本稿は二〇〇二年八月三一日に開催された「狭衣物語研究会」(於・新宿ルノアール)での発表(「あさぢが露」の冒

頭場面をめぐって）をもとにしたものである。当日、多くの教えを賜った研究会参加者の皆様に厚く御礼申し上げます。

あとがき

このたび『狭衣物語　空間／移動』を上梓いたしました。『狭衣物語が拓く言語文化の世界』(二〇〇八年一〇月)に継ぐ第二論集です。

前回は、科研費による研究を報告した『狭衣物語を中心とした平安後期言語文化圏の研究』(二〇〇七年二月)が、広く刊行されるものではなかったため、改めてそこでの研究成果を世に問いたいという思いが、論集という形に結集したものでした。今回は、平安後期物語に軸足を置いた個々の研究を深めるべく、研究発表会を重ねるなかで、「空間／移動」というテーマを見出し、それぞれの研究成果を、このテーマのもとにまとめ、論集の形にいたしました。

今、日本文学には逆風が吹き、大作主義の風潮が強くなっているようです。加えて、二〇〇八年の『源氏物語』ミレニアム騒動で、『源氏物語』および『源氏物語』享受をめぐる研究が活況を呈しています。しかし、「空間／移動」をテーマに、物語文学をとらえなおしてみると、物語史は必ずしも『源氏物語』を頂点に、山形を描いているわけではなく、平安後期物語に達成があったり、そこを基点にした新たな胎動があったりする様子を窺うことができます。物語のあり方ばかりでなく、歌語のあり方や、諸本のあり方からも、そうした状況は掬いとられます。

わたしたちがテーマを掲げ、論集を上梓するのには、『源氏物語』の陰に置かれがちな平安後期物語の達成や斬新さを見出し、またそれを世に問いたいという思いがあるからに他なりません。『狭衣物語　空間／移動』が、平安後期物語の沃野への招待状になることを祈るばかりです。

本書に込めた右のような思いにご理解を示してくださり、それ自身、空間性があり、しかもこれまでにない美しさを持つプラハ本「狭衣物語絵」を、プラハ国立美術館の許可を得て、まさに空間を越えて移動させ、特別にご寄稿くださった高橋亨先生に、記して御礼申し上げます。

刊行準備のさなか、東日本では未曽有の災害が発生しました。被災された皆さまには心よりお見舞い申し上げます。予定通りの仕事が進められる有り難さをかみしめながら、それぞれが日々を大事に生きることが、日本全体の復興にも関わると信じて、今後も研究活動を続けていきたいと存じます。

わたくしたち狭衣物語研究会会員の思いを受け止めてくださり、困難な時期に快く論集を出版してくださる翰林書房の今井肇社長・今井静江編集長に、心より御礼申し上げます。

四月一〇日

乾　澄子
鈴木泰恵

English titles Translation : By MAEDA, Masaaki

***Sagoromo monogatari*, its space and migration or changing status**

執筆者紹介

高橋亨（たかはし　とおる）一九四七年生まれ。名古屋大学大学院教授。主要著書・論文に『源氏物語の詩学』（名古屋大学出版会　二〇〇七年）、『物語と絵の遠近法』（ぺりかん社　一九九一年）、『源氏物語の対位法』（東京大学出版会　一九八二年）等がある。

井上眞弓（いのうえ　まゆみ　編集委員）一九五四年生まれ。東京家政学院大学教授。主要著書・論文に、『狭衣物語の語りと引用』（笠間書院　二〇〇五年）、『狭衣物語が拓く言語文化の世界』（共編著　翰林書房　二〇〇八年）、「性と家族、家族を超えて」（『岩波講座　日本文学史』第三巻　二〇〇〇年）等がある。

高橋裕樹（たかはし　ゆうき）一九八六年生まれ。海老名市立海老名中学校教諭。修士論文に『『狭衣物語』〈空間〉の方法』がある。

本橋裕美（もとはし　ひろみ）一九八三年生まれ。一橋大学大学院博士課程・日本学術振興会特別研究員。主要著書・論文に「平安の櫛と扇をめぐって」（『王朝文学と服飾・容飾』竹林舎　二〇一〇年）、「『伊勢物語』狩の使章段と日本武尊―「斎宮と密通」のモチーフをめぐって―」（『古代中世文学論考』24号　新典社　二〇一〇年）、「『源氏物語』冷泉朝中宮の二面性―「斎宮女御」と「王女御」を回路として―」（『日本文学』二〇一〇年九月）等がある。

鈴木泰恵（すずき　やすえ　編集委員）一九五九年生まれ。早稲田大学他非常勤講師。主要著書・論文に『狭衣物語／批評』（翰林書房　二〇〇七年）、『国語教育とテクスト論』（共編著　ひつじ書房、二〇〇九年）、「『狭衣物語』とことば―ことばの決定不能性をめぐって―」（『狭衣物語が拓く言語文化の世界』翰林書房　二〇〇八年）等がある。

野村倫子（のむら　みちこ）一九五六年生まれ。大阪府立春日丘高校教諭。主要著書・論文に『『源氏物語』宇治十帖の継承と展開』（和泉書院　二〇一一年刊行予定）・「「思わぬ方にとまりする少将」小考」（『論究日本文学』一九八四年五月）、「『夜の寝覚』の大皇の宮」（『平安後期物語の新研究　寝覚と浜松を考える』新典社　二〇〇九年）等がある。

乾澄子（いぬい　すみこ　編集委員）一九五七年生まれ。同志社大学、同志社女子大学非常勤講師。主要著書・論文に『源氏物語注釈八』（共著　風間書房　二〇一〇年）、「『狭衣物語』の表現―歌枕をめぐって―」（『狭衣物語が拓く言語文化の世界』翰林書房　二〇〇八年）、「後冷泉朝の物語と和歌―『狭衣物語』『夜の寝覚』の作中詠歌―」（『和歌史論叢』和泉書院　二〇〇〇年）等がある。

須藤圭（すどう　けい）一九八四年生まれ。立命館大学大学院博士後期課程・日本学術振興会特別研究員。主要著書・論文に「十本対照「さころもの哥」本文と校異—青山会文庫蔵「さころもの哥」の紹介—」（『平安文学研究・衣笠編』和泉書院　二〇〇九年）、「鷹司信房筆「さころもの哥きゝ書」についての考察—近世前期における狭衣物語享受の一断面—」（『古代中世文学論考　第二十三集』新典社　二〇〇九年）、「狭衣物語所収歌の連接」（『国語国文』二〇〇九年九月）等がある。

井上新子（いのうえ　しんこ）一九六六年生まれ。大阪大谷大学・甲南大学非常勤講師。主要著書・論文に「〈賀の物語〉の出現—『逢坂越えぬ権中納言』と藤原頼通の周辺—」（『国語と国文学』一九九九年八月）、「場の文学としての『思はぬ方にとまりする少将』—平安後期短編物語論—」（『国語と国文学』二〇〇三年二月）、「『堤中納言物語』所収作品の享受」（『古代中世文学論考』第18集　新典社　二〇〇六年）等がある。

萩野敦子（はぎの　あつこ）一九六六年生まれ。琉球大学教育学部教授。主要著書・論文に『狭衣物語が拓く言語文化の世界』（共編著　翰林書房　二〇〇八年）、「〈身〉を〈心〉とする女君たち—『浜松中納言物語』『松浦宮物語』の転生と影—」（『日本文学』二〇〇八年五月）、「中古最末期物語における女と男の〈見る〉力—『在明の別』『松浦宮物語』をめぐって—」（『国語と国文学』二〇〇九年五月）等がある。

三村友希（みむら　ゆき）一九七五年生まれ。跡見学園女子大学兼任講師・フェリス女学院大学非常勤講師。主要著書・論文に『姫君たちの源氏物語—二人の紫の上—』（翰林書房　二〇〇八年）、「鏡の中の大君—結ばれぬ理由と王昭君伝承—」（『源氏物語のことばと身体』青簡舎　二〇一〇年）、「『源氏物語』「みるめ」表現考—紫の上物語を中心に—」（『日本文学』二〇一一年三月）がある。

助川幸逸郎（すけがわ　こういちろう）。一九六七年生まれ。横浜市立大学他非常勤講師。主要著書・論文に『文学理論の冒険』（東海大学出版会　二〇〇八年）、『〈国語教育〉とテクスト論』（共編著　ひつじ書房　二〇〇九年）、「ヒステリー者としてのヒロイン—『夜の寝覚』の中君をめぐって」（『狭衣物語が拓く言語文化の世界』翰林書房　二〇〇八年）等がある。

下鳥朝代（しもとり　ともよ）一九六六年生まれ。東海大学文学部准教授。主要著書・論文に『狭衣物語が拓く言語文化の世界』（共編著　翰林書房　二〇〇八年）、「「はなだの女御」という謎—好色者をめぐって」（『古典文学注釈と批評』二〇〇五年一二月）、「「虫めづる姫君」と『源氏物語』北山の垣間見」（『国語国文研究』一九九三年七月）等がある。

狭衣物語　空間／移動

発行日	2011年 5 月 25 日　初版第一刷
編　者	井上眞弓 乾　澄子 鈴木泰恵
発行人	今井 肇
発行所	翰林書房
	〒101-0051 東京都千代田区神田神保町 2-2 阿久澤ビル
	電 話 (03)6380-9601
	FAX (03)6380-9602
	http://www.kanrin.co.jp
	Eメール● Kanrin@nifty.com
印刷・製本	シナノ

落丁・乱丁本はお取替えいたします

ISBN978-4-87737-318-4